詩人里卡多逝世那一年

喬賽・薩拉馬戈

JOSÉ SARAMAGO

O ANO DA MORTE DE RICARDO REIS

呂玉嬋——譯

CONTENTS

智者，滿足於世間萬象。

——里卡多．雷伊斯（Ricardo reis）

選擇無為的做法，始終是我生活的掛念與顧忌。

——貝爾納多．索亞雷斯（Bernardo soares）

如果他們告訴我這很荒謬
如此講起從未存在過的人，我一定回答
我沒有證據證明里斯本，或正在寫作的我，
或任何地方的其他東西存在過。

——費爾南多．佩索亞（Fernando pessoa）

大海至此而止，大地就此展開。黯然無色的城市下著雨，淤泥汙染了河，大水淹沒了岸。陰鬱的河上，一艘昏暗的大船溯流而上，即將停靠在阿爾坎塔拉碼頭。高地旅號是艘英國輪船，隸屬英國皇家郵政航運公司，彷彿海上高速公路的織布梭子，往返於倫敦和布宜諾斯艾利斯之間的大西洋，永遠停靠在相同的港口，拉普拉塔、蒙得維的亞、桑托斯、里約熱內盧、伯南布哥、拉斯帕爾馬斯，以此或相反的順序停泊靠岸。除非遇上海難，輪船最後駛入泰晤士河以前，也將停靠維哥和濱海布洛涅，就像她此刻駛進太加斯河，然而無人會問哪條河更寬闊，哪座城市更偉大。船並不大，一萬四千噸，不過十分適於航行，此趟的橫渡就是證明，雖然不停遇上壞天氣，暈船的只有不習於遠洋航行的旅客，或者有渡海經驗但亦有難以治癒之嬌嫩腸胃的人。由於船上氛圍自在，設施舒適，她和她的孿生姊妹高地女王號一樣被暱稱為闔家歡郵輪。兩艘船都有寬敞的甲板，可進行遊戲和日光浴，甚至也可以舉行板球一類的田賽，這證明了對大英帝國來說沒有什麼是不可能的。天氣好時，高地旅號是孩子們的花園，老人們的天堂，但今日她不是花園或天堂，因為雨不停下著，也因為這是我們在船上的最後一個午後。孩子躲在結了鹽粒的窗戶玻璃後面，凝視著灰濛濛的城市，城市俯伏在山陵上，全城彷彿盡是平房。偶爾，或許能瞥見一座高聳的圓頂，一堵突出的山牆，一道暗示著城堡遺跡的輪廓，除非那只是幻覺，只是妄想，只是從鉛灰色天空降下的流動水幕所產生的海市蜃樓。大自然更慷慨地賜予了外國孩子求知欲望，他們好奇地想知道港的名字。父母告訴他們，保姆、奶母、嬤嬤、乳娘向他們解釋，或者有個要調動的水手路過對他們說。Lisboa，Lisbon，Lisbonne，Lissabon，不把變體和錯字算在內，有四個不同的說法。孩子因此知道了原本所不知的，讓他們幼稚的頭腦更加混亂的卻是原本已知的，他們知道的也不多，就一個名字而已，如果對方碰巧是一個阿根廷人，那就是一個帶有阿根廷人特有口音的名字，也可能是烏拉圭人、巴西人、西班牙人的口音。西班牙人能用卡斯提爾語[1]或葡萄牙語正確拼出里斯本，但以自己的方式發音，一般人聽不懂，也無法以任何書寫方式表達。明日拂曉高地旅號駛入海峽時，但願有一絲陽光，一片晴空，如此一來，即使在仍舊見得著陸地的地方，灰濛濛的霧也不會完全模糊首次路經此地旅客已然渺茫的記憶，叨念著里斯本的孩子會把里斯本換成其他的名字，成年人鎖著眉頭，在刺穿木頭和金屬的溼氣中打顫，彷彿高地旅號是從海底淌著水冒出來的，一艘船兩度成了幻影。誰也不願意留在這個港口。少數旅客要下船。船靠了岸，步橋降下，固定妥當，扛夫和卸貨工不慌不忙出現在下方，警衛從擋風遮雨的小屋茅舍出來，海關官員陸續抵達。雨變小了，幾乎是停了。乘客堵在步橋高處躊躇著，似乎有些懷疑是可以下船了，還是要進行隔離，或許他們對溼滑的階梯感到畏懼。但是，令他們害怕的，是這座寂靜的城，也許所有居民都喪生了，降雨只是要把殘餘的化為泥土。碼頭邊上，骯髒的舷窗閃著微光，帆桁是樹上砍下的樹枝，起重機靜止不動。這日是星期天，碼頭貨棚的另一頭是陰沉沉的城市，在建築和牆垣的環繞下，尚未受到雨水的侵襲，或許這座城拉開了沉甸甸的繡花窗簾，用空洞的雙眼往外瞧，聽著屋頂上的雨水潺潺，沿著簷溝，流到下方的水溝，流上人行道上閃閃發光的石灰岩，注入了滿溢的陰溝，幾個地方淹水，水溝蓋浮了起來。

第一批乘客下船了。頂著乏味的雨，他們弓著肩，扛上麻袋，拎起箱子。經歷了一個彷彿是流動影像之夢的航行——在海天之間，船頭如節拍器忽上忽下，波浪起伏，地平線催人入眠——如今他們露出失神的表情。有個人抱著一個孩子，孩子安安靜靜，一定是葡萄牙人，沒有問這裡是哪裡，或者大人向他許諾過，如果他在那悶熱的臥鋪立刻入睡，他會在一座美麗的城市裡醒來，從此過著幸福的生活。又是一個童話，安撫無法忍受艱辛移居之路的人。一個老太太堅決要撐開傘，腋下那個小衣箱造型的綠錫盒掉下，砸在碼頭邊的鵝卵石上，裂了開來，底部脫落，裡頭什麼值錢的東西也沒有，就幾件紀念品，幾塊花布，若干被風吹散的信件和照片，幾顆玻璃珠碎了，幾團白紗線髒了，其中一團消失在碼頭和船側中間。這位太太是三等艙乘客。

乘客踏上土地就跑去躲雨。外國人嘟囔抱怨著大雨，好像我們要為壞天氣負責一樣，似乎忘記在他們所熱愛的法國或英國天氣一般要惡劣得多。總之，他們用最微不足道的藉口，甚至用大自然降下的雨水，表達他們對於更貧苦的國家的蔑視。我們有更為嚴肅的理由可以抱怨，但是我們保持沉默。這是一個惡劣的冬天，所有莊稼都從肥沃土地連根拔起，我們多麼懷念它們，因為我們是這樣一個小國。行李開始卸下，水手披著光滑的雨篷，像戴著風帽的巫師，而下方的葡萄牙腳夫頂著大盤帽，穿著防風鋪棉外套，動作敏捷，絲毫不在乎暴雨，見者都大為驚奇。也許這種對於個人舒適的鄙視會使乘客的私囊——如今人們管叫它錢包的東西——對他們產生憐憫之心，而這種憐憫之心會化為小費。一個落後的氏族伸出了手，人人推銷他大量擁有的東西，順從，謙卑，耐心，但願我們繼續發現在這個世界以這種貨物做買賣的人。乘客通過海關，人數不多，但花了點時間才出來，因為有很多表格需要填寫，而且值班海關官員寫字又是十分仔細，可能這個星期天他們之中動作最敏捷的休假了。才四點鐘，天色已經漸漸黑了，再多幾個暗影就要成夜晚了，可是這裡永遠是黑夜，昏暗的燈光整日亮著，有的已經燒壞了。那盞燈壞了一個星期，仍舊沒換。窗戶布滿污垢，稀薄的光線透進來，空氣中漫著溼衣、酸腐行李和廉價制服布料的味道，這趟返鄉之旅沒有一絲幸福的氣味。海關房是一個前廳，一個中間地帶，過了才能走向外面等候著你的世界。

一個頭髮斑白瘦骨嶙峋的傢伙在最後一張表格上簽名。拿到了副本，乘客便可以離開，在陸地上繼續生存。陪同他的是一個腳夫，他的外貌不需詳加描述，否則這個檢查沒完沒了。為了不讓可能需要區別這個腳夫和其他腳夫的人感到迷惑，我們就說他瘦骨嶙峋，頭髮斑白，與他伴隨的男人同樣皮膚黝黑，鬍子刮得很乾淨。然而他們兩人截然不同，一個是乘客，一個是腳夫，後者用金屬推車拉著一個巨大的行李箱，另外兩個較小的行李箱用帶子掛在他的脖子上，帶子繞著後頸，好像牛軛或修士服的硬領。一到了外頭，在突簷的保護下，他把行李放在地上，就去找計程車了，船班抵達時，計程車通常會開到這裡等待。旅人看看低壓壓的雲，粗糙地面的水坑，碼頭邊上讓油漬、果皮和各種廢物污染了的水，然後注意到幾艘不引人注目的戰艦。他沒想到在這裡會看到戰艦，這些船應當在海上，如果是非戰時也非軍事演習的時候，也該是在河口，就像人們過去常說的，也許現在還這麼說的，河口寬得足以讓世上所有的艦隊停靠，可能是什麼艦隊倒是無需費心去管。其他乘客在他們的腳夫的陪同下走出海關，然後計程車出現了，車輪下濺起了水花。候車的乘客瘋狂揮動手臂，但是腳夫兩腳一蹬，跳上了踏板，比了一個誇張的手勢，這是這位先生的車，由此可見，即使是里斯本港口一名卑微的雇工，在大雨和環境允許的情況下，也能把幸福握在他瘦削的雙手之中，他可以隨時給予幸福或扣留幸福，這是當我們談論人生時歸因於上帝的一種力量。計程車司機把行李放到後車廂時，乘客頭一次流露出些微的巴西口音，問軍艦為什麼停泊在這裡。腳夫幫著計程車司機抬起沉甸甸的箱子，上氣不接下氣回答說，噢，這裡是海軍碼頭，由於天氣的關係，前天船艦拖來這裡，以免漂到阿爾熱什擱淺。其他計程車也陸續到了，不是他們遲了，就是輪船比預定時間提前了一個鐘頭進港。廣場現在成了露天市場，人人都有計程車可搭。我該給你多少，乘客問。除了公定價以外，你還想給多少都行，腳夫回答，但他沒說公定價是多少，也沒提到他的服務的實際價格，而是相信好運會保護勇者，即使勇者只是個提行李的腳夫。我身上只有英鎊。噢，英鎊也可以，他看見十先令放在他的右手上，這些硬幣比太陽還明亮。這顆天球終於驅散了盤踞在里斯本上空的烏雲。因為這樣沉重的擔子和深切的感情，任何一個腳夫要想求生存和生意興榮，首先要有一顆大膽的心，一顆銅製的心，否則很快就會垮掉完蛋。他急於報答旅人的慷慨大度，起碼在語言方面沒有虧欠，便提供了一些沒有人想要的額外訊息，表達他人所察覺不到的感激。那些是魚雷驅逐艦，是我們葡萄牙人的，那邊是太加斯號、杜奧號、利馬號、伏加號和塔梅加號，杜奧號是離您最近的那艘。誰也看不出它們有什麼不同，亂改名字也行，它們極為相像，完全一模一樣，漆成灰褐色，讓大雨澆溼了，甲板上沒有一絲生命的跡象，旗幟溼得像破布。但無意冒犯，我們知道了這艘驅逐艦叫杜奧號，之後或許還有它的消息。

腳夫抬了抬帽子向他道謝，計程車發動了，去哪裡。問題如此簡單，如此自然，如此適合這個地方和這個情境，旅人措手不及，好像在里約熱內盧買的一張票應該要能回答所有問題才是，即使是過去提出而當時得到的只是沉默的問題。如今，才剛下船，旅人便立刻明白情況並非如此，也許是因為他被問到了兩個要命的問題的其中一個，去哪裡。另一個問題更要人命，為什麼。計程車司機看著照後鏡，以為旅人沒有聽到他的話，正要開口再說一遍去哪裡，回答卻來得更快，仍舊優柔寡斷，遲疑不決，去旅館。哪家旅館。我不知道。說了我不知道之後，旅人反而非常清楚知道自己要什麼，而且確信無疑，彷彿他整個航程中都在思索這個決定，一家在河附近的旅館，就住在城的這一區。離河近的就只有布拉干薩旅館，在迷迭香街街口。我不記得那家旅館，不過我知道那條街的位置，我以前就住在里斯本，我是葡萄牙人；啊，你是葡萄牙人，聽口音還以為你是巴西人。這麼明顯嗎。還好，就一點點，剛好聽得出來。我十六年沒回葡萄牙了。十六年很長呢，你會發現這裡改變了很多。說了這些，計程車司機突然閉口不講了。

他的乘客並沒有感覺到改變了很多。他們走的林蔭大道與記憶差不多，只是樹木看起來更高大，這也難怪，它們多了十六年的樹齡。即是如此，因為在腦海中，他仍然可以看到綠色的葉子，因為冬天光禿禿的樹枝讓樹矮了，一個畫面抵銷了另一個畫面。雨漸漸停歇，只剩幾滴零星的水珠繼續落下，但天空沒有一絲的藍，雲也沒有消散，而是形成了一片鉛灰色的大屋頂。經常下雨嗎，乘客問。這兩個月來都是跟洪水一樣的大雨，司機一邊回答，一邊關了擋風玻璃的雨刷。幾乎沒有汽車經過，電車更少，偶有行人小心翼翼收起雨傘，排水溝堵塞了，人行道兩側積著大灘的泥水。幾家酒吧營業，一間挨著一間，昏昏暗暗，在陰影包圍下，黏滯的燈光好像鍍鋅櫃檯上一只髒酒杯的無聲化身。這些店面是屏蔽城市的長城，計程車從容不迫繞過，彷彿在尋找什麼破口或開口，一個猶大門，或一個迷宮的入口。從卡斯加斯開來的火車悠悠駛過，緩緩前進，不過速度仍足以超越計程車，但是當計程車進入廣場時，它落在後頭，駛入了車站。司機告知他，走進那條街就會看到旅館。他在一間咖啡館前停下，又說，你最好先去問問有沒有房間，因為電車的關係，我不能把車停在正門前。乘客下了車，匆匆看了一眼名叫皇家咖啡館的店，一個在共和時代懷念昔日君主制度的商業典範，不然就是用英語或法語掩飾對末代君主的追憶。奇怪的是，他看著這個單字，不知道應該讀成*rôial*還是*ruaiale*。他有的是時間思考這個問題，因為雨停了，而且這是條上坡路。接著，他想像自己從旅館走回來，不管有沒有房間，都看不到計程車的影子，車子帶著他全部的行李、衣物和文件消失了，沒有了這些東西和其他世俗的東西，他不知道自己如何生存下去。他步上旅館門前臺階時，從這些沉思中意識到自己精疲力竭，正在承受一種抵抗不了的疲憊，一種無限的消沉，一種絕望的感受，如果我們當真知道當我們說出絕望的時候絕望是什麼意思。

他推開旅館門時，一個電子蜂鳴器響起。過去，那會是一個小鈴，丁鈴噹啷，但是人必須永遠指望著發展和進步。進門是一段陡峭的斜梯，梯底的柱子上立著一個鑄鐵小塑像，右手高高托著一顆玻璃球。小雕像是個穿著宮廷服裝的侍童，但願這句話不是多餘，因為誰見過不是穿宮廷服裝的侍童呢。更清楚的說法是，這是一個打扮成侍童模樣的侍童，從服裝的剪裁來看，他是義大利文藝復興時期的人。旅人登上無盡的臺階，要爬這麼高才能到達一樓[2]，似乎令人難以置信，像是在攀登珠穆朗瑪峰，每一個登山者的夢想和烏托邦。幸好，一個蓄著鬍子的男人出現在樓梯頂，說了句鼓勵的話，你就上來吧。那男人其實沒有說這句話，但是當他在樓梯平臺上俯身，想看看是什麼好風惡世把這位客人帶來的時候，你可能會這樣理解他的表情。晚安，先生。晚安，他已經喘不過氣來了。大鬍子耐心地抱持笑容，你要一個房間，微笑變得充滿了歉意，這層沒有房間，這裡是櫃檯、餐廳、交誼廳，裡面是廚房和備膳室，客房都在樓上，要看看房間的話，還得上二樓去。這間不好，又擠又暗，這間也不好，窗戶開向後面，這幾間已經住人了。我要一間看得見河的房間。啊，如果是這樣的話，你會喜歡二〇一號房，今天早上才空出來，我立刻帶你去看看。走廊盡頭的門上有一個小小的琺瑯門牌，白底，黑色數字。如果這不是一間毫不奢華的簡陋旅館房間，房間號碼是二〇二，如果客人叫做哈辛托，和艾薩・德・凱伊洛斯筆下的英雄人物一樣在托爾梅斯河坐擁莊園，那麼這個情節就不會以迷迭香街為背景，而是會發生在香榭麗舍大道，和布拉干薩旅館一樣位於上坡路的右側，不過那是二者唯一的共同點。

旅人滿意這間房，精確地說是滿意這幾間房，因為實際是兩個房間，靠著寬闊的拱門相連，裡面是過去稱為小套間的臥室，這一頭是起居室，像公寓那樣愜意的起居空間，光滑的深色紅心木家具，掛了垂幔的窗，還有燈罩。旅人聽到電車吱吱嘎嘎沿街駛來，計程車司機是對的。旅人似乎讓計程車等了天荒地老，想到自己還怕被搶劫，他暗自微微一笑。你喜歡這個房間嗎，經理用他那職業特有的口吻和權威問，但總是彬彬有禮，很適合商量租屋事宜的口吻。房間很好，我就住這裡吧；你要住多久；我還不知道，要看看我的事務多久能處理好。這是一般的對話，是這種情況下人所期望的交流，不過這段對話有虛偽的成分，因為旅人在里斯本並沒有任何事務要處理，沒有任何配得上事務這個名稱的事，他撒了一個謊，而他居然還宣稱過鄙視不精確的表達。

下到一樓，經理喚來一個雇工，一個跑腿兼提行李的，讓他去搬這位先生的行李箱。計程車停在咖啡館前，旅人與他一塊過去付車資——與出租馬車時代相同的說法——也檢查有沒有少了東西，但他的疑心是錯誤的，是不該的，司機是個誠實人，只希望照錶收費，再加上約定俗成的小費就好。他沒有碼頭行李腳夫的運氣，不會再送銀幣了，因為旅人已經在櫃檯換了些錢，並非我們不贊成慷慨，但還是適可而止吧，過分炫耀對窮人是一種侮辱。行李箱比錢重得多，搬到樓梯口時，經理已經等在那裡監督搬運了。他上前幫忙，把手放在箱子下方，一個象徵性的動作，如同放下第一塊石頭的人，因為擔子是小二哥扛上去的。說小，是根據職業，不是根據年紀，他開始感覺到自己的年紀，他扛著沉重的行李箱，兩邊的扶持都是無用的手勢，房客的支持沒有多大幫助，他痛苦地看著這人費勁出力；再爬一層樓梯就到了。二〇一號房，皮門塔。皮門塔這次很幸運，不用爬到更高的樓層。

此時，客人回到櫃檯，由於費了力氣，有些喘不過氣來。他抓起筆，在投宿登記簿橫線內頁適當空格處填上自己的基本資料，讓人知道他自稱是誰。姓名，里卡多·雷伊斯，年齡，四十八歲，出生地，波多，婚姻狀況，未婚，職業，醫師，上個居住地，巴西里約熱內盧，他從那裡乘坐高地旅號抵達此地。讀起來像一份供狀，一本隱密自傳的開頭，一切祕密都隱藏在手寫的字裡行間，唯一的問題是如何解讀。經理拉長著脖子，一邊觀察單字之間的聯繫，一邊破解它們的意思，認為自己差不多都知道了。他自我介紹，開口就稱呼對方醫生。不是恭維，而是表示尊重，承認即使不以書面形式也應當立即予以承認的一項權利，一個榮譽，一種地位。我叫薩爾瓦多，旅館的經理和負責人，醫生如果有任何需要，只消告訴我一聲。晚餐在什麼時候。醫生，八點開飯，希望你會滿意我們的菜色，我們也供應法國菜。里卡多．雷伊斯醫生點了點頭，承認他也抱有同樣的希望，從椅子拿起雨衣和帽子，走了。

腳夫已經在房間敞開的門口候著。里卡多．雷伊斯走進走廊時看見了他，知道那人會伸出一隻手，卑躬屈膝但仍舊傲慢，根據行李的重量來索討。他繼續往前走，注意到一件他先前沒有注意到的事情，走廊只有一側有門，另一側是樓梯井的牆。他想了一想，好像這是一件必須牢記在心的大事，真的感到非常疲憊。由於經驗豐富，腳夫沒有用眼睛看，只是掂了掂小費，十分滿意，於是說，非常感謝您，醫生。我們無法解釋他如何得知的，因為他還沒有看到投宿登記簿。事實上，下層階級的人與受過教育過著優越生活的人同樣精明敏銳，皮門塔唯一擔心的是他的肩胛骨，因為有一條行李箱固定帶的位置不對。人家會以為他不知道怎麼搬運行李呢。

里卡多．雷伊斯坐進椅子裡，環顧四周。這就是他不知道將要住多久的地方，也許他會租間屋子開辦診所，也許可能決定回巴西。但眼前暫居旅館就行了，一個不需要承諾的中立地。他在途中，生命暫停。平滑垂簾後方的窗陡然明亮起來，是街燈的緣故。已經這麼晚了，這一天結束了，餘下的白晝在遙遠的海面上盤旋，正在迅速逃離。而不過幾鐘頭前，里卡多．雷伊斯仍舊在那片水域上航行，如今地平線伸手可及，展現在四壁與如黑鏡般反射著光的家具上，他聽到的不是輪船引擎深沉的振顫，而是低語，城市的呢喃，六十萬人的嘆息，遠處的呼喚。接著，走廊響起了小心翼翼的腳步聲，一個女人的聲音說，我這就去。這些話，這個聲音，一定是女傭。他打開一扇窗戶向外看，雨停了，清新的空氣讓掠過河面的風吹得溼潤，瀰漫了整個房間，掃去了黴味，吹走了遺忘在某抽屜中的髒衣的氣味。他提醒自己旅館不是家，總會有某種味道殘留不去，失眠或一夜恩愛的汗水，一件溼透的大衣，出發時鞋上刷下的泥，進來更換床單打掃房間的女傭，女人特有的氣味，不可避免的氣味，人的痕跡。

他讓窗戶開著，又去開了另一扇。他穿著襯衫，精神抖擻，突然又有了活力，開始打開箱子整理東西。不到半個鐘頭，他就清空了箱子，衣服收到抽屜櫃，鞋子放到鞋架上，西裝吊掛在壁櫥裡，裝著醫療器械的黑匣擱到櫥櫃的黑暗角落。他隨身帶來的幾本書擺上書架，幾本已經失去閱讀習慣的拉丁語經典，幾本經常翻閱，有他最喜歡的英國詩人，三四個巴西作家，不超過一打的葡萄牙作家。其中一本是他在高地旅號圖書室找到的，忘了歸還。如果愛爾蘭裔圖書管理員發現這本書不見了，會對盧西塔尼亞國提出令人痛心的嚴重指控，如拜倫說過的妙語，這是一個奴隸和強盜的國度，奧布萊恩也會同意的。無關緊要的局部違法行為往往引起眾所皆知的轟動後果。但我是無辜的，我發誓這只是我的健忘，僅此而已。他把書放在床頭櫃，打算這幾天看完，赫伯特．奎恩的《迷宮之神》，作者也是愛爾蘭人，絕非不尋常的巧合。但名字本身肯定十分不尋常，因為發音不用做什麼大變化，你可能就會把奎恩（Quain）讀成了葡萄牙語的誰（Quem）。注意，Quain，*Quem*，作家不再默默無聞了，因為有人在高地旅號上發現了他。如果這是唯一的一本，即使它現在已經丟失了，那就更有理由問我們自己是誰了。沉悶無趣的旅途和喚起情感的書名吸引了他。一個有神的迷宮，是什麼神，是什麼迷宮，是什麼迷宮般的神。結果它原來是一個簡單的偵探故事，一個調查死亡事件的普通故事，凶手，被害人，最後是偵探，三個都是共犯。說實話，在我看來，懸疑故事的讀者是他所閱讀的故事中唯一真正的倖存者，除非每一個讀者都以唯一真正倖存者的立場來閱讀每一個故事。

還有一些需要收好的紙稿，上面寫著詩句，最早寫於一九一四年六月十二日。當時戰爭即將爆發，他們後來稱之為大戰，直到他們經歷了一場還要更大的戰爭。大師，寧靜是我們失去的時光，如果在失去的時候，就像在花瓶裡，我們放上了鮮花。然後結束了，平靜中，我們離開這個生命，對曾經活過沒有絲毫悔恨。最新一頁的日期是一九三五年十一月十三日，是他六星期前寫的，仍舊新鮮，那幾行寫的是無數的人活在我們的內心，如果說我思考和感覺，我不知道是誰在思考和感覺，我不過是有思考和感覺的地方。雖然它們不是在這裡結束，但似乎一切都結束了，因為除了思考和感覺之外，什麼也沒有。如果我是這樣，里卡多·雷伊斯在停止閱讀時沉思著，誰會在此刻想我所想，或者誰會因為思考而思考我在我所在之處思考。誰會和我有一樣的感覺，或者誰會因為感覺而感覺我在我所在之處感覺。誰在利用我去思考和感覺，在我內心的無數人之中，我是誰，誰、*Quem*、Quain，什麼思考和感覺是不分享的，因為它們獨屬於我一個人的。別人不是、過去不是、未來也不會是的我是誰。他合攏了紙稿，放到小寫字檯的抽屜裡，關上窗戶，去放熱水準備洗澡。七點多了。

八點的最後一聲鐘聲在櫃檯牆上的鐘擺發出迴響時，里卡多．雷伊斯準時下樓來到餐廳。薩爾瓦多經理趕忙上前打開那兩扇門，微微一笑，鬍鬚在看上去一點也不乾淨的牙齒上方往上一揚。門玻璃鏤刻著旅館名稱的縮寫，H和B，B纏繞著曲線和反曲線，裝飾著藤蔓枝葉花卉，非寫實風格的刺莨苕、棕櫚葉和螺旋葉讓樸素的旅館多了尊貴。領班帶路。餐廳沒有其他客人，只有兩個擺好桌子的侍者。備膳室後方傳來了聲響，那扇門上也有同樣的花押字母，湯盤、長碟和加蓋菜盤很快就會從那扇門進來。家具一如所料，見過這類餐廳的人都見過，天花板和牆壁上有幾盞昏幽的燈，桌面鋪著纖塵不染的白桌布，那是旅館的驕傲，洗衣房的漂白劑把它們洗得煥然一新，如果在卡內薩斯，那就只會靠肥皂和陽光，但連日多雨，他們的工作進度一定遠遠落後了。里卡多．雷伊斯就坐，領班告訴他菜單內容，有湯，有魚，有肉，除非醫生想吃清淡點，那就是另一種湯、魚和肉。您適應新飲食以前，我建議您選擇後者，因為您離開了十六年，才從熱帶地區回來。所以連餐廳和廚房都知道他的一切。此時，通往櫃檯的門推開來，一對夫妻帶著兩個幼子進入，一男一女，雖然父母氣色紅潤，兩個孩子臉色卻像蠟一樣，不過就長相來看，都是親生的，一家之主走在前面率領他的家庭，母親在後方推著孩子向前。接著來了一個男人，又胖又笨拙，肚皮上的金鏈子從小背心的口袋拉到另一個小口袋，緊接著又來了一個人，極瘦，打著黑領結，臂上別著服喪的黑紗。接下來的一刻鐘再沒有人來，就聽見餐具碗盤碰撞的聲音。孩子們的父親威嚴地用餐刀敲著酒杯呼喚侍者，打擾了瘦子的哀慟，冒犯了他的良好教養，他嚴厲地看了那人一眼，而胖子卻冷靜地繼續咀嚼。里卡多．雷伊斯打量著雞湯上的浮油，他聽從領班建議選擇較為清淡的菜色，是因為不在乎，而非相信了，因為他看不出這有什麼真正的好處。窗玻璃傳來嘩啦嘩啦的聲響，他知道又開始下雨了。這幾道窗不是臨著迷迭香街，可能是哪一條街呢，他如果知道的話，也是想不起來了，不過來替他換盤子的侍者告訴他，是新橡樹街，又問，湯好喝嗎。從侍者良好的發音可以知道他是加利西亞人。

這時，門口進來了一個中年男人，身材高大，儀表堂堂，一張長臉爬滿了皺紋，他帶著一個二十多歲的女子，如果的確是這個歲數，那麼身材算是瘦削了，不過說她苗條更為恰當一些。他們朝著里卡多．雷伊斯對面的桌子走來，情況突然明朗了，原來桌子一直在等著他們，就像一件物品等待著經常伸出來占有它的手一樣。他們鐵定是常客，或許就是旅館的主人，真有趣，我們竟然忘記了旅館是有主人的。這兩個人不管是不是主人，都像在自家一樣，好整以暇地穿過了餐廳。當你留意時，就會注意到這些細節。女子側身坐著，男人背對里卡多．雷伊斯，他們低聲交談，但她安慰他時提高了嗓門，沒有，爸爸，我很好。那麼說來，他們是父女，今日在任何旅館都不大常見的組合。侍者走來招呼他們，態度莊嚴且友善，然後又走了。餐廳再次一片寂靜，連孩子也沒有提高嗓門。多奇怪，里卡多．雷伊斯竟然不記得聽到了孩子說話，或許他們是啞巴，或許他們的嘴唇被無形的夾子固定在一起，很荒謬的想法，因為他們正在吃東西。苗條女子喝完了湯，放下湯匙，右手開始撫摸左手，彷彿左手是一隻趴在她膝上的小狗。這個動作讓里卡多·雷伊斯感到驚訝，他這才注意到她的左手從未動過，也想起了她只用右手摺餐巾，現在她握著左手，準備將它放在桌面，動作非常輕柔，像是捧著十分易碎的水晶。她把左手放在盤子旁邊，用餐時一言不發，長長的指頭伸著，蒼白且無力。里卡多·雷伊斯感到一股寒顫，不是其他人替他感覺到的，他的皮膚裡裡外外都在顫動，他無比著迷地注視著那隻手，它癱瘓了，失去了知覺，不知道該往哪裡去，除非是被抬起來，休息一下曬曬太陽，聽聽別人談話，或者給剛從巴西來的醫生發現了。這隻小手是左手，理由有二，是左手，因為它在左邊，是左手，因為它是一件笨拙殘廢沒有生命的枯萎東西，永遠不會去敲任何的門。里卡多·雷伊斯又注意到，從備膳室送來給女子的食物事先處理了，魚骨剔除，肉塊切丁，水果削了皮切成片。顯然旅館員工都熟悉父女，他們也許根本是旅館房客。他用餐完畢，卻又逗留了片刻，騰出時間，但騰出什麼時間，又為了什麼目的呢。最後他站起來，把椅子向後拉了拉，他發出的聲音也許太過響亮了，那女子轉過身來。從正面看，她二十多歲，但從側面看，她立刻恢復了青春，脖頸纖細，下巴精巧，全身不安的線條都缺乏信心，尚未完成。里卡多·雷伊斯從桌子旁站起來，走向鏤著花押字母的玻璃門，到了那裡，不免要與同樣要離開的胖子客套一番。你先請，先生；請，你先請。胖子走了出去，謝謝你，好心的先生，先生這個詞用得有點諂媚，因為如果我們把所有的文字都照字面來理解的話，里卡多·雷伊斯會先通過，因為根據他對自己的理解，他是無數的人。

薩爾瓦多經理已經拿出了二〇一號房間的鑰匙，做了一個熱心的手勢，好像要遞過來，但又心領神會地縮了回去，在巴西待了這麼些年，漂洋過海這麼多日，說不定房客希望夜裡悄悄溜出門，探尋里斯本以及里斯本祕而不宣的樂趣，即使冬夜讓交誼廳舒適的氣氛更加誘人，眼前就是高背皮革扶手椅，房間中央懸著綴滿水晶吊墜的枝形吊燈，還有環繞整個房間的大鏡子，鏡子在另一個空間複製了房間。這個複製不是鏡子熟於面對的普通比例之簡單反映，長寬高並非逐一複製，也不容易辨認。相反，它們融為一個無形的幻影，呈現在一個既遠又近的平面，除非這個解釋中存在著某種頭腦出於懶惰而避之的悖論。里卡多·雷伊斯在鏡子深處凝視自己，無數人中的一個，人人都疲憊不堪。我要回房間了，兩個星期的舟車勞頓，天氣又是糟到不能再糟，我實在累壞了，你有報紙嗎，睡前我想了解一下國內新聞。拿去吧，醫生，請自便。就在這個時候，手臂癱瘓的女子同她的父親走進了交誼廳，父親在前，女兒在後，相距一步。里卡多·雷伊斯已經拿起了鑰匙和報紙，報紙是灰燼的顏色，印刷已經模糊了。一陣大風吹來，樓下的前門砰的一聲關上，蜂鳴器響了。沒有人來，只是正在聚集的暴風雨。此夜不會再有什麼有趣的東西，只有雨水，籠罩海陸的暴風雨，孤獨。

他房裡的沙發很舒適，許許多多身體躺靠過的彈簧凹陷出一個人形來，寫字檯的燈所發出的光以正確角度照亮了報紙。好像在家裡，在家人的懷抱，在我沒有並也許永遠也不會擁有的爐邊。這是我的祖國葡萄牙的報紙，它們告訴我，國家元首在殖民地管理局舉辦莫西尼奧·德·阿爾伯克基紀念展，人不能躲過帝國的紀念活動，也不能忘記帝國的名人。

古勒岡發生了令人擔憂的事，我連它在哪裡也記不得，噢，想到了，在里巴特茹省，洪水可能會沖垮叫做文特的那道堤壩，好怪的名字，哪來的，我們將見到一八九五年的災難重演。一八九五年，我才八歲，自然不記得了。世界上最高的女人叫愛爾莎·德羅雍，身高兩百五十公分，河水也漲不到那麼高。那個年輕女子，不知道她叫什麼名字，那隻癱瘓的手完全使不出力，可能是疾病，也可能是因為什麼意外。第五屆全國嬰兒選美大賽，半頁的嬰兒照片，赤裸裸的身體，胖呼呼的肉摺，靠奶粉滋養長大。在如此幼小的年紀，在不尊重純真者淫蕩的目光下拍攝照片，這些嬰兒中有的長大後會成為罪犯、流浪漢和妓女。軍事行動仍在衣索比亞繼續。巴西有什麼消息，沒什麼新鮮事，一切都完了。義大利軍隊全面推進。沒有人類的力量能阻止義大利士兵驍勇作戰，阿比西尼亞[3]的步槍又有什麼能耐，沒用的長矛，破舊的彎刀。一個知名女運動員的律師宣布，他的客戶接受重大變性手術，過幾天她就會彷彿生來就是男人，在宗教法庭面前可別忘了改她的名字，叫什麼名字，波卡基。一幅藝術家費爾南多·桑托斯的畫，這個國家正在培育藝術。競技場戲院正在演出《最後的奇觀》，主演的是身穿銀裝高䠷優雅的巴西名人范妮絲·美尼利斯。奇怪，我在巴西一定沒注意到她，我的錯。在里斯本，最便宜的座位是三埃斯庫多[4]，正廳座位從五埃斯庫多起跳，每日兩場，星期天加演日間午場。波利特雅瑪戲院正在上映《十字軍東征》，壯觀的史詩之作。無數的英國軍隊分遣小隊在塞德港登陸，每個時代都有十字軍，他們就是現代的十字軍，傳聞他們將前往義大利占領的利比亞邊境。十二月上半月在巴西死亡的葡萄牙人名單。這些名字我一個也不認識，我不需要表達我的同情或哀悼，但看來很多葡萄牙移民死在那裡。全國各地都有慈善活動，提供窮人免費晚餐，窮人收容所的食物品質提高，老人在葡萄牙得到良善的照顧，更不用說棄兒了，那些流落街頭的小花。接著是這條新聞，波多市議會主席發電報給內政部部長，今天的會議上，我所主持的議會討論了冬季援窮救困的政令，我們決定讚美閣下這個令人欽佩的重大計畫。其他新聞，牛糞汙染飲水槽，天花在萊布桑和法特拉蔓延，波塔萊格雷爆發流感，瓦爾邦有傷寒，一個十六歲的女孩死於天花，牧歌般天真的田園之花，過早且殘酷地從莖幹割下的百合。我養了一頭母獵狐犬，非純種，已生了兩窩，我兩次都發現牠吃了小狗，沒有一隻逃得了，親愛的編輯，請告訴我，我該怎麼做才好。親愛的讀者，關於你的問題，答覆如下，母狗吃同類的情況，通常是因為懷孕期間營養不良。狗必須以肉為主食，補充牛奶、麵包和蔬菜，簡而言之，飲食要均衡。若這改變不了牠的習性，無補救之法，要麼殺死狗，不然就是不許牠交配，讓牠忍過發情期，或者你可以切除牠的卵巢。現在，讓我們試著想像一下，如果懷孕期間婦女營養不良，缺乏肉、麵包和綠色蔬菜，這可是相當普遍的情況，而她們也開始吃自己嬰兒，這樣會發生什麼事呢。想像之後，確認了這種罪行沒有發生，你就很容易看出人獸之別。編輯沒有添加這幾句評論，里卡多·雷伊斯也沒有，他正想著別的事情，給這個母狗取一個適合的名字。他不會叫牠戴安娜或蘭布拉達，而是一個會揭露牠的罪行或動機的名字，但願這頭邪惡的野獸吃到有毒的食物，或者死於自己主人的步槍下。里卡多·雷伊斯堅持不懈，終於想出了一個合適的名字，烏戈利諾．蓋拉爾代斯卡，他是一個極為殘暴又好色的貴族，吃了他的子孫，證據在《教宗派與皇帝派的歷史》，《神曲：地獄篇》第三十三章也有提到。因此，就叫這個吃自己孩子的母狗烏戈利諾吧，這麼違反自然倫理，絲毫沒有同情之心，下顎撕裂牠那無助幼崽溫暖柔軟的皮肉，咬死牠們，咬斷牠們脆弱的骨頭，可憐的幼崽，嗚嗚咽咽死了，不知道誰在吞噬自己，不知道誰生下了自己。烏戈利諾，別殺我，我是你的孩子。

平靜敘述這些恐怖故事的那一張報紙落在里卡多．雷伊斯的膝上。他沉沉睡去了。驀地一陣風吹來，吹得窗玻璃格格直響，暴雨傾盆而下。嗜血如命的母狗烏戈利諾徘徊在里斯本空蕩蕩的街道上，在門洞嗅來嗅去，在廣場和公園嚎叫，怒不可遏地咬住自己即將懷上下一胎的子宮。

1　西班牙語源自古卡斯提爾王國，卡斯提爾語有純正的西班牙語之意。
2　譯文依照原文，採用葡萄牙的樓層算法，一樓相當於臺灣的二樓，以此類推。
3　阿比西尼亞為衣索比亞的前身。
4　Escudo，葡萄牙使用歐元前的貨幣單位。

過了一個隆冬霜寒的夜晚，一個狂風暴雨的夜晚，狂風暴雨這幾個字，從頭開始就連在一起，隆冬霜寒則不一樣，但兩組詞句都與環境如此貼切，讓人不用費腦力去想新詞，清晨或許會有明媚的陽光，湛藍的天空，還有鴿子飛翔的歡快聲。但惡劣的天氣並沒有改變。燕子繼續在城市上空飛翔，大河不能信賴，鴿子幾乎不敢到那裡去冒險。下雨了，但無礙於帶著雨衣雨傘出門的人，與今早的大風相比，這風不過是輕撫面頰而已。里卡多．雷伊斯提早步出旅館，上商業銀行，將他的英鎊換成了葡萄牙幣，一英鎊兌換十一萬雷亞爾。可惜，這些英鎊不是黃金，否則可以兌換到幾乎雙倍的數字。即便如此，這名歸來的旅人也沒有真正的理由好抱怨，因為他從銀行出來時錢包有五千埃斯庫多，這在葡萄牙是一筆小財富。他不知不覺走到了商業街，離宮院[5]只有幾米遠，但里卡多．雷伊斯不會冒險穿過廣場。他在柱廊的保護下眺望遠方，黑暗的河水湧動，潮水高漲。當水浪湧向岸濱時，你會想像浪即將淹沒廣場，不過那只是一種視覺錯覺，浪頭打上了牆，碼頭的斜階就破壞了它們的衝擊力。他回憶起自己坐在那裡度過的時光，歲月渺遠，他懷疑自己是否真的經歷過。可能是代表我的某個人，也許是相同的面孔和名字，但卻是另一個人。他的腳又溼又冷，他也感到一種陰沉的暗影籠罩全身，不是籠罩他的靈魂，我重複一遍，不是籠罩他的靈魂。這種感覺是有形的，若非雙手握著沒必要撐開的傘柄，他可以用手觸摸到。人就是這樣讓自己與世界疏遠，讓自己受到一些路人玩笑的攻擊，他們打趣說，嘿，先生，這邊可沒有下雨。但這個男人的微笑很自然，沒有一絲惡意，里卡多．雷伊斯也因為自己的分神而微微一笑。不知為什麼，他喃喃念著若昂．德．多伊斯的兩行詩，這詩每個幼兒園的孩子都朗朗上口。在這個柱廊下可以舒舒服服過上一夜。

他來這裡，因為這裡離廣場很近，也順便核實一下他對這個地方的記憶是否如雕刻般清晰，是否與現實有任何的相似。方形廣場三面環繞著建築，中央是一尊莊嚴的騎士雕像，從他站的地方看不見凱旋門。不過每一樣東西都是晦昧朦朧，建築只有模糊的線條。一定是天氣，是時間，還有他日漸衰退的視力造成，只剩下記憶的眼睛銳利猶如鷹眼。快十一點了，柱廊下熙來攘往，但行人眾多不等於匆忙，這群莊重的人以穩定的步伐移動，男人戴軟帽，傘上滴著水，少有女人在這個時候出現，公務員即將抵達他們的辦公室。里卡多．雷伊斯繼續朝十字架街的方向走去，拒絕了一個彩券販堅持不懈的推銷，他想賣給他一張下期開獎的彩券。這張的號碼是一三四九，明天就要搖獎了。不會搖出那個號碼，明天也不會搖獎，但占卜家就是如此高歌，一個有帽徽有販賣許可的先知。一定要買張彩券，先生，不買，你要後悔的，相信我，這張會中。帶有威脅的哄騙。里卡多．雷伊斯走到加雷特街，進入了西亞多區，那裡有四個腳夫不顧細雨靠在雕像的基座上。這裡是加利西亞人的島。在更遠的地方，雨其實已經停了。路易・德・賈梅士[6]身後有一團白色的光，一個*nimbus*。這就是文字麻煩的地方，*nimbus*有雨、雲和光暈等意思，由於詩人不是上帝，也非聖人，雨停不過是雲層在經過時變薄而已。別把這些想像成奧里基或法蒂瑪那樣的奇蹟，甚至也不是天空變藍的簡單奇蹟。

里卡多・雷伊斯要去報紙檔案館。昨天睡前他記下了方向。沒有理由相信他睡得不好，也沒有理由相信他覺得床鋪或故土陌生。當一個人在一個陌生寂靜的房間等著入睡，聽著外頭的雨聲，事物會呈現出真實的特點，它們變得偉大、肅穆、沉重。會騙人的是白晝的光，它將生活變成了難以察覺的陰影。只有夜晚是明白清晰的，但它輸給了睡眠，也許是為了我們的安寧和休息，為了我們靈魂的平靜。里卡多・雷伊斯走進報紙檔案館，想知道發生什麼事的人必來的地方，因為全世界都會經過里斯本上城這裡，留下腳印，斷枝，踐踏過的葉，說出了口的話。剩下的就是這個必要的發明，如此一來，前頭提到的世界也許保留了一張臉，一個表情，一個微笑，一個致命的痛苦。費爾南多・佩索亞[7]的意外死亡在知識分子圈引起了極大的悲傷。創辦《奧菲》雜誌的詩人，一個令人欽佩的精神，不僅創作了原始形式的詩歌，也寫了叫人信服的評論文章，他默默地活在人世，而在前日也默默地辭世了。在葡萄牙沒有人能靠文學過活，所以費爾南多・佩索亞在一家貿易公司當職員。再往下幾行，他的友人在他的墓旁留下紀念花圈。這份報紙沒有提供其他的消息了。另一篇以不同文字報導同樣的事實，週六深夜，偉大詩人費爾南多・佩索亞於聖路易醫院基督徒病床上猝死，昨日下葬，他的《使命》歌頌愛國情操，是有史以來最優美的作品。在他的詩歌中，他不僅是費爾南多・佩索亞，也化身為阿爾瓦羅・德・坎普斯、阿爾貝托・卡埃羅和里卡多・雷伊斯。哈，找到了，一個不用心所造成的錯誤，把聽錯的記下來，因為我們都知道，里卡多・雷伊斯是睜著自己活生生的眼睛正在讀報的這個人，一個四十八歲的醫生，比費爾南多・佩索亞閉起毫無疑問已死的眼睛時大上一歲。不需要其他證據或證詞來驗證我們說的不是同一個人，如果有人仍在懷疑，叫他去布拉干薩旅館和經理薩爾瓦多先生談談吧，問他有沒有一個名叫里卡多・雷伊斯的紳士下榻，他是個醫師，剛從巴西來。他會說有，醫生說他不回來吃午餐，但肯定回來吃晚餐，如果你想留個口信，我會幫忙轉達。誰敢質疑一個旅館經理的話呢，他有過人的識人本領，在確認身分方面也經驗豐富。然而，我們不會滿足於一個我們不能說非常了解的人的說詞，這裡還有另一家報紙的訃告版刊載了這個消息。報導扼要敘述了他的職業生涯，昨日舉辦了費爾南多・安東尼奧・諾蓋拉・佩索亞的葬禮，單身，享年四十七歲——注意，是四十七歲——生於里斯本，曾負笈英國大學研讀文學，為文壇知名作家和詩人，一把把野花撒在棺木上，哀其不幸，它們很快就要枯萎了。在等候前往逸樂墓園的電車時，里卡多・雷伊斯讀了墳前發表的葬禮演說，他在某個人被絞死的地方附近閱讀，我們知道那是大約二百二十三年前的事，約翰五世統治時期，《使命》中沒有提到這個國王。他們絞死一個熱那亞騙子，他為了一塊布殺害了我們的同胞，拿刀刺入他的喉嚨，又對死者的情婦做了同樣的事，情婦當場死亡。然後他在他們的僕人的身上戳了兩刀，但不是致命傷，又像對待兔子那樣剜了另一個人的眼。這個凶手被逮捕了，判了死刑，在圍觀的群眾面前處決，就在這裡，因為這裡離他犯罪的房子很近。彼時的情境不能與一九三五年的這個早晨相比，這是一個十二月天，準確地說是三十日，天空烏雲密布，只有不得不出門的人才走在街上，不過里卡多・雷伊斯倚著科姆羅人行道高處的燈柱讀悼詞的此刻並沒有下雨。不是寫給熱那亞騙子的，他沒有悼詞，除非算上憤慨的民眾的羞辱，這是寫給費爾南多・佩索亞的悼詞，詩人，清白，兩個形容詩人這段塵世之旅的字眼，對他來說，這兩個詞已然足夠，或者一個也不用。的確，沉默是最好的，沉默已經籠罩著他和我們，符合他的性情，因為接近上帝的也接近他。然而，他那些頌美揚華的同輩不會也不能就這麼讓他入土，或是讓他升入永恆的最後地平線，他們表達了抗議，面對此次離別既冷靜又悲痛，奧菲的夥伴們，比起夥伴，他們更像是手足，追求同樣的理想之美，他們不能，我再說一遍，他們不能把他遺棄在最後的安息之地，卻沒有朝他溫柔的死亡撒上象徵沉默和受難的白百合花瓣。我們哀悼死神自我們身邊帶走的人，哀悼失去他奇蹟般的才華與他優雅的風範，但我們哀悼的只有人，因為命運賦予他的精神和創造力一種不會消亡的神奇美麗。剩下的屬於費爾南多・佩索亞的天賦。來吧，來吧，幸好在正常的生活規則中仍然可以找到例外。從哈姆雷特的時代我們就這麼說，剩下的就是沉默，剩下的終究交給天才來解決，如果這個天才能做到，也許其他天才也能做到。

電車來了又走了，里卡多．雷伊斯找到一個獨享的座位。一張票是七十五分錢，他不久就會學會一張七個半錢的說法。他繼續讀悼詞，無法相信這是獻給費爾南多．佩索亞的——如果我們讀一下報導，就知道他肯定已經死了——因為詩人不會容忍這樣的語法和誇大的言詞。他們一定不怎麼認識他，才會這麼對他說話，才會這麼講起他。他們在他的手腳被綁著時利用了他的死亡。他們說他是一朵遭到侵掠的百合，一朵像染了傷寒的姑娘的百合，用了高貴來形容。天啊，怎樣的陳腔濫調。高貴有高尚、有禮、勇敢、優雅、討喜和儒雅等意思，那麼詩人躺在聖保羅醫院基督徒病床上時，會選擇哪一個意思。但願是討喜，因為與死亡同在，失去的應該只是生命。

里卡多．雷伊斯來到了墓園，大門上的鈴響了，琅琅琅，空氣充滿了青銅敲擊的聲音，好像某個鄉村別墅的鐘聲在昏昏欲睡的午後響起。有人抬著一個即將消失的棺材，棺幔搖搖蕩蕩，婦人的臉上蒙著黑披肩，男人穿著自己最好的那身衣服，懷裡捧著紫紅色菊花，棺材上方的凸條上也有幾朵，即使是花，也沒有共同的命運。棺材消失在深處，里卡多．雷伊斯到登記處詢問費爾南多．安東尼奧．諾蓋拉．佩索亞葬身地點，他上個月三十日去世，本月二日下葬，在這片墓地長眠直到時間的盡頭，屆時上帝將命令詩人從他們暫時的死亡中醒來。管理員知道站在眼前的，是一位受過良好教育並具有相當地位的人，小心翼翼告訴他路名和編號，因為這裡就像城市一樣，先生。為了確定他的指示清楚，他還從櫃檯後面走出來，跟著走到外面指點他，順著大馬路直走，走到底右轉，再直走，走到那條小徑大約三分之二的地方，就在右手邊，要留神注意，墳墓很小，容易錯過。里卡多．雷伊斯謝謝他的協助。風從遠方的大海大河吹拂而來，他沒有聽到在墓地裡以為會聽到的慟哭，只有灰濛濛的天空，雨後潮溼的大理石閃著光芒，墨綠色的柏木顏色更深了。他按照指示沿著兩側栽種白楊樹的路往下走，尋找編號為四三七一號的墳墓，正是昨日開出的彩券號碼，不會再開出了，開出這個號碼的是命運，而非運氣。路緩緩向下傾斜，幾乎是在散步。至少最後這幾步不難走，送葬隊伍的最後一段路，因為費爾南多．佩索亞不再有人相伴了，如果送他至此的人在他一生中確實陪伴過他。我們到了這裡該要轉彎。我們問自己為什麼要來，還有什麼淚要流，如果我們以前沒流，為什麼現在要流。也許我們是震驚多過於悲傷，悲傷來得遲，而且隱約不明，好像整個身體是一塊獨立的肌肉，由內受到壓迫，沒有黑色的痕跡明白顯露出我們的悲傷。在兩側，家族墳墓的小教堂上著鎖，窗上掛著蕾絲窗簾，手帕那種高級亞麻布做成的窗簾，兩個植物之間繡著精緻無比的花朵，又或者用像裸劍般的針勾出的沉重織簾，法國人管這叫*richelieu*或*ajour*，只有上帝才知道怎麼發音。這讓我想起了高地旅號上的那些孩子，現在已經在遙遠的地方，向北航行，那片海域裡的鹽來自盧西塔尼亞漁夫被海浪奪走生命時流下的淚，岸邊哭泣的家屬的淚。刺繡絲線是克氏大衣公司的產品，該公司以錨為商標，以求勿忘航海史之禍。里卡多．雷伊斯走了一半的路，不斷地向右張望。永恆的悵然；悲傷的回憶；對某某的愛的記憶；如果我們看向另一邊，會看到同樣的碑文，垂翅的天使，墮淚的雕像，交織的十指，精心安排的衣摺，整齊收攏的垂幔，斷柱。或許是石匠把它們砍斷，或者它們完好無損送來，讓逝者的親屬擊碎，以示悲痛，就像戰士肅穆地砸了盾牌，紀念他們的領袖。十字架腳下的頭骨。死亡的證據是死亡用來遮掩自己的面紗。里卡多．雷伊斯走過了他正在尋找的墳墓。沒有聲音呼喚，你好，就是這裡，卻仍有一些人堅持死者是會說話的。如果沒有法子辨認它們，墓碑上頭沒有刻著名字，沒有如同活人門上的號碼，那麼死者怎麼辦呢。好在他們教了我們認字，因為你可以想像一些不識字的人需要有人牽手告訴他們，墓就在這裡呢。他會滿腹狐疑望著我們，因為如果我們出於錯誤或惡意誤導了他，他會發現自己對著凱普萊特祈禱，而不是對著蒙塔奇奧祈禱，對著岡卡爾維斯祈禱，而不是對著門德斯祈禱。

頭銜與資產職業有關，正面刻著迪奧尼西亞．德．佩索亞夫人之墓，哨兵在崗亭的簷下打盹，頗為浪漫。底下，在門下鉸鏈的高度，就只有另一個名字而已，費爾南多．佩索亞的名字，連同他的生辰與忌辰，一個鍍金的骨灰盒的輪廓表示，我在這兒呢。里卡多．雷伊斯高聲重複，他在這兒呢。就在那時，又下起雨來了。他遠道而來，從里約熱內盧出發，在公海上日以繼夜航行，航程那麼近，但彷彿又那麼遠，現在他終於獨自撐傘站在這條路上，在墳墓中間，要做什麼好呢。該想想午餐要吃什麼了。在遠處，他聽到喪鐘空洞的聲音，他以為抵達時就會聽到的聲音，當他觸碰到欄杆時，他的靈魂陷入了恐慌，一種深渺的撕裂，一陣內心的騷動，好像偉大的城市由於少了我們而在寂靜中坍塌，門廊白塔搖搖欲墜。到頭來不過是眼底微微的刺痛，而那感覺很快就消逝了，甚至沒有時間去想它，也沒有時間去為這個念頭而心煩。這裡沒有什麼可做的了，他所做的也算不了什麼。墳墓裡是一個不能任她隨意遊蕩的瘋老太太。詩人在這個世界留下他那一份瘋狂，他那正在腐爛的屍體也在她的關注下。詩人和瘋子的最大區別在於支配他們的瘋狂的命運。想到躺在裡面的迪奧尼西亞奶奶，想到她飽受煎熬的孫子費爾南多，他感到一陣恐懼，她睜大眼睛監視，他則轉移了目光，尋找一道空隙，一絲空氣，一線微光，他的不安變成了噁心，彷彿一道巨浪襲來叫他窒息，這個在海上十四天一次也沒有暈船的人。他於是暗忖，一定是我的肚子空著，他或許是對的，因為他整個上午都還沒吃東西。開始下起大雨了，下得正是時候。現在如果有人問，里卡多·雷伊斯已經準備好答案，我在那裡沒待多久，雨勢太大了。他開始沿著路往上走，腳步緩慢，他覺得噁心感消失了。只剩下輕微的頭痛，也許腦中有種空虛，彷彿少了什麼，一塊大腦消失了，佩索亞放棄了的那一塊。他發現給他指路的人站在登記處的門口，嘴唇油膩，顯然剛吃過午餐。在哪裡吃，就在這裡吃，一張餐巾攤在他的辦公桌上，食物是從家裡帶來的，因為包著報紙仍然溫熱，或者可能用文件櫃另一頭的瓦斯爐加熱，為了將文件歸檔，三度中斷咀嚼。所以說，我在那裡待的時間肯定比我以為的更久。那麼你找到了你想找的墓。找到了，里卡多·雷伊斯回答，他走出大門時重複一遍，我找到了。

他又餓又急，朝一排計程車打了個手勢。這麼晚了，誰知道他還能不能找到一家能為他準備午餐的餐廳或小館子。司機有條不紊咀嚼著一根牙籤，舌頭把牙籤從一邊的嘴角移到另一邊。肯定是靠舌頭，因為他的雙手始終握著方向盤。他不時把齒間的口水吸得啜啜響。吸吮的聲音，斷續的消化顫音，這兩個音符同時發出，聽起來真像鳥鳴，里卡多．雷伊斯想著想著就笑了，但同時眼裡也充盈了淚水。真奇怪，這樣的聲音能有這樣的效果。也可能是看到一個小天使放在白色棺材裡被抬進了墳墓，一個沒能活到成為詩人之齡的費爾南多，一個沒能當上醫生或詩人的里卡多。突然墮淚，原因也許只是釋放壓抑情緒的時刻到了。這類的生理問題非常複雜，讓我們把它們留給理解它們的人吧，尤其如果證明必須沿著情緒之徑進入淚腺，才能確認——例如，悲傷的眼淚和快樂的眼淚之間的化學差異，前者幾乎可以肯定較鹹，這也就解釋了人的眼睛何以經常感到刺痛。在前方，司機把牙籤塞進右側的犬齒之間。他不作聲上下移動牙籤，尊重乘客的悲傷，他從墓園接到客人都習慣這麼做。計程車沿著星斗街往下開，在宮廷街拐彎，朝河邊駛去，到了龐巴爾下城區，又沿奧古斯塔路而上。駛入羅西烏廣場時，里卡多．雷伊斯突然記起來了，在前面聯合兄弟那間餐廳停下，在右邊，大門在後面，在皮帶商街上。到了那裡，肯定能吃上一頓好飯，那裡餐點美味，氣氛傳統，因為這家餐廳坐落在萬聖醫院多年前的舊址上。你還以為我們是在講另一個國家的歷史。地震來了，看結果吧，但我們會變好還是變糟，關鍵在於我們多麼有活力和希望。

里卡多．雷伊斯午餐時不再忌食了。昨天是他表現軟弱。一個人從海上返回陸地的人，就像一個孩子，有時會尋找一個女人的肩膀把頭靠上去，有時會在某個小酒館裡，點了一杯又一杯的酒，直到感受到幸福為止，只要幸福已經事先被倒入那瓶酒裡。在其他時候，他好像沒有自己的意志。隨便一個加利西亞侍者都可以決定他該吃什麼，先生，如果您覺得反胃，我建議吃一點雞肉。在這裡沒有人想知道他是否昨天才下船，熱帶食物是否影響了他的消化能力，如果他飽受思鄉之苦，那麼有什麼特別的食物可以一解他的鄉愁。如果不是思鄉，他為什麼要回來。從他坐的桌子，透過窗簾的縫隙，可以看到外面的電車經過，可以聽到電車轉彎時吱嘎作響，小車鈴叮叮噹噹，一種在雨中流動的聲音，好像沒入水中的大教堂的鐘聲，或者在井裡無限迴盪的大鍵琴旋律。侍者耐心地在一旁轉來轉去，等候最後一個客人吃完午餐。他來晚了，懇求他們為他服務，儘管廚房的工作人員已經在清理鍋碗瓢盆，他的請求得到了應許。現在他用餐完畢，謝過了侍者，客氣地祝他們有個愉快的下午，從開向皮帶商街的門走了出去，外頭是一座鐵和玻璃構成的巴比倫——無花果廣場。市場依然熙熙攘攘，但與上午的時光相比則是顯得平靜，彼時嘈雜的叫賣聲一聲比一聲響亮。無數強烈的氣味撲鼻，踏爛了的羽衣甘藍，兔子糞便，沸水燙過去皮的雞隻的羽毛，血水，剝除的皮。有人拿著水桶、水管和硬毛掃帚，清洗著長椅和通道。時不時聽到金屬的刮擦聲，忽然隆的一聲，某個捲門拉下了，里卡多．雷伊斯從南側繞過廣場，拐到鍍金匠街。雨幾乎停了，他現在可以收起傘，抬頭瞧瞧那又高又髒的外牆。成排窗戶，同樣高度，有的帶窗臺，有的帶陽臺，單調的石板沿路延伸，最後合攏成細細的豎條，越來越窄，但永遠不會消失。始胎街上出現一棟似乎擋了路的建築，顏色相仿，窗戶格柵設計相同，或者只有微小的差異。一切都滲著暗影和潮氣，下水道裂開，惡臭伴隨零星的煤氣味傳到了庭院。難怪站在門口的店主人臉色蒼白得不健康。他們穿著灰色棉質罩衫或圍裙，一枝筆插在耳朵後，看上去很不高興，因為今天是星期一，而星期天的生意令人失望。路上鋪著粗糙不規則的石頭，礫石近乎黑色，貨車經過時，金屬車輪一顫一跳。過去在旱季時，如果馱運的貨物超過人和畜的承受力，騾的鐵蹄子會迸出火花，但現在不是旱季。今天送的貨物較輕，比如現在有兩個人正在卸下那些看起來一袋約六十公斤重的豆子，講到豆子和種子，或許應該用公升。豆子重量輕，每公升豆子大約重七百五十克，所以且讓我們希望那些填裝麻袋的人能考慮到這一點，照著減少裝載量。

里卡多．雷伊斯開始走回旅館，陡然想起了他第一個晚上睡的那間房，好像浪子回到了父親的屋簷下。他記得那地方就像他的家，不是里約熱內盧的那個家，也不是我們知道他出生地波多的那個家，更不是他登船前往巴西離鄉背井之前在里斯本的那個家，都不是，儘管那些對他而言都是家。奇怪的徵兆，一個人把他的旅館房間當成了自己的家。一大早就在外面待了這麼久，他揣揣不安，喃喃自語說，我要馬上回去。他忍下了攔計程車的衝動，放過一輛能讓他大約會在旅館門口下車的電車，最後平息了這種荒謬的焦慮，強迫自己做一個只是要回旅館的人，不慌不忙，沒有任何不必要的延誤。今晚他也許會在餐廳見到手臂癱瘓的那位小姐，這是可能的，就像可能看到胖子、服喪的瘦子、臉色蒼白的孩子、他們面色紅潤的父母，誰知道還有什麼客人會從迷霧中某個地方神祕到來。想到他們，他心中感到一股寬慰的暖意，一種深刻的安心，你們要彼此相愛，曾有誰說過這句話，是時候開始這麼做了。狂風呼呼吹著，吹進了兵工廠街，但沒有下雨，落在人行道上的只是從屋簷晃下來的沉重雨滴。天氣也許會好轉，這樣的冬天不會永遠持續。計程車司機昨天告訴他，豪雨下了兩個月，他用的是不再相信情況會好轉的語氣。

他打開門，一陣刺耳的唧唧聲響起，彷彿他受到義大利小侍童雕像的歡迎。皮門塔從樓上的樓梯平臺往下看，恭敬拘謹等著迎接他，背微弓著，也許是經常搬運重物的緣故。午安，醫生。薩爾瓦多經理也出現在樓梯平臺，說了同樣但語氣更加文雅的話。里卡多．雷伊斯回應他們的問安。他們不再是經理、旅館腳夫和醫生，只是三個含笑的男人，過了那麼漫長的時間，很高興又見面了，而非那天早晨才見過面，想像一下，天啊，多麼叫人懷念。里卡多．雷伊斯回到房間，見房間打掃得如此乾淨，床單鋪放得如此整齊，臉盆擦拭得如此燦亮，儘管多年來留下了若干凹痕的鏡子，也是擦得如此纖塵不染，他發出了滿意的嘆息。他換了衣服，趿上拖鞋，打開臥室的窗戶，這是一個欣然返家的表現，他在扶手椅上坐了下來。那麼現在呢，他問，里卡多．雷伊斯——或者其他人可能會說，不管你是誰——那麼現在呢。那一瞬間，他明白了他的海上旅程到了此刻才算真正終結，在那一瞬間終結，從他踏上阿爾坎塔拉碼頭以來，可以說時間都花在了靠泊、拋錨、探潮、拋錨索上，因為他尋找旅館，閱讀頭幾份報紙，前往墓園，在龐巴爾下城區用午餐，漫步到鍍金匠街，就是一直在做這些事。突然想回房間的渴望，衝動且不分青紅皂白的博愛，薩爾瓦多和皮門塔的歡迎，潔淨的床單，最後是敞開的窗戶，網簾像翅膀一樣翻飛著。那麼現在呢。雨又下起來了，在屋頂上嘩啦嘩啦地響著，像正在過濾的沙子，使人痲木，昏昏欲睡。也許在大洪水時，上帝仁慈地讓人們以這種方式入睡，如此一來死亡可以溫和一些，水流靜靜滲入嘴鼻，沒有讓他們窒息，涓涓細流一個細胞接著一個細胞充滿全部的體腔。經過四十晝夜的沉睡和大雨，他們的身體緩緩沉入了水底，最後比水更沉重。奧菲莉亞也讓自己被水沖走，她唱著歌，卻在第四幕結束前不可避免地死去。人各自有休眠和死亡的方式，但洪水仍在繼續發生，時間的雨水落在我們的身上，淹沒了我們。在打過蠟的地板上，從敞窗進入或自窗臺濺入的雨水聚集擴散。有些淡漠的客人不體諒卑微的勞動，也許相信蜜蜂不只製造蠟，還把蠟塗在地板上，擦擦抹抹，直到地板閃閃發亮，但是做這份工作的不是昆蟲，而是女傭，如果沒有她們，這些閃亮的地板是灰黃骯髒的。經理很快會斥責懲罰她們，因為那是經理的工作，我們在這家旅館是為了上帝更偉大的榮耀和榮光，而上帝的代理人是薩爾瓦多。里卡多．雷伊斯急忙關了窗，用報紙將大部分的水擦乾，由於沒有別的辦法把水完全擦掉，他只好按了鈴。這是我第一次按鈴，他想，像一個乞求原諒的人。

他聽到走廊裡有腳步聲，指關節小心翼翼叩著門。進來吧，這話是懇求，不是命令。女傭開門時，他看也沒看她一眼便說，窗子開著，雨打進來，地上全是水。然後他安靜了，注意到自己說了一首歪詩，他，里卡多．雷伊斯，平日按照薩福詩體和阿爾凱四行詩體創作的他。他險些繼續使用愚蠢的弱弱強格韻腳結構，你能幫我把這收拾乾淨嗎。然而，女傭沒有詩也曉得該怎麼做。她走了出去，拿了拖把水桶又回來，跪到地上扭著身子，竭盡全力除去惹人厭惡的水氣。明天她會給地板再打一層蠟。醫生，還有什麼需要嗎。沒有了，謝謝。他們直視對方的眼睛。雨重重打在窗玻璃上，節奏加快了，如同擂鼓一般，驚醒了睡著的人。你叫什麼名字。她回答道，麗迪雅，先生，又說，隨時聽候吩咐，醫生。她可以說得更正式些，好比更大聲地說，我奉命用心盡力侍候醫生，因為經理曾經說過，喂，麗迪雅，好好照顧二〇一號房的客人，雷伊斯醫生。醫生沒有回答，似乎在低聲唸著麗迪雅的名字，以免需要再喚她來。有人就會重複他們所聽到的詞語，因為我們都像鸚鵡一樣學人說話，沒有其他的學習方法。這種反省也許是不恰當的，因為這不是另一個對話者且已經有了名字的麗迪雅的想法，所以就讓她帶著拖把水桶離開吧。里卡多．雷伊斯仍然在那裡，臉上掛著譏諷的微笑，以一種瞞不了任何人的方式蠕動著唇。麗迪雅，他重複說了一次，然後露出了笑容，帶著這個笑到抽屜尋找他的詩，他的薩福詩體頌歌，他翻動紙稿，唸出吸引他目光的詩句。所以，麗迪雅，坐在爐邊，麗迪雅，讓我們這麼想像吧，麗迪雅，我們此刻不要表現出願望，當我們的秋天來臨時，麗迪雅，來坐在我身旁吧，麗迪雅，在河岸上，麗迪雅，再卑賤的生活也比死亡要好。如果微笑這個詞可以恰當形容他露出牙齒的嘴唇，他的微笑中已沒有任何譏諷的痕跡，他的臉部肉固定成嘲弄或痛苦的表情，你也許會說，這表情也不會持續太久的。里卡多．雷伊斯俯身看著紙稿，好像他的臉映在晃盪的水影中，提筆重改舊詩。不久他就會認出自己，這就是我，不帶譏諷，不帶悲傷，滿足於連滿足也感覺不到，如同一個人不再有任何欲望，或明白自己不能再擁有什麼。房裡的暗影變濃了，一定有黑色的雨雲掠過天空，鉛一般黑的雲，好像是為了洪水而喚來的一樣。家具突然睡了。里卡多．雷伊斯用雙手做了個手勢，在無色的空氣中摸索著，幾乎無法辨別他留在紙上的文字，他寫道，我只祈求眾神讓我什麼也不向祂們祈求。寫下這些以後，他不知道如何繼續。也是有這樣的時刻。我們相信我們適才所言或所寫非常重要，就算沒有其他理由，起碼是因為聲音不能收回，字跡無法消除，然而保持沉默的誘惑瀰漫我們全身，沉默的迷惑力，如神靈一般沉默不動，只是旁觀。他移到沙發，靠著椅背，閉起眼睛，感覺自己可以睡了，已經半睡半醒了。他從櫥櫃拿了條毯子，把自己裹起來，現在他睡了，夢見一個陽光燦爛的早晨，他在里約熱內盧的歐維杜爾大道上散步，沒有使力，因為天氣很熱。他聽到遠處的槍聲炸彈，但沒有驚醒。他不是第一次做這樣的夢，也沒有聽到敲門聲和一個聲音，有個女人的聲音問，醫生叫我嗎。

這樣說吧，由於他前一個晚上睡得很少，他此刻睡得非常香甜。這樣說吧，這些魅惑和誘惑交替出現的時刻，這些靜止和沉默交替出現的時刻，它們是深奧得令人起疑的謬誤。這樣說吧，這不是一個關於眾神的故事，在里卡多．雷伊斯像普通人一樣睡著之前，我們可能已經祕密地告訴他，你的狀況是睡眠不足。然而，桌子上有一張紙，上面寫著：我只祈求眾神讓我什麼也不向祂們祈求。這張紙存在，文字出現了兩次，每一個字都單獨出現，然後一起出現，當它們一起讀時，會傳達出一種意思，無論是否有神存在，也無論寫這文字的人是否睡著了。也許事情並不像我們一開始想要展示的那樣簡單。里卡多．雷伊斯醒來時，房間已經一片漆黑，最後的微光消散在陰霾的窗玻璃上，消散在窗簾的網眼中。掩上的厚重窗幔遮掩了窗。旅館裡聽不到一絲的聲響，已經成了睡美人的宮殿，睡美人已經從這裡離開了，或者從未來過。所有人都睡了，薩爾瓦多、皮門塔、加利西亞的侍者、房客、文藝復興時期的侍童，連樓梯平臺上的時鐘都停止走動。突然，門口遠遠響起了蜂鳴聲，毫無疑問，王子即將以吻喚醒睡美人，他來晚了，可憐的傢伙，我來時多歡喜，去時多絕望，淑女承諾我，又將我打發，一首從記憶深處拯救出來的童謠。薄霧籠罩中，孩子在一個冬日花園的深處玩耍，以高亢悽楚的嗓音歌唱，用莊嚴的步伐前進後退，不知不覺為那些他們長大就會加入的死嬰們排練孔雀舞曲。里卡多．雷伊斯推開毛毯，責備自己沒有換下衣服就睡著了。他素來遵守文明舉止的規範與其所要求的紀律，即便是十六年南回歸線的慵懶日子，也沒能磨鈍他的打扮和他的詩，如此一來他可以誠實宣稱，他始終努力讓自己的行為表現得像是活在諸神的審視中。他從扶手椅站起來，走去把燈打開，天彷彿亮了，他從夜間的夢中醒來，照照鏡子，撫摸著自己的臉。晚餐前應該刮個鬍子，起碼換一下衣服，不能穿著一身皺巴巴的衣服去用餐。其實無須費心。他沒有注意到其他房客穿著多麼隨意，外套好似麻袋，長褲的膝蓋部分鼓起，領帶的結永遠不會鬆開，直接從頭上穿脫，襯衫剪裁不佳，有皺紋，有摺線，有歲月的痕跡。鞋子又長又尖，讓人有空間活動腳趾，然而結果恰好相反，因為這裡是世上最容易起老繭、生雞眼、大腳趾長囊腫和角質增生的城市，更別提向內生長的指甲，這對所有的足科醫生來說都是一個謎，需要更深入的研究，我們就把它留給你了。他最後決定不刮鬍子，但換上一件乾淨的襯衫，選了與西裝相配的領帶，對著鏡子梳頭髮，仔細分出髮線。還不到用餐時間，但他還是決定下樓，可是離開房間以前，他沒拿起紙稿，直接又讀了一遍他所寫的，臉色有種不耐，像是發現一個他不喜歡或曾惹他生氣超出容忍寬恕程度者留下的口信。這個里卡多・雷伊斯不是詩人，他只是一個旅館的客人，準備離開房間時，發現了一張寫了一個半詩節的紙。誰把它留在這裡的。自然不會是那個女傭，不是麗迪雅，這個麗迪雅或別的什麼人，多麼惱人。人永遠不會想到，完成一件事的人永遠不會是開始這件事的人，即使兩者有相同的名字，因為名字是唯一不變的東西。

薩爾瓦多經理在他的崗位，一動也不動，掛著長年不變的微笑。里卡多・雷伊斯向他打過招呼後繼續向前走，薩爾瓦多卻跟了上來，想知道醫生是否想在晚餐前喝點開胃酒。不，謝謝，這是里卡多・雷伊斯還沒有養成的另一個習慣，也許未來幾年會先嘗試，然後有了需求，但不是現在。薩爾瓦多在門口停留了一會兒，想看看客人是否會改變主意或提出其他要求，但里卡多・雷伊斯已經翻開一份報紙。他這一整天對世界上發生的事情毫無所知。他並非天生是個勤奮的讀者，剛好相反，他覺得大版面和冗長的文章叫人生厭，但在這裡沒有其他事好做，為了閃避薩爾瓦多的煩擾，他把報導國外新聞的報紙當成抵禦這個更迫切要侵入的世界的盾牌。遙遠世界的新聞可以被讀為無關緊要的快電，其用途和目的都值得懷疑。西班牙內閣總辭，頒布解散議會法令，一個標題這樣寫道。衣索比亞皇帝在發給國際聯盟的電報中聲稱，義大利人使用了窒息性氣體。報紙就是這樣，它們能談論的只有已經發生的事，而且幾乎總是已經是來不及糾正、預防短缺或避免災難的時候。一九一四年一月一號，一份有價值的報紙應該告訴你，戰爭將在七月二十四日爆發，那麼我們會有將近七個月的時間來抵禦威脅。也許這是充裕的時間。如果能公布一份即將死亡的名單那就更好了。數以百萬計的男男女女喝著晨間咖啡，忽然讀到了自己的死期預告，他們的命運確定了，也即將成真，地點、日期、時間、他們的名字，全印了出來。他們會怎麼做，如果費爾南多．佩索亞提早兩個月讀到《使命》的作者會在十一月三十日死於肝炎，他會怎麼做呢。也許他會去看醫生並戒酒，或者他會開始加倍飲酒，以便早點死去。里卡多．雷伊斯放下報紙，望著鏡中的自己，一個具有雙重欺騙的反射，因為它展示出一個深沉的空間，接著顯示這個空間僅是一個表面，在那裡什麼也沒有發生，只有人與物寂靜的外在幻覺，一棵樹懸在湖面上，一張尋找自己的臉，一張沒有擾動沒有改變的臉，連樹、湖和臉的影像都沒能觸動的臉。這面鏡子和其他的鏡子都獨立於人之外。在它的前面，我們如同被徵召去打一九一四年戰爭的士兵。他欣賞著鏡子裡的制服，看到的不只有他自己，不知道他將再也看不到鏡子裡的自己。我們都是虛幻的，無法持久，但鏡子依然能夠持久，因為它拒絕我們。里卡多．雷伊斯避開自己的眼睛，改變姿勢，然後離開了，他轉身背對鏡子，他是拒絕的那一方。也許，他也是一面鏡子。

樓梯平臺上的鐘敲了八點，最後的回聲尚未全然消失，就有一個看不見的鑼悄無聲息地響起。只有在附近才聽得到，樓上的客人自然是聽不到的。但是我們必須牢記傳統的重要，這不只是在柳條不再可得的情況下假裝酒瓶用柳條包裝的問題。里卡多．雷伊斯疊好報紙，回他的房間洗手收拾。他立即又下樓，坐在他第一天來這裡用餐的桌子旁等待。任何聽了那急促的腳步而看著他的人，都會認為他不是餓壞了，就是在趕時間，不是午餐吃得很早且吃得很少，就是買了一張戲票。但我們知道，他並沒有早早就吃了午餐，我們也知道，他並沒有要上戲院或電影院，天氣像這樣越來越惡劣，只有傻瓜或怪人會嚮往散步。那麼，如果來這裡只是為了晚餐，服喪的瘦子，消化良好的溫和胖子，還有那些我昨天晚上沒見到的人，何必如此匆匆忙忙呢。一聲不吭的孩子和他們的父母都不見蹤影，或許他們只是路過。從明天起，我八點半以前不進餐廳。我和那些剛到城裡首次下榻旅館的鄉巴佬同樣可笑。他慢吞吞喝著湯，懶洋洋擺弄著湯匙，然後撥弄盤子裡的魚，一點一點地吃，一點也不覺得餓。這當侍者端上主菜時，領班領著三個男人，來到手臂癱瘓的小姐和她父親昨晚用餐的地方。這麼說，她是不會來了，他們離開了，他想，也許去外頭用餐。直到這時他才承認他已經知道卻假裝不知道的，他提早下來其實是來看那位小姐，她的左手癱瘓了，她像撫摩小狗一樣撫摸著手，雖然撫摸對她並沒有幫助，或者她撫摸就是基於這個原因。為什麼。這個問題只是一個藉口，首先，因為提出某些問題只是為了引起人們對於沒有任何回答的關注，其次，因為他的興趣可能不需要更深層次的解釋的這個說法其實虛實相間。他簡短地用了餐，點了咖啡和白蘭地。他到交誼廳等著，這樣一來，消磨時間的時候，他可以問問薩爾瓦多經理那些人是誰。那對父女，知道嗎，我肯定以前見過他們，在別的地方，也許是在里約熱內盧，當然不是在葡萄牙，這是自然的，因為十六年前這個小姐還只是個孩子。里卡多．雷伊斯編織出這一張序曲之網，為了打聽這麼一點小事，得要拐這麼多的彎啊。與此同時，薩爾瓦多正在服務其他客人，一位客人明天一早就要離開，想結帳，另一位客人則抱怨窗簾開始砰砰作響，他睡不著覺。薩爾瓦多用他的機智和體貼，用他變色的牙齒和光滑的鬍子，服務所有的客人。穿喪服的瘦子走進交誼廳，翻了一下報紙，幾乎立刻就離開。胖子出現在門口，咬著牙籤，面對里卡多・雷伊斯的茫然目光猶豫了，接著轉頭就走，因為缺乏勇氣而耷拉著肩膀。有的退避就是這樣，是道德極度脆弱的時刻，難以解釋，尤其是對自己解釋。

半個鐘頭後，和藹可親的薩爾瓦多可以向他報告了，不，你一定把他們誤認成了別人，據我所知，他們從來沒有去過巴西，他們這三年常來，我們經常聊天，如果有這樣的旅行，他們肯定會告訴我。啊，這麼說是我弄錯了，但是你說他們這三年常來這裡。沒錯，他們從孔布拉來，住在那裡，父親是桑帕伊奧博士，是一名律師。還有這位年輕的小姐。她有一個不尋常的名字，叫瑪森妲，你相信嗎，但他們是一個貴族家庭，母親在幾年前去世了。她的手怎麼了。我想她整條手臂癱瘓了，所以他們每個月來這裡住三天，讓專家替她檢查。啊，每個月來三天。沒錯，每個月住三天，桑帕伊奧博士總是會事先提醒我，我就能都空出同樣的那兩間房。這三年來有好轉嗎。醫生，你想聽我坦白的意見嗎，我不認為。真可惜，這個女子這麼年輕。沒錯，醫生，如果你還在的話，也許下次可以給他們一些建議。我很可能還在這裡，但無論如何，我不是那個領域的專家，我是一般內科，也研究過一些熱帶疾病，但對她這樣的病毫無幫助。沒關係，不過金錢的確不能帶來幸福，父親這麼富有，女兒殘廢了，沒人見過她的笑容。你說她叫瑪森妲。對的，醫生。好奇特的名字，我從來沒有聽過。

我也沒聽過。薩爾瓦多先生，明天見。醫生，明天見。

里卡多．雷伊斯一進房間，就看到床已經鋪妥，被單床單也整齊掖好，塞得稜角分明，一絲不苟，不再有亂七八糟的床單到處亂堆。這暗示了一點，如果他想躺下，床已經準備好了。但還沒呢，首先他得讀一讀他留在紙上那一個半詩節的詩，用批判的眼光檢查，尋找這一把鑰匙——如果這是一把鑰匙——可以打開的門，想像外面還有其他的門，鎖著但沒有鑰匙的門。最後，在不懈的堅持下，他發現了某個東西，它留在那裡是因為他或另一個誰的疲憊，但是誰的呢，詩於是這麼結束，既不平靜亦不煩擾，我願將我的靈魂提升到人們知道快樂和痛苦的地方之上，中間的停頓，也就是揚揚格部分，應該加以修改。好運是壓迫幸福人兒的一種負擔，因為它只不過是一種特別的心境。他接著上床，轉眼就睡著了。

5 即商業廣場（Praça do Comércio），在一七五五年里斯本大地震摧毀之前，是皇家里韋拉宮（Paços da Ribeira）的所在地，所以民眾俗稱廣場為宮院。

6 Luís de Camões（1524-1580），著名葡萄牙詩人。

7 Fernando Pessoa（1888-1935），以「異名」（Heteronymy）寫作手法著稱，在他的筆下，不同背景和性格的異名者互相交流思想，里卡多．雷伊斯是最廣為人知的一個。

里卡多・雷伊斯告訴經理，九點半時請把早餐送到我的房間。倒不是他想睡到那麼晚，而是不想半睡半醒從床上跳起來，掙扎著把手臂伸進睡袍衣袖裡，摸索著尋找拖鞋，心中惶恐不安，因為他的動作不夠快，無法讓站在門外的人滿意，那人手上端著一個大托盤，上頭擺著咖啡、牛奶、烤麵包和糖缽，也許還有些許的櫻桃果醬或橘子果醬，帶有顆粒的深色榲桲糕，海綿蛋糕，外皮烤得恰好的奶油麵包，酥脆的餅乾，或者幾片法式吐司，全是旅館提供的美食。我們隨即就會知道布拉干薩旅館是否提供如此豪華的早餐，因為里卡多・雷伊斯就要品嘗他的第一頓早餐。薩爾瓦多答應他，九點三十分準時到，他言出必行，因為就在九點三十分，麗迪雅準時敲門了。細心的讀者會說，這不可能，因為她兩隻手都拿著東西，但是如果我們只能雇用有三條或三條以上胳膊的傭人，我們的情況就慘了。這個女傭設法用指關節輕輕敲門，沒有潑出一滴的牛奶，和指關節相連的手同時繼續支撐著托盤。你必須親眼看到才會相信，她大聲喊道，醫生，您的早餐來了，這是她被吩咐要說的話，她雖然出身卑微，但沒有忘記自己收到的交代。如果麗迪雅不是一個女傭，種種跡象顯示她可以成為一名出色的走鋼絲者、雜耍者或魔術師，因為她有充分的天賦從事這類職業。她這個人有一個矛盾的地方，身為一個女傭，竟然不叫瑪麗亞，而是叫麗迪雅。里卡多．雷伊斯已經穿戴整齊，儀容得體，他剃了鬍子，睡袍腰帶也繫妥了。他甚至讓窗子半開著，使室內空氣得以流通，因為他討厭夜晚的氣味，那種從人體散發出來的氣味，即使詩人也不能倖免。女傭終於進來了，醫生，早安，她放下了托盤，上頭的東西不如他想像中的那麼豐盛。然而，布拉干薩旅館仍舊有資格獲取一個榮譽獎，難怪有些客人到里斯本時絕對不會想下榻其他的旅館。里卡多．雷伊斯回了聲早安，便要打發她走，先生，我還能替您送什麼來麼嗎；不，謝謝，這樣就行了，這是對每一個好女傭的問題的標準回答。如果答案是否定的，她必須禮貌地離開，可能的話，要倒退著走，因為轉身就不尊重給你發工資和養活你的人。然而，麗迪雅奉命要格外關心醫生的需求，繼續又說，醫生，不知道您有沒有注意到，索德雷碼頭淹水了。放心吧，這種事男人是不會注意到的，水可能從他的門底沖進來，他卻因為整晚熟睡而沒發現。他醒來時，彷彿只是做了夢，夢見了那場雨。即使是做夢，他也不會夢見下了一場足以讓索德雷碼頭淹水的大雨。水淹到一個男人的膝蓋高度，他只好打著赤腳，拉著衣服，揹著一個比從貨車搬到倉庫那袋豆子還輕的老嫗，從一側走到另一側。到了迷迭香街街尾，老嫗打開錢囊，找出一枚硬幣付給他，而這位聖克雷伊斯多福[8]已經走回水中了，因為另一頭又有一人在瘋狂打著手勢。第二個人很年輕，也很強壯，能夠自己越過，但是他穿得很漂亮，不想把衣服弄髒，因為這水不像水，倒像是泥。要是他能看到自己模樣有多傻就好了，他趴在別人的背上，衣服全皺了，小腿袒露出來，白色襯褲外的綠色吊襪帶也給人看到了。有人見了這一幕笑了，就在布拉干薩旅館的二樓，一個中年房客咧著嘴笑，在他的背後，如果我們的眼睛沒看錯，站著一個女人，她也咧著嘴笑，沒錯，毫無疑問是一個女人，但是我們的眼睛未必是對的，因為這人似乎是一個女傭。很難相信那是她的真實身分，除非社會階層和等級有了某種危險的顛覆，我們得趕緊補充一句，這是一件非常可怕的事，然而，也是有這樣的時機，如果時機能讓一個人成為小偷，那麼它也能引起一場革命，就像我們正在目睹的這場革命。麗迪雅敢於往窗外看，還站在里卡多．雷伊斯身後大笑，好像她與他地位相當，兩人都覺得這一幕十分有趣。這是黃金時代稍縱即逝的一個瞬間，猝然出現，忽地消失，這也解釋了為何幸福很快就會變得令人疲憊。那一瞬間過去了，里卡多．雷伊斯關上窗，麗迪雅又只是一個女傭，朝著房門口退去。現在每件事都得趕緊完成，因為烤麵包涼了，看來也不再那麼可口了。里卡多．雷伊斯告訴她，半個鐘頭後，我會按鈴叫你過來取托盤，這件事大約半個鐘頭後發生。麗迪雅安靜進來了，又安靜退出去，手上的負擔輕了，而里卡多．雷伊斯坐在房間裡，假裝專心閱讀《迷宮之神》，卻一個字也沒有讀進去。

今天是一年的最後一天。在遵循這個日曆的世界，各地的人藉由思索打定在來年付諸實踐之決心自娛。他們矢言將會誠實、公正、寬容，無論敵人多麼罪有應得，他們悔改的嘴不再說出辱罵、欺騙或惡意的話語。顯然，我們說的是一般人。其他人，與眾不同的，高人一等的，有他們自己的正當理由，只要合他們的意或對他們有利，他們就做相反的事，他們不許自己被騙，嗤笑我們和我們所謂的善意。最後，我們從經驗中吸取教訓，才到一月，我們就會忘了一半的承諾，因此實現剩餘的承諾沒什麼意義了。好比一座紙牌搭成的城堡，少了上面的部分，也好過整個城堡塌下、四副牌相混。這就是為什麼我們會懷疑，基督離開人世時，是否喊著我們在《聖經》中讀到的那些話，馬太和馬可記載的是，我的神，我的神，為什麼離棄我，或者路加的記載，我將我的靈魂交在你手裡，或者約翰的記載，成了。我發誓，街上隨便一個人都會告訴你，耶穌真正說的是，再見了，世界，你將會越來越糟。但是里卡多．雷伊斯的神是沉默的實體，對我們漠不關心，對祂們來說，善惡是無法用言語表達，因為祂們從不說出來，如果祂們連善惡都分不清，又何必說出來呢。祂們和我們一樣在萬物之河中旅行，與我們不同，只是因為我們稱祂們為神，有時還相信祂們。我們學到了這一課，以免我們為了替來年下更好的新決心而疲竭力乏。雖然知道這一切，神也不審判，但這可能是錯誤的。也許最終的真相是，祂們一無所知，唯一的任務就是在每一時刻都準確地忘記善惡。所以我們別說明天我要做這件事，因為幾乎可以肯定我們明天會覺得累。我們不如改說後天吧，這樣我們永遠有一天的時間可以改變主意，下新的決心。然而，我要這麼說，當說後天的那天到來時，更謹慎的說法是有一天，但即使這樣也可能沒有必要，如果最終的死亡先來，讓我從義務中解脫出來，因為義務是世界上最糟糕的事，我們拒絕自己的自由。

雨停，天空放晴，里卡多．雷伊斯午餐前可以散散步，不會有被雨淋溼的危險。他決定避開城市較為低窪的地區，因為索德雷碼頭的積水尚未完全消退，鋪路石上都是河水從深處淤泥層沖刷出來的惡臭泥土。這種天氣要是持續下去，環衛部門就要提著水管出來了。水髒了，水乾淨了，願上帝保佑水。里卡多·雷伊斯走上迷迭香街，才離開旅館，就被另一個時代遺跡攔下了腳步，或許是一個科林斯式柱頂，一座還願壇，或者一塊墓石，真是可笑的想法。這樣的東西如果在里斯本仍舊存在的話，是隱藏在地面被夷為平地時或其他自然原因造成移動的土壤底下。這不過是一塊長方形石板，嵌在面向新橡樹街的矮牆上，上頭刻著藝術字體，眼科診所，外科手術，以及稍顯樸素的A·馬斯卡羅於一八七〇年創建。石頭的壽命很長。我們沒有見證它們的誕生，也不會目睹它們的死亡。這塊石頭已經經歷這麼多年，將會經歷更長的時間，馬斯卡羅逝世，他的診所也關了，也許還能查出創辦人的後代，他們從事其他職業，不顧或不知家徽在這個公共場所展示。如果家族不是如此變化無常，那麼這家族會聚在這裡緬懷他們的祖先，這位眼疾和其他疾病的醫生。的確，將名字刻在石頭上是不夠的。先生們，這塊石頭仍在，安然無恙，但是除非人們天天來讀它，這個名字已經消失了，被遺忘了，不復存在了。里卡多·雷伊斯腦中浮現這些矛盾，他走在迷迭香街上，潺潺細流仍然循著電車軌道流動。世界不可能靜止，風在吹拂，雲在翱翔，我們別再談雨了，已經下了那麼多的雨了。里卡多·雷伊斯停在艾薩·德·凱伊洛斯的雕像前，凱伊洛斯可拼為Queirós或Queiroz，如何拼寫則要尊重此名的所有者，寫作風格千千萬萬，名字是最不重要的，讓人驚訝的反而是，這兩個人，一個叫雷伊斯，另一個叫艾薩，說的竟是同一種語言。

也許是語言選擇了它所需要的作家，利用他們，讓每一種語言能夠表達出它的一小部分。語言一旦說完了它要說的就沉默了，我不知道我們將如何生活下去。問題開始浮現，也許它們還不是問題，而是不同層次的意義，被取代的沉澱，新的提問方式，例如，在真理巨大的赤裸上是想像力的透明披風。這個句子看似清晰、緊湊且有力，孩童也能領會，並在考試中正確重述，但同一孩子可能以同樣的信念背誦另一句，在真理巨大的赤裸上是真理的透明披風，這句話自然更費思量，給予人更多的愉悅想像，真實而赤裸的想像，真相包裹在薄紗中。我們的格言如果顛倒成了法律，它們會創造出什麼世界來呢。人每一次開口說話時都不會失去理智，真是奇蹟啊。這趟散步頗具教益，方才我們還在思考艾薩，現在我們可以觀察賈梅士。他們忘了在他的雕像底座上刻詩了。如果刻了，他們會刻什麼呢，傷痛哀歌，永伴於此。最好還是離開這個飽受折磨的可憐人，走完這條路，慈悲之路以前是塵世之路，可惜，一個人不能同時兼得，只能是塵世之路或慈悲之路中的一條。到了古老的聖羅克廣場和一間獻給聖人的教堂，聖人的傷口由於瘟疫潰爛了，然後被一隻狗舔舐。那場瘟疫幾乎可以肯定是腺鼠疫，這種動物和只知道咬子吞兒的母狗烏戈利諾非同一品種。這個馳名的大教堂有個施洗者約翰的小教堂，約翰五世委託了義大利藝術家負責裝飾，約翰五世國王在統治期間也贏得了石匠與一流建築師的名聲。想想馬夫拉修道院和自來水水道橋，完整的歷史尚待書寫。這裡也一樣，在兩個販售菸草、彩券和烈酒的售貨亭的對角線上，矗立著義大利僑民為紀念路易斯一世大婚所建立的大理石紀念碑，路易斯一世翻譯了莎士比亞，王后是薩伏依的瑪麗亞．皮婭公主，韋爾第之女，也就是義大利國王維托里亞諾．艾曼紐的女兒，這是里斯本全城唯一一座有五個孔眼紀念碑，所以類似戒尺或地毯撣子。起碼在孤兒院小女孩驚恐的眼中是如此，即使眼盲，看得見的同伴也會告訴她們，小女孩不時走過這裡，穿著罩衫，列隊行走，不用再聞宿舍的惡臭，手心還感覺得到上一次挨打的刺痛。這是一個傳統的街區，有尊貴的名稱與優越的位置，只是生活風格低俗，因為酒館門前月桂樹枝和妓女交替出現，只是由於還是早晨，適才的雨沖洗了路面，你可以感覺到一股清新，空氣中有一種純真，近乎處子般的微風。誰能想到這麼不體面的地方會是如此呢。可是金絲雀以歌聲證實，鳥籠掛在陽臺或酒館門口，金絲雀瘋了似地叫著。好天氣要把握，尤其是估計不會持久的時候，因為一旦下雨，牠們的歌聲就會止息，羽毛就要豎直。一隻比其他同類更有先見之明的鳥把頭埋在翅膀下，假裝睡了，女主人把牠帶回了屋內，現在只聽得到雨聲，以及附近吉他的撥奏聲，里卡多．雷伊斯不知道是哪裡傳來的。他在花水廊起點的門洞避雨。大家常說，太陽來了又去，雲讓太陽穿過，又迅速遮掩了太陽，不過陣雨也是來了又去，大雨傾盆，大雨止歇，雨水從屋簷陽臺滴落，晾衣繩上洗好的衣物也在淌水，接著豪雨乍瀉，婦女們來不及做任何事情，來不及像往常那樣大喊大叫，下——雨——了，學崗亭的守夜士兵把消息傳給另一個人。可是這隻金絲雀的女主人很有警覺心，在關鍵時刻順利將金絲雀收回屋裡。還好牠嬌弱的小身軀得到了保護，瞧瞧牠的心臟如何跳動，天啊，如此的劇烈，如此的快速。是害怕嗎，不是，一顆壽命短暫的心總是跳動得很快，這是補償。里卡多．雷伊斯穿過公園，去看一看這座城市，城牆已成廢墟的城堡，坍塌的山坡排屋，打在潮溼屋頂上的白晃晃陽光。寂靜籠罩整座城，每一個聲音都是模糊的，里斯本宛如是吸水棉做成，溼透了，滴著水。下方的平臺上，有數尊愛國勇士的半身像，幾株黃楊，兩三顆不合宜的羅馬人頭，離拉丁姆[9]的天空如此之遠，彷彿拉斐爾·博達洛·皮涅羅的葡萄牙鄉下人被立起來，對觀景殿的阿波羅[10]比了一個粗魯的手勢。我們凝視阿波羅時，平臺就是觀景殿，然後一個聲音加入吉他，他們唱著法朵哀歌。雨似乎終於消失。

當一個思想引發另一個思想時，我們說它們之間有關聯。有人甚至認為，人類的整個心理過程來自一連串的刺激，刺激有時是無意識的，有時只是假裝無意識，刺激取得了獨創的組合，物種連結思想，讓思想有了新的關係，新關係共同形成了所謂的商業，商業是一個思想產業，因為一個人不管他現在是什麼，過去是什麼，將來是什麼，都在履行著一種工商業功能，首先是生產者，然後是零售商，最後是消費者，但即使是這樣的秩序也可以被打亂，重新安排。我說的只是思想，沒有別的。因此，我們可以將思想視為公司實體，獨立的或合夥的，可能是公開持有，但絕不是有限責任，也絕不是匿名的，因為我們所有人都擁有一個名字。當里卡多·雷伊斯走到阿爾坎塔拉的聖佩德羅的舊修道院入口處時，這個經濟理論與我們已知深具啟發的散步之間的邏輯聯繫變得很明顯，這裡現在成了小女孩受到枝條嚴厲體罰時的避難所。在門廳，他迎面見到的瓷磚壁畫描繪了阿西西的聖方濟各，*il poverello* ，意譯過來的意思是可憐的魔鬼，他在狂喜中跪地接受聖傷，在畫家象徵性的筆觸下，聖傷是五條自高處垂降的血繩，來自十字架上的基督，基督如星子在天空盤旋，又像頑童在開闊鄉間放飛的風箏，那裡空間無垠，人們仍然記得見過人在天空飛翔。聖方濟各雙手雙腳都在流血，身側傷口裂開，他緊緊抓住基督的十字架，以免祂消失在隱蔽的高處。在那裡，天父呼喚祂的子，來吧，來吧，你為人的日子結束了。這就是為什麼我們看到聖方濟各一面掙扎不放，一面像聖人般抽搐，喃喃說著有些人認為是祈禱的話，我不讓祢走，我不讓祢走。從這些近來才披露的事件，你可以明白，摒棄正統神學，建立一個與傳統信仰完全對立的新神學，是當務之急。好，這裡有一組聯想供你舉例說明，首先平臺或觀景殿上有羅馬人的頭像，因而里卡多．雷伊斯想起了葡萄牙鄉巴佬的下流動作，現在在里斯本——不是在威登堡——古老修道院的入口，他發現了一般人如何與為何將那個動作稱為聖方濟各紋章，因為那是絕望的聖人在上帝試圖拿走他的星星時對上帝做出的動作。很多懷疑論者和保守派會反對這個假設，但我們並不會訝異，畢竟新思想——在聯想中產生的新思想——總是會有這樣的情況。

里卡多．雷伊斯在記憶中搜尋二十多年前創作的殘詩斷句，歲月過得可真快，不幸的上帝，對所有人來說都是必不可少的，也許因為祂獨一無二。基督，我並非鄙視你，基督，但別侵占屬於他人的東西。有了諸神，我們人類才會團結。他沿著佩德羅五世大道散步，嘴中喃喃唸著這些句子，好似在尋找化石或古文明遺跡，有一刻他懷疑他從中擷取詩句的頌歌是否還有意義，詩句依然連貫，但由於少了前文後語鬆動了，矛盾的是，正是由於這樣的缺漏，它們又得到了另一種含意，模糊而權威的含意，如同一本書的題銘。他問自己，如鎖釦或夾子那樣將兩個對立的相異東西結合為一的完整個體，能不能給它一個定義呢，比方說，聖人健康地上山，回來時，五處傷口鮮血湧流。但願，在一天結束時，他能成功收回風箏線返家，疲憊得像勞碌的工人，臂下夾著他僥倖救回的風箏。他睡覺時，風箏就擺在枕邊。他今天贏了，但誰能說他明天會不會贏呢。試圖連結這些對立，大抵就像想用水桶舀乾大海一樣荒唐，不是因為就算有時間、有精力，這對一個人也是龐大的任務，而是因為首先要在陸地上找到一個容納海水的大洞穴，這是不可能找到的。大海這般壯闊，陸地這般狹小。

里卡多·雷伊斯沉浸在這個自問的問題中，走到了里約熱內盧廣場，這裡以前叫王儲廣場，說不定有一天會改回這個名字，活得夠久就能看到。等到天氣炎熱時，民眾會嚮往銀楓、榆樹和羅馬松樹貌似涼爽藤架的樹蔭。這位詩人醫師並不精通植物學，但是必須有人來填補他的無知與失憶，在過去的十六年中，他已經習慣了天差地別新奇怪異的熱帶動植物。不過此時並非夏日，不是享受海灘和礦泉浴場的時候，今日溫度一定在攝氏十度左右，公園長椅還溼著呢。里卡多·雷伊斯把雨衣緊緊裹在身上，瑟瑟顫抖著，循其他道路往回走，現在他走在世紀街上，說不出是什麼讓他決定走這條路，這條街非常荒涼淒清。在為較窮困階層建造的狹窄矮房旁，仍有幾幢豪華的住宅，至少昔時的貴族沒有那麼歧視，他們和尋常人家比鄰而居。願上帝保佑，情況這樣發展下去，我們將看到高級社區又出現了，只有工商大亨的私宅，這些人很快會吞噬掉貴族所有剩下的財產，擁有私人車庫的住宅，與地產規模成比例的花園，還有狂吠的狗。即使是在狗之中，我們也能注意到這種差異。在遙遠的過去，牠們咬人不分貧富。

里卡多．雷伊斯沿著街道前行，不慌不忙，他的雨傘就像根拐杖。他一邊走，一邊輕敲鋪路石，兩步一拍，聲音精準清晰尖銳。沒有回聲，碰撞幾乎是流動的，如果這麼形容不荒謬，就讓我們說是流動的吧，因為傘尖敲打石灰岩時似乎是流動的。他沉浸在幼稚的想法中，突然注意起自己的腳步，彷彿自從離開旅館以後，幾乎沒有遇見過一個活人。要叫他作證的話，他會信誓旦旦說，我散步時沒有看見任何人。這怎麼可能呢，老兄，在一個大家認為不算小的城市裡，所有人都消失到哪裡去了呢。他知道。當然，他當然知道，因為常識告訴他，常識本身向我們保證的唯一知識寶庫是無可辯駁的，這是不可能的，他在這條路上必然遇到了很多人，而現在這條街上，雖然很安靜，卻有一群群的人往山下走。都是窮人，有的幾乎算是乞丐了，一家子的人，老人拖著腳步走在後面，心灰意懶，孩子被母親拉著走，母親喊著，快點，不然什麼都沒了。沒了的是安寧和平靜，街道不再是同樣的情景。至於男人，他們儘量擺出旁人所期待的一家之主嚴肅表情，按照自己的步調走動，彷彿有另一個目標在望。這幾家人一起消失了。下一個街角是幢富麗堂皇的住宅，院裡種著棕櫚樹，使人想起到了豐饒的阿拉伯。它的中世紀特色絲毫沒有喪失魅力，另一側藏著驚喜，不像現代城市的主幹道被設計成一條條筆直的線條，一覽無遺，彷彿視線能夠如此輕易得到滿足。里卡多．雷伊斯遇上黑壓壓的人群，他們占滿了整條路，又耐心又焦躁，腦袋如同搖擺的波浪，好像一片微風拂過的玉米田。里卡多．雷伊斯走近，要求他們讓他通過。面前的人擺出了拒絕的姿態，向他轉過身來，正要說，你要是趕時間，就該早點來，迎面見到的卻是一個整潔的紳士，沒戴貝雷帽，也沒戴無邊便帽，而是穿著輕便的雨衣、白襯衫和領帶。這一切足以說服那人站到一旁，這樣似乎不夠，他還拍了拍前頭那人的肩膀，讓這位先生過去吧。另一個人也這麼做，因此我們看到里卡多．雷伊斯頭上的灰帽子在人群之中平穩前進，像是羅恩格林的天鵝游在平靜的黑海水域上。[11]但是，人山人海，橫渡要花時間。況且，越來越接近中心時，要說服旁人讓他通過變得更加困難，不是因為忽然起了惡意，而是因為在擁擠人群中沒有人能夠移動。怎麼回事，里卡多．雷伊斯問自己，但不敢大聲開口問，他認為，在這麼多人為了眾所周知的目的齊聚的地方，這問題是錯誤的，不當且不雅，暴露出一個人的無知。有人可能會受到冒犯，既然我們也經常對自己的感覺感到驚訝，又怎麼能確定他人的感覺呢。里卡多．雷伊斯走了一半的路，站在全國第一大報《世紀報》的大樓入口。在大樓半月形門前，人沒那麼擁擠了，里卡多．雷伊斯這才意識到，為了避開惡臭，他始終屏住呼吸，那股惡臭來自煮過頭的洋蔥和大蒜，汗水，幾乎不怎麼換的衣服，還有除非看醫生否則永遠不洗的身體。只要是容易噁心的嗅覺器官，都會覺得這趟路是磨難一場。兩個警察在入口站崗，旁側還有兩個。里卡多．雷伊斯問其中一人，警官，這是什麼聚會，法律和秩序的代理人一眼看出詢問的這位先生是偶然來到這裡的，畢恭畢敬告知他，這是《世紀報》舉辦的慈善活動。不過來的人可真多。沒錯，先生，估計來了一千多人。都是窮人嗎。先生，全是貧民窟的窮人。這麼多。沒錯，先生，這還不是全部。當然，但這些人通通聚在一起領取施捨，這情景很令人不安。先生，我倒不覺得，我習慣了。他們能拿到什麼。每個貧民拿到十埃斯庫多。十埃斯庫多。沒錯，十埃斯庫多，孩子發到衣服、玩具和書。幫助他們的教育。沒錯，先生，幫助他們的教育。十埃斯庫多一下就花完了。總比什麼都沒有好，先生。這倒是真的。他們有的人整年都等著這類的慈善布施，除了這一場，還有其他活動，甚至有人成天在不同的慈善活動中奔波，有什麼就拿什麼，他們跑到別人不認識他們的地方時，其他的地區，其他的教區，麻煩就來了，那裡的窮人趕走他們，每個窮人都緊盯著其他的窮人。可悲的故事。也許很可悲，先生，但不這麼做是控制不了他們。謝謝你告訴我，警官。竭誠為你服務，先生，請這邊走，先生。警察說著，向前走了三步，張開雙臂，像往雞舍趕雞一樣，好了，安靜地往前移動，不然你們要看到我拿出軍刀了。靠著這幾句有力的話，人群向前移動，婦女如往常一樣出聲抗議，男人表現得像是什麼也沒聽到，孩童想著他們將領到的玩具，或許是一輛小汽車，一輛三輪車，一個賽璐珞娃娃，他們非常樂意拿毛衣和讀本交換這些玩具。里卡多．雷伊斯走上卡埃塔努斯鋪石路的斜坡，在那裡可以鳥瞰人群，估計其規模。有一千多人，警察說得對，一個窮人很多的國家。讓我們祈禱慈悲永遠不會枯竭，為這些披披肩、戴頭巾、穿補丁襯衫、廉價棉褲以不同布料縫補臀部的民眾祈禱，他們有人穿涼鞋，許多人直接打著赤腳。儘管顏色各異，但他們聚集在一起，形成了黑色汙點，形成了索德雷碼頭那樣惡臭的黑泥。他們等著，一定會等到輪到他們的時候，他們站了好幾個鐘頭，有人天一亮就來了，做母親的抱著孩子，給新生兒哺乳，做父親的彼此聊著男人感興趣的話題，老人家默不作聲，悶悶不樂，雙腿顫顫巍巍，嘴角淌下了口水。只有在分發救濟品的那天，家人才不希望他們死去，他們死了，領到的埃斯庫多就少了。還有很多人發燒，咳嗽不止，幾小瓶酒傳來遞去，用以打發時間，也驅逐寒氣。如果再下雨，他們會淋溼，因為這裡沒有避雨的地方。

里卡多．雷伊斯沿著北街往下走，穿過上城，當他走到賈梅士街時，感覺好像受困在迷宮裡，迷宮總是把他引到同一個地方，走到這尊手持寶劍的高貴青銅雕像前，又是一個達太安。他頭戴桂冠，因為在最後一刻從紅衣主教的陰謀中救回了王后的鑽石，然而，隨著時代和政治的變化，他最終將為誰服務呢，火槍手站在這裡，已死，不能重新入伍，應該有人告知他，在符合他們利益的前提下，國家元首、甚至主教會輪流或隨機利用他。徒步探險的時間過得很快，午餐時間到了。此人似乎無他事可做，他睡覺，吃飯，散步，吃力地一行一行寫詩，苦苦思索押韻格律。這與火槍手達太安無休無止的決鬥相比，簡直是小巫見大巫，也不比上八千多行的《盧西塔尼亞人之歌》，但里卡多．雷伊斯也是一位詩人，他在旅館登記簿上並沒有這麼吹噓，可是總有一天別人不會再把他當成一個醫生，就像他們不再將阿爾瓦羅．德．坎普斯看成一名海軍工程師，或者把費爾南多．佩索亞視為一名駐外記者一樣。職業讓我們謀生，卻不能使我們成名，名氣更有可能來自於曾經寫過*Nel mezzo del cammin di nostra vita*或*Menina e moga me levaram da casa de metis pais*或*En un lugar de la Mancha*，我不願記住它的名字，以免又忍不住說，無論多麼恰當，*As armas e os barões assinalados*，願我們被原諒這些假借，*Arma virumque cano*。人必須持續努力才配被稱作為人，但他並不如自己想像是自己和命運的主人。時間——不是他的時間——決定他的興衰，有時是因為不同的功過，或是因為得到不同的評價。當你發現入夜了，你已經走到了路的盡頭，你會變成什麼樣子呢。

直到夜幕即將降臨，世紀街上才沒有了貧民。另一方面，里卡多．雷伊斯用過了午餐，逛了兩家書店，在蒂沃利戲院門口徘徊，下不了決心要不要去看揚．奇普拉主演的電影《我愛所有女人》。最後他決定改天再看，先搭計程車返回旅館，走了那麼久，他的腿已經不行了。開始下雨時，他躲到附近的咖啡館讀晚報，同意讓人給他擦鞋，此舉顯然是在浪費鞋油，在沒有任何預兆的情況下，一場驟雨就能讓街道淹水，不過擦鞋的人堅持說，一盎司的預防勝於一磅的治療，先生，擦過的鞋可以防雨；他是對的，因為里卡多．雷伊斯一回到房間就脫了鞋，他的雙腳又溫暖又乾爽。溫暖的雙腳和冷靜的頭腦，正是一個人保持健康所需要的。大學可能不會承認這種基於經驗的智慧，不過遵守這一準則也不會有什麼損失。旅館寂若無人，沒有砰砰的門聲，沒有嘈嘈的人聲，蜂鳴器也安靜了。薩爾瓦多不在櫃檯，這一點最不尋常，去找鑰匙的皮門塔動作像精靈一樣迅速飄渺。很顯然，從那天一大早後，就用不著他搬行李了，他很幸運。里卡多．雷伊斯下樓用餐時，已經快九點鐘了，如他所望，餐廳沒人，侍者在一隅聊天，但當薩爾瓦多現身時，員工都忙起來了，因為頂頭上司冷不防進來時，我們總要這麼做。舉例來說，如果我們的重心在左腿上，那麼將重心轉移到右腿上就足夠了，有時連這都不必。你們供應晚餐嗎，客人遲疑地問。當然，這就是他們在這裡的理由。薩爾瓦多告訴這位好醫生，跨年夜他們通常很少有客人，少數幾位房客通常外出用餐，這是我們說的*réveillon*或*révelion*的傳統。他們以前在旅館慶祝節日，但老闆覺得開銷太大，停止了這個慣例，太忙了，更別提客人狂歡造成的破壞，你也知道事情怎麼發生，酒一杯接著一杯喝，開始有人吵架，然後打打鬧鬧，亂成一團，有人抱怨沒心情取樂了，這種人總是會有。我們最後不再舉辦跨年慶祝活動，但我必須承認，我覺得很可惜，多麼愉快的場合，旅館也享有優雅和與時俱進的美譽。現在，你瞧，完全沒人。里卡多．雷伊斯安慰他說，起碼你可以早點上床睡覺，但薩爾瓦多向他保證，他一定會等著午夜的新年鐘聲響起，這是他的家庭傳統。他們一定會吃十二顆葡萄乾，一次一顆，這會給來年帶來好運，是國外常見的習俗。你說的是富裕的國家，但你真的相信這樣的習俗會帶來好運嗎。我不知道，不過如果我沒吃葡萄乾，說不定這一年會更糟糕。同樣的道理，沒有神的人尋求神，離棄神的人創造神。總有一天，我們會擺脫上帝和諸神。

里卡多．雷伊斯用餐時只有一個侍者服務，領班端莊穩重地坐在餐廳後頭，薩爾瓦多則是坐在櫃檯後方消磨時間，等著他私人的跨年。皮門塔不知去向，至於女傭，如果有閣樓的話，她們躲在樓上閣樓，當午夜鐘響時，她們舉杯祝彼此健康，享受令人陶醉的自釀酒和餅乾，或者她們已經回家了，就像醫院一樣，只留下緊急工作人員。廚房像廢棄了的堡壘。不過這只是猜測，客人通常沒有興趣知道一間旅館的幕後運作，他們要的只是舒適的房間和定時的供餐。里卡多·雷伊斯沒料到，甜點是一大塊特地為主顯節——又稱王者之日——而烤的蛋糕。這種貼心的小招待讓每一位客人都成了朋友。侍者微笑著打趣道，王者之日，您付錢，醫生。我同意，拉蒙——這是侍者的名字——我會在雷伊斯日付錢，但拉蒙沒有聽懂這個雙關俏皮話。[12]此時還不到十點，時間拖拖拉拉，舊年徘徊不去。里卡多·雷伊斯望著前兩天看到桑帕伊奧博士和他女兒瑪森妲坐的桌子，感覺自己籠罩在烏雲之中。要是他們此時也在，他們或許會說說話，這一夜代表著一個結束和一個嶄新的起始，僅有的客人聊上幾句，那是再適合不過了。他再次想像著那位小姐可憐的動作，她握住沒有生命的那隻手，將它放在桌面上，她十分寶貝那隻小手，另一隻強壯而健康的手幫助著它的姐妹，但它擁有自己獨立的存在。它未必總能幫上忙。例如，在正式介紹時和人握手，這位是瑪森妲·桑帕伊奧，這位是里卡多·雷伊斯，醫生的手會握住這位孔布拉小姐的手，右手握住右手，但是他的左手如果願意的話可以盤旋在一旁見證這次邂逅，而她的左手則垂在身側，與不存在無異。里卡多·雷伊斯感到眼睛泛出了淚水，現在還有一些人會說醫生的壞話，深信醫生見多了病痛與不幸，因此鐵石心腸，但看看這位醫生，他證明了這種批評都是錯誤的，也許因為他也是一位詩人，儘管我們已經看到他對於前途有些懷疑。里卡多·雷伊斯沉浸在這些想法中，有些想法對於我們這樣的局外人而言可能難以釐清，但見多了的拉蒙問，醫生，您還需要什麼嗎，問話委婉，可是他期待的是否定的答案。我們如此善於理解，有時半句話就夠了。里卡多·雷伊斯站起來，向拉蒙說了聲晚安，祝他新年快樂，然後緩緩走過櫃檯，對薩爾瓦多重複相同的問候與祝福。相同的情感，表達則是更加慎重，畢竟薩爾瓦多是經理。里卡多．雷伊斯慢慢走上樓，看上去筋疲力盡，如同當期雜誌上的漫畫或卡通人物，舊的一年滿頭白髮，整臉皺紋，沙漏空了，消失在過去深沉的暗影裡，而新的一年在晨曦中前進，胖嘟嘟的，像吃奶粉長大的嬰兒，吟誦著童謠，邀我們跳起時光之舞，我是一九三六年，與我一起歡慶吧。里卡多．雷伊斯回到房間，坐了下來。床鋪好了，如果他夜裡口渴，水瓶中有乾淨的水，拖鞋在床邊墊子上。有人照顧著我，一個守護天使，衷心感謝。狂歡的民眾走過，街上傳來錫罐的叮噹聲。十一點的鐘響起，在那一刻，里卡多．雷伊斯跳了起來，幾乎是氣憤的，我待在這裡做什麼，別人都出去慶祝了，歡歡喜喜與家人到街上，上舞廳、戲院、電影院、夜總會，我好歹也該去羅西烏廣場看一看大鐘，時間之眼，獨眼巨人投下的不是雷電，而是分分秒秒，和雷電一樣殘忍，我們必須忍受，直到它們最後把我和船板一起擊碎，但不是像這樣，坐在這裡看著鐘。自言自語後，他穿上雨衣，戴好帽，抓起了雨傘，突然心焦如焚，一下了決心就變了樣。薩爾瓦多已經返家和家人團圓，所以發問的是皮門塔，醫生，您要出門。欸，我去走一走，他開始走下樓。皮門塔追到樓梯口，醫生，您回來時按兩下門鈴，一短一長，我就知道是您了。你到時還沒睡嗎。我過了十二點就要去睡了，不過，先生，不用為我擔心，您什麼時候高興就什麼時候回來。新年快樂，皮門塔。醫生，祝您新年大吉大利，這是賀卡上的句子。他們沒再多說什麼，但是里卡多．雷伊斯走到樓梯底時，想到了每年這個時候人們通常會給旅館員工小費，他們就靠這些小費了。算了吧，我才來三天。義大利小侍童睡了，他的燈也滅了。

人行道溼滑，電車軌道沿著迷迭香街右側一路延展閃爍。課本告訴我們，平行線相交於無窮遠處，這個無窮遠必須夠大，才能容納這麼多的東西，面積，直線，曲線，交叉線，沿著軌道行駛的電車，車上的乘客，每個乘客眼中的光芒，話語的回聲，不可聽聞的思想摩擦，而在平行線相交的那一點上，誰知道是哪一顆星星或哪隻風箏將它們拴住了呢。有人朝著一個窗子吹口哨，像在發出信號，那麼，你是要下來不下來呢。時間還早呢，一個聲音回答，是男是女並不重要，我們會在無窮遠處再度相遇。里卡多．雷伊斯走到西亞多區的卡莫街，一大群人也和他一樣，有的成群結隊，有的全家出動，不過多數是孤獨的人，家中沒有人等著他們，或者寧可在外頭送走舊的一年。也許舊年真的會經過，也許在他們和我們的上方高聳著一道光，一條邊界，如此一來，我們會說時間和空間是一回事。也有一些女人在一個鐘頭中都在中斷她們可憐的徘徊，喊停，如果有什麼新生活的宣言，她們也想在場，急於知道她們的那一份是什麼，是真正的新生活，還是和以前一樣。羅西烏國家大戲院四周都是人，忽然傾盆大雨，雨傘紛紛打開，好像閃閃發光的昆蟲甲殼，又好像是一支在盾牌保護下前進的軍隊，準備攻擊一座平靜不動的堡壘。里卡多．雷伊斯混入人潮中，人潮不若從遠處看那麼稠密，他擠了進去。這時，陣雨止歇，雨傘收起，像鳥群休息過夜前抖了抖翅膀。人人都仰起頭來，他也盯著大鐘的黃色錶盤。一群男孩從十二月一日街跑來，敲著鍋蓋，鏘鏘鏘，還有一些人在吹著尖銳的口哨。他們在車站前方的廣場上遊行，然後在戲院門廊坐下，一面吹著口哨，一面敲打著錫鍋蓋，這陣喧騰與響徹廣場四面八方的木頭波浪鼓結合，啦啦啦啦，還有四分鐘就午夜了。啊，人多麼浮躁，多麼吝嗇他們僅有的一點生存時間，老抱怨生命短暫，只留下幽幽的歡騰聲，可他們卻迫不及待盼望著這幾分鐘過去，這就是希望的力量。期盼的呼喊響起了，語笑喧闐來到了高潮，河的方向傳來泊船的低鳴，好像史前恐龍的隆隆咆哮，讓人的胃翻江倒海。警笛響起，像動物被屠殺時的刺耳尖叫，附近汽車的瘋狂喇叭聲震耳欲聾，電車的小鈴鐺盡棉薄之力叮噹作響，直到分針終於蓋上了時針，十二點鐘了，自由的幸福。只在這一時半霎，時間釋放了人類，允許他們過自己的生活，站到一邊看著，帶著冷嘲和仁慈，看人們互相擁抱，朋友和陌生人、男人和女人隨意親吻。這是最美好的吻，沒有未來的吻。警笛聲響徹天際，戲院山形牆上的鴿子驚飛，幾隻鳥兒在迷茫中飛舞，但在不到一分鐘時間，聲音就緩和下來，只剩最後殘喘，河上的船彷彿消逝在霧中，駛向了大海。說到這裡，塞巴斯蒂安國王就在建築正面的壁龕裡，一個替日後的嘉年華戴上了面具的小男孩。既然他不是放置在其他地方，而是放置在這裡，無論是否有薄霧，我們都得重新考慮塞巴斯蒂安主義的重要和路線。[13]萬眾期待的那人顯然搭火車來，而且還誤了點。羅西烏廣場仍有三兩成群的民眾，但是不再那麼欣喜雀躍了，他們知道接下來要發生什麼，紛紛離開人行道。垃圾從樓上丟下來了，這是習俗，這裡不太容易看到，因為少有人住在這幾棟建築，這裡主要是辦公室。倒是黃金街上滿街垃圾。民眾從窗口往外扔下破布、空盒、罐頭、剩菜、裹在報紙裡的魚骨，通通散落在人行道上。一個裝滿餘燼的夜壺向四面八方迸出火花，行人躲到陽臺尋求保護，緊貼著建築物，對著窗戶大聲嚷罵。但是他們抗議沒有受到重視，這是一個普遍的習俗，所以就讓大家各盡所能保護自己吧，因為這是一個慶祝的夜晚，可以想出任何方法來娛樂。所有的垃圾，用不著也賣不掉的，留到這一刻扔出來，它們是護身符，確保來年富足順利。現在騰出空間，起碼可以迎接或許會到來的好東西，所以讓我們希冀自己沒有被遺忘吧。一個聲音從樓上傳來，當心，有東西來了，他們真貼心，還警告了我們，一大捆東西從空中飛來，劃出一道弧線，險些打到電車的纜線，太不小心了，這可能會造成嚴重的事故。是一個裁縫用的假人，有三條腿，適合男人的外套或女人的裙子，黑色填充物撕開了，框架也被蟲蛀了。它砸得稀爛，沒頭也沒了腿，不再像人的身體。一個路過的年輕人用腳把它推到陰溝去了。明天，垃圾車會來把這些都清理掉，殘羹，果皮，髒破布，對修補匠或撿金屬破爛的都沒用的罐子，少了底的烤盤，壞了的畫框，破破爛爛的毛氈花。不久，流浪漢會在垃圾中翻找，肯定能找到可以利用的東西。對某人失去價值的東西能讓另一個人受益。

　　里卡多．雷伊斯返回旅館。慶祝活動仍在這座城市許多地方繼續，有煙火、氣泡酒或真正的香檳，還有狂歡，一如報紙永遠不會忘記報導那樣。也有妓女或沒那麼輕浮的女人，有的相當大膽直接，有的示好時遵循某些規矩。然而，這個男人並非愛冒險的人，他只是從他人口中知道這一類的風流韻事，他所擁有的經驗不過是從一扇門走到另一扇門。一群路過的狂歡民眾異口同聲喊著，老兄，新年快樂，他舉手打了手勢回應。何必言語，他們比我年輕許多。他踩過街上的垃圾，避開箱子。碎玻璃在腳下嘎吱作響。他們不如把年邁的父母連同裁縫的假人一塊扔了吧，差別不大，因為過了一定的年齡，腦袋就不再支配身體，腿也不知道要把我們帶到哪裡去。最後我們就像年幼的孤兒一樣，因為我們不能回到我們死去的母親那裡，回到開始，回到開始之前的虛無。我們在死亡之前就進入虛無，不是死亡之後，因為我們來自虛無，當我們死後，我們消散，沒有了意識，卻依舊存在。我們都有父親母親，但我們是偶然和必然的產物，無論這句話是什麼意思。這是里卡多・雷伊斯的思索，由他做解釋。

都過了十二點三十分，皮門塔卻還沒有睡。他下樓來開門，吃了一驚，您倒底是早早回來了，沒有什麼慶祝。我又累又睏，而且你知道的，守歲迎新這件事已經不一樣了。沒錯，巴西的慶祝活動要熱鬧得多。他們上樓時客客氣氣聊了幾句。到了樓梯平臺，里卡多・雷伊斯道了晚安，明天見，走上了第二段臺階。皮門塔也回了晚安，關了樓梯平臺的燈，接著關掉其他所有樓層的燈，直到確信睡眠不會受到干擾，才上床睡覺，因為這個時候不大可能有新客人來。他聽得到里卡多・雷伊斯在走廊上的腳步聲。旅館靜悄悄，沒有一間房傳出光，不是房客睡了，就是房間是空著的。在走廊的盡頭，二〇一號的門牌閃著微光，里卡多・雷伊斯注意到有一束光從門底射出來。他一定是忘記關燈了，嗯，這種事是會發生的。他把鑰匙插進鎖裡，打開門，一個男人坐在沙發上。儘管他們多年未見，他還是立即認出了他。他也不覺得奇怪佩索亞坐在那裡等他。他說了聲哈囉，不指望得到回答，荒謬未必總會遵循邏輯，不過佩索亞居然回答了，說了聲哈囉，然後伸出手臂，他們擁抱。唔，你過得好不好，其中一人問道，或者兩人都問了，這一點無關緊要，這個問題太沒有意義了。里卡多·雷伊斯脫了雨衣，放下帽子，先檢查過潮溼的絲綢傘，才小心翼翼將傘擱在浴室的油氈地板上，傘已經不怎麼溼了，因為返回旅館的路上並沒有下雨。他拉了把椅子，坐在訪客的面前，發現費爾南多·佩索亞穿得有點隨便，在葡萄牙這種說法代表他沒穿大衣或雨衣，也沒有其他抵禦惡劣天氣的衣物，連頂帽子也沒有，他只穿了黑色西裝，雙排扣外套、背心和長褲，白襯衫黑領帶，黑鞋黑襪，像是去參加葬禮的人，或是一個殯儀業者。他們深情相望，顯然很開心久別重逢，費爾南多·佩索亞先開口，我相信你來看過我，我當時不在，但我回去時他們跟我說了。里卡多·雷伊斯回答，我以為一定會在那裡找到你，從沒想過你能離開那個地方。費爾南多·佩索亞說，目前可以，我有大約八個月的時間可以自由來去。為何是八個月，里卡多·雷伊斯問，費爾南多·佩索亞解釋說，一般來說是九個月，和我們在母親子宮裡的時間一樣長，我相信這是一個對稱的問題，在我們出生之前，沒人能看見我們，但他們天天惦念著我們，在我們死後，他們再也看不見我們了，每天一點一點地忘了我們，除非情況特殊，一個人需要九個月才能完全被遺忘，好了，告訴我，什麼風把你吹到葡萄牙來的。里卡多·雷伊斯從內側口袋掏出皮夾子，抽出一張摺好的紙遞給費爾南多·佩索亞，費爾南多·佩索亞卻做了一個拒絕的手勢，我無法讀字了，你來讀吧。里卡多·雷伊斯遵命，費爾南多·佩索亞逝世逗號我要前往格拉斯哥逗號阿爾瓦羅·德·坎普斯。[14]我收到這封電報就決定要回來，我覺得我有義務。電報的語氣相當有趣，無疑來自阿爾瓦羅．德．坎普斯，即便只是寥寥數語，也能在其中察覺到惡意的滿足，甚至是興味，阿爾瓦羅就是這種人。還有另一個原因，一個關乎自身利益的原因，十一月時，巴西爆發一場革命，許多人喪命，許多人遭逮捕，我擔心局勢會惡化下去，收到電報之前，我無法決定是離開還是留下，電報來了，我才下定決心。雷伊斯，你似乎註定在逃離革命，一九一九年，你因為一場革命失敗，去了巴西，如今你因為另一場革命可能也要失敗，因此逃離了巴西。嚴格來說，我沒有逃離巴西，如果你沒有死，我或許還在那裡。我記得死前幾天讀到一些關於這次革命的內容，我想是布爾什維克派煽動的。沒錯，布爾什維克派負有責任，一些軍官，一些士兵，還有一些沒有被殺的人，都被逮捕了，事情兩三天內就平息了。民眾害怕嗎；肯定害怕；葡萄牙也發生了幾場革命；我知道，我在巴西聽到了消息；你仍舊擁護君主制度嗎；是；但沒有國王；不用吵著要國王也可以擁護君主制度；你這樣想的嗎；是的；很妙的矛盾；不是最差的；用欲望去倡導你知道你不能用理智去倡導的東西；一點也沒錯，瞧，我還記得你；那是當然的。

費爾南多．佩索亞從沙發站起來，踱了一會兒，在臥室鏡子前停了一下，然後回到起居間。照鏡子卻看不見鏡子裡的自己，這給我一種奇怪的感覺；你看不見自己嗎；看不見，我知道我在看自己，但什麼也看不見；你卻有影子；我只有影子。他又坐了下來，翹起了腿，你是從此永遠留在葡萄牙，還是會回巴西去；我還沒有下定決心，我只帶了生活必需品，也許會留下來，開間診所，累積病患，我也許回到里約，我不知道，目前我會待著，但我越想越相信我回來只是因為你死了，好像我可以填補你留下的這個空缺。活著的人不能代替死去的人。沒有人是真正活著或真正死去。說得好，這句格言很適合你的一首詩。他們都笑了。里卡多．雷伊斯問，告訴我，你怎麼知道我住在這家旅館。當你死了之後，費爾南多．佩索亞回答道，你就變得無所不知，這是好處之一。你怎麼進入我的房間；就像其他人一樣進入；你沒穿過空氣，你沒穿過牆壁；真荒謬的想法，我的好友，這樣的事只發生在鬼故事中，沒有，我從逸樂墓園來，跟著其他人上樓，打開那扇門，坐在這個沙發上等待你來。看到一個陌生人走進來，沒有人驚訝嗎；這是死者享有的另一個特權，除非我們願意，否則沒人能夠看見我們；但是我看見了你；因為我想讓你看見我，況且，你想想，你是誰。這顯然是一個反詰，預期是沒有回答的，里卡多．雷伊斯沒有吭聲，甚至沒有聽到。一陣慢悠悠不透明的沉默。樓梯平臺上的鐘敲了兩下，彷彿來自另一個世界。佩索亞站起身，我得回去了。這麼快。我的時間是我自己的，我想來就來，想走就走，我祖母在那裡沒錯，但她不再煩我了。再待片刻吧；不，時候不早了，你該休息；什麼時候能再見到你；你希望我再來嗎；非常希望，我們可以聊聊天，重溫友誼，別忘了，十六年過去了，我在這裡感覺像陌生人。記住，我們只能在一起八個月，然後我的時間就用完了；八個月，在剛開始會像是一輩子；只要可以，我就會來看你；你難道不想說好一個日子、時間、地點；那是不可能的；好吧，再見，費爾南多，很開心再見到你；我也一樣，里卡多；能祝你新年快樂嗎；說吧，說吧，傷不了我的，那只是語言，你很清楚。新年快樂，費爾南多。新年快樂，里卡多。

費爾南多·佩索亞打開房門，走到走廊，他的跫音聽不見了。走下那段陡梯所需的兩分鐘後，前門砰一聲關上了，蜂鳴器唧唧地響了片刻。里卡多·雷伊斯走到窗前。費爾南多·佩索亞已經消失在迷迭香街上。仍然平行的電車鐵軌亮了起來。

8 Saint Christopher，傳說他曾經幫助假扮為孩子的耶穌過河。
9 Latium，羅馬建城的所在地。
10 Apollo Belvedere，古羅馬時代的大理石雕像，現藏於梵蒂岡。
11 羅恩格林（Lohengrin）為華格納創作之同名三幕浪漫歌劇的主角，登場時坐在由天鵝拉的小船上。
12 王者（Reis）與雷伊斯同字。
13 塞巴斯蒂安（Sebastião，1557-1578）是葡萄牙第十六任國王，二十四歲時在一場戰役中失蹤，塞巴斯蒂安主義者相信他總有一天會回來拯救葡萄牙。
14 Álvaro de Campos，佩索亞的異名者之一。

不管是因為他們自己相信，還是因為在他們未對建議和暗示做出回應後有人控制了他們，報紙彷彿是一則偉大預言，告知我們，在偉大國家的廢墟上，我們的葡萄牙將展示其非凡的力量，以及統治者的審慎和才智。因為這些國家會垮下，它們的崩潰發出轟然雷動的聲響。誇耀他們現今霸權的驕傲國家被嚴重欺騙了，因為那一天快到了，這個國家史上最幸福的一天，他國領袖將來到盧西塔尼亞海岸，向我們偉大的葡萄牙政治家徵求建議、援助、智慧、仁慈和燈油。這些政治家是誰，從已組的下一任內閣開始吧。最高統帥是議會主席兼財政部長奧利韋拉・薩拉查，然後是我們敬而遠之的——按照報紙刊登照片的順序——外交部長蒙泰羅，商務部長佩雷拉，殖民地部長馬查多，公共工程部長阿布蘭謝斯，海軍指揮官貝登古，教育部長帕切科，司法部長羅德里格斯，戰爭部長蘇沙，內政部長蘇沙，前者是帕索斯・德・蘇沙，後者是帕埃斯・德・蘇沙，請願書上請寫出他們的全名，以便能及時送達。我們不能忘記提到農業部長杜克，沒有他的意見，歐洲或其他地方種不出一粒麥子。剩下的職位還有在括弧中的財政部長倫夫拉萊斯和企業部安德拉德，由於我們這個新政府雖然處於發展初期，卻是類似公司組織，因此一個副部長就夠了。這份報紙也說，本國大部分地區已經收獲了熱衷於維護公共秩序之模範政府的豐碩成果，如果這種聲明帶有自我表揚的意味，那麼去讀一讀瑞士日內瓦那份報紙，那篇報導詳盡，因為是用法語寫的更具權威，描述了上文提到的葡萄牙獨裁者，稱我們十分幸運得到這位明智領袖的領導，文章作者一點也沒錯，我們由衷感謝他。但請記住一點，如果明天帕契科說——他一定會說——初等教育必須得到應有的重視，但不可過多，因為知識傳授太早是沒有真正的用處，還有，以物質主義和異教主義為本的教育扼殺了高尚的衝動，比文盲的愚昧更糟糕，所以帕契科的結論是，薩拉查是本世紀最偉大的教育家，本世紀才過三分之一，這句話說得算是大膽了。

別以為這些新聞出現在同一份報紙的同一版面上，那樣的話，它們會看起來互有關聯，賦予了看似具有相互彌補相互影響的意義。這些其實過去幾週的新聞報導，像骨牌一樣並列，每一張靠著相等的另一張，如果碰上雙重骨牌效應的情況，那麼骨牌則是交叉放置。這些是從遠處看的時事。里卡多．雷伊斯一邊讀著晨報，一邊喝著加了牛奶的咖啡，吃著布拉干薩旅館供應的美味烤麵包，又油膩又酥脆，這顯然是一種矛盾，一種遺忘已久的樂趣，因此這兩個形容詞組合在一起可能會讓你覺得不合適。我們已經知道，替他送早餐的女傭是麗迪雅，她還收拾床鋪，打掃整理房間。和里卡多．雷伊斯說話時，她總是稱他一聲醫生，而他就喊她麗迪雅，沒有別的，不過身為一個受過教育的人，他要她做事時，從不使用非正式的形式，做這個，給我拿那個。她不習慣這樣的禮貌，感到受寵若驚，因為房客待她通常就像對待僕人那樣放肆，相信金錢賦予了一切權利，不過說句公道話，還有一位客人對她也是同樣尊敬，那就是瑪森妲小姐，也就是桑帕伊奧博士的女兒。如果描述一個普通女傭的身體特徵有什麼意義的話，麗迪雅年約三十歲，一個成熟且發育良好的年輕女人，黑髮，絕對是葡萄人，個頭算矮，迄今除了擦洗地板、送早餐以外，什麼都沒做，有一回看到一個男人趴在另一個男人背上，她笑了，這個房客也站在那裡微笑。這麼好的一個人，只是有些悲傷，他無法快樂，儘管有時他的臉龐會亮起來，就像當烏雲允許太陽露臉時這個陰暗的房間亮起來。不像日光，更像是月光，是光造成的影子。由於光正好從一個有利的角度照在麗迪雅的頭上，里卡多·雷伊斯注意到鼻孔旁的胎記。很適合她，他心想，雖然後來他說不出他指的是胎記，還是她的白圍裙，或是她頭頂上漿過的帽子，還是她脖子上的繡花領。對，托盤可以拿走了。

三天過去了，費爾南多·佩索亞沒有再出現。里卡多·雷伊斯沒有問自己那個明顯的問題，這是否可能是一個夢，他知道費爾南多·佩索亞有足夠的血肉骨骼來擁抱與被人擁抱，新年前夕他就在這間房，而且應諾了會再來。他相信他的話，但是對他的拖延開始失去了耐心。他的生活現在彷彿停滯了，充滿期待，問題重重。他翻遍了報紙，尋找標誌、線索、整體輪廓、葡萄牙人的面部特徵，不只是為了找回這個國家的形象，還要給自己的肖像穿上新衣料，把手舉到臉上認出自己，讓一隻手放在另一隻手上，將它們緊緊扣在一起，這就是我，我在這裡。在最後一頁，他看到一則大廣告，占了兩欄的篇幅。右上角畫著雕刻大師弗雷勒，戴單片眼鏡，打著領帶，過時的素描。底下一路到這一版的結束，是一連串宣傳他的工作坊的畫，附上解釋和多餘的標題，只有這種圖才能夠理直氣壯聲稱他們提供五花八門的貨物，好像要證明一張圖與任何文字描述同樣好，或者更好，可沒有一幅能展現雕刻大師五十二年前創立的公司的產品的優良品質，大師品行端正，名聲清白，曾在歐洲各大城市學藝，他的後代也學到了他在這一行的本領妙技。他得過三枚金牌，在葡萄牙無人能出其右，工廠有十六臺電動機器，一臺值六十康多[15]，這些機器幾乎無所不能，唯獨不會說話，哎呀。這裡描繪出一整個世界，既然我們生不逢時，沒有見到特洛伊的原野，也沒有看到阿基里斯那張刻繪了天地的盾牌，且讓我們在里斯本欣賞這張葡萄牙盾牌吧，它描繪了這個國家最新的奇蹟，建築、旅館、房間的號牌，櫥櫃，傘架，磨刀皮帶，磨刀石，剪刀，金筆尖鋼筆，熨斗和秤，附鍍黃銅鏈條的玻璃板，支票打孔機，金屬和橡膠製成的圖章，琺瑯字母，服裝標籤釘針，封蠟，銀行、公司行號和咖啡館的排隊號碼牌，給牛隻和木箱烙印的鐵具，小刀，汽車和自行車的市政註冊號牌，戒指，各項運動獎牌，牛奶吧、咖啡館和賭場員工的帽章。看看給妮維雅牛奶吧做的這個，不是阿連特茹牛奶吧的，因為阿連特茹牛奶吧的員工不戴有帽章的帽子。還有衣物櫃，掛在研究所和基金會門上的金屬搪瓷三角旗，焊接鐵具，電燈籠，四刃刀以及其他類型的刀，徽章，標針，印刷框，餅乾模具，香皂，橡膠鞋底，燙金商標和盾徽，各種用途的金屬，打火機，油墨滾輪，採集指紋的石頭和墨水，葡萄牙和外國領事館的盾形徽章，還有更多醫生、律師、為教區委員會記錄出生死亡的登記處所用的牌區，助產士的，公證人的，上頭寫著非請勿入的，還有鴿環、掛鎖，等等，等等，等等，另外還有三個等等，刪除剩餘內容，當成已經說過了。讓我們不要忘記，只有這些工廠提供包山包海的貨品，你甚至可以為家族墳墓訂製美輪美奐的鐵門，但這夠了，沒什麼好說了。與此相比，鐵匠神赫菲斯托斯的成就是什麼，他在阿基里斯的盾牌上鑿刻出整個宇宙，但忘了省下一點空間，雕出帕里斯顫晃晃的箭頭刺穿了英勇戰士的腳跟。連神都忘記了死亡，但也難怪，如果祂們是不朽的。或者，這只是赫菲斯托斯的慈悲之舉，是籠罩在人類短暫的眼睛上的一朵雲，對他們來說，為了幸福，不知道何時何地，也不知道如何幸福，就足夠了。然而，弗雷勒是更嚴謹的神和雕刻師，他把一切都詳加說明，他的廣告是一個迷宮，一副骨架，一張網。里卡多・雷伊斯為了研究廣告，讓他的牛奶咖啡變涼了，奶油凝結在他的烤麵包上。請注意，尊敬的客戶，本公司絕無分行，小心自稱是代理商和代理人的人，他們用仿冒的木桶標記標籤和牛烙鐵來欺騙公眾。麗迪雅來取托盤時很擔心，醫生，您什麼也沒吃，您不喜歡嗎。他堅決說他喜歡，只是讀報分心了。我要不要叫廚房再烤一些麵包，再給你的咖啡熱一下呢。不用了，我很好，況且他也不覺得餓，說著他站起來，把手放在她的手臂上，要她安心。他感覺到她袖子質地柔滑，皮膚泛著暖意。麗迪雅垂下眼睛，側過身去，可是他的手跟著過去，他們就這樣維持了好幾秒鐘時間。最後里卡多・雷伊斯放開了她的手臂，她收拾起托盤。陶瓷餐具在震動，好像地震的震央就在二〇一號房間，更確切地說，就在這個女傭的心中。她走了，她在匆忙之中無法恢復鎮靜，她將會走入備膳室，放下托盤，將一隻手放在另一隻手支撐的位置，職業如此低下的人是做不出這等優雅的姿態。這一定是那些讓自己被先入為主的觀念引導的人的想法，也許里卡多．雷伊斯也是有這樣的念頭，此刻他正在痛苦地責備自己屈服於愚蠢的軟弱，我做了一件難以置信的事，對一個女傭。他算幸運，不必端著裝滿陶瓷餐具的托盤，否則他就會知道，即使是旅館客人的手也是會顫抖的。迷宮就是這樣，街道，十字路口，死胡同。有人聲稱，要走出迷宮，最可靠的方法就是永遠往同一個方向轉彎，但我們知道，這麼做違背了人性。

迷迭香街，里卡多．雷伊斯總是從這條街出發，然後隨便走到哪一條街，往上走，往下走，左轉，右轉，草料田街，槳匠街，兵工廠街，七月二十日街。這是首次解開纏線，解開蜘蛛網，博維斯塔區，十字架街。過了片刻，他的腿開始累了，一個人不可能永遠四處遊蕩。不只是盲人需要手杖探測前方的道路，或者需要一隻狗來嗅出危險，即使是有兩隻眼睛的人，也需要一盞能夠追隨的燈，一盞他信賴或希望信賴的燈，如果沒有更可靠的東西，他只會疑神疑鬼。現在里卡多．雷伊斯正看著世間萬象，如果這可謂之智的話，他就是一個智者了，由於教養與天性而離群冷漠，卻為了一朵尋常的雲朵飄過而顫抖。我們很容易理解希臘人和羅馬人為什麼相信他們與神為伍，無論何時何地都在眾神的注視下，無論是樹蔭下，噴泉旁，密林深處，海邊，抑或是在海浪之中，甚至與至愛在床上的時候，她可能是女人，也可能是女神，如果祂同意的話。里卡多．雷伊斯需要的是一頭導盲犬，一根手杖，前方有一盞燈，因為這個世界，還有里斯本，是一團黑霧，分不清東西南北，唯一開放的道路向下傾斜。一個不小心，就會一頭栽到路的盡頭，成了無腿無頭的裁縫用假人。里卡多．雷伊斯從里約熱內盧回來，不是出於懦弱，說得更明白些，不是出於恐懼，他回來不是因為費爾南多．佩索亞去世了，因為人不能把一個從它的空間和時間被移走的東西放回去，無論是費爾南多和阿爾貝托都不能。人都是獨一無二、無可替代的，這是最老掉牙的話，也未必完全正確。當我走在自由大道上，即使此刻他出現在我的面前，費爾南多．佩索亞也不再是費爾南多．佩索亞了，不只因為他已經死了。最重要的決定關鍵是，他再也不能為自己的過去和成就、他的經歷和他的寫作添加什麼了。他連字都不能讀了，可憐。還得里卡多．雷伊斯為他誦讀另一篇連同詩人橢圓形肖像發表在雜誌上的文章。幾天前，死亡從我們身邊帶走費爾南多．佩索亞，在其短暫的一生中，這位傑出詩人遭到大眾的忽略，有人可能會說，因為他知道他的作品的價值，像守財奴似的，小心翼翼將它藏起來，唯恐被人奪走，總有一天他那耀眼的才能得到充分的公正評價，如同其他偉大的昔日天才，點點點。混蛋。記者最可惡的地方是，他們相信自己有權把這種想法灌輸到樂於接受他人想法的頭腦中，這個想法就是一例，費爾南多．佩索亞囤藏自己的詩作，深怕他人偷走。他們怎麼能印出這種垃圾來。里卡多．雷伊斯不耐地用傘尖敲打人行道，他可以把傘當拐杖用，前提是不下雨。人即使走直線也會迷路。他走入羅西烏廣場，簡直與在一個有四個或八個選擇的十字路口無異，眾所周知，不管選擇哪一條路再折返，都會在無限之中的同一點結束。因此，選擇哪一條路都沒什麼好處。時候到了，我們把這件事交給偶然，偶然不做選擇，只會驅使，並且反過來受到我們一無所知的力量驅使，即便我們明白，我們又能知道什麼。最好是仰賴可能是在弗雷勒雕刻大師設備齊全的工廠製造的名牌，上頭有醫師、律師、公證人的名字，我們需要時可以求助的對象，他們懂得使用羅盤。他們的羅盤可能不一致，不過這不要緊，只要城市知道方向存在就夠了。你不用離開這裡，因為這裡不是街道分叉的地方，也不是街道交會的地方，街道是在這裡改變了它們的意義，北變成南，南變成北。太陽在東方和西方之間停止，這個城市是一個受地震圍攻的燒疤，是一滴不會乾也沒有手指抹去的淚。我必須開個診所，穿上白袍給病人看診，哪怕只是為了讓他們死去，里卡多．雷伊斯沉思道。起碼他們活著的時候可以陪伴我，他們最後的善行就是扮演那個病了的醫生的病了的醫生。我們並不是說所有的醫生都有這樣的想法，不過這位醫生絕對有這樣的想法，他有自己的理由，只是那些理由至今仍很少讓人發現。我應該開怎樣的診所，什麼地點，什麼對象。如果你認為這種問題只需要答案，你就被騙了。如同用行動來提問，我們用行動來回答。

里卡多．雷伊斯正要走下鞋匠街時，看到費爾南多．佩索亞站在聖胡斯塔街的拐角處。費爾南多．佩索亞費看起來似乎一直在等待，卻沒有不耐煩的表情，他穿著同一套黑色西裝，沒有戴帽子，還有一個里卡多．雷伊斯先前沒發現的細節，他沒有戴眼鏡。里卡多．雷伊斯認為他知道為什麼，讓一個人戴著眼鏡下葬很可笑，完全沒有品味，但那不是原因，他們只是沒能在他臨終之際及時將眼鏡交給他。把我的眼鏡給我，他說，然後就躺在那裡看不見了，因為我們未必能夠及時滿足臨終之人的遺願。費爾南多．佩索亞微笑向他問候，里卡多．雷伊斯也問候了他，他們一起向宮院的方向走去。再走幾步，雨又開始下了。一把傘，兩人遮，儘管費爾南多．佩索亞不怎麼怕這雨水，從他蜷縮的姿勢知道，他還沒有完全忘記人生。或者也可能是合撐一把傘貼近彼此的想法令人感到安慰；到傘下來，夠兩個人撐。沒有人會拒絕這樣的提議，回答說，不用了，我不介意淋雨。里卡多．雷伊斯很是好奇，如果有人在觀察我們，他看到了誰，你還是我。他看見了你，或者說他看見了一個既不是你也不是我的朦朧形影。我們兩個的和除以二。不，我會說它是一個乘以另一個的結果。有這種算法嗎。二個不管是什麼的，不是相加，而是相乘。要生養眾多，誡命說。這不是從生物學的角度來說，親愛的朋友，就拿我來說吧，我沒有留下一個孩子。我很確定，我也不會留下一個孩子，但是我們有多個我們，我寫了一篇頌歌，說無數人存在我們之中。我不記得了。因為我是兩個月前寫的。你看，我們每個人都會說同樣的話。那麼，我們的乘法就沒有意義了。如果我們沒有相乘，乘法是不可能的。如此珍貴的對話，包含了保羅主義者和交叉主義的理論，他們沿著鞋匠街往下走，來到孔塞桑街，向左拐到奧古斯塔街，接著繼續直走。里卡多．雷伊斯停下腳步建議說，我們去馬蒂紐咖啡館好了，費爾南多．佩索亞唐突地回答道，那樣做不明智，隔牆有耳，也有記憶，等到沒有人會認出我時再去吧，那是早晚的事。他們在拱廊下徘徊，里卡多．雷伊斯收了傘說，順便說一下，我打算定居下來，開間診所；所以你無意回巴西了，為什麼；很難解釋，我甚至不確定我可以給出一個解釋，就說我像是失眠的人，終於在枕頭上找到一個舒適的位置，可以睡一會了。如果你想睡個好覺，那你來對國家了。我願意睡覺，是為了能夠做夢；做夢是離開，到另一邊去；但是生命有兩邊，佩索亞，至少有兩邊，我們只能通過夢到達另一邊；你是在對一個死人說這話，他可以從自己的經驗告訴你，在生命的另一邊只有死亡。我不知道死亡是什麼，不過我不信這就是我們所討論的生命的另一邊，因為在我看來，死亡只局限於生存。死亡即無生存，就這樣。所以說，生存與存在是不一樣的；不一樣，親愛的雷伊斯，生存與存在不是同一件事，不只因為我們有這兩個不同的詞，剛好相反，正是因為它們不是同一件事，我們才有這兩個詞可以使用。他們站在拱廊下爭論，雨水在廣場上形成一個個的小湖，然後匯聚成更大的湖，最後成了一片泥濘的洋。就是在這種情況下，里卡多．雷伊斯也不會跑去碼頭看碎浪。他正要這麼說，想起他來過這裡，回頭一看，費爾南多．佩索亞已經走遠了。直到現在，他才注意到詩人的褲子太短，讓他像是踩著高蹺。他最後聽到了他的聲音，儘管費爾南多．佩索亞已經走遠了，聲音就在附近，我們改天再繼續這個對話吧，我得去那一邊了。他在雨中揮了揮手，卻沒有說再見，也沒說我會再來。

這一年以這樣的方式展開，死亡成了天天發生的事。的確，每個時代清除它所能清除的，偶爾，當戰爭或流行病爆發時，清除工作更為輕鬆，偶爾，是一種穩定的步伐，一個接著一個的死亡，但最不尋常的是，在短時間內看到這麼多國內外名人死去。我們說的並非前不久離開人世的費爾南多．佩索亞，誰也不知道他會不時回來，我們說的是提出神創論的李奧納多．孔布拉，《狼的羅曼史》的作者巴耶．英克蘭，主演《戰地之花》的約翰．吉伯特，寫了〈假如〉一詩的魯德亞德．吉卜林，最後還有英國國王喬治五世，唯一留下確定繼位者的君主。當然還有其他的不幸，只是不那麼重要，比方說，被土石流掩埋了的那個可憐老人，或者被一隻患狂犬病的貓襲擊的二十三個阿倫德如民眾。他們下了船，黑壓壓一片，如一群翅膀撕裂的烏鴉，有老人、婦女和生平首次拍照的孩子，眼睛不知道該往哪裡看，盯著天空，又慌張又絕望，可憐的人們，但這還不是全部。醫生，你不知道的是，去年十一月，在這一帶的大城鎮，有兩千四百九十二人死亡，其中一人是費爾南多．佩索亞先生。這個數字不大不小，只是必要的數字，但最悲哀的是，有七百三十四個是不足五歲的兒童。如果這是大城鎮的情況，百分之三十，想像一下在鄉下會是什麼情況，那裡連貓都有狂犬病。但我們總可以安慰自己，天堂裡的小天使大多是葡萄牙人。此外，語言是最有效的。新政府上臺時，大批大批的民眾前去向大家尊敬的部長致敬，人人都去了，教師，公務員，三軍將士代表，全國聯盟的領袖和成員，工會，行會，農民，法官，警察，共和黨警衛，稅務官，一般大眾。部長對他們每個人表示了感謝，以初階讀本中的愛國主義措辭講了幾句話，聽眾聽得很是悅耳。到場者為了擠進相片中挪來移去，後排的人拉長脖子，踮起腳尖，從旁邊較高的人肩上探出頭，我在那裡呢，回家後，他們得意地告訴親愛的妻子。前面的人趾高氣揚，他們沒有被患狂犬病的貓咬，卻讓閃光燈給嚇著了，露出一樣愚蠢的表情。一片混亂中，內政部部長有幾句話沒被聽到，不過從他宣布在舊蒙特莫爾牽電線的語調可以推測出來，這是一個很大的進步，我會告訴里斯本的人，蒙特莫爾的優秀公民懂得效忠薩拉查。我們可以輕易想像出以下情景，帕斯．德．蘇沙向英明的獨裁者解釋《民族論壇報》給他的封號，來自費爾南奧．門德斯．平托筆下之土地的善良人民都忠於閣下。大家都知道，在這種中世紀的統治制度下，農民勞工往往被排除在這種美德之外，這些人沒有繼承財產，因此他們不是好人，也許既不是好人，也算不上是人，而是與咬人、螫人或大批出沒的昆蟲沒有兩樣的生物。你一定會有機會觀察到這個國家住著什麼樣的人，醫生，記住，這裡可是帝國的首都，那天你經過《世紀報》大門時，親眼見到亂糟糟的民眾等著施捨。如果你想見識真正的窮，去那些地區、教區、社區走走，親眼瞧瞧施食處和隆冬助貧的活動，波多市議會主席在一份電報上說，這是令人欽佩的善舉，願上帝保佑他的靈魂。你不覺得讓他們死了反而更好嗎，如此一來我們就不會看到葡萄牙可恥的生活景象，乞丐坐在路邊吃麵包皮，刮碗底的食物。他們甚至不配使用電燈，他們只需要知道從盤子到嘴裡的路，那條路摸黑也找得到。

人的體內也是漆黑一片，但是血液照樣能夠抵達心臟，大腦盲了但能看見，大腦聾了但能聽聞，大腦沒手但能伸出來。顯然，人困在自己的迷宮中。接下來的兩個早晨，里卡多．雷伊斯都下樓去餐廳吃早餐，不過是把手放在麗迪雅的手臂上，但是想到這個簡單動作可能帶來的後果，他是又心驚又害怕。他不怕她去投訴，畢竟那只是一個動作，但是在事後他頭一回和薩爾瓦多經理說話時，心中感到幾分的焦慮。多餘的焦慮，因為這人是這般恭敬、這般客氣。第三日，里卡多．雷伊斯覺得自己很傻，便沒有下樓吃早餐，他假裝忘記了早餐，希望他們也忘記。他不瞭解薩爾瓦多這個人。到了最後一刻，敲門聲響起了，麗迪雅端著托盤走了進來，將托盤放在桌上，說了聲，早安，醫生，很自然的模樣。幾乎都是這樣的，你折磨著自己，煩惱不安，往最壞的方面想，認定這個世界會要求一個完整的解釋，其實世界已經前進了，想到別的事情去了。然而，不確定的是，麗迪雅回到房間收拾托盤時，是否也是這個前進了的世界的一部分，她似乎留在後頭等著，帶著一種不確定的神情。她做出平常的動作，就要拿起托盤，端住了托盤，把托盤順著一道弧線舉到半空中，然後向門口走去。哦，天啊，他會說話嗎，不說話嗎，也許他什麼都不說，也許只是碰碰我的手臂，就像那天一樣，如果他這樣做，我要怎麼做呢，這不是第一次遇到客人放肆，我屈服了兩次，為什麼，因為生活是如此的糟。麗迪雅，里卡多．雷伊斯喊了她的名字。她放下托盤，抬起充滿恐懼的眼睛，想喊一聲醫生，可是聲音卡在喉嚨。他沒有勇氣再喊一聲麗迪雅，只是咕噥說，我覺得妳真漂亮，可怕的濫調，可笑的愛情騙子。他站在那裡盯著她看了一秒鐘，他無法忍受超過一秒鐘，於是別過身去。有的時刻真是生不如死，我在旅館女傭面前出醜了，你也一樣，阿爾瓦羅．德．坎普斯，我們都一樣。門緩緩關上，過了片刻，麗迪雅離去的腳步聲才響起。

里卡多．雷伊斯成天在外頭鬱鬱沉思他的羞愧，尤其羞愧的是，他不是被什麼對手打敗，而是讓自己的恐懼給擊倒。他決定翌日換家旅館，或是租間屋子，或是乘最早的一班船回巴西去。這麼小的一件事，竟然帶來這麼戲劇的後果，但人人都明白它有多痛，痛在哪裡。嘲弄就像心痛，由於記憶而不斷復活的酸楚，一個治癒不了的傷口。他回到旅館，吃過飯又出門，到波利特雅瑪戲院看了一場電影，《十字軍東征》。這樣的信仰，這樣的戰鬥，這樣的聖人，這樣的英雄，這樣耀眼的白馬。電影結束，一股宗教熱忱的氣氛瀰漫著尤金尼奧桑托斯街，每個觀眾頭上都好像頂著光環，但是還有人不信藝術可以提升人性。結束了，早上發生的事恰到好處，我真傻，竟然陷入這種心態。皮門塔為他開門，屋裡非常平靜，看樣子旅館的員工並不住在這裡。他回自己的房間，幾乎出於本能立刻看了看床鋪。被子不像往常那樣摺得稜角分明，但是床單和鴨絨從一邊筆直地捲到另一邊，枕頭不是一個，而是兩個，這個訊息再清楚不過了。訊息如何變得露骨則有待觀察，除非鋪床的不是麗迪雅，而是另一個以為房間住著一對夫妻的女傭。好，讓我們假設女傭經常調換樓層，也許這樣她們拿到小費的機會會是一樣的，或者以免她們死性不改，或者——想到這裡，里卡多·雷伊斯微微一笑——防止她們對房客太好。好吧，明天再說吧。如果麗迪雅送早餐來，一定是她鋪的床。那麼接下來呢。他躺下，關了燈，緊閉上眼，連第二顆枕頭也懶得拿開。來，睡吧，睡吧，但睡不著。街上駛過一輛電車，或者是末班車了。是誰在我身體裡不願睡覺，是誰的不安身體控制了我，還是某種無形的力量讓我全身上下變得煩躁，至少讓這一部分的我變得不安。天哪，人會發生這樣的事。他怒氣衝衝起了身，藉著窗戶傳來的微光摸索走去拉開了門閂，讓門虛掩著，要進來只需要輕推一下就行了。他回到床上。好幼稚，如果一個男人要什麼，他不會碰運氣，而是著手實現，想想十字軍在他們那個時代的成就，長劍對抗彎刀，必要時就義成仁，還有那些城堡、那些盔甲。他不知自己是夢是醒，想起了中世紀的守貞腰帶，騎士帶走了鑰匙，被蒙在鼓裡的可憐人。他房間的門無聲打開，然後關上，一個朦朧的身影穿過房間，摸索著走向床邊。里卡多·雷伊斯伸出手，碰到一隻凍僵的手，把它拉了過來，麗迪雅瑟瑟顫抖著，她只能說，我好冷。他沒有說話，而是思量著是否應該吻她的嘴唇，多麼叫人鬱悶的念頭。

15 Conto，葡萄牙舊貨幣單位，等於一千埃斯庫多。

桑帕伊奧博士和他的女兒今日抵達，薩爾瓦多宣布，他歡欣鼓舞，似乎這則喜訊會帶來回報。從櫃檯的瞭望位置，看得到孔布拉出發的火車穿過午後的薄霧，遠遠駛來了，嚓嘎嚓嘎，嚓嘎嚓嘎。真矛盾，因為停泊在港口並在碼頭收集煤泥的船是布拉干薩旅館，而來到這裡的是陸地，把煙噴上了煙囪。火車走到坎波里德時會鑽入地下，從一條黑色隧道噴著蒸汽又鑽出。現在還來得及叫麗迪雅去看看是否都收拾妥當了。她知道桑帕伊奧博士和瑪森妲小姐的房間是二〇四號房和二〇五號房。麗迪雅匆忙跑上二樓，似乎沒有留意到里卡多·雷伊斯醫生站在那裡。他們住多久，醫生問。他們通常住三天，明晚他們要上戲院，我已經替他們訂了位。上戲院，哪一間。瑪麗亞夫人戲院。哦。這個歎詞不是表達驚訝，它插在這裡是為了結束我們不能或不願繼續進行的對話。事實上，多數鄉下地方的人來里斯本時——願孔布拉原諒我把它歸於鄉下地方——會把握機會上戲院，可能到梅耶公園戲院看齣時事諷刺劇，或者去阿波羅或帕克梅爾戲院看表演，還是到阿波羅戲院或者大街戲院看電影，品味更高雅的人則會去瑪麗亞夫人戲院，也有人叫它國家大戲院。里卡多·雷伊斯走進交誼廳，翻了翻報紙，查看娛樂版的戲劇節目表，看到阿法多．科爾特斯主演的《大海》的廣告。他當下決定到那兒去看戲。身為一個優秀的葡萄牙公民，他應該支持葡萄牙藝術家。他差點要薩爾瓦多打電話給他訂個座位，但又改變了主意，決定隔日自己處理這件事。

離晚餐還有兩個鐘頭。在這段期間，孔布拉來的客人將會抵達，除非他們的火車誤點了。但是我為何會感興趣呢，里卡多．雷伊斯上樓回房間時自問。他對自己說，除了瑪森妲是一個有趣的臨床病例之外，遇見其他地方來的文明人總是愉快的。一個不尋常的名字，一個他不知道的名字，這個名字像呢喃，像回聲，像大提琴的琴音，像秋天的長泣，像雪花石膏，這種病態的朦朧詩韻激怒了他，不過一個名字而已，竟然可以聯想到這麼多，瑪森妲。他經過二〇四號房，門是開著的，麗迪雅在裡頭用雞毛撢子清潔家具。他們偷偷互望對方，她笑了，他沒有。他回到自己的房間，隨後聽到了一陣輕輕的敲門聲，是麗迪雅，她悄悄溜了進來問他，您生我的氣嗎。他緊閉著嘴，沒有回答。在大白天他不知道如何應對。她只是一個女傭，他現在可以色瞇瞇地撫摸她的臀部，但是他覺得太尷尬了，不能做出這樣的動作。之前也許還可以，但是現在不能了，他們已經在一起過了，躺在同一張床上，一種授與聖職的儀式，我的，我的，我們的。今晚我能的話，我來找您，麗迪雅說，他沒有答腔。她竟然事先通知他，這似乎不合時宜，因為那個手臂癱瘓的小姐將離得那麼近，入睡了，不知道這條走廊上、這個盡頭的房間的深夜祕密。但是他不能說，不要來。麗迪雅走了，他躺在沙發上休息。長期禁欲後連續三晚的性行為，而他又是這個年紀了，難怪幾乎睜不開眼睛。他鎖起眉頭，問自己是否應該拿錢給麗迪雅，給她一些小禮物，一雙長襪，一個便宜的戒指，適合她這種地位的人的什麼東西，他沒有找到答案。他思考著反對和支持的動機和理由，決定解決這個不確定的問題。這不像是否吻她嘴唇那件事，環境替他做好了決定，所謂的乾柴烈火，他自己也不知道事情怎麼發生的，他吻她，彷彿她是世上最美麗的女人。也許這也可以很簡單，他們躺在對方的懷裡，他說，我想給你一個小小的紀念品，她會覺得很自然。她現在甚至可能正在狐疑他怎麼拖了這麼久。

走廊傳來了人聲，還有腳步聲，皮門塔說，多謝，先生，然後兩扇門關起。旅客到了。他差點睡著了，現在他抬頭望著大花板，非常仔細檢查灰泥上的裂縫，彷彿用指尖在勾勒輪廓。他想像自己頭頂上方是上帝的手掌，他讀著掌上的生命線，一條變窄的生命線，中斷了又復活，越來越脆弱，一顆被圍困的心靈，孤零零躲在那些牆後。里卡多．雷伊斯躺在沙發上，右手向上攤開，露出自己的掌紋。天花板上有兩個像眼睛的點。當我們坐在那裡讀掌紋，讀到忘了自己，誰又能知道是誰在讀我們。不久以前白天變成了黑夜，也許已到了晚餐的時間，但是里卡多．雷伊斯不想第一個下樓。他心想，我沒有聽到他們走出房間，也許是因為不知不覺睡著了，醒來時也不知道我睡了，以為我只是在打瞌睡，我睡了一個世紀。他不安地坐起身來，看著手錶，已經過了八點半，就在此時，走廊上有個男人的聲音說，瑪森妲，我在等你呢。一扇門開了，若干模糊的聲音，跫音走遠了，又是寂靜。里卡多．雷伊斯起身，走到臉盆前洗把臉，梳了梳頭。鬢角的頭髮今天看起來更灰白，他該用那種能夠逐漸恢復自然髮色的洗劑或染料，比如蒙德古寧姆髮膏，一種流行而可靠的藥劑，能讓髮色恰好恢復原來的顏色，如果需要的話，也可以持續使用，直到頭髮變得像烏鴉翅膀那般黑。然而，每天都得檢查頭髮，看看是不是該多塗點染劑，在碗裡再加些染料，這個想法讓他感到氣餒，讓我戴上玫瑰花冠，我便不再要求。他換了褲子外套，他得記得告訴麗迪雅衣褲需要熨了，他懷著一種不協調且不愉快的預感走出房間，預感他不會以中立的語氣下達這個命令，當一個人自然地命令另一個人，而對方必須自然地服從，如果服從和命令確實是自然的，那麼命令應該具有中立的語氣。說得更明白一點吧，麗迪雅會是什麼樣子呢，她加熱熨斗，在燙衣板上把褲子燙出摺痕，左手伸入靠近肩膀的上衣袖子裡，用熱熨斗燙平，使它恢復形狀，這時她無疑會想起穿這些衣物的身體。今晚我能的話，我來找您，她獨自在洗衣房這麼說，然後緊張地放下了熨斗。這是里卡多．雷伊斯醫生要穿去看戲的衣服，多希望我能陪他一塊去。她擦掉兩滴不可避免掉下的淚，那是明日的淚。里卡多．雷伊斯還在這裡，正往餐廳走去，他還沒有告訴麗迪雅他需要她剛剛燙好的那套衣服，麗迪雅仍舊不知道她將會掉淚。

桌子幾乎都坐了人。里卡多．雷伊斯在門口停下來。領班過來，帶他到他的桌子，其實沒有需要，那是他的老位子，但是如果沒有這些和其他的儀式，生活會是什麼樣子，禱告時跪下，有人拿國旗走過時摘下帽子，坐下來，在膝蓋上攤開餐巾，如果你轉頭看看誰坐在你身邊，動作要謹慎，向認識的人點個頭。里卡多．雷伊斯就是這麼做的。那對夫婦，這個獨坐的客人，這裡的這些人。他也認識桑帕伊奧博士和他的女兒瑪森妲，他們卻不認識他，公證律師面無表情看著他，也許在搜索自己的記憶，不過他並沒有俯身對女兒耳語，你不跟剛到的里卡多·雷伊斯醫生打招呼嗎。過了片刻，侍者給她送餐時，她從侍者的衣袖上方望著他，蒼白的臉蛋微微顫動，多了一抹紅暈，顯示她認出了他。她記得，里卡多·雷伊斯心裡暗想，然後用過於響亮的聲音問拉蒙晚餐有什麼可吃的。也許這就是為什麼桑帕伊奧博士朝他的方向看過來，但是不是這個原因，兩秒鐘前瑪森妲對她父親說，那邊的那位先生，我們上次來旅館時，他也在。他們離開桌子時，桑帕伊奧博士對他微微點了點頭，而在她父親身邊的瑪森妲連點頭也沒有，她是一個孝順的女兒，矜持且謹慎。里卡多·雷伊斯從椅子微微起身回應，人必須靠著第六感來衡量這類微妙的姿勢與問候，一來一往，必得謹謹慎慎保持平衡。這一回，樣樣都非常完美，一個友誼將如花綻放的吉兆。父女倆走了，他們一定是要到交誼廳去，但是不對，他們回自己的房間去了。雖然是雨天，桑帕伊奧博士稍後大概會再出門散步，瑪森妲則早早上床了，她覺得搭火車旅行相當累人。里卡多·雷伊斯走進交誼廳時，只會見到三兩個寡言的客人，有的讀報，有的打哈欠，收音機唧唧喳喳，放著葡萄牙流行的時事諷刺歌曲，幾乎聽不見，但是咯吱刺耳。在這樣的光線下，或者由於這些陰沉的面孔，鏡子好像一個水族館，里卡多·雷伊斯怕自己掉頭直奔門口，便穿過交誼廳走到另一頭，再循原路折返回來，這時他見到自己在綠色深淵之中，像在海底的殘骸和溺死屍體之間行走。他必須立刻離開這個地方，浮上水面恢復呼吸。他上樓，回到他那冷冰冰的房間。

為什麼這些煩人的瑣事讓他如此沮喪——如果這就是讓他覺得煩擾的原因——說到底，他們不過是兩個住在孔布拉的人，每個月來里斯本一趟。這位醫生不是在尋找病人，這名詩人有許多提供他靈感的繆斯，這個男人不是在尋找妻子，他並沒有帶著這個意圖回到葡萄牙，況且想一想他們的年齡差距。擁有這些想法的不是里卡多．雷伊斯，也不是存在他體內的無數生命之一，也許是思想本身在思考，而他驚奇地看著一條思路展開，引他走向未知的道路和長廊，在路的盡頭，一個白衣女子等著他，她甚至無法捧著一束花，因為他們踏著莊嚴的紅毯在婚禮進行曲的旋律中從聖壇返回時，她的右臂將勾著他的臂膀。如你所見，里卡多．雷伊斯已經拉起思想的轡繩，控制思考，引導思考，利用它來自嘲。管弦樂隊和紅毯是異想天開，為了讓這個詩人的故事有圓滿的結局，他現在創造了一個臨床醫學的奇蹟，將一束花放在瑪森妲的左臂上，讓它在沒有任何幫助的情況下留在那裡。聖壇和牧師現在可以消失了，音樂止歇，婚禮客人消失在煙塵中。新郎退下，不再需要他了，醫生治好了病人，剩下的一定是詩人的成就。這些浪漫情節不能用在阿爾凱四行詩，如果需要證明什麼的話，這證明了寫出來的文字往往與經歷和產生經歷的東西混淆，因此我們不會過問詩人他的想法及感受。他寫詩為文，正是為了避免暴露想法及感受。

一夜過去了，麗迪雅沒有從閣樓下來，桑帕伊奧博士晚歸，費爾南多．佩索亞不知去向，又是一天，麗迪雅把西裝拿去熨燙，瑪森妲和她父親赴約去看醫生。她去接受物理治療，薩爾瓦多說，他和大多數人一樣無法正確唸出這個詞。里卡多．雷伊斯第一次感到奇怪，一個住在孔布拉的殘廢小姐，怎麼會來里斯本，孔布拉也有各科專家，在那裡和在這裡一樣容易接受治療。例如，紫外線，除非以一定的頻率照射，否則沒有什麼好處。里卡多．雷伊斯走向西亞多區，往國家大戲院售票處的途中，他的腦子反復思索這些疑問，但是當他看到這麼多人戴著哀悼的標誌就分心了，不少婦女罩著面紗，男子甚至更加惹眼，身著黑西裝，表情凝重，有人甚至在帽子上戴著哀悼的飾帶時。英國的喬治五世，我們最老的盟友，要下葬了。雖然舉國同哀，今晚還是有一場演出，無不敬之意，生活仍舊得繼續。售票處的人賣給他一張正廳前排座位，告訴他，漁民今晚會在觀眾席上。里卡多．雷伊斯問，什麼漁民，接著發現自己犯了不可原諒的錯誤。售票員皺了皺眉頭，換了語氣，厲聲說道，還用說，當然是納札雷的漁民。不然他以為是誰，把卡帕里卡或波瓦的漁民找來有意義嗎，為了讓納札雷漁民參加這場文化活動，他們的旅費和住宿費都已經付清了。他們是這齣戲的靈感，理所當然要有代表出席，男女都要。來去里斯本吧，來去瞧瞧那裡的大海，看看他們用什麼噱頭在舞臺製造破浪，帕爾米拉．巴斯托斯女士飾演蒂．葛楚德，愛梅莉雅女士飾演瑪麗亞．伯恩，拉朗德女士飾演羅莎，阿馬蘭蒂飾演拉瓦剛特，去看看他們怎麼飾演這些腳色，他們怎樣模仿我們的生活。既然要去，就讓我們藉此機會請求政府，為了在煉獄中受苦的靈魂，為我們建造一個避難的港灣，自首艘船從我們的海岸啟航以來——無論那是什麼時候——我們就一直需要的避風港。里卡多．雷伊斯在咖啡館消磨了一個下午，然後去察看伊甸園戲院正在進行的工程。他們隨時會拆掉圍板，幾乎準備好了開幕用的金鑰匙，本地人也好，外國人也好，都看得到里斯本火速地發展，很快便能與歐洲大城競爭，理所當然成為一個偉大帝國的首都。他沒有在旅館用餐，只是回去換衣服。他的外衣褲子背心整整齊齊掛在衣架上，熨得很漂亮，是一雙充滿愛意的手的傑作，請原諒我的誇張，因為一個旅館房客和一個女傭的夜間相會中怎麼可能有愛情呢，他是詩人，她偶然被命名為麗迪雅，一個不同的麗迪雅，不過仍然很幸運，因為他詩中的麗迪雅從未聽過他的呻吟歎息，只是坐在河畔聽人傾訴，麗迪雅，對命運的恐懼令我痛苦。他在羅西烏廣場的馬蒂紐咖啡館吃牛排，看了一場激烈的撞球賽，印度象牙製成的球缺了口，在綠氈檯面平穩滾動。演出快開始了，所以他走了，夾在兩個大家庭中間，戰戰兢兢步入戲院。在他選擇時機以前，他不希望被人看見，天才曉得他在運用什麼樣的情感策略，他一步也沒停下，穿過門廳，門廳總有一天會被稱為大廳或前廳，除非從其他外語借用其他詞彙來表達同樣的意思。在聽眾席入口，他遇到一位帶位員，帶他沿著左手邊的通道走到第七排，就是那邊的座位，在那位夫人旁邊。別胡思亂想，那人說的是夫人，不是小姐，國家大戲院帶位員說話很得體，也很明確，他的師傅全是古典戲劇和現代戲劇的偉大戲劇家。瑪森妲就坐在前三排的右側，相隔不算近，根本沒有察覺我的存在，她坐在她父親的右側，如此正好，她對他說話時，頭會微偏，里卡多．雷伊斯可以看到她的側臉。是不是因為她披著頭髮，所以臉看起來長了些。她把右手舉到下巴的高度，闡明她說了或正要說的話，也許她在談論治療她的專科醫師，也許討論他們即將要觀賞的戲。這位阿法多．科爾特斯是誰，她父親沒什麼可以告訴她的，兩年前他獨自看了《角鬥士》，覺得不好看，不過這一齣的傳統主題引起他的注意。過不了多久，我們就會知道這是怎樣的一齣戲。這番談話假使確實發生了，也是讓上方拖拉椅子的聲音給打斷，一陣響亮語聲讓所有人都回頭向上看。納札雷的漁民到了，他們坐在上層包廂座位。他們坐得很高，這樣可以看到別人，也可以讓人看到他們，男人女人都穿著傳統服飾，或許打著赤腳，這從下方看是看不見的。有觀眾開始鼓掌，有的帶有一副恩賜的模樣也拍了拍手。里卡多·雷伊斯覺得惱火，握緊了拳頭，我們可能會說，對一個沒有貴族血統的人而言，這是做作的勢利表現，不過情況並非如此，這只是一個禮儀問題，說句不好聽的，里卡多·雷伊斯認為突然鼓掌很粗俗。

燈光暗下，禮堂一片漆黑，舞臺上傳來應該歸功於莫里哀的敲擊聲，漁民和他們的妻子一定心驚膽戰，也許以為那是木匠在最後一刻敲打布景的聲音。布幕拉開，一個女人正在生火，天還黑著，布景後方傳來一個男人的聲音喊著，傻蛋阿澤，啊，傻蛋阿澤，戲開始了。觀眾發出歎息，搖搖晃晃，偶爾露出笑容，第一幕結束時，女人蜂擁向前，觀眾興奮起來，燈光亮起時，一張張面孔生氣勃勃，好兆頭。上方傳來喊叫聲，有人隔著包廂互相呼喚，你可能錯將漁民誤認成了演員，他們說話的方式如出一轍，誰好誰壞就要看比較的標準。里卡多·雷伊斯想著這些，認為藝術的目的不在於模仿，作家判斷時犯了一個嚴重的錯誤，以納札雷方言或他以為的納札雷方言創作，因為現實不能容忍自己的反射影像，恰好相反，現實拒絕自己的反射影像。無論是什麼，只有不一樣的現實才能代替人所希冀傳達的現實。它們之間的差異會相互證明、解釋、衡量，現實彷若虛構，虛構彷若現實。里卡多・雷伊斯越想越感到困惑，畢竟同時思考和鼓掌很困難。觀眾鼓掌，他出於同情也跟著鼓掌，雖然用了方言，演員也講得很怪異，他還是很喜歡這齣戲。瑪森妲沒有鼓掌，她做不到，不過她面露微笑。大多數女人坐著不動，男士則需要伸展活動雙腿，去趟男廁，抽根菸或雪茄，和朋友交換意見，向熟識打聲招呼，在門廳看人和被人看。如果他們留在座位，通常是為了表現愛與殷勤。當他們站起來時，眼睛像鷹眼一樣環顧四方，他們是自己那齣戲裡的主角，是在幕間休息時表演的演員，真正的演員則回到了化妝間，摒棄他們將很快又要假扮的角色。里卡多・雷伊斯起身時，從兩顆頭中間看到桑帕伊奧博士也站了起來。瑪森妲點頭表示不起來，仍然坐著不動。她的父親站起來，慈藹地摸了一下她的肩膀，然後朝通道走去。里卡多・雷伊斯匆匆先趕到門廳。不久後，空氣會瀰漫著濃重的菸草霧氣，在這些走動交談的人中間，他們將正面相遇。有人說話，有人評論，帕爾米拉演技真好；我覺得他們舞臺上放了太多的漁網；那群潑婦真強悍，打成一團，你還以為她們是來真的；因為你沒親眼見過，親愛的朋友，我在納札雷看到就是這樣，她們打起架來，像復仇女神那樣狠；有時很難聽懂他們在說什麼；他們就是那樣說話的。里卡多・雷伊斯在人群中走來走去，注意聽他們說話，彷彿他是這齣戲的作者，同時遠遠觀察桑帕伊奧博士的動作，巴不得他們能像巧遇一樣碰上。然後，他發現桑帕伊奧博士看見了他，正朝他走來，而且率先開了口，晚安，你喜歡這齣戲嗎。里卡多・雷伊斯認為沒有必要說，真是驚喜，真是湊巧，他立即回覆問候，讓他相信他很喜歡這齣戲，又補充說，我們住在同一間旅館。雖然如此，他也應該自我介紹一下，我叫里卡多．雷伊斯。他猶豫了一下，不知是否該補充一句，我是個醫生，之前住在里約熱內盧，回里斯本還不到一個月。桑帕伊奧博士帶著微笑，幾乎沒怎麼聽他說話，彷彿在說，你如果和我一樣認識薩爾瓦多很久了，就會知道他把你的事情都告訴了我，而我這麼瞭解他，猜想他也把我和我女兒的事跟你說了。桑帕伊奧博士無疑相當精明，多年的公證人經驗給他帶來了一定的優勢。我們就不用自我介紹了，里卡多．雷伊斯說。的確如此。他們立即開始討論這齣戲和演員，向對方表達出最大的敬意，雷伊斯醫生和桑帕伊奧博士。他們的頭銜賦予他們一種令人愉快的平等，他們就待在那裡，直到提醒的鈴聲響起，才一塊回到觀眾席，然後說，回頭見。兩人各自回到自己的座位，里卡多．雷伊斯先入座，眼睛仍舊盯著不放，看到了他對女兒說話。她轉過頭來，對他笑了笑，他也對她笑了笑，第二幕就要開始了。

在下一次幕間休息時，三人見了面。即使都知道彼此是誰，仍然必須引見，這位是里卡多．雷伊斯，這位是瑪森妲．桑帕伊奧。他們都在等待的那一刻免不了到來了，他們握了握手，右手握右手，她的左手無力垂下，想從人們的視線中消失，很羞澀，彷彿不存在。瑪森妲的眼睛閃著光輝，顯然被瑪麗亞．伯恩的苦難所感動，也許她個人的生活中有個深刻的理由，讓她逐字跟著拉瓦剛特太太說出最後那段話，世間若有地獄，也不會比這更壞了，七苦聖母。瑪森妲用了孔布拉方言說這句臺詞，不過使用不同方言不會改變這些語言解釋不了的感情，我完全明白你為什麼不碰這隻手臂，你和我住在旅館的同一條走廊，我心中好奇的男人，我是用一隻沒有生氣的手招呼你的她，別問我為什麼，我根本也沒有問過自己那個問題，我只是向你打招呼，總有一天我會知道什麼促使我那麼做，也許我不會知道，你快走吧，別給我留下輕率、愛打聽、占人便宜的印象，就像大家說的，走吧，我知道到哪裡去找你，或者你知道到哪裡來找我，因為你不是偶然來的。里卡多．雷伊斯沒有留在前廳，而是在豪華包廂後方走道徘徊，他抬頭望著上頭的包廂，想近距離瞧一瞧漁夫。不過鈴聲響起了，第二次幕間休息時間較短，他回到觀眾席時，燈光已經暗下來。在第三幕，他的注意力從頭到尾在舞臺和瑪森妲之間游移，瑪森妲沒有回頭看一眼。然而，她微微改變了身體的位置，他可以多看到她的臉一點，只能一瞥，還有，她不時用右手將左側的頭髮往後撥，動作緩慢，彷彿是故意的。這個小姐想要什麼，她是誰呢，因為人並不總如外表那樣。莉亞諾承認，為了害死拉瓦剛特，偷了救生衣的鑰匙，這時他看見她擦拭臉龐，瑪麗亞．伯恩和羅莎——一個起頭，一個收尾——宣布這是一種愛的表現，愛是一種高尚的感情，在受挫時就會變成痛苦，這時她又抹了抹臉頰，最後一次是在簡短的收場，拉瓦剛特和瑪麗亞．伯恩即將在肉體上結合為一。這時，燈光乍亮，布幕在熱烈的掌聲中落下，瑪森妲兀自擦著淚珠，現在改用手帕了。她不孤單，觀眾席四處都是落淚的女人。演員露出緊張的笑容，多麼善感的靈魂，他們感謝觀眾的歡呼，比著手勢，像是要把掌聲送回上層的包廂，包廂中坐著這些愛情與海上犯難故事的真正英雄。拘謹全拋開了，觀眾抬頭望著他們，這就是藝術的交流，他們為勇敢的捕魚人和他們堅忍的妻子鼓掌。連里卡多．雷伊斯也鼓掌起來。在這間戲院，我們明白了，在不同的階級和職業之間，在富人、窮人和不富也不窮者之間，我們能夠輕易建立起理解，且讓我們享受這一罕見的友愛景象。現在，大家以好話邀請漁民加入舞臺的演員，拖拉椅子的聲音又響起了。這戲還沒完呢，觀眾坐了下來。當納札雷漁民走下中央的走道爬上舞臺時，才是高潮的時刻，如此的歡樂，如此的興奮，如此的欣喜。他們在臺上與演員齊聲合唱家鄉的傳統民謠，跳著舞，這一夜將永遠記在加雷特家族史上。領隊擁抱演員羅伯斯．蒙泰羅，最年長的漁婦收到來自女演員帕爾米拉．巴斯托斯的吻。他們同時說話，吵吵鬧鬧，各自說著自己的方言，但是又能聽懂別人的話，接著又是一段歌舞。年輕女演員跳著米紐的傳統民族舞蹈，直到最後帶位員開始輕輕將我們推向出口。舞臺將舉辦晚宴，為演員和他們的繆斯舉辦的交心慶祝活動，瓶塞從氣泡酒瓶蹦出，刺激著鼻孔，納札雷的好女人喝不慣氣泡酒，起初暈頭轉向，哈哈大笑。明日，當巴士在記者、攝影師和企業領袖面前駛離時，漁民將為新政府和祖國大聲歡呼。我們不能肯定他們是否拿了錢這麼做，但是且讓我們假設這是一種發自內心的感激，因為他們得到了他們殷殷期盼的避風港。如果巴黎值得一場彌撒，或許幾聲歡呼就能拯救他們。

里卡多．雷伊斯走出戲院時，沒有設法迴避再次相逢。在人行道上，他詢問瑪森姐是否喜歡這一齣戲。她吐露說，第二幕深深打動了她，使她熱淚盈眶。我瞧見你哭了，他對她說，談話就此結束。桑帕伊奧博士攔了一輛計程車，提議里卡多．雷伊斯一塊搭乘，如果他打算直接返回旅館的話。他向他們道謝，婉拒了。明天見，晚安，非常高興遇見你們。計程車開走了。他很樂於陪伴他們，不過知道氣氛將會尷尬，大家都要覺得不自在，沉默不語，因為要找到另一個話題並不容易，更不用說座位安排的棘手問題，因為後座容不下三人，桑帕伊奧博士也不會希望坐在前面，留女兒獨自和一個陌生人同坐。沒錯，一個陌生人，而且在有利的黑暗中，縱使他們沒有任何身體接觸，黑暗也會用天鵝絨般的手將他們拉近，他們的思想會讓他們靠得更近，逐漸成了難以隱匿的祕密。讓里卡多．雷伊斯坐在司機旁也不對，你不能送別人一程，卻要他坐在前座對著計費表。此外，抵達目的地時，坐在司機旁邊的人難免覺得有付錢的義務。坐在後方的主人找不到錢包，但是堅持他來付，他說，我來，並告訴司機別收前面那個人一毛錢，車資我付。計程車司機耐著性子等著他們做決定，這種爭論他聽過不下一千次，做計程車司機就得忍受這樣荒誕的插曲。由於無其他樂趣或該做的事，里卡多．雷伊斯徒步走回旅館。夜又冷又溼，但沒有下雨。於是他想走一走，走完了整條奧古斯塔街，穿過宮院，沿著臺階走下碼頭，被污染的黑水濺起水花，又回到它們原來的河流裡。碼頭上沒有別人，但是仍有人正在望著黑夜，對岸有閃爍的光線，下錨的船隻也點著繫泊燈。這一個男人實際存在，今天正在望著黑夜，但是除此之外還有他自稱的無數存在，他每次來到這裡的其他存在，他們記得曾經來過這裡，雖然他不記得了。習慣了黑暗的眼睛能夠看得更遠。在遠處，灰濛濛的船隻輪廓屬於離開安全港灣的艦隊。仍然有著風雨，可是對於大船來說，天氣已經不算惡劣了，水手的人生就是需要犧牲。從這個距離看，許多船似乎是同一尺寸，這些一定就是以河流命名的魚雷驅逐艦了。里卡多．雷伊斯想不起行李腳夫一連串的列舉，有太加斯號，現在正行駛在太加斯河上，還有伏加號，以及杜奧號，就是最近的一艘，那人是這麼告訴他。那麼這就是太加斯號了，太加斯河是流經我的村莊的河流，百川歸海，大海接收所有江川的水，然後又把水還給它們。但願這種回歸是永恆的，但唉，它只會像太陽一樣長久，像我們一樣終有一死。死在夕陽下的人是光榮的，他們沒有看到第一天，但他們看到最後一天。

這種酷寒的天氣不適合進行哲學思考。他的腳凍壞了。有個警察警惕地停下來盯著他。他並非認為凝視著河水的那個人是惡棍或流浪漢，那人可能正在考慮投水。想到這種事會引起的麻煩——鳴響警笛，打撈屍體，寫一份正式的事件報告——警察就決定走近他，他不知道該說什麼，不過希望他的出現能阻止這個想自縊的人，勸他延緩這個瘋狂的行徑。里卡多·雷伊斯聽到了腳步聲，感覺石板的寒意滲入了雙腳。他得買雙厚底的靴子。他該在著涼前回旅館。他說，晚安，警官。警察放下心，問道，有什麼事嗎。沒事，一個人在碼頭邊走走，再自然不過的事，雖然是在夜裡，也是能夠觀賞河流和船隻。這條是太加斯河，沒有流過我的村莊，因為流過我的村莊的太加斯河叫鬥羅河，名稱不同，但不表示流過我村莊的那條河沒有這麼美麗。警察向海關街走去，想著半夜跑出來的人真瘋狂。到底是什麼讓這個人認為在這樣的天氣能欣賞這裡的河景呢，如果他像我一樣必須在碼頭上夜復一夜巡邏，很快就會感到膩了。里卡多·雷伊斯沿著兵工廠街繼續前行，十分鐘內回到旅館。皮門塔帶著一串鑰匙出現在樓梯口，低頭一看，然後走了，不如往常等候客人上樓，為什麼會這樣。里卡多．雷伊斯問了自己這個普通的問題，開始擔心起來。說不定他已經知道麗迪雅的事，他遲早要知道的，一間旅館就像一棟玻璃屋。皮門塔從不離開這個地方，對每個角落瞭如指掌，他一定會有所懷疑。晚上好，皮門塔，他帶著誇張的熱情說，而對方的回應沒有明顯的保留，沒有一絲的敵意。里卡多．雷伊斯暗忖，也許是我弄錯了，皮門塔將鑰匙交給他，他原本打算繼續往前走，卻又轉身打開錢包，皮門塔，這給你，然後拿給他一張二十埃斯庫多的鈔票。他沒有解釋，皮門塔沒有問任何問題。

沒有一間房傳出光。里卡多．雷伊斯悄悄穿過走廊，深怕打擾到睡了的房客。走到瑪森妲的房門外時，他停了三秒鐘。他房裡的空氣又冷又溼，不比外面的河邊好多少。他打了個寒噤，彷彿仍舊凝睇著灰白的船隻，聽到警察的腳步聲。雖然他無法清楚描述，但是如果他回答說，確實有問題，會發生什麼呢。走近床邊，他注意到鴨絨被鼓了起來，被單和床單間放著什麼東西，他肯定是一個熱水瓶，但是為了確認，他還是把手放在上面。很溫暖。麗迪雅心腸真好，好比說，她會記得給他暖床，這對受到特別對待的少數人來說，是一種小小的安慰。她今晚可能不來了。他躺下，翻開床邊的書，赫伯特．奎恩的那本書，瞟了幾頁，沒有領悟。書中提出了三個犯罪動機，每一個動機本身都足以入罪，嫌犯這三個動機都有，但是這個嫌犯利用法律辯稱，要證明他是真犯，真正的動機可能是第四個或第五個或第六個動機，每一個動機都同樣合理，因此，只有透過所有這些動機之間的相互關係，透過每一個動機對每一個動機的影響，透過每一種組合，直到最後所有的影響都抵消了，只剩下死亡為最後結局，才能得出這樁罪的完整解釋。此外，還必須考慮受害者本人負有多大程度的責任，而且從道義和法律角度可不可能找出的七個、甚至明確無疑的動機。里卡多．雷伊斯覺得舒服起來，熱水瓶暖著他的雙腳，大腦運轉，不受外界干擾，書本的乏味使他的眼皮沉重。他閉了片刻眼睛，當他睜開眼睛時，費爾南多．佩索亞坐在床腳，像是來探望病人。同樣疏遠的表情也出現在幾幅他留給後代的肖像中，雙手交握放在右大腿上，頭微微前傾，慘白如死。里卡多．雷伊斯將書放到兩顆枕頭中間。我沒想到這麼晚了你會出現，他說，親切地笑了笑，唯恐客人察覺他語氣中的不耐，聽出他含混言詞中的本意——你今天不來我也行。他有充分的理由，確切地說，有兩個理由，第一，他想說說晚上去戲院的事，但不是對費爾南多．佩索亞說，其次，麗迪雅隨時可能進房間。並不是說她可能會大喊，救命，有鬼啊，而是費爾南多．佩索亞可能想留下來見證肉體和精神的親密關係，這不是他的本性，不過不排除有此可能。神，即便是神，亦常常這樣做，祂自己也沒辦法，因為祂無處不在，不過那是我們接受的事。里卡多．雷伊斯訴諸於男人之間的包庇，我們不能聊太久，我在等一個客人，你得承認這可能很尷尬。你真是不浪費時間，你來這裡還不到三個星期，已經扯入了風流事，至少我猜是戀情。這要看你說的戀情是什麼意思，她是旅館裡的女傭。親愛的雷伊斯，你，一個唯美主義者，和奧林帕斯山的女神關係親密，竟然和一個女服務生、一個女傭同床，我曾經聽你滔滔不絕講著你的麗迪雅、涅埃拉和克蘿伊，而今你對我說你迷戀一個女傭，真令我失望。這個女傭名叫麗迪雅，我並沒有迷戀她，我不是會迷戀的那種人。啊，啊，原來備受讚譽的詩的正義終究是存在的，真有趣的情況，你吵著要麗迪雅，最後麗迪雅終於來了，你比賈梅士還幸運，賈梅士為了贏得他的納特爾西雅，只好自己想出這個名字，卻沒有得到進一步的發展，所以出現的是麗迪雅這個名字，不是這個女人，別忘恩負義，你怎麼知道你的頌歌中的麗迪雅是什麼樣子，被動、沉思的無聲和純淨的精神有了要不得的化身，假設這樣一個現象存在，它的存在確實值得懷疑，與寫出你的頌歌的詩人是否存在同樣值得懷疑。可是我確確實實寫出了這些頌歌。請允許我抱持懷疑態度，親愛的雷伊斯，我看到你在閱讀偵探小說，腳邊放著熱水瓶，等著一個女傭進來溫暖你其他的身體部位——請原諒我這樣的措辭——而你還指望我相信你就是寫出寧靜遠觀生活的那個人，我得問一問，當你遠觀生活時，你人在哪裡。你自己寫過，詩人是擅長佯裝的人。我們說出這種直覺，但是不知道我們如何得出它們，很不幸，我去世時還沒弄清楚究竟是詩人在冒充凡人，還是凡人在冒充詩人。假裝和自欺不是同一回事。這是一句陳述還是一個問句。問句。它們當然不是同一回事，我只是創造，但是你創造了你自己，如果你想知道其中的區別，去讀一讀我的詩，再回頭讀你自己的詩。這番談話肯定讓我徹夜難眠了。也許你的麗迪雅會來把你抱入懷中，據他們告訴我，崇拜自己主人的女傭是非常多情的。你聽起來很氣惱。也許吧。告訴我，我是冒充詩人還是凡人呢。雷伊斯，我的朋友，你的情況是無望的，你創造了你自己，你是你自己的創造，這與是凡人或是詩人無關。無望的。又是一個問句嗎。對。是的，無望的，首先，因為你不知道你是誰；那你呢，你找出了自己是誰嗎；我的情況不再重要，我死了，不過別擔心，有很多人願意解釋我的一切。也許我回到葡萄牙是為了知道我是誰。胡扯，親愛的朋友，幼稚的胡扯，這種啟示只能在神祕主義著作與通往大馬士革的道路上找到，別忘了，我們現在是在里斯本，這裡沒有通往大馬士革的路。我快睜不開眼睛了。我現在就讓你睡一覺吧，睡覺真的是我唯一羨慕你的事，只有傻瓜才相信睡眠是死亡的表親，表親還是兄弟，我記不起來了，我想是表親吧，我說了這麼殘酷的話以後，你確定還要我再來嗎。請務必再來，我沒有什麼人可以傾吐內心話。這是一個正當的理由。聽我說，幫我個忙吧，讓門虛掩著，省得我起床著涼了。你還在期待有人來陪你嗎。誰說得準呢，費爾南多，誰說得準呢。

半個鐘頭後，門推開了。麗迪雅一路哆嗦穿過長長的樓梯走廊，溜上了他的床，蜷縮在他身邊問，戲好看嗎，他告訴她實話，好看，真好看。

瑪森姐和她的父親沒來吃午餐。要找出原因，不需要里卡多．雷伊斯精妙的戰術，也不需要偵探辦案的狡猾辯證，他只是給了薩爾瓦多和自己一點時間悠閒聊天，他帶著一個友善房客的自信神情，把手肘擱在櫃檯，然後像插入語或修辭手法中的短暫題外話，又像是在一段旋律發展過程中意外出現的另一段旋律，他順口告訴薩爾瓦多他結識了桑帕伊奧博士父女，他們十分討人喜歡，極為文雅。薩爾瓦多臉上的笑容略微扭曲起來，畢竟他在兩名客人出門時也同他們說過話，可他們沒有提到在戲院與雷伊斯醫生相遇。而今他是知道了，但是幾乎到下午兩點才知道。怎麼會發生這樣的事呢。當然，他不會認為他們回來後會有一張便條告訴他，我們碰到了雷伊斯醫生，我遇到了桑帕伊奧博士和他的女兒，可是他覺得把他蒙在鼓裡幾個鐘頭是極不公平的。一個對房客這麼友好的旅館經理不應該得到這樣的對待，多麼忘恩負義的世界。既然我們提起了，我們就說說這個主題吧，一個微笑變得扭曲只消片刻時間，也可能只是維持片刻時間，而要解釋這種扭曲，則可能需要稍長的時間了。其實，人心如此深邃，如果我們在其中冒險，想考察一切，很有可能短時間內無法走出那個深淵。

里卡多・雷伊斯沒有仔細觀察，只是感覺有個頓然的念頭困擾了薩爾瓦多，事實也的確是如此。然而，即使他試著弄明白是什麼念頭，也絕對不會成功，這說明了當我們偶爾——而非經常——想要找出動機、解釋衝動時，我們對彼此的瞭解有多淺，我們的耐心也就有多快會耗盡，除非我們調查的是《迷宮之神》中那類名副其實的刑案。如同俗話所言，薩爾瓦多在某人數到十以前就克服了他的惱怒，聽任自己善良脾性的支配，表達了自己的喜悅之情，誇讚桑帕伊奧博士父女二人，他是一個十足的紳士，她是一個溫文爾雅的小姐，受到精心的栽培，只可惜因為那個殘疾還是病痛，人生過得很苦。這些話我是私底下才跟你說的，雷伊斯醫生，我是不信有治癒的方法。里卡多・雷伊斯開啟這番談話，不是為了參加一場他宣布了自己沒有資格參加的醫學爭論，因此他把話題轉到重要的那件事上，或者對他重要但他並不知道重要到何種程度的事上，桑帕伊奧博士和瑪森妲沒有下來吃午餐。他忽地想到了一個可能，問道，他們回孔布拉了嗎。薩爾瓦多起碼能說自己在這一方面無所不知，回答道，還沒，明天才走，今天他們到龐巴爾下城區用午餐，因為瑪森妲小姐約了看診，然後他們會四處走走，買一些需要的物品。他們今晚會在這裡用餐嗎。一定會的。里卡多・雷伊斯離開櫃檯，走了兩步，改變了主意，宣布說，我看我出門走走好了，天氣看來穩定了。薩爾瓦多以僅是傳達無用訊息的口吻說，瑪森妲小姐說她打算午餐後就回旅館，不會陪著她父親去處理事情。於是里卡多・雷伊斯走進交誼廳，朝窗外看了看天氣，回到櫃檯。再想一想，我就待在這裡看報紙吧，沒雨，但一定很冷。薩爾瓦多全心全意支持這個新提議，他說，我立刻叫人在交誼廳放個煤油暖爐。他搖了兩下手鈴。一個女傭出現了，但不是麗迪雅。喂，卡洛塔，點個暖爐放到交誼廳。這些細節對於清楚理解這個故事是否必不可少，我們每個人必須自行判斷，而判斷會根據我們的注意力、心情和性情有所不同。有人最看重大要，他們喜歡全景圖和歷史壁畫，有人則是欣賞細膩筆觸之間的類同對比。我們很清楚不可能使人人滿意，不過這裡的重點很簡單，就是當卡洛塔來來回回走動時，當薩爾瓦多苦思幾個難解的計算時，當里卡多·雷伊斯自問是否因為突然改變心意引人疑竇時，給主角群充分的時間在內心與彼此之間發展感情。

兩點鐘了，然後過了兩點半，印刷模糊的里斯本報紙讀了一遍又一遍，頭版大標題也一樣。愛德華八世加冕為英格蘭國王，歷史學家科斯塔·布洛哈多祝賀內政部部長，狼跑到城市覓食，有人可能不知道，德奧合併計畫提議將奧地利併入德國，但是遭到奧地利愛國陣線反對。法國內閣提出了總辭，吉爾·羅伯斯和卡爾沃·索特洛之間的分歧可能危及西班牙右翼政黨的選舉結盟。接著是廣告。帕爾格是口腔保健最好的靈丹妙藥，明日晚間知名芭蕾舞演員馬羅希塔·方譚將在桃源戲院首次公演，為您介紹斯圖貝克推出的最新車款，總統，獨裁者——如果雕刻大師弗雷勒的廣告提供了宇宙，這一則則是充分展現了我們今日生活的世界——有款汽車被命名為獨裁者，時代和當代品味的鮮明標誌。蜂鳴器不時響起，人走了，人來了，一個房客辦理入住手續，來自薩爾瓦多的響亮手鈴聲響起，皮門塔拎起行李，然後是寂靜，漫長而壓抑的寂靜。午後天色晦暗，已經過了三點半。里卡多·雷伊斯從沙發站起，拖著身子走到櫃檯，薩爾瓦多用同情、甚至是憐憫的目光看著他，所以你讀完了所有的報紙。這時，一切都發生得太快了，里卡多・雷伊斯來不及回答。蜂鳴器響了，樓梯底傳來一個聲音，我說皮門塔啊，能不能請你幫我把這些包裹拿上樓。皮門塔下去了，又上來了，瑪森妲同他一塊上來，里卡多・雷伊斯不知道如何是好，該留在原處，還是回去坐下假裝正在閱讀，或是在輕柔的暖氣中打瞌睡呢。他要是這麼做了，狡猾間諜薩爾瓦多會怎麼想呢。他在兩種行動中猶豫不決時，瑪森妲走到櫃檯前說，午安，然後吃了一驚，咦，醫生，你也在。我正在看報紙，他回答，馬上又補充說，剛剛看完了。這幾句話非常不利，太過斷然了。如果我正在看報，那就沒興趣談話，如果我剛剛看完了，那就正要離開了。他覺得自己很可笑，接著說，這裡很暖和。他震驚自己居然說出這麼乏味的一句話，同時仍舊下不了決心，他不能回去再坐下，現在還不能，如果他回去坐下了，她會以為他想獨自待著，如果他等著她上樓回房間，她會以為他要外出了。他一舉一動都必須小心把握時機，她才會認為他一直在等著她。結果，這些原來都多慮了，因為瑪森妲只是說，如果你有耐心忍受我，也沒有更重要的事要辦，那麼，我把這些東西拿到房間，然後就下來和你聊聊。我們不應該驚訝薩爾瓦多面露微笑，他樂見他的客人建立友誼，這有助於旅館的形象，也有益於創造愉悅的氣氛，縱使我們感到驚訝，長篇大論一個稍縱即逝的東西對於敘事沒有幫助。里卡多・雷伊斯也笑了，慢條斯理要她放心，我非常樂意，或者類似的話語，因為有許多的表達方式同樣是司空見慣的，只是很遺憾，我們從來沒有停下來分析它們。我們應該記住它們，記住它們的空洞和無色，記住第一次有人說它們、有人聽見它們，是我的榮幸，我十分樂意為你效勞，膽大的小宣言，使說的人猶豫了，讓聽的人顫抖了，因為那是一個語言質樸而感情生動的時代。

瑪森妲立刻下來。她梳了髮，補了口紅，有人認為這些都是攬鏡自照時的本能反應，另一些人則認為，女人在任何情況都會注意自己的外表，提防自己的情緒，表現出最不輕浮的舉止。里卡多・雷伊斯起身迎接，把她領到與他的沙發成直角的沙發上，不願意建議他們挪到另一張更寬敞的沙發並排而坐。瑪森妲坐下來，將左手放在大腿上，帶著一種奇怪而冷傲的微笑，彷彿在說，仔細瞧了，我的手完全沒用。里卡多・雷伊斯正要問你是否累了，薩爾瓦多就出現了，問能否給他們送點什麼來，咖啡或者茶。他們都說好，天氣這麼冷，喝杯咖啡再好不過了。不過薩爾瓦多先檢查了一下暖爐，暖爐燒得屋裡充斥著煤油味，使人有點頭暈，火焰細散成無數的小藍舌，不止地颯颯低語。瑪森妲問里卡多・雷伊斯是否喜歡這齣戲。他說喜歡，只是覺得自然主義風格的表演有點做作。他想解釋得更清楚一些，我認為，舞臺表演永遠不應該追求自然，舞臺所呈現的是戲劇，並非生活，生活是無法複製的，即使是鏡子最如實的反射，也會把右變成左，把左變成右。而你究竟喜歡不喜歡呢，瑪森妲堅持問。喜歡，他說，畢竟一個詞就夠了。這時，麗迪雅走進來，將咖啡盤放在桌上，問他們還需要什麼。瑪森妲說，不用了，多謝，可是麗迪雅看著里卡多・雷伊斯，他沒有抬起眼睛，小心翼翼地拿起自己的杯子，詢問瑪森妲，要多少匙。兩匙，她回答。這裡顯然已經不需要麗迪雅在場了，所以她退了出去，薩爾瓦多覺得她走得過於倉促，坐在他的寶座上斥責她說，當心那扇門。

瑪森妲把杯子放在托盤上，右手放在左手上。杯和手都是冰冷的，但兩者之間存在著生和死的差別，存在著仍能挽救和永遠失去的差別。父親若曉得我占我們交情的便宜向你詢問醫療見解，一定要不高興的。你想聽聽我對你的病的看法。對，關於這隻不能動的手臂，我這隻可憐的手。我希望你能諒解我不願意提供任何建議，首先我不是這方面專家，其次是因為我對你的臨床病史一無所知，第三，同行的禮儀不許我干預同行正在治療的病例。這我都知道，但是沒有人能阻止病人和醫生做朋友，向他請教她的個人問題。當然沒有。那麼，就以朋友的身分回答我的問題吧。如你所說的，我很高興成為你的朋友，畢竟我們也認識了一個月。那麼跟我說你的看法吧。我試試看，不過首先得問你一兩個問題。儘管問吧，這句話也可以加到在語言萌芽階段曾經含意深重的那一長串措辭中，隨時為你服務，很樂意為你效勞，這是我莫大的榮幸，都照你的意思辦。麗迪雅回到交誼廳，一眼就看到瑪森妲臉紅，她的眼眸噙著淚珠，也看到里卡多·雷伊斯將左臉頰靠在拳頭上。兩人默默不語，好像結束了一場重要的談話，或者正在準備一場談話，可能是什麼樣的談話，又將會是什麼樣的談話呢。麗迪雅拿起托盤。我們都知道，咖啡杯如果沒有穩穩放在淺碟上，會抖動得非常厲害，如果我們不能百分之百確定自己的手很穩，如果我們不想聽到薩爾瓦多提醒當心那些陶器，就務必注意這一點。

里卡多．雷伊斯似乎在思索。然後，他向前傾身，向瑪森妲伸出雙手，問道，可否。她也微微向前傾，用右手將左手放在他雙手中，宛如那是一隻負傷的鳥兒，翅膀斷了，胸口嵌著一顆鉛彈。他手指撫摸著那隻手，緩慢輕柔，但堅定地施加壓力，一直移動到腕部，他生平頭一次明白了什麼是徹底投降，沒有任何反應，不管是自願的還是本能的，沒有任何抵抗，更壞的是，那隻手彷彿成了一個異質的軀體，不屬於這個世界。瑪森妲盯著她的手，那癱瘓的結構。別的醫生也檢查過那些沒有生命的肌肉、無用的神經、毫無保護作用的骨頭，現在她把手託付給他的這個男人正在檢查它們。如果桑帕伊奧博士此時走過去，他不會相信自己的眼睛。但是沒有人走進交誼廳，這裡平時人來人往。今日它是一個私密的地方。里卡多．雷伊斯慢慢收回了手，不知道為什麼，他看著自己的手指，然後問道，這樣有多久了。到去年十二月就滿四年了；是慢慢變成這樣，還是突然；有一個月的時間吧，你說這算是慢慢變成，還是突然；你是說，一個月之內，你的手臂變得完全沒有力量；沒錯。先前有沒有什麼跡象，顯示哪裡可能出了問題；沒有；沒有受傷、重摔、重擊；沒有；醫生怎麼說；我的心臟病造成的；你沒告訴我你心臟有病；我以為你只對我的手臂感興趣；醫生還說了什麼；在孔布拉，他們告訴我治不好，這裡也是一樣，不過最後看的這個專科醫師說我會好起來，他已經替我治了近兩年。他給妳什麼治療；按摩，光照療法，電擊；有什麼效果；沒有；你的手臂對電擊沒有反應；有反應，會跳動，會顫動，然後就不動了。里卡多．雷伊斯沉默了，他從語氣中感受到一股陡然升起的敵意和憤懣，好像瑪森妲告訴他，不要問那麼多的問題，或者問問其他不同的，好比這個問題，你能想起當時發生了什麼大事嗎，或者更切實地說，你遭遇了什麼不幸嗎。瑪森妲的表情顯示她快哭了。除了手的問題以外，是不是有不開心的事讓你煩惱，里卡多．雷伊斯問她。她點了點頭，開始打手勢，可是還沒做完動作，深沉的抽噎就讓她全身開始痙攣，好像心猛然被扯了一下，眼淚也不由自主順著臉頰流下來。薩爾瓦多出現在門口，驚慌失措，但是里卡多．雷伊斯粗暴地將他趕走。薩爾瓦多退後幾步，在門外徘徊不去。瑪森妲恢復了鎮靜，眼淚兀自流著，人倒是平靜了，當她開口說話時，聲音裡的敵意，如果是敵意的話，已經消失了。我母親去世之後，我就發現再也不能使喚我的手臂了。可是你剛才告訴我，醫生說癱瘓是心臟病造成的。他們是這麼說的；你信他們嗎；我信；那麼，你為什麼認為你母親的死和手臂麻痺有關呢；我非常肯定，可是無法解釋。她頓了一下，鼓起她剩下的仇恨，惱恨地說，我不是來找治療靈魂的人。我也不會治療靈魂，我只是一個普通的家庭醫師。現在是里卡多．雷伊斯被激怒了。瑪森妲把她的手舉到眼睛上說，請原諒我，我讓你不高興了。你沒有讓我不高興，我很樂意盡我所能幫助你。也許沒人幫得了我，我只是需要找人傾訴。所以你確信這種關聯是存在的；就像我們現在坐在一起那樣確信；你是不是只知道由於母親死了才會出現癱瘓的情況，所以手臂就無法活動了。是這樣嗎；就是這樣，這說明了很多事，因為你深信沒有其他的原因，這個時候就要問自己一個直截了當的問題，你的手臂不動了，是因為你不能活動它，還是因為你不想動呢。這幾句話低聲說了出來，是感覺到的，而不是聽到的，若非瑪森妲料想到了，她是不會感覺到的。薩爾瓦多拉長耳朵聽著，可是皮門塔的腳步聲在樓梯平臺響起，他來詢問是否有文件要交給警察。這個問題也是低聲提出，理由相同，為的是不讓旁人聽到回答。有時連半句回答也沒有，夾在牙縫和嘴唇中間，縱然說了出來，也是聽不見，一句不明確的有或沒有，如同透明大海中的一滴血，消失在旅館交誼廳的暗影中，存在卻不可見。瑪森妲沒有說，因為我不能，她沒有說，因為我不想，而是看著里卡多・雷伊斯問，你能提供什麼建議，什麼找出解藥的方法，什麼治療嗎。我告訴過你我不是專家，但是根據我的判斷，瑪森妲，如果你患有心臟病，你也有心病。這是第一次有人這麼對我說。是人都有病痛，某種頑疾，根深蒂固的頑疾，與我們的本質分不開，在某種程度上造就了我們，你甚至可以說我們每個人就是自己的頑疾，我們因為它而如此渺小，但是我們也是因為它而成功地成為了自己。但是我的手臂不能動了，我的手完全沒用了。它不動，也許是因為它沒有選擇動。請原諒我，不過我們的對話沒有收穫。你說你覺得沒有好轉；對；那麼為何繼續來里斯本；不是我要來，是我的父親堅持要來，他有他自己的理由；什麼理由；我今年二十三歲，仍舊獨身，我所受的教育是，人無法避免思考，但是即使會想到某些事，也不要談論它們。你不能說得更清楚一點嗎；有必要嗎；里斯本，縱然是里斯本，海上有船隻；什麼；一行詩，我不記得是誰寫的；現在輪到我不明白了。里斯本有許多東西，但並不是樣樣都有，只是還是有一些人認為，他們在這裡會找到自己內心的渴望。你拐彎抹角，如果是想問我，我父親在里斯本是否有情人，答案是肯定的。你父親有一個需要看病的女兒，自然不需為他來里斯本找理由，況且他還年輕，而且喪偶，因此是自由之身。我說過了，我受的教育讓我對某些事保持緘默，不過我還是偷偷提起了，我和我的父親一樣，考慮到他的社會地位與他所接受的教育，我想這事還是保密得好。幸好我沒有孩子。怎麼說。孩子的眼中沒有寬容。我愛我的父親。我相信你，但是愛是不夠的。薩爾瓦多必須留在櫃檯後方，不知道自己錯過了什麼，幾乎不認識的兩個人之間自由交換的祕密，他得要坐在這裡才能夠聽到，坐在第三張沙發上，身體前傾，從他們的嘴唇，讀出他們幾乎沒有說出的話語。比起這些壓低的絮語，煤油暖爐的嗡嗡聲更容易理解，它們好似來自告解室，願我們所有罪過得到寬恕。

瑪森妲把她的左手放到右手的手掌上。不對，她並沒有這麼做，這麼說好像她的左手能夠服從大腦傳遞的命令。你必須在場才能看到這是如何做到的。先是右手伸入左手下方，小指和無名指扣住手腕，接著兩隻手都向里卡多·雷伊斯的方向移動，一隻手都在向另一隻手伸去，或是懇求幫助，或是乾脆屈從於不可避免的事實。告訴我，你想我能治好嗎。我不能說，你這樣已經四年了，一點都沒有好轉，你的醫生有你詳盡的病史，我沒有，況且我解釋過了，我沒有這一方面的能力。我是否應該別再來里斯本了，告訴我父親我接受這種情況，他不該再浪費錢尋找治療方法。你父親有兩個理由來里斯本，如果你拿走其中一個，他可能會或可能不會找到勇氣獨自繼續來，不過他會失去你的病所提供的藉口，目前他只把自己當成一個盼望女兒痊癒的父親。那我該怎麼辦呢。我們彼此並不熟悉，我沒有權利給你建議；拜託，我懇請你給我建議；別放棄，為了你父親，繼續來里斯本，就算你不再相信能夠治癒；我已經不怎麼相信能夠治癒了；堅持你所剩下的信念，相信會成為你的託辭；什麼的託辭；希望；希望什麼；希望，就是希望，當我們到了只有希望的時候，我們就會發現希望就是一切。瑪森妲靠在沙發上，慢慢撫摸著她的左手，她背對著窗戶，幾乎看不見她的臉龐。通常薩爾瓦多這時會進來點亮枝形吊燈，這盞燈是布拉干薩旅館的驕傲與歡樂，但是這一次他並沒有出現，似乎要表示被排除在一場畢竟由他一手促成的談話之外的不滿。這就是他們報答他的方式，坐在那裡專注交談，幾乎在黑暗中低語。他一想到這裡，吊燈就亮了，原來里卡多．雷伊斯主動去開了燈，因為若有人走進交誼廳，發現一男一女坐在昏暗中，是會起疑心的，即使男人是醫生，女人是殘廢。比坐在計程車後座還要可疑。不出所料，薩爾瓦多出現了，醫生，我正要來開燈呢。他面帶笑容，他們也微微一笑，這些姿勢態度符合了文明行為的準則，半是虛偽，半是必要，用以掩飾我們的痛苦。薩爾瓦多離開後，一陣漫長的沉默，開口說話似乎不大容易，然後瑪森妲說，沒有刺探你私事的意思，我能問問你為什麼在這間旅館裡住了整整一個月。我還沒有決定是否去找個住處，我可能會回里約熱內盧。薩爾瓦多告訴我你在那裡住了十六年，什麼讓你決定回來的。思鄉之情。如果你已經在說要離開的話，那麼你的思鄉病一下就治好了。其實並不是這樣，我動身前來里斯本時，覺得不能再拖延了，這裡有重要的事情要處理。而現在呢。現在，他停了下來，盯著前方的鏡子，現在我像一頭大象，感覺到自己的死期，開始向牠必須死去的地方走去。如果你回了巴西不再離開，那麼那就是大象死去的地方。移民時，一個人想到的是他可能死去的國家，也就是他將在那裡度過餘生的國家，差別就在這裡。也許我下個月再來里斯本時，你就不在這裡了。那時我可能找了個地方住下，開間診所，過起乏味平淡的生活。或者你可能回去里約熱內盧。你會知道的，我們的朋友薩爾瓦多會傳達所有的消息。為了不失去希望，我會再來的；如果我沒有失去希望，我就會在這裡。

瑪森妲芳齡二十三。我們不確定她受過什麼樣的教育，但是身為公證人的女兒，並且出身孔布拉，可以肯定她應該讀過文法學校。若非她的病，她毫無疑問會就讀什麼學院，也許是法律或藝術，最好是藝術，因為家中已有一名律師，況且研讀枯燥乏味的法章制度也不適合女子。要是她生來是個男孩就好了，如此就可以延續桑帕伊奧王朝和法律世家。但是這不是重點，重點是這個時代在葡萄牙能找到一個年輕的女子，她有能力進行這樣文雅的長談，我們說的文雅是與時下的標準相比。她沒有說出一句輕浮的話，沒有流露出自負，也沒有展現智慧或者試圖與男人競爭，請原諒我這麼說，她談吐自然，顯然很聰明，也許這補償了她的殘疾，這種情況可能發生在女人身上，也可能發生在男人身上。她從沙發站起來，把左手拿到胸前，笑著說，非常感謝你對我的耐心。不用謝我，與你談話非常愉快。你今晚在這裡用餐嗎；在這裡用餐；那麼我們很快會見面，暫別了。里卡多．雷伊斯望著她離去，她沒有他記憶中的那麼高，可是身段苗條，這就是為什麼他的記憶欺騙了他。他聽見她對薩爾瓦多說，告訴麗迪雅，有空就到我房間來。唯獨里卡多．雷伊斯一人對這個要求感到震驚，因為不同社會階層之間的某些可恥淫亂行徑叫他良心不安。女傭被叫去房客的房間，這是再自然不過的事，尤其是這位房客更需要幫忙的時候，好比說，因為她的手臂癱瘓了。里卡多．雷伊斯逗留了半晌，轉開收音機，收音機恰好在播放《睡美人》的音樂，只有小說家才會利用這種巧合，把一座寂靜的湖比擬成年輕的處子。這一點沒有提及，她自己也沒有說出來，不過瑪森妲是處子，這完全是私事，如果她有了未婚夫，即使是未婚夫也不敢問，你是處女嗎。就目前而言，在這種的社會氛圍，別人會認為她是。日後，在適當的時候，我們可能有些憤慨地發現她根本不是。音樂結束，接著是一首那不勒斯歌謠、一首小夜曲或類似的歌曲，*amore mio, cuore ingrato, con te, la vita insieme, per sempre*，男高音高唱著發自內心的情感宣言，這時有兩個客人走進交誼廳，炫耀著領帶上的鑽石別針，他們的雙下巴遮住了領結。他們坐下來，點燃雪茄，準備討論一樁關於軟木塞或魚罐頭的生意，我們肯定可以知道，只是里卡多．雷伊斯要走了，他想著自己的事，甚至忘了向薩爾瓦多打招呼。怪事正在這間旅館發生。

夜裡稍晚時，桑帕伊奧博士回來了。里卡多．雷伊斯和瑪森妲沒有離開房間。麗迪雅不時出現在樓梯或走廊，不過都是有人叫她才去。她對皮門塔很粗魯，他還以顏色，幸虧沒人聽見，因為薩爾瓦多必然會要求皮門塔解釋，為什麼嘟囔說有人夢遊，大半夜裡讓別人發現在走廊遊蕩。八點鐘，桑帕伊奧博士敲門。他不願進房打擾，但還是謝謝了，他只是來邀請里卡多．雷伊斯和他們共進晚餐，瑪森妲將他們的簡單談話告訴了他，非常感謝你，醫生。里卡多．雷伊斯堅持要他進來坐一下。我什麼也沒做，只是傾聽，對這件事提出沒有專門知識的人能給的唯一建議，繼續治療，不要灰心。我也常常這麼告訴她，但是她不再聽我的話了，你也知道這些孩子，好的好的，爸爸，不過她對來里斯本一點興趣也沒有，但是不來不行，來了，專家才能追蹤她的病情發展，當然，我們是在孔布拉治療。孔布拉肯定有專家。非常少，我們請教過的那些人，沒有冒犯的意思，並沒有給我們帶來多少的信心，而里斯本這位專家醫術好，經驗又豐富。常常得離開孔布拉，鐵定影響了你的工作。有時候，但是沒有一個稱職的父親會拒絕為他的孩子犧牲一些時間。他們就這樣又閒談了幾句，這幾句話的意圖都很微妙，有多少說了出口，就有多少隱藏了，在一般的對話中，尤其這一次，都是這樣的，原因我們明白，最後桑帕伊奧博士終於決定該走了。那麼，我們九點鐘來敲你的門；不，還是我順道過去，我不明白你為什麼要麻煩。於是，在約定的時間，里卡多．雷伊斯敲了敲二〇五號房間的門。先敲瑪森妲的門非常不得體，這又是一種微妙的禮節。

他們步入餐廳，所有人報以微笑，恭敬地微微點頭。薩爾瓦多忘了他的憤怒，或者圓滑地抑制住了，他推開玻璃門，里卡多．雷伊斯和瑪森妲按照禮儀走在前面，他是他們的客人。從我們所站位置，我們是聽不到收音機的，如果收音機放的碰巧是歌劇《羅恩格林》中的婚禮進行曲，或孟德爾頌的，或董尼采第《拉美莫爾的露琪亞》中的那一首——也許由於它被當作災難的前奏，所以不太為人所知——那就更值得深思了。不用說，他們要坐的是桑帕伊奧博士的那張桌子，他向來是由菲利佩侍候，可是拉蒙不會放棄他的特權，他要協助他的同事兼同胞。這兩人都出生於維雅加西亞阿羅沙。遵循自己獨特的人生道路是人類命運，有人跟隨自己的人生道路，從加利西亞來到里斯本，這個名叫雷伊斯的男人在波多出生，在首都住過一段時間，接著移民到巴西，與他作伴的兩人這三年來不停往返於孔布拉和里斯本之間。人人都在尋尋覓覓，找療法，找金錢，找內心的平靜，找幸福，人人有自己的目標，所以要滿足具有需求的每一個人如此困難。晚餐平靜地進行。瑪森妲坐在她父親的右手邊，左手如同往常一樣放在盤子的一側，但是有一點非常奇怪，這隻手不想躲藏，恰恰相反，它幾乎因為被看見而閃耀著光輝，你若認為這麼形容太過誇張，那麼肯定是沒聽過一般人是怎麼說話的。我們也別忘了，這隻手曾經放在里卡多．雷伊斯的雙手中，怎麼能不感到光榮呢。瑪森妲的殘疾沒有被討論，在這個被判了絞刑的女人家中，絞索已經被提及太多次了。桑帕伊奧博士正在讚嘆葡萄牙的雅典的種種好處，我在那裡出生，在那裡長大，在那裡畢業，在那裡執業，我發誓那座城市無與倫比。他的語氣激烈，不過並沒有拿孔布拉的好與其他城市——波多或是維雅加西亞阿羅沙——相比，在餐桌上掀起辯論的危險。對里卡多．雷伊斯來說，哪裡出生並不重要，菲利佩和拉蒙絕對不敢加入談話，他們自知自己的位置，那個位置不是他們的出生地。桑帕伊奧博士免不了知道里卡多．雷伊斯是出於政治原因而去了巴西，只是很難說他是如何得知的。薩爾瓦多沒有告訴他，因為他也不知道，里卡多．雷伊斯也沒有向他吐露，不過從隻言片語、短暫沉默和一個眼神，我們可以領會到某些東西。他只消說，我是一九一九年去巴西的，這一年，北方恢復君主制，他只消用一種特殊的語氣，那就瞞不過公證人那雙慣於聆聽謊話誓言供詞的敏銳耳朵。因此，話題不可避免轉向了政治。里卡多·雷伊斯迂迴蛇行，試探地面，探測隱藏的地雷或陷阱，卻覺得無力轉變話鋒，只好聽由自己跟著話流走，在吃甜點以前，他已經聲明對民主制度缺乏信心，也打從心底蔑視社會主義。大家都是自己人，桑帕伊奧博士帶著笑容向他保證。瑪森妲對他們的對話顯得不大感興趣，不知什麼原因，她把左手放在膝上。如果曾經閃耀光輝，而今已然焚燒殆盡。親愛的雷伊斯，在歐洲的這個角落，我們需要的是一個有遠見與堅定決心的人來領導我們的政府，管理這個國家。這番話出自桑帕伊奧博士之口，他接著又說，你離開葡萄牙去里約熱內盧時所知道的葡萄牙，與你回來後所看到的葡萄牙，是無法相比的，我知道你最近才回來，但是如果你已經四處走走好好觀察，一定注意到了巨大的改變，繁榮了，公共秩序改善了，激勵愛國主義的計畫有條有理，其他國家尊敬我們祖國的成就、世俗史和帝國。我看的還不多，里卡多·雷伊斯承認，不過我一直關注報章報導。當然，報紙是一定要讀的，不過那還不夠，你必須親眼去看看街道、港口、學校、各地的公共工程，感受充滿紀律的氛圍，親愛的朋友，街道和人心都是平靜的，在一位偉大政治家的領導下，全國上下勤懇勞動，這樣一個戴著天鵝絨手套的鐵腕正是我們所需要的。絕妙的比喻。沒錯，可惜非我獨創，它深深烙印在我的腦海，一張圖畫的確抵得過一百回的演講，兩三年前，它出現在《向來好》——還是《荒唐事》——的封面，一個戴著天鵝絨手套的鐵腕，那幅圖畫得真絕，天鵝絨和鐵腕都表達了出來。在一本諷刺雜誌中。親愛的雷伊斯醫師，真理未必選擇地點。地點是否永遠選擇真理，則有待觀察。桑帕伊奧博士皺了一下眉頭，反駁使他有些不安，但是他認為這句話太深奧了，不該在科拉雷伊斯酒和乳酪中討論。瑪森妲只想著自己的事，小口咬著乳酪的硬皮，提高了嗓門說她不要甜點和咖啡，然後說了一句可能會把話題引到《大海》的話，但是她的父親仍舊繼續說，不是一部文學巨著，不過肯定是一本有用的書，讀起來容易，應該會增長許多人的見聞。什麼書。書名是《謀反》，作者是一個愛國的記者，支持民族主義，一個叫托梅．維埃拉的人，我不知道你是否聽說過他。從未聽過，我住得太遠了。這本書幾天前才出版的，你一定要讀一下，然後給我說說你的感想。既然你大力推薦，我一定讀。里卡多．雷伊斯開始後悔宣稱反社會主義、反民主、反布爾什維克，並非因為他不是這樣的人，而是因為他開始厭倦這種一成不變的民族主義，也許甚至更厭倦無法和瑪森妲說話。這種情況經常發生，未竟之事最令人疲憊，只有完成了，才能感到放鬆。

晚餐結束後，里卡多．雷伊斯把瑪森妲的椅子往後拉，讓她和父親走在前面。出了門，三人都猶豫了一下，想知道是否該到交誼廳去，不過瑪森妲最後決定回她的房間去，說是頭疼。明天我們可能見不到面了，我們一早就走，她告訴他。里卡多．雷伊斯祝他們一路順風，也許下個月你們回來時我還在這裡。如果你要走，請把新地址留給我們，桑帕伊奧博士懇求他。現在沒有什麼可說了，瑪森妲要回房間了，她頭疼，或聲稱頭疼，里卡多．雷伊斯不知道他想做什麼，桑帕伊奧博士今晚晚些時候還要出門。

里卡多．雷伊斯也出去了。他閒逛，去各家戲院看海報，旁觀了一場棋，白子贏了，他離開咖啡館時下起了雨，所以他坐計程車回旅館。他走進房間，發現被子還沒有翻過來，第二顆枕頭也沒有從壁櫥拿出來。模糊愚蠢的悲傷停在我靈魂的門口，凝視著我一會兒，然後繼續前行，他喃喃細語，暗自微笑。

人必須博覽群書，什麼能讀的都讀一點，但是人生苦短，世界冗贅，不該要求他讀得太多。讓我們從那些誰也不該略過的書籍開始吧，也就是一般所謂的學習用書，似乎不是所有的書都是用來學習的，書單會依照我們所飲的知識之泉和監督知識之流的權威有所不同。以受耶穌會教育的里卡多・雷伊斯為例，過去的老師和今日的老師有很大的不同，但是我們仍然可以知道個大概。然後是年輕時期的愛好，喜歡的作家，一時的迷戀，少年維特的閱讀讓人自殺或自我保護，然後進入成年時期的嚴肅閱讀。一旦到了人生的某個階段，雖然起點未必相同，我們讀的東西或多或少是相同的，活著的人有明顯的優勢，能夠讀到別人永遠不會知道的東西，因為他們已經死了。舉一個例子就好，阿爾貝托・卡埃羅，這個可憐人於一九一五年去世，沒有讀過《化名》，不知自己錯過了什麼，而在阿爾馬達・內格雷羅斯出版小說前，費爾南多・佩索亞和里卡多・雷伊斯也已經離開人世。這簡直重演了拉帕利斯紳士那個有趣的故事，那些幽默大師說得好，他死前一刻鐘還生龍活虎，他沒有一刻鐘想過一刻鐘後就不再生龍活虎的痛苦。讓我們繼續說下去吧。因此，一個人博覽群書，連《謀反》

也翻了，他習慣躲在雲裡，以瞭解平凡的思想如何形成，而無論從雲裡時不時掉下什麼，對他都沒有傷害，因為助人日復一日生存的是這些東西，而非西塞羅或史賓諾沙。當一個推薦、一句嘮叨勸勉來自孔布拉時，那更是如此了，讀一讀《謀反》吧，我的朋友，你會在書中發現一些不錯的見解，寓意的價值彌補了形式或情節的弱點。孔布拉，第一博學之城，學者雲集，知道它在說什麼。隔天，里卡多．雷伊斯就出門買了那本薄書，拿回自己的房間偷偷拆開，因為並非所有關上門進行的行為都像表面表現的那樣，有時只不過是一個人恥於暴露自己的私人習慣、祕密的樂趣、挖鼻子、撓頭皮。書的封面或許同樣令人尷尬，一個穿雨衣戴帽子的女人走在監獄旁的街道上，鐵窗和崗亭消除了民眾對於謀反者命運的懷疑。這時，里卡多．雷伊斯在房間裡，舒服地坐在沙發上。到處都在下雨，天空像是一個懸著的大海，水從數不盡的裂縫不停滴落。到處發生洪水和饑荒，但是這本小書要講述一個女人的靈魂如何投入高尚聖戰中，一求恢復理性，二求恢復民族主義精神，因為男人的思想讓危險的思想給迷惑了。女人在這方面非常拿手，也許因為那些詭計贖罪更接近她們本性，自亞當以來，她們就用這種天性擾亂男人，讓男人墮落。里卡多．雷伊斯讀了前七章，即〈選舉前夕〉，〈不流血的政變〉，〈愛的寓言〉，〈神聖女王的盛宴〉，〈大學罷工〉，〈謀反〉和〈參議員之女〉。故事是這樣的，有一個大學生，農夫的兒子，捲入了某個糾紛，被捕了，關在阿爾朱貝的監獄，上述的參議員的女兒，懷著滿腔的愛國熱情和傳教般的熱忱，竭盡全力營救他，這終究不是什麼難事，因為把她帶到這個世界上的男人——這位參議員原本是民主黨，但現在是一個身分曝光的謀反者——很驚訝，她在政府高層竟然很受尊敬，一個做父親的永遠不能知道自己的女兒會變得怎麼樣。她說話好像聖女貞德，雖然當然有一些不同。幾天前，我爸爸險些被捕，我以我的名譽保證，我爸爸不會逃避他的責任，我也保證，我爸爸會停止他的計謀。這樣的孝心，多麼令人感動，一句話中說了三遍的爸爸，親情的羈絆在生活中達到了這樣的極致。忠誠的女孩繼續說，你可以出席明天的會議，你不會有事，我保證，因為我知道、警察也知道，謀反者又要聚會了，但是他們決定睜一隻眼閉一隻眼，多麼仁慈而善良的葡萄牙警隊，不用奇怪，因為他們在敵營有個線人，這線人不是別人，你能相信嗎，就是反對當前政體的前參議員的女兒。家族傳統遭到背叛了，但如果我們把這本書的作者當一回事，對上述各方來說，結局是皆大歡喜。現在，讓我們聽聽他是怎麼說的，外國媒體熱烈討論我國形勢，我國的經濟戰略被奉為典範，我們的貨幣政策持續受到讚揚，全國各地的工業工程繼續為成千上萬的工人提供就業機會，每天報紙概述政府克服這場危機的步驟，世界發生了大事，這場危機也影響到我們，但是與他國危機相比，我國的經濟狀況最鼓舞人心，全世界都以葡萄牙民族和領導它的政治家為例，國外效法我們這裡所奉行的政治學說，我們可以自信地說，別的國家對我們表示羨慕和尊重，世界各大報都派來了他們經驗最多的記者來探訪我們的成功祕訣，在好言相勸下，我們的政府首腦最後拋開一貫的謙遜與對宣傳的反感，成了世界各地報紙專欄的特寫人物，他的形象得到了最大程度的曝光，他的政治宣言轉為福音式的使命。這一切可以說是鳳毛麟角而已，面對這一切，你不得不同意，卡洛斯，參與大學罷工只是瘋狂的行徑，這種事從來得不到任何有價值的成果，你知不知道，我要把你從這裡弄出去有多困難。瑪里麗亞，你是對的，但是警察並沒有證明我做錯了什麼，他們只是確認我揮舞紅旗，那根本就不是旗子，差得遠呢，只是一條二十五分錢的手帕，開個惡作劇。這段對話在監獄發生，在接見室，但是在某個村莊——碰巧位於孔布拉地區——另一個農民，也就是這位卡洛斯在結局將迎娶之甜美姑娘的父親，向一群底下人解釋，沒有比共產黨員更壞的，共產黨不要雇主，也不要工人，他們不接受法律和宗教，他們不相信人應該接受洗禮或結婚，對他們來說，愛情不存在，女人是善變的動物，所有男人都有權利用她，孩子不需對父母負責，人人可以自由做自己喜歡的事。在另外四章和尾聲，溫柔但女武神般的瑪里麗亞從監獄和政治災難救出了大學生，為徹底放棄顛覆性活動的父親恢復了名譽，宣稱新合作計畫的問題獲得解決，沒有虛偽、衝突或暴動。階級鬥爭結束，取而代之的是有良好價值觀的資本勞動體制。最後，國家必須像一個有眾多孩子的家庭運作，在這個家庭中，父親發號施令，以保障孩子的教育，因為除非孩子學會尊重父親，否則一切會分崩離析，整個家庭也註定完蛋。請記好這些不容辯駁的事實，兩個地主——新娘和新郎的父親——解決了一些小分歧後，甚至還幫助工人解決了一些小爭端，上帝沒有必要將我們逐出祂的天堂，因為我們這麼快又順利重新得到它。里卡多．雷伊斯闔上書，沒花多少時間讀完了。這是最好的教訓，簡潔，扼要，幾乎瞬間發生；真是愚蠢，他勃然罵道，回報不在場的桑帕伊奧博士，有幾秒鐘的時間，他甚至厭惡這整個世界，厭惡綿綿不絕的雨，厭惡旅館，厭惡扔在地上的書，厭惡瑪森妲。但是隨後他又不知道為什麼決定豁免瑪森妲，也許只是為了享受拯救某物的樂趣，如同從瓦礫堆中拾起一塊木頭或一塊石頭那般。它的形狀吸引了我們的目光，我們沒有勇氣扔掉，只好無緣無故放進了口袋。

至於我們，我們很好，和上述那些奇蹟一樣好。另一方面，在我們兄弟的土地上，情勢每況愈下，家庭不幸分裂，吉爾．羅伯斯可能贏得選舉，或者由拉戈．卡瓦列羅選上，長槍黨已經明白講了，他們會上街頭對抗紅色獨裁。在我們這片和平綠洲，我們懷著遺憾旁觀爭執不休的歐洲亂象，套句瑪里麗亞的話，這些政治紛爭從未取得任何有價值的成果。在法國，薩羅組了聯合共和政府，右翼黨派抓緊時機向他發動攻擊，用汙言穢語發出一連串的批評、指責和侮辱，那類粗話一般多與粗暴的流氓聯想在一起，而非與一個禮儀之邦和西方文化燈塔的公民有關。感謝上帝，這塊大陸上仍然有聲音，而且是強大的聲音，準備以和平與和諧的名義大聲疾呼，我們指的是希特勒，他在褐衫軍面前發表宣言，德國要的只是在和平的環境下運作，讓我們一次就徹底消除不信任和懷疑，他還敢更進一步地說，要讓世界知道，德國將追求與珍惜他國不曾珍惜過的和平。其實，二十五萬名德國士兵已經準備好占領萊茵蘭，而且就在這幾日，一支德國軍隊入侵了捷克斯洛伐克的領土。如果羅馬神朱諾確實有時會化為雲的模樣，那麼所有的雲都是朱諾了。諸民族的生存畢竟是吠多咬少，如果上帝允許，你會看到，一切都將歸於完美的和諧。我們不能接受的是，勞合．喬治竟然斷言，與德國和義大利相比，葡萄牙的殖民地太多了，而前幾天我們還參加了英王喬治五世駕崩的公開悼念活動，男人黑領帶黑臂章，女人也別上黑紗。他怎麼敢抱怨我們的殖民地太多，我們的殖民地根本是太少了，去看看標出葡萄牙在非洲領地的粉紅色地圖就知道。如果暴行按照正義的要求受到報復，現在沒有人能與我們抗衡，從安哥拉到莫三比克，我們的道路上不會有任何障礙，一切都在葡萄牙國旗下，但是英國人一如既往在我們的身後亦步亦趨，背信棄義的不列顛，讓人懷疑他們懂不懂得什麼叫守信重義，這是民族惡習，每一個國家都有抱怨他們的理由。費爾南多·佩索亞來的時候，里卡多·雷伊斯千萬不要忘記提出這個有趣的問題，擁有殖民地是好還是壞，不是從勞合·喬治的觀點，此君唯一關心的是把其他國家付出巨大努力獲得的東西交給德國，而是從他的觀點，從佩索亞的觀點，佩索亞預言第五帝國會到來，喚回了維埃拉神父的夢想。他還必須問他，他要如何化解他自己的矛盾，也就是葡萄牙不需要殖民地來實踐其帝國命運，而如果沒有殖民地，在物質和道德兩方面，國內外的權勢都會削弱，還要問他，我們的殖民地可能按照勞合·喬治的意見移交給德義兩國，對此他有什麼看法。當我們遭到掠奪和背叛，襤褸得如同基督走在通往髑髏地的路上時，第五帝國會是什麼樣子呢，一個註定受難的民族，雙手伸長了，束縛鬆散了，因為真正監禁是接受監禁，謙卑伸出手接受《世紀報》分發的施捨。或許費爾南多·佩索亞會回答，一如他在其他場合的回答，你們都知道，我沒有牢固的原則，今天我提出這個主張，明天又會提出另一個意見，我可能不相信我今天所辯護的東西，或者對我明天辯護的東西有任何真正的信念。為了證明，他甚至補充說，對我而言，既無今朝亦無他日，你怎麼指望我繼續相信，或者我又怎麼指望別人相信，即使他們相信，他們真的知道他們相信什麼嗎。我對第五帝國的憧憬模模糊糊，充滿了幻想，為什麼要讓它成為你的現實呢，人們太容易相信我說的話，但是我從未想過掩飾我的懷疑，我最好還是保持沉默旁觀就好。里卡多．雷伊斯回答，就像我通常的表現，費爾南多．佩索亞告訴他，唯有死後，我們才會成為觀眾，這一點我們甚至也不能篤定。我死了，四處遊蕩，我在街角停下來，如果有能看到我的人，這種人也不多，他們認為我只是在看著別人走過。他們不知道，如果有人摔倒，我無法扶起他，不過我不覺得我只是在觀望，我所有的舉動、我所有的言論都繼續活著，它們走到了我逗留的街角以外，我望著它們離開，可是無力修正它們，縱使它們是謬誤的結果。我無法用一個動作或一句話來解釋或總結自己，哪怕只是用否定來取代懷疑，用黑暗來取代陰影，用是來取代否——這兩者意義相同——不過還有更糟糕的，也許它們根本不是我說過的話，也不是我做過的事，由於無法補救，因此更加糟糕，也許它們是我從未做過的事，是我從未說過的話，是說明我是誰的一句話或一個動作。如果一個死去的人這樣不安，那麼死亡顯然沒有帶來安寧。生死唯一區別是，生者還有時間，只是說那句話、做那件事的時間不多了。什麼事，什麼話，我不知道，人死了，那是因為他沒說這句話，沒有做這件事，不是因為疾病，這也是為什麼，在他死後，他發現要接受死亡很困難。親愛的費爾南多．佩索亞，你讀的東西是顛倒的。親愛的里卡多．雷伊斯，我再也不能讀字了。這段對話被描述得好像確實發生過，有兩點不大可信，不過沒有其他辦法讓它聽起來言之有理。

既然里卡多・雷伊斯沒有給她任何嫉妒的理由，只是在公開場合和瑪森妲交談，雖然是私語，麗迪雅的怒氣也不會持續太久。一開始，他們明白地告訴她，他們不缺什麼，不作聲等她把咖啡杯拿走。而這也夠讓她雙手顫抖了。一連四個夜晚，她睡前淚溼了枕頭，不是因為被冷落而感到羞恥，畢竟她哪有什麼權利亂使性子呢，而是因為醫生不再留在房裡用早餐了，他在懲罰她。為什麼呢，憑良心說，我什麼也沒做錯啊。可是，到了第五天早上，里卡多・雷伊斯沒有下樓用早餐，薩爾瓦多說，喂，麗迪雅，給二〇一號房送咖啡去吧，她走進房時緊張得直打哆嗦，可憐的姑娘，她控制不了自己。他認真地看著她，把手放在她的手臂上，問道，你生我的氣嗎。她回答說，沒有，醫生。可是你都不來了。麗迪雅不知道說什麼好，聳了聳肩，一副可憐楚楚的模樣，他便將她拉到身邊來。當晚，她下樓到他的房裡，可是誰也沒有提起他們分開的原因，難以想像她膽敢說，我吃醋了，或者他居然放下身段，親愛的，你究竟怎麼了，不，永遠不會是一場平等的對話，人人知道，這是這個世上最難實現的事。

國家之間為了利益互相對抗，那些利益不是傑克、皮埃爾、漢斯、馬諾洛或朱塞佩的利益——為方便起見，一律用男性名字——而這些人和其他的人天真以為這些利益是他們的，或者當清算帳目的時刻到來時，這些所費不貲的利益將屬於他們。遊戲規則是，有人吃無花果，有人看著。人為了他們認為是自己的價值而努力，但是那可能只是一時的激情。這正是我們的女傭麗迪雅的情況，也是里卡多・雷伊斯的情況，如果他最後繼續行醫，人人都會知道他是一個醫師，如果他允許誰觀看他苦心孤詣的作品，有些人會知道他是一名詩人。然而，人也會為了其他理由而努力，為了不變的理由、權力、威望、仇恨、愛、嫉妒、純粹的惡、畫了界被侵入的狩獵場、競爭和敵對，甚至為了掠奪，就像前不久莫拉里亞附近發生的那件事。里卡多·雷伊斯沒有讀到報導，但是薩爾瓦多貪婪地咀嚼該起事件的細節，手肘支在小心翼翼攤平的報紙上，醫生，好恐怖的行當，莫拉里亞那些人非常暴力，他們不尊重人的生命，哪怕只是雞毛蒜皮的小事，他們也自相殘殺，沒有同情心，也沒有憐憫心，連警察都怕他們，等到結束了才敢過去收拾殘局，聽聽這個，這裡說有個叫喬塞·雷伊斯的人，綽號叫雞巴喬塞，對一個叫安東尼奧·梅斯奎塔的腦袋開了五槍，梅斯奎塔就是大家喊莫拉里亞老大的那個人，人自然是死了，和女人無關，報紙上說是為了分贓起爭執，一個人騙了另一個人，這是常有的事。開了五槍，里卡多·雷伊斯重複一遍，他沒有表現出無所謂的樣子，而是沉思起來。他能想像那個場景，槍對著同一目標開了五槍，頭還直立時挨了第一顆子彈，接著身體倒地，鮮血四濺，不久就虛軟無力了，另外四顆子彈多餘，但又有其必要，第二顆、第三顆、第四顆、第五顆，每一發都充滿了仇恨，每一次腦袋都在人行道上抽動了一回，四周籠罩在恐懼和驚慌之中，然後一片嘩然，婦女從窗內發出尖叫。不大可能有人鼓起勇氣拉住雞巴喬塞的手臂，最有可能的情況是彈匣裡的子彈用完了，或是他的手指突然僵在扳機上，或是他的仇恨得到了發洩。凶手逃脫了，但是逃不遠，因為在莫拉里亞沒有人能逃避責罰。明天就要舉行葬禮了，薩爾瓦多告訴他，要不是得值班，我會去的。里卡多·雷伊斯問他，你喜歡參加葬禮。不完全是喜不喜歡的問題，但是這樣的葬禮值得去瞧一瞧，特別是還牽涉到一起犯罪。拉蒙住在騎士街，聽到些許傳言，晚餐時告訴了里卡多．雷伊斯。住那裡的人看來都會去，醫師，據說雞巴喬塞的親信還揚言說要砸了棺材，他們真那麼做的話，我以耶穌名義發誓，天下要大亂了。可是莫拉里亞老大人都走了，他們還能對他做什麼，他這種人不可能從另一個世界回來，了結他在這個世界挑起的事端。對於那種人，你永遠也說不上來，深仇大恨不會隨著死亡結束。我真想親眼去看看這葬禮。去吧，但不要靠得太近，如果有麻煩，躲到樓梯下，讓他們自己解決。

事情沒有那樣發展，也許因為威脅不過是虛張聲勢，也許因為當時有兩個武裝警察在附近巡邏，這是一種保護的象徵，但是如果鬧事者果真執行了他們可怕的計畫，保護就會失效，但是說到底法律的存在還是需要一些尊重。里卡多．雷伊斯在送葬隊伍出發前小心翼翼出現，遠遠望著，不想捲入突發的騷亂中，他很驚訝，停屍間前的街道擠了成千上百的人，就像《世紀報》舉辦的慈善日，只是那些女人一身花哨的大紅裝束，裙子、上衣、披巾都是紅色的，年輕男子穿著同色的西裝，如果這些人是死者的朋友，這是很不尋常的哀悼方式，如果他們是他的敵人，這是公然的挑釁。這情景更像嘉年華遊行。來了，棺材進入視線中，兩頭插著羽毛、戴著飾帽的母馬拖著棺材往墓地移動，布幔飄動，兩名警察分別在棺材的兩側，反倒成了莫拉里亞老大的儀仗隊，這是命運的諷刺，誰想得到呢。武裝警察走著，軍刀拍著大腿，槍套鬆開了，哀悼者發出哀號嗚咽，紅衣人和黑衣人發出同樣的聲音，後者是為了被帶進墳墓的死者，前者是為了關在獄中的殺人犯。許多人打著赤腳，衣衫襤褸。有的女人穿著華麗，手戴金鐲，和她們的男人挽手而行，她們的男人留著黑色鬢角，乾乾淨淨的臉刮得發青，狐疑地打量四周，有的女人扭著屁股，罵罵咧咧，且不論是真情還是假意，所有人都表現出一種敵友相逢的生猛歡樂感。這個部落由罪犯、皮條客、妓女、扒手和竊賊組成，包圍住穿越城市的黑壓壓群眾。民眾紛紛開窗看他們列隊走過。這讓人想到維克多・雨果的《巴黎聖母院》，奇蹟廣場空無一人，居民戰戰兢兢，因為明天要闖進家中的小偷可能就在外頭。看，媽媽，孩子大喊，但是對孩子來說，每件事都是一場盛大的慶典。里卡多・雷伊斯陪同送葬隊伍一直走到了女王宮殿。女人開始鬼鬼祟祟偷瞅這位衣冠楚楚的紳士，他究竟是誰，這是女人的好奇心，對一輩子都在打量男人的人來說，是非常自然的反應。送葬隊伍消失在轉角，可以肯定是往聖若昂嶺去了，除非又再左轉，往本菲卡而去，絕對不是朝著逸樂墓園前進，太遺憾了，因為我們失去了一個死亡賦予平等的啟迪典範——莫拉里亞老大與費爾南多・佩索亞並排安息。在悶熱的午後，這兩人望著輪船駛入港口，在柏樹蔭下會有怎樣的對話呢，一個人向另一個人解釋如何玩弄文字，才能行騙或成就一首詩。當晚拉蒙送上湯時，向里卡多・雷伊斯醫生解釋，穿紅色衣服不表示哀悼，也不表示不敬，而是那一帶特有的風俗，當地人在特殊場合都會穿紅色。這個傳統在他從加利西亞到這裡以前就存在了，他也是從別人那裡得知。在葬禮上，您瞧見了一個非常惹眼的女人嗎，高大，黑眼睛，穿著華麗，搭著柔軟的美麗諾羊毛披肩。親愛的老弟，人群中女人那麼多，有上百個呢，她是誰。莫拉里亞老大的情婦，是一個歌手。我沒有注意到她。非常美麗，歌聲非常優美，等著看看現在誰會搶走她，一定很有趣。不可能是我，拉蒙，我也不認為會是你。我要那麼幸運就好了，醫生，我要那麼幸運就好了，但那樣的女人要花錢的。不過是說說而已，做白日夢，人總得說點什麼吧，不是嗎，至於紅色的衣服，我相信這種風俗可以追溯到摩爾人時代，魔鬼的野草，與基督教無關。拉蒙後來回來收盤子，問里卡多．雷伊斯對西班牙傳來的消息有什麼看法，大選要來了，他認為誰會選上；結果不會影響我，我在這裡過得很好，但我想到我在加利西亞的爸爸，我還有一些親戚在那裡，雖然大多數人都移民了。移民到葡萄牙。到世界各地，我家族中的兄弟、表兄弟、晚輩分散在古巴、巴西和阿根廷，我甚至在智利有個教子。里卡多．雷伊斯把從媒體報導中得知的訊息告訴他，吉爾．羅伯斯說右翼黨派有望獲勝，你知道他是誰嗎；我聽過這個名字；好，他說，他掌權後，他會廢除馬克思主義和階級鬥爭，建立社會正義。你知道馬克思主義是什麼，拉蒙；我不知道，醫師；階級鬥爭呢；不知道；社會正義呢；謝天謝地，我從來沒有和法律扯上關係。好吧，過幾天我們就會知道誰贏了，可能一切都還是照舊吧；就像我爺爺說的，和認識的魔鬼打交道，總比跟不認識的魔鬼打交道好；你爺爺是對的，拉蒙，你爺爺是個聰明人。

不管他是否為聰明人，左派獲勝了。隔日早報報導說，右派一開始好像贏了十七個省，但是清點完所有選票後，左派獲選的代表多過於中間派和右派獲選的代表相加。讓我們拭目以待吧，已經有傳言說，在戈代德將軍和佛朗哥將軍的默許下，一場軍事政變正在醞釀中，不過這些傳言被否認了。阿爾卡拉．薩莫拉總統把組內閣的任務交給阿薩尼亞。拉蒙，這對加利西亞是好事還是壞事。在這裡，走在這幾條街上，您會看到冷酷的面孔，不過也有幾張不露感情的面孔，如果他們那炯炯發光的目光不是滿意的神情，我才不信呢。上一句中的這裡不代表整個里斯本，更不可能是整個葡萄牙，誰曉得這個國家其他地方的情形，這裡，索德雷碼頭和阿爾坎塔拉的聖佩德羅之間，羅西烏廣場和卡利亞里什街之間，只有三十條街道，像座內城，有無形外牆環繞，不受無形的圍攻。圍城者和城內人共存，都稱對方為他們，由於雙方不同，彼此陌生，他們以懷疑的眼光看待對方，一方渴望更大的權力，另一方發覺自己力量不足。從西班牙吹來的風，會給我們帶來什麼，怎樣的合巹呢。費爾南多．佩索亞回答說，共產主義，它不久就會到來。諷刺的是，他接著又說，真倒楣，親愛的雷伊斯，你從巴西逃出來，是為了能平安度過餘生，結果我們的鄰居西班牙立刻陷入混亂，他們很快就要入侵我們了。我得跟你說多少遍，我回來，都是因為你。你還沒讓我相信。我不是要你相信，我只求你別把對這件事的意見告訴我。別生我的氣。過去我住在巴西，現在我住在葡萄牙，我總要住在某個地方，你活著時有足夠的智慧明白這些和其他的事。這就是戲啊，親愛的雷伊斯，人總要住在某個地方，因為沒有什麼地方不是某個地方，生活只能是生活，我終於開始明白到一點，人最大的不幸是永遠無法到達眼前的地平線，而那艘我們不啟航的船，我們讓它成為我們的航行的那艘船，啊，整個碼頭，是刻在石頭上的記憶。現在我們已經屈服於情感，開始引用詩句，這是阿爾瓦羅．德．坎普斯的詩，他總有一天會得到他應得的賞識，在麗迪雅的懷裡安慰自己，如果你的愛經久不衰，記住，我連那也沒有。晚安了，費爾南多；晚安，里卡多。狂歡節就要來了，盡情享受吧，不過在接下來的幾天不要期待見到我。他們在附近咖啡館相遇，那裡有六張桌子，那裡沒有人知道他們是誰。費爾南多·佩索亞又回來坐下，我剛想到一個點子，你何不扮成一個馴馬師，長靴、馬褲、鑲邊紅夾克；紅色；對，紅色才是適當的顏色，我打扮成死神，披黑色網狀的布，上頭畫著骷髏，你大聲揮鞭，我嚇唬老太太，我要帶你走了，我要帶你走了，我們一邊走，一邊去摸年輕的小姐，我們很容易拿下化裝舞會的頭獎。我不是跳舞的料；你不需要會跳，群眾只會聽你揮鞭的聲音，看我的骷髏；你不覺得我們年齡太大了，不適合玩這種遊戲嗎；那是你，我不再有年齡了。說著費爾南多·佩索亞起身走了。外頭下著雨，吧檯後面的侍者說，沒穿雨衣也沒帶傘，你的朋友會淋成落湯雞。他不介意，他習慣了。

里卡多·雷伊斯回到旅館，感覺空氣中有什麼東西在攪動，一種不安分的嗡嗡聲，彷彿蜂巢裡的蜜蜂突然通通都瘋了。我們知道他的良心承受著沉重的壓力，他立刻冒出一個念頭，他們通通知道了。他是個浪漫的人，確信他和麗迪雅的小冒險曝光的那天，布拉干薩旅館會在醜聞的壓力下崩潰，他活在持續的恐懼中，也許是病態的渴望，希望這種事發生，對於一個自稱遠離俗世又終究希望俗世踐踏他的人來說，這是一個意想不到的矛盾。他絲毫沒有懷疑故事已經在喁喁細語和鬼祟笑容中傳開來。是皮門塔幹的，他不是那種說話拐彎抹角的人。罪人在無辜中行走，但是薩爾瓦多還不知情，當終於有個嫉妒的告密者——男人或女人——對他說，薩爾瓦多先生，麗迪雅和雷伊斯醫生之間發生了醜聞，他會做出出什麼判決來。他最好還是耿介地朗誦《聖經》的話，你們當中誰沒有過犯，誰就丟第一塊石頭。里卡多．雷伊斯忐忑不安走向櫃檯。薩爾瓦多正在講電話，聲音很大，線路不良，您的聲音聽起來好像是來自世界的另一邊，喂，能聽得到我的聲音嗎，對，桑帕伊奧博士，我必須知道您何時要來，喂，喂，對，我現在聽得到您的聲音，問題是我房間快沒了，為什麼，因為來了一大群的西班牙人，對，從西班牙來的，他們今天入住，那就是二十六日了，狂歡節以後，很好，預訂兩間房，不，博士，別客氣，特別嘉賓優先，三年不是三天，代我向瑪森妲小姐問好，順便說一下，先生，雷伊斯醫生就站在我旁邊，他向您表達問候之意。里卡多．雷伊斯的確用手勢嘴形表示了問候之意，原因有二。第一，縱使透過第三方，也要感到自己與瑪森妲關係密切，第二，與薩爾瓦多交好，從而消除此人對他的權威感，這似乎是一種明顯的矛盾，但並非如此。兩人之間的關係不能簡單用數學的加減來解釋。有多少次我們認為是加法，結果是餘數，還有多少次我們認為是減法，結果不是直接的相反加法，而是乘法。薩爾瓦多成功地與孔布拉進行了一次連貫而確定的電話交談，得意地放下話筒，現在他正在回答里卡多．雷伊斯，雷伊斯問他情況如何。剛剛有三個西班牙家庭登記入住，他們沒有說一聲就來了，兩個來自馬德里，一個來自卡塞雷伊斯，難民。難民。對，因為共產黨贏了選舉。不是共產黨，是左翼政黨。都一樣。但是他們真的是難民嗎。連報紙都在報導這件事。我沒讀到了。唔，從現在起，他再不能這麼說了，他聽得到門的另一側有人正在說西班牙語，並非他拉長了耳朵聽，而是塞凡提斯的洪亮語言滲透到了每一個角落。曾有一段時間，全世界都說西班牙語，我們葡萄牙人從來不曾達到那樣的成就。晚餐時，從他們的服裝珠寶判斷，顯然全是富裕的西班牙人，不分男女，都用戒指、鏈扣、領帶、扣環、手鐲、臂鐲、耳環、項鍊、鏈子、珠串、飾帶來裝飾，上頭鑲著鑽石，有的鑲著紅寶石、祖母綠、藍寶石或綠松石。他們尖銳的嗓門從這一桌講到另一桌，炫耀他們在不幸中的勝利，如果我們允許這種矛盾的說法。里卡多．雷伊斯找不出其他說法，能夠調和他們專橫的語氣和痛苦的哀鳴之間的矛盾。一提到左派，他們就輕蔑地撇了撇嘴。布拉干薩旅館的餐廳被改造成了舞臺布景，卡爾德隆戲劇中滑稽又聰明的丑角來了。小丑克拉林可能隨時出現，告訴我們，我躲在這裡觀看慶祝活動，也就是說，從葡萄牙看西班牙慶祝活動，因為死亡已經找不到我了，我才不理死亡。菲利佩和拉蒙忙得不可開交，脾氣暴躁，除了他們兩個以外，還有一個侍者，不過他是瓜爾達來的葡萄牙人。這不是他們頭一回服務自己的同胞，但在這種情況下，同時服務這麼多人，還是頭一次。閱歷頗深的他們沒有意識到，或者還沒有時間去注意，這些來自卡塞雷伊斯和馬德里的家庭，並沒有把他們當成不幸團聚的親密同胞來說話。站在一旁的人都能聽出那語氣，就是他們對加利西亞人提到紅軍時的語氣，以蔑視取代了仇恨，他們粗暴的眼神和傲慢的語言激怒了拉蒙，他過來服務里卡多．雷伊斯服務時，再也控制不住自己滿腔的怨氣了，他們下來這裡，不必特地穿金戴銀吧，沒有人會去他們的房間裡偷珠寶，這是一家正派的旅館。拉蒙這麼說是件好事，看來要讓他改變心意，光是麗迪雅溜進客人房間是不夠的。道德立場會變，其他立場也會改變，有時是對一件微不足道的小事，更多時候是由於自尊心受到打擊，現在拉蒙的自尊受到了傷害，因此他需要向里卡多·雷伊斯傾訴。讓我們公平地說，起碼盡可能公平地說，餐廳裡被恐懼驅趕到葡萄牙的這些人，他們帶了他們的珠寶、他們的金錢倉皇逃難，不然還能帶上什麼賴以生活呢。拉蒙不大可能會給他們或借給他們一分錢，他何必那麼做呢，慈悲本來就不是上帝的誡命之一，如果第二條誡命——愛鄰如愛己——一樣具有效力，那麼還要再過兩千年，這些來自馬德里和卡塞雷伊斯的鄰居才會愛拉蒙。但是《謀反》的作者說，我們走在正確的道路上，感謝上帝、資方和勞方，也許是為了決定誰來鋪路，我們的檢察官和議員才會聚在埃什托里爾溫泉舉行聯歡晚宴吧。

由於天氣惡劣，晝夜都一樣，沒有放晴的跡象，也沒有給農民和農戶任何喘息的機會，洪水估計會是四十年來最嚴重的一回，老人家的紀錄與證詞證實了這個事實，因此今年的狂歡節將令人難忘，本身就令人難忘，尤其是因為與狂歡節無關的可怕洪水在未來的歲月裡將被人們談論。我們說過了，西班牙難民正湧入葡萄牙。如果他們振奮起精神，會發現這裡有很多娛樂消遣，而那也是他們的國家很遺憾缺乏的，當下比以往任何時候都要缺乏。我們在這裡有充分的理由自滿。想一想政府決定推動在太加斯河上造橋的計畫，或是公務用車僅用國產汽車的法令，或是援助杜羅地區工人，每個工人分發五公斤米、五公斤鱈魚乾和十埃斯庫多，沒有人會對如此大方的慷慨之舉感到驚訝，因為鱈魚是最便宜的商品。幾天後，有位部長會發表講話，宣布為每個教區的窮人建立施食處，這位自貝嘉歸來的部長向記者保證，我在阿倫德如見證了組織私人慈善機構解決勞工危機的重要，這句話翻譯成日常葡萄牙語是，仁慈的先生，為了你在煉獄中的親人，請施捨一些吧。然而，最妙的是紅衣主教帕切利的講話，因為它來自一種只服從於全能上帝的最高權威，他稱讚墨索里尼是羅馬文化遺產的有力捍衛者。這位紅衣主教顯然非常睿智，而且可能會變得更加睿智，配得上教皇大位。願聖靈和教皇會議在那幸福的日子到來時不要忘記他。縱使義大利軍隊現在在轟炸衣索比亞的路上，上帝謙卑的僕人已經在預言帝國和皇帝，凱撒萬歲，聖母萬歲。

但是葡萄牙的狂歡節多麼不同。在卡布拉爾發現的大洋彼岸的那塊遙遠土地上，畫眉歌唱，南十字星照耀，在壯麗的天空下，即便天氣陰沉，也是炎熱的日子，狂歡節隊伍跳著森巴舞，在城市的主要大道上遊行，身上綴滿了鑽石般的玻璃珠子，亮片如寶石熠熠生輝，衣服可能不是絲綢或緞子做的，卻像羽毛一樣貼著身體，鸚鵡、天堂鳥、孔雀在頭頂搖曳，森巴，森巴，那是靈魂的顫抖。即使是天性嚴肅的里卡多．雷伊斯，也常常感到內心有一股被壓抑的狂歡騷動在蠢蠢欲動。只是礙於對自己身體的恐懼，他沒有投入過這種瘋狂的行為中，我們永遠不知道這種事會有怎樣的結局。在里斯本就沒有這種風險，天空如舊，下著毛毛細雨，但是開心一點，沒有溼到會破壞遊行隊伍的地步，遊行隊伍就要在自由大道上前進了，街道兩側擠滿附近社區常見的貧困人家。沒錯，租得起的人可以租把椅子，不過會租的人很少。花車亂塗著五顏六色的人物，吱吱作響，在人群的笑聲和鬼臉上方晃動。戴面具的人物有醜的也有美的，他們向人群拋彩帶，扔小袋包裝的玉米豆子，萬一擊中目標，玉米豆子也可能造成嚴重傷害，人群於是降低熱情來報復。幾輛開放的馬車載著一堆傘經過。年輕的女士和她們的情人從車裡向彼此揮手，互擲五彩紙屑。這種歡樂的惡作劇也在觀眾之中進行，舉個例子，這個女孩正在觀看遊行隊伍，而那個年輕人抓著一把五彩紙屑悄悄跟在後頭。接著，他把紙屑搗在她的嘴唇上，用力揉搓，趁著她詫異時盡可能地亂摸她一通，可憐的姑娘又是咳嗽，又是急巴巴想說話，他卻笑著走掉了，這是葡萄牙傳統的調情，有的婚姻甚至是這麼開始的，結局卻幸福美滿。有人拿噴霧器朝民眾的脖子臉龐噴水。這種東西仍舊被稱為香水噴壺，名稱從人們用它在客廳進行溫和暴力的年代就流傳下來，後來它們流落到街上，大家都知道水可能是從下水道來的，如果不是，那你很幸運。里卡多．雷伊斯很快就看膩華麗的遊行隊伍，不過還是留下來，因為他沒有什麼更重要的事要做。這其間兩度飄起毛毛細雨，一次下了大雨，還是有人繼續讚美葡萄牙的氣候，我不是說氣候不好，而是這天氣不適合狂歡節遊行。下午晚些時候，遊行結束了，天空放晴，但已經遲了。花車和馬車繼續前往它們的目的地，在那裡晾乾到星期二為止，褪色的油漆會補上，花飾也掛在那裡晾乾，而這些戴面具的人雖然從頭到腳溼透了，仍會繼續在街道、廣場、小巷和十字路口狂歡作樂。他們在樓梯下方做那些不能在外面公開做的事，在這裡事情會更快也更便宜完成。肉體是脆弱的，酒精是有益的，懺悔和遺忘的日子要到星期三才到來。里卡多．雷伊斯感覺有點發燒，或許他看著遊行隊伍走過時著了涼，或許憂鬱會引起發燒、噁心、精神錯亂，不過他還沒有到那麼嚴重。一個爛醉如泥戴著面具的老頭子走到他跟前，手中拿著一把木頭大彎刀和一根短棍，刀棍互相敲來敲去，引起了一陣騷動，他含糊不清地央求著，打我的肚子一拳吧。他衝向詩人，鼓鼓囊囊的肚子墊著靠墊還是布卷，打我的肚子一拳吧，這個戴著帽子穿著雨衣的紳士閃身，躲開這個穿絲綢外衣馬褲長筒襪的雙角帽老小丑，民眾見了這一幕哄然大笑起來。這個人真正要的是買酒錢。里卡多・雷伊斯給了他一些硬幣，老醉漢跳起了滑稽簡單的舞蹈，彎刀擊打著短棍，接著搖搖晃晃走開了，後面跟著一群頑童，他們是這場探險的助手。一輛嬰兒車似的小馬車上坐著一個大塊頭，兩腿露在外面，臉上塗著油彩，頭上戴著嬰兒帽，脖子還圍著圍涎。他不是裝哭，就是真的在哭，扮演保姆的醜陋凶漢把裝滿紅酒的奶瓶塞進他的嘴裡，他才停止哭泣。他貪婪地吮吸著奶瓶，民眾興味盎然地圍觀，突然，人群中跑出一個年輕人，像閃電一樣快，摸了幾下保姆巨大的假乳房，然後跑開了，保姆在他後面用嘶啞的聲音叫著，顯然是男人，給我回來，你這個狗娘養的，回來再摸一下，他喊叫時暴露了某樣東西，所有女人仔細瞧了一眼後都轉移了視線。瞧了什麼，好吧，也沒多猥褻，保姆穿著一件過膝的裙子，他用雙手抓住裙下突出的東西。無傷大雅的胡鬧，這可是葡萄牙的狂歡節。一個穿大衣的男人走過。他不知道背上被貼了一張告示，安全別針釘著一張紙，駝獸出售。到目前為止，還沒有人問過價格，可是他們路過時嘲笑他，你真是畜生，竟然感覺不到背上有東西。他們以揶揄為樂。他最後起了疑心，把手伸到背後，扯下那張紙，憤怒地撕了。相同的惡作劇年復一年在我們身上上演，我們的反應總是彷彿那是第一次。里卡多・雷伊斯知道，在雨衣上別上別針非常困難，自覺很安全，可是威脅來自四面八方。一個綁在繩子上的掃帚陡然從樓上掉下來，把他的帽子打到地上，他聽到住在樓上的兩個女孩尖聲笑喊，狂歡節就該開心嘛，她們齊聲尖叫，這個論點勢不可擋，里卡多．雷伊斯拿回沾滿泥的帽子，默默地走了。是時候回去旅館了。幸好，還有孩子，他們牽著母親、阿姨或祖母四處走動，炫耀自己的面具，享受贏得誇獎的樂趣，對他們來說，沒有什麼比喬裝打扮出門走走更快樂的事。他們去看了日場戲，占滿正廳前排和樓座，好奇異的一個世界，喧鬧混亂，他們讓長氣球狀的裙子絆倒了，他們腳疼，他們扭著嘴巴用乳牙叨緊菸斗，他們的鬍鬚鬢角髒了，這個世界上絕對沒有什麼比孩子更可愛的了。他們走了，這群天真無邪的小孩，他們背著裝滿紙帶的紗布小包，臉頰塗成紅色或白色，戴著海盜眼罩，我們不知道他們是按照自己的意願打扮，還是只是在扮演由成年人設計、選擇和支付服裝租金的角色，這些荷蘭男孩，鄉下人，洗衣婦，水手，法朵歌手，大小姐，女傭，士兵，仙子，軍官，佛朗明哥舞者，雞販，白臉丑角，火車工程師，穿奧華傳統服飾的女孩，童僕，方帽長袍的大學學者，阿威羅的農家姑娘，警察，小丑，木匠，海盜，牛仔，馴獸師，哥薩克騎士，花店老闆，熊，吉普賽人，水手，牧羊人，護士，稍後他們會被拍照，刊登在明日的報紙上。一些戴面具的小孩參觀了報社，為了讓攝影師拍照，將戲服外頭的半截面具拿掉，連扮演神祕的科隆比納的也摘下面具，露出了臉蛋，他們的祖母欣喜若狂地誇耀，那是我的小孫女。她會拿剪刀小心剪下照片，放進她的紀念品收納盒，就是那個小衣箱造型的綠色小盒子，當它掉在岸邊的鵝卵石上時，盒子就裂開了。今天我們笑著，不過總有一天我們會想哭。快入夜了，里卡多．雷伊斯拖著腳步，可能因為疲倦、憂鬱、他所懷疑的高燒。他感到背部突然一股寒意，想叫輛計程車，但是旅館就在附近，我十分鐘後就可以鑽進被窩，晚餐我不吃了，他喃喃自語，就在此刻，從卡莫街那邊走來一行假扮的送葬隊伍，男人全扮成女人，只有四個抬棺人例外，他們抬著棺材，棺材裡躺著一個演屍體的男人，下巴縛住，雙手緊握。既然雨停了，他們就大膽地在街上表演可笑的儀式。啊，我親愛的丈夫，我再也見不到他了，一個纏著黑紗的笨蛋用假音叫道。幾個人扮演小孤兒，噢，親愛的爸爸，我們好想他。他們的密友圍住他們，乞求路人施捨喪葬費用，這個可憐人三天前死了，屍體開始散發出難聞的氣味。這是真的，一定有人開了一瓶硫化氫，屍體通常聞起來不像臭雞蛋，不過這是他們所能找到最接近的東西。里卡多．雷伊斯給了他們幾枚硬幣，反正身上有零錢，他正要繼續走去西亞多區時，遊行隊伍中有個怪人讓他吃了一驚，可是它是最合乎邏輯的人物，那就是死神，因為這是一個葬禮，即使只是一個假葬禮。這個男人穿著緊束的黑色織物，可能是羅紋布，布上畫了從頭到腳的骨頭。奇裝異服的狂熱常常走上極端的路。里卡多．雷伊斯又開始發抖了，但是這一次他知道原因，那會是費爾南多．佩索亞嗎，太荒唐了，他喃喃地說，他絕對不會做這樣的事，即使他很想，他也絕對不會和這樣的下等人在一起。他會，他可能站在鏡子前，這當然是可能的，他這樣打扮就可以看見自己。里卡多．雷伊斯喃喃自語，或者只是在心裡這麼想著，他走近這個人仔細看了看，他和費爾南多．佩索亞同樣身高，同樣身材，只是看起來更瘦，不過可能是因為他穿著貼身的戲服。那傢伙飛快地瞥了他一眼，走到隊伍後面去了。里卡多．雷伊斯追上去，看見他走上聖禮巷，好恐怖的景象，在漸暗的光線中，除了骨頭，什麼都沒有，彷彿那人用磷光顏料塗抹自己，匆匆離去時留下了一條發光的痕跡。他穿過卡莫廣場，轉身跑過陰暗而荒涼的奧利韋拉街，但是里卡多．雷伊斯可以清楚地看到他，不近不遠，一副會走路的骨架，一副他在醫學院研究過的骨架，腳後跟骨，脛骨和腓骨，股骨，髂骨，脊柱，胸腔，像翅膀一樣但無法生長的肩胛骨，支撐頭蓋骨的頸骨，蒼白如月。遇見他的人喊著，嘿，死神，嘿，稻草人，可是戴面具的人既不答話，也不回頭看，他直直向前奔去，兩步做一步爬上了公爵梯街，身手敏捷的傢伙，肯定不是費爾南多．佩索亞，他在英國長大，但是從來不鍛鍊身體。里卡多．雷伊斯也不會，他是耶穌會教出來的，可以原諒。但是那骷髏在樓梯口停了下來，往下看了看，像是讓他有時間趕上來，然後穿過廣場，走進了野火弄。可憐的死神把我帶到什麼地方，而我，我又為什麼要跟著他。然後，他頭一次懷疑那個戴面具的人是否真是男人。可能是女人，亦可能不是女人也不是男人，就是死神。他心想，是男人，因為他瞧見那個身影走進了一家酒館，受到歡呼和掌聲的歡迎，瞧這個戴面具的，瞧瞧死神。他仔細看了看，只見骷髏在吧檯邊喝著酒，頭向後仰著。胸部是平的，不是女人。戴面具的人朝他走來了，里卡多．雷伊斯撤退不及，撒腿就跑，但是對方在街角追上了他。牙齒是真的，牙齦被唾液浸潤，但是聲音不是男人的，是女人的，或者介於兩者之間，告訴我，你這個呆頭呆腦的白癡，你以為你在跟蹤誰呢，你是個怪人嗎，還是急著找死。不，先生，我遠遠看，還以為你是我的朋友，但是根據聲音，我認錯人了。你怎麼知道我不是在假裝呢，聲音現在聽起來完全不一樣了。請原諒我，里卡多·雷伊斯說，戴面具的人這時用酷似費爾南多·佩索亞的嗓音回答說，見鬼去吧，媽的，說完他轉身消失在夜色中。如同丟掃帚的女孩說的，狂歡節就該開心嘛。又下雨了。

他燒了一夜，睡得不好。筋疲力盡躺上床以前，他吞了兩片阿斯匹靈，把體溫計塞在腋下。體溫超過三十七．七度，果然是流行性感冒，他心想。他睡了又醒來，夢見自己在廣闊平原上，沐浴在陽光下，流動的河水在樹叢間蜿蜒，莊嚴隨波漂流的船隻又遙遠又陌生，而他自己也在其中航行，繁衍，分裂，向自己揮手，像一個告別或渴望一次邂逅的人。船隻駛入一個瀉湖或河口，水面平靜不動，在不遠的距離內，可能有十艘船，或者二十艘，甚至更多，沒有帆，也沒有槳，但是水手同時都在說話。他們說著同樣的話語，因而彼此聽不見，最後，船開始下沉，異口同聲的聲音逐漸消失。夢中，里卡多．雷伊斯想抓住這些最後的話語，以為成功了，可是當最後一艘船沉入水底時，那些在水中汩汩作響的不連貫的音節浮上水面。淹沒在水中的話語，鏗鏘有力，卻毫無意義，不是告別，也不是誓言或遺囑，即使是，也再沒有人能聽到。無論睡著還是醒著，他思忖著，假面人真的是費爾南多．佩索亞嗎。他起初判斷是他，然後又為了深刻的理由否決了明顯的答案。下次他們見面時他會問。但是他會得到一個真實的答案嗎。雷伊斯，你肯定不是認真的吧，你能想像我像中世紀那樣扮成死神到處走嗎，一個死掉的人不會蹦蹦跳跳，死人冷靜、謹慎，知道自己的情況，行事小心，他討厭像一具骷髏完全暴露出身體，所以當現身時會像我現在這樣，穿著下葬時的整潔西裝，又或者，當他想嚇人時，他會拿裹屍布裹住自己，而那是我身為一個有教養的高雅人士絕不會做的事，我相信你會同意的。用不著問他，里卡多．雷伊斯嘟囔著。他轉開燈翻開《迷宮之神》，讀了一頁半，這幾段描述兩個正在下棋的人，但是不知道他們是在下棋還是在交談。字母逐漸模糊了，他把書放到一邊。他回到了他在里約熱內盧的公寓，從窗戶看到遠處的飛機在烏爾卡和紅灘上空投下炸彈，巨大的黑色煙圈升起，但是聽不到任何聲響，也許他聾了，或者從來沒有聽覺，因此即使在視力的幫助下，也無法想像手榴彈的轟隆聲、噠噠的槍聲和傷員的呼喊聲。他醒來時渾身是汗。旅館湮沒在深夜的寂靜中，房客睡得香甜，就連西班牙難民也睡了，如果有人猛然喚醒他們，問他們，這裡是哪裡，他們會回答說，是馬德里，這裡是卡塞雷伊斯，舒適的床蒙騙了他們。麗迪雅可能正在樓頂睡覺，有些晚上她下樓來，有些晚上她不下樓，如今他們的會面會事先安排，她半夜到他的房間一定戰戰兢兢。頭幾星期的興奮已經消退了，這是自然的，沒有什麼比激情消退得更快，是的，激情，即使在這樣門不當戶不對的韻事中也有激情的位置。這麼做是聰明的，緩和猜疑，如果有猜疑存在，阻止惡意的流言，如果有流言在流傳，不惜一切代價避免公開的醜聞，但願皮門塔能做的不過是惡意的含沙射影。的確，熱情衰減可能還有其他原因，比如生理上的原因，像是麗迪雅的月事，也就是英國人說的生理期，或者借用一個流行的說法，紅衫軍抵達了海峽，女性身體的灌溉渠排出了殷紅的水流。醒來一回，然後又醒來。寒冷晦暗的光從低掩的百葉窗、玻璃和窗簾透進來，照在沒有完全拉上的沉重窗簾上，若有還無的乳白色光打在光亮的家具表面上。冰冷的房間像灰茫茫的風景明朗了起來，冬眠的動物，謹慎的錫巴雷伊斯人[16]，都很高興，因為沒有誰在睡夢中死去的消息。里卡多．雷伊斯又量一次體溫。仍在發燒，他開始咳嗽，我這一回絕對是染了嚴重的流感。姍姍來遲的白晝如一扇門快速推開似地乍然來到，旅館的低語和城市的低語融合了。星期一，狂歡節，又是一天，里斯本上城的骸骨會在什麼房間或墳墓甦醒，或者仍在睡覺，也許連衣服也沒脫下，穿著戲服就上床了，他也是獨自睡覺，可憐人。任何一個活著的女人，見到這麼瘦骨嶙峋的胳膊在被窩裡摟住自己，即使是她的情人，也會嚇得尖叫跑開，我們一無是處，我們徒勞無功。這幾句詩浮現在腦海，里卡多．雷伊斯低吟，然後心想，我得起床了，感冒或流感只能預防，不必吃藥。但是他繼續打盹。他睜開眼睛又說，我得起床了。他得洗臉刮鬍子，他討厭臉上的白毛，可是時候遠比他以為的要晚了，他沒有看鐘。有人在敲他的門，是麗迪雅給他送早餐來了。他把睡袍披在肩上，半睡半醒走去開門，拖鞋走到一半就掉了。麗迪雅見他還沒洗臉梳頭，一開始以為他肯定很晚才回來，也許去舞廳找女人了。您要我晚一點再來嗎，她問。他踉踉蹌蹌回到床上，突然多了一份渴望，希望像孩子得到照顧呵護。他回答說，我病了，這不是她所問的。她把托盤放在桌上，走到床邊，自然地伸手探了探他的額頭，您發燒了。里卡多．雷伊斯醫師不是白當的，這些不需旁人告訴他，只是聽她這麼一說，他覺得自己好可憐。他把手放在麗迪雅的手上，閉起眼睛，如果只有這麼兩滴眼淚，我是能夠忍住不流下的，他暗暗想著，握著麗迪雅由於勞動而粗糙的手，這隻手全然不同於克蘿伊、涅埃拉和另一個麗迪雅的手，與瑪森妲纖細的手指、修過的指甲與柔軟的掌心相比，也是迥然不同。我得說，是與瑪森妲有生命的那隻手不同，因為她的左手預期著死亡。一定是流行性感冒，不過我要起床了；哦，不，您不能起來，會變成肺炎的；這裡我才是醫師，麗迪雅，我知道該怎麼辦，沒有必要躺在床上裝病號，只要有人去藥局替我拿兩三種藥就行了。您別擔心，我會去的，或者叫皮門塔去，可是您萬萬不可以下床，趕緊吃了早餐，免得冷了，然後我會來整理房間，讓房間透透氣。說著，她讓里卡多·雷伊斯緩緩坐好，調整他的枕頭，端來托盤，給他的咖啡裡倒了些牛奶，加了糖，將烤麵包切成對半，又把果醬遞給他，滿臉洋溢著幸福，一個女人光看著心愛男人躺在痛苦的床榻上，就能感到幸福。她望著他，眼眸閃著光芒，可能是因為擔心和關心，她自己反而看起來像在發燒，這又是一個不同原因造成相同結果之常見現象的例子。里卡多·雷伊斯讓麗迪雅掖好被子，讓麗迪雅的手指細心照顧他，輕輕撫摸他，彷彿她正在給他塗抹聖油，很難說是第一次或者最後一次塗抹。喝完咖啡後，他感到一種美妙的倦意。幫我打開壁櫥，後面右邊有一個黑色箱子，拿過來，謝謝。他從箱子取出一張處方箋，紙頭印著，里卡多·雷伊斯，家庭醫師，里約熱內盧歐維杜爾街。他剛買這本處方箋時，想像不到他會在這麼遙遠的地方使用，這就是人生，動盪不定，或者穩定之中總有驚喜等著。他潦草寫了幾行字，吩咐道，除非有人叫你去，否則你不要去藥局，把處方交給薩爾瓦多先生，一切都聽他的指示。她拿著藥方和托盤走了，不過走前吻了吻他的額頭，太冒失了，不過是一個僕人，一個旅館女傭，你能相信嗎，雖然她沒有其他權利，但也許具有天賦的權利，他不會剝奪這個權利，因為現在是極端的情況。里卡多．雷伊斯淺淺一笑，做了個含糊的手勢，然後轉向牆壁。他立刻又睡著了，不在乎自己蓬亂的灰白頭髮，長出的鬍子，燒了一夜之後又溼又蠟黃的皮膚。一個人就算病得比這更嚴重，也仍然能夠享受他的幸福時刻，無論這幸福是什麼，哪怕只是想像自己是荒島，而今無常的風帶著一隻候鳥飛到了島上。

那天和第二天，里卡多．雷伊斯沒有離開房間。經皮門塔通知，薩爾瓦多去看了他，全體員工祝你早日康復，醫生。彷彿出於某種默契，而非遵循正式的指示，麗迪雅承擔起一個護士的所有功用，她沒有別的資格，只有女人向來具備的條件，更換被褥，小心翼翼疊好床單，端來一杯又一杯的檸檬茶，在指定時間餵病人吃藥或一勺的咳嗽糖漿，以及——不讓旁人得知的不安親密關係——按摩背部，在病患小腿上塗抹芥末膏藥，將壓迫頭胸的溼氣引到下肢，這種膏藥即便無效，也仍是起了某種重要的作用。麗迪雅被委以重任，整日待在二〇一號房間裡，誰也不感到奇怪。只要有人問她在哪裡，回答都是她在醫師那邊。惡意沒有露出毒牙，而是將尖利的爪子留到適當的時候，但是沒有什麼比斜倚在枕上的里卡多．雷伊斯更無辜的了，麗迪雅堅持要他再喝一匙雞湯，他拒絕了，他沒有胃口，而且也想聽她懇求他，這個遊戲對一個身體健康的人來說很荒謬。說實話，里卡多．雷伊斯並沒有病到無法自行進食的地步，但那不關我們的事。他們之間要是偶然有了密切的接觸，比如他把手放在她的胸上，他們也沒有更進一步，或許是因為疾病具有某種的尊嚴，近乎神聖，雖然在這個宗教中，異端並不少見，對教條的褻瀆，過分的自由，好比他採取而她拒絕的那一個；做這件事可能會害了您。讓我們讚美護士的顧慮、情人的克制吧。這些細節我們可以略過，不過還有更重要的細節，比方說，過去兩天裡風雨都加劇了，嚴重影響亂七八糟的懺悔星期二遊行，只是要說這些細節，對於敘述者和讀者都是累人的事。還有與我們的故事無關的外在事件，比方說，去年十二月通報失蹤的男子，其屍體在辛特拉被發現了，確認是路易·烏切達·烏雷納，這是刑事檔案中至今仍未解決的一個謎，因為沒有證人出面，看來我們得等到審判日了，因此我們只能和房客女傭這兩人在一起，至少在他的流感或傷風痊癒以前。然後，里卡多·雷伊斯回到人間，麗迪雅回去勞務，兩人回到夜間擁抱，擁抱的時間是短是長，根據他們的需求和謹慎的必要而定。明天，星期三，瑪森妲要來了。里卡多·雷伊斯沒有忘記，但是他發覺生病削弱了他的想像力，如果這個發現令他驚訝，那也是以同樣心不在焉的方式。畢竟，生活不過就像是不治之症復發，臥床養病，而病痛緩解的片刻——我們必須給它一個名稱，好區分這兩種狀態——我們稱之為健康。一手垂在身側的瑪森妲將來尋找不可能找到的治療方法，隨同的是她的父親，公證人桑帕伊奧，他找到一個情婦的希望大過於治癒女兒的希望。或許正是因為他對痊癒失去了希望，所以將自己的負擔卸在一個胸脯上，這樣的胸脯與里卡多·雷伊斯適才擁抱的胸脯沒有什麼不同，麗迪雅現在不再那麼頑抗了，縱然對藥物一無所知，她也看出醫師的身體好多了。

星期三早上，里卡多·雷伊斯收到一張傳票。鑒於這份文件的重要性，送來的不是他人，而是薩爾瓦多以經理身分送來。它來自國家安全與國防警察局，因為沒有機會，這個機構的全名直到現在才被提及，但是不談論某些事不代表它們不存在，這裡就是一個很好的例子。在瑪森妲抵達的前夕，在這個世界上，似乎沒有什麼東西比得上里卡多·雷伊斯病倒了，麗迪雅正在照顧他，但另一方面，完全沒有人發現有個書記員正在準備傳票，這就是人生，好傢伙，沒有人知道明天會發生什麼。薩爾瓦多表現得很矜持，他不是皺眉，那表情是一種困惑，更像檢查每月餘額時發現總數比自己腦海中計算的少了很多。送來了這張傳票，他說，眼睛盯著傳票收件人，好像懷疑地檢查一列數字，錯在哪裡呢，二十七加五等於三十一，而我們知道它們相加應該是三十二。給我的傳票。里卡多·雷伊斯完全有理由感到驚慌，他唯一的罪，如果那確實是一樁罪，通常是不受法律懲處的罪，也就是夜深人靜時讓一個女人睡在他的床上。使他怔忡不安的，是薩爾瓦多的表情和幾乎發顫的手，而非他還沒拿到手的文件。哪裡發來的。薩爾瓦多沒有回答，某些字眼不可大聲說，只能用低語或手勢傳達，或者如同里卡多·雷伊斯現在在心中默念，國家安全與國防警察局。我該怎麼處理這個呢，他語帶輕蔑漫不經心地問道，又安撫地補充道，一定是搞錯了。他這樣說是為了消除薩爾瓦多的懷疑。我會在這條線上簽字，確認收訖無訛，我會於三月二日上午十點到安東尼奧瑪利亞卡多索大道。離這裡不遠，首先沿著迷迭香街一路走到轉角的教堂，接著右轉，然後再右轉，走到戲院，西亞多露臺戲院，就在用法國國王名字命名的聖路易斯戲院對面，那裡是欣賞舞臺和銀幕藝術的好地方，再往前走幾步就到警察總局，你不會走錯路的。但是說不定就是因為他常走錯路才會被傳喚。薩爾瓦多鄭重退下了，向警察特使遞交傳票已送達的正式保證，里卡多．雷伊斯則是下了床，靠在沙發上，一遍又一遍地閱讀說明，你被傳喚到場問話。可是為什麼呢，你們這些神啊。假使我沒有犯罪，我不借不偷，我也不圖謀不軌，讀了孔布拉推薦的作品《謀反》後，比過去都更反對這種事，我可以聽到瑪里麗亞的話，親愛的爸爸可能會被逮捕，如果這可能發生在一個父親的身上，那麼那些沒有孩子的人又會怎樣呢。旅館上上下下都知道了，二〇一號房間的客人，兩個月前從巴西來的雷伊斯醫師，被警察總局傳喚了。他必然在巴西或這裡幹了什麼壞事；我可不想像他的處境；他們要是放了他，那就有趣了，不過如果是要關到牢裡，警察早就直接跑來逮捕他了。當晚，里卡多．雷伊斯覺得心情鎮定了，早早就下樓用晚餐，他會看到工作人員怎麼看待他的，不過麗迪雅並未表現出這種冷漠懷疑的態度。薩爾瓦多才到一樓，她就衝進房間，他們告訴我，您被國防警察傳喚了。這個可憐的女孩嚇壞了。沒錯，傳票就在這裡，但是別慌，一定是跟我的證件資料有關。希望您是對的，依照我聽說過的情況，那幫人只會給您麻煩，我弟弟跟我說了一些事。我不曉得你還有個弟弟。沒理由告訴您，我從來不會多談論別人。你從來沒有告訴我關於你自己的事；您從來沒有問過；這倒是真的，關於你呢，我只知道你住在旅館，休假時會外出，就我所知，你單身，還沒訂親；這不是最好嗎，麗迪雅反駁，她的這句話令里卡多．雷伊斯覺得揪心。這麼說太老套了，不過正是這句話對他的影響讓他覺得揪心。她可能連自己說了什麼都不知道，只是表達了自己的怨，為什麼要怨呢，好吧，或許怨這個字眼太過強烈了，她或許只是想陳述一個事實，像是宣布，哦，瞧，下雨了，卻道出了小說中那種苦澀的譏諷，先生啊，我只不過是一個女傭，幾乎不識字，所以就算我有自己的生活，那又怎麼可能讓您感到興趣呢。我們把幾個字這樣相乘，加在說出的那句話上，這不是最好嗎，如果這是一場使劍的決鬥，里卡多．雷伊斯已經在流血了。麗迪雅要離開了，這個動作明白顯示了她不是隨便說話。有些話似乎是脫口而出，一時興起，但是只有神知道什麼磨石磨碎了它們，什麼無形的篩子篩選了它們，所以這些話一說出來就如同所羅門的審判。目前，最指望的是沉默，或者對話的兩人中有一個離開，不過人通常會不停地說啊說，直到一度確定無疑無可辯駁的東西完全消失。你弟弟跟你說了什麼，他是做什麼的，里卡多．雷伊斯問。麗迪雅忘記了自己激動的情緒，轉過身來開始解釋，我弟弟在海軍服役。哪個海軍；他在軍艦上，阿方索．德．阿爾布克爾克號；多大年紀；才二十三歲，他叫丹尼爾；我連你姓什麼都不知道；我姓馬丁斯；你從父姓還是母姓；母親的姓，我不曉得我父親的名字，我不認識他；那你弟弟呢；他是我同母異父的弟弟，他爸爸去世了；我瞭解了。丹尼爾告訴過我，他反對現在的政府；別再說了，除非你確信你能信任我；醫師，為什麼我不能信任您。這裡有兩種可能，要麼里卡多．雷伊斯是一個笨拙的劍客，暴露出自己的弱點，不然就是這位麗迪雅是一個擁弓持刀的亞馬遜人。除非我們想考慮第三種可能性，也就是他們兩人不顧自己相對的優劣勢，終於坦誠以對，他坐著，因為正在養病有此權利，她站著，但是社會地位低於他，他們兩人可能會訝於他們有多少話想與對方說，因為這會是一段漫長的談話，一比之下，他們的深夜對談非常簡要，不過是簡單的、原始的肉體囈語。里卡多．雷伊斯得知，他星期一要去報到的警察總局惡名昭彰，它的作為甚至比它的名聲更惡劣，願神保佑落入他們魔掌中的每個人，那個地方等同於酷刑，日夜任何時候都在進行審問。丹尼爾自己沒有經歷過，他只是重述別人告訴他的話，然而，如果一個人相信諺語，明天是嶄新的一天；留得青山在，不怕沒柴燒；沒有人知道將來會發生什麼，神也不會透露祂的意圖，以防我們採取預防措施。還有這一句，祂連自己的命運也無法逃脫，可見祂自己的事情也處理得很糟糕。里卡多．雷伊斯下了結論，所以海軍也有人不滿政權。麗迪雅只是聳了聳肩。這些顛覆性的觀點不是她的，是丹尼爾的，是那個水手、弟弟、男人的，因為潑天大膽的言論一般都是男人說的。女人如果開始知道一些事，那是因為有人對她們說，現在說話要小心，不要去亂跟別人說，來不及了，不過她的本意是好的。

里卡多．雷伊斯在時鐘敲響前就下樓去用晚餐，他並不特別餓，只是突然好奇想知道有沒有其他西班牙人入住，或者瑪森妲與她的父親是否到了。他低聲喊著瑪森妲的名字，仔細觀察自己，好像一個化學家將酸鹼混合後搖動試管。如果不藉助自己的想像力，那是看不出什麼的，產生鹽是意料之中，幾千年來，我們一直在混合著情感、酸鹼、男人和女人。他回想乍見她時那種年輕人般的迷戀，然後說服自己，他是出於憐憫，同情她那叫旁人也難過的虛弱，那隻軟弱無力的手，那張蒼白憂傷的臉。接著是一段在鏡子前的漫長對話，善惡的知識樹，不需要知識，看看就夠了。這些倒影能換來什麼不同尋常的話語呢。然而，除了重複的畫面，重複的嘴唇動作，什麼都沒有。或許鏡子說的是不同的語言，在水晶表面下說出不同的話語，表達出不同的含意，也許在那個難以接近的空間裡手勢只是如影般重複出現，直到最後這一邊說的話也遙不可及，沒了，只有記憶保存的片鱗碎甲，這也就解釋了昨日的想法何以不是今天的想法，它們在途中被拋棄了，在這破碎的記憶之鏡中。里卡多．雷伊斯走下樓梯，感覺雙腿微微發顫。這不足為奇，流感往往有這樣的影響，如果我們以為顫抖是因為他費力思考所造成的，那就表現出對這個主題莫大的無知了。一面下樓一面思考並不容易的，你自己試試，但是留心第四步。

在櫃檯，薩爾瓦多正在接電話，拿鉛筆做筆記，嘴裡說，好好，先生，聽候您的吩咐。他呆板地冷冷一笑，像是為了讓自己顯得全神貫注，或者他那毫不畏縮的目光中流露的是淡漠，如同皮門塔的眼神，他已經忘了慷慨、有時甚至過多的小費。這麼說，您身體好些了，醫生，不過他的目光說的是，我覺得你的生活有些蹊蹺。那些眼睛會持續這樣說，直到里卡多．雷伊斯去了警局回來，如果回得來的話。嫌犯進入了交誼廳，西班牙語的對話比平時更嘈雜，這裡好像馬德里的格蘭大道上的旅館。在停頓時想讓別人聽到的耳語，都是盧西塔尼亞人之間的溫和對話，即使在自己的國土上，我們這個小國的聲音也是膽怯的，為了與邊境另一邊的語言有某種熟悉感——無論是真實的還是假想的——上升成了假音，*Usted, Entonces,*

Muchas gracias, Pero, Vaya, Desta suerre。另一門語言要說得比母語更好，這人才會聲稱自己是真正的葡萄牙人。瑪森妲不在交誼廳，不過桑帕伊奧博士和兩個西班牙人在裡面談話，西班牙人正在解釋西班牙當前的政治事件，活靈活現描述逃離家園的冒險經歷，*Gracias a Dios que vivo a tus pies llego*。里卡多．雷伊斯加入他們，坐到大沙發的一端，離桑帕伊奧博士有一段距離。也好，他並不想參與這種西班牙語混著葡萄牙語的討論，只想知道瑪森妲來了，還是留在孔布拉。桑帕伊奧博士沒有表現出注意到他來了的跡象，嚴肅地點點頭，聽著阿隆索先生說話，等到羅倫佐先生提出若干被遺忘的細節，他更加倍留心，一次也沒有轉頭看看，雖然里卡多．雷伊斯仍舊承受著流感餘波的折磨，咳得又是喘氣又是流淚。里卡多．雷伊斯隨後打開報紙，讀到日本軍官起義，要求對俄宣戰。他今天早晨首次聽到這則新聞，現在更深入瞭解。如果瑪森妲來了，不久便會下來，到時你只好和我說話了，桑帕伊奧博士，無論你是否願意，我急著看看你的眼神是否像皮門塔那樣的不友善，因為薩爾瓦多無疑告訴你警方想找我問話。

時鐘敲了八點，多餘的鑼也響起，幾個客人起身走了。談話平息下來，兩個西班牙人焦急地放下二郎腿，但桑帕伊奧博士挽留他們，安慰他們說，只要他們願意，他們在葡萄牙可以過上平靜的生活，多久都行。葡萄牙是和平綠洲，在這裡政治無關平民百姓，因此生活和諧，你在街上看到的平靜源自人民靈魂中的平靜。然而，這並非西班牙人頭一回聽到親切的歡迎話語，況且語言滋養不了飢餓的肚子，因此他們告辭了，再見，他們的家人還在房間等著他們去叫呢。這時，桑帕伊奧博士才與里卡多．雷伊斯對上眼，喊道，原來你在這裡啊，我沒注意到，近來如何，不過里卡多．雷伊斯清楚意識到，有人正在密切觀察他，不是皮門塔，就是薩爾瓦多，你幾乎無法分辨經理、腳夫和公證人，三人都很可疑。我看到你，不過不想打擾，希望你這一路旅途愉快，你女兒好嗎。沒有更好，也沒有更糟，這是我們共同的十字架。總有一天你會看到你的堅持得到回報，治療需要時間。幾句寒暄以後，他們都安靜下來，桑帕伊奧博士感覺不自在，里卡多．雷伊斯在諷刺他。里卡多．雷伊斯親切地扔了一塊木頭到即將熄滅的餘燼上。對了，我讀了你推薦的那本書；哪本書；講圖謀反叛的那本書，你不記得了嗎；啊，對對，我想你認為那本書不怎麼樣。恰好相反，它支持民族主義，運用了方言，提出有力的論點，巧妙且深入描繪了心理，其中有很多值得敬佩的地方，尤其是對女人慷慨本性的致敬，讀了這本書後，心靈會得到淨化，我非常相信，對許多在葡萄牙的人來說《謀反》像是第二次洗禮，一個全新的約旦。里卡多．雷伊斯假設某人的內心表情改變了，完成了這段頌詞，這番話抵觸了薩爾瓦多私下提到的傳票，桑帕伊奧博士感到坐立不安。哦，他只能回應這麼一聲，竭力抑制恢復他們之間友誼的衝動。他決定，起碼在警方這件事解決以前，要保持冷漠，斷絕關係，我得去瞧瞧我女兒是否準備好下來吃晚餐了，他匆匆走了。里卡多．雷伊斯笑了笑，繼續讀報，決心最後一個進入餐廳。不一會，他聽到瑪森妲的聲音，我們和雷伊斯醫生一塊用餐嗎，她父親說，我們沒有約。如果在玻璃門另一側還有談話的話，接下來的談話可能如下，你看到了，他根本不在裡面，有件事讓我警惕起來，我們最好還是別在公共場合讓人看見在一起。是什麼事，爸爸。國家安全與國防警察局傳喚他，你想像得到嗎，我這句話是私下才說的，這倒也不奇怪，我早覺得有什麼地方不對勁。警察傳喚；對，警察傳喚。她反駁道，但是他不過是一個剛從巴西來的醫生。我們只知道他自稱是醫生，不過他可能是在逃亡；真的嗎，爸爸；你還年輕，缺乏人生歷練，喏，我們就去坐在那對西班牙夫婦旁邊吧，他們看起來很討人喜歡；我想和你單獨在一起，爸爸；所有桌子都坐了人，我們不跟人併桌，就只能等了，我現在想坐下來聽一聽來自西班牙的最新消息；好吧，爸爸。里卡多・雷伊斯改變了心意，決定回房間，讓人把晚餐送上樓。我還是覺得有點虛弱，他解釋說，薩爾瓦多只是點頭表示同意，急於阻止進一步的親密關係。晚飯後，里卡多・雷伊斯寫了幾句詩，如同花壇邊上的石子，命運安置我們，我們留在該處，不過是石頭而已。之後他會看看是否能把這個短句擴展成頌歌，繼續用頌歌這個名字來給一種沒人會唱的形式命名，如果真的能吟唱，會用怎樣的音樂呢，在他們的時代，希臘頌歌聽起來應該是什麼樣的呢。半個鐘頭後，他又寫道，讓我們成就我們自己，我們一無所有，接著，他把紙擱到一邊，喃喃自語，我用不同的文字寫了多少次了。他坐在沙發上，面對著門，寂靜像邪惡的妖精壓在他的肩上，這時候他聽到樓梯傳來輕緩的腳步聲。麗迪雅，這麼早，然而不是麗迪雅。門底出現一張摺起來的白色字條，慢慢地往內移動，接著突然推了進來。里卡多・雷伊斯知道，開門會是一個錯誤。他非常確定是誰寫的字條，所以不急著起身，而是坐在原處，盯著已經半開著的紙條。字條摺得很糟，匆匆對摺，緊張急躁的字跡他是第一次見到。她是怎麼寫的，大概是拿個重物壓著固定紙張，或者用左手當紙鎮，這兩樣東西都不會動，或是借用公證處用來夾文件的彈簧夾。很遺憾沒能見到你，字條上寫道，不過這樣也好。我父親只想和西班牙人在一起。我們一抵達，他們就把你和警察之間的麻煩事告訴了他，他決定不讓人見到他和你在一起。我急著想和你談談，我永遠不會忘記你的幫助。明日三點到三點半之間，我會到聖卡塔琳娜嶺散步，如果你願意的話，我們可以見面聊聊。一個來自孔布拉的年輕女子，在一張祕密的字條中，答應與一位從巴西來的中年醫生見面，他可能在逃亡中，肯定是危險的，一場淒美悲壯的愛情故事即將上演了。

第二天，里卡多・雷伊斯到龐巴爾下城區吃午餐。也許是被店名所吸引，沒有什麼特別原因，他又去了聯合兄弟小館。他沒有兄弟姐妹，也沒有朋友，這樣的渴望困擾著他，尤其是感到脆弱的時候，不只有他的雙腿在流感的餘波中顫抖，如同我們在另一個場合指出的那樣，他的靈魂也在顫抖。天空陰沉沉的，有些冷，里卡多・雷伊斯緩步走上卡莫街，看著櫥窗，離會面的時間還早。他試著回想自己是否遇過這樣的情況，竟然由女人主動安排了會面，某某時間在某某地點見，他想不起類似的經驗，人生充滿著意外。但是最令人驚訝的是，他一點也不緊張，不過既然如此謹慎保密，自然是不緊張的。他有種被困在雲端無法集中思想的感覺，也許他並不真的相信瑪森妲會出現吧。他走進巴西人咖啡館歇腿，喝著咖啡聽男人對話，顯然是一群文人，他們謾罵著某個人或畜生，這樣的白癡，另一個權威的聲音插嘴，我直接從巴黎收到的，沒有人和你爭論，有人說。里卡多・雷伊斯不知道這句話是對誰說的，意思是什麼，也不知道這個人是不是白癡。他走了，兩點四十五分，該走過去了，他穿過廣場，經過一尊詩人的雕像，葡萄牙每一條路都通往賈梅士，隨著觀者的不同，賈梅士也是千變萬化的，活著時，他的手臂隨時準備好戰鬥，他的思想專注於繆斯，而今他的劍插在鞘裡，他的書闔上了，他的眼睛瞎了，兩眼都瞎了，被鴿子和路人漠然的目光所傷。里卡多．雷伊斯走到聖卡塔琳娜嶺，還不到三點。棕櫚樹看起來像被來自海上的微風刺穿，但是堅硬的葉片幾乎沒有顫動。他完全不記得十六年前他去巴西時這裡是否有這些樹。以前這裡肯定沒有這一塊粗鑿的巨石，看起來像岩石露頭，其實是一座紀念碑。如果狂怒的阿達瑪斯托[17]在這裡，那麼好望角離我們不會很遠。巡防艦在下方的河上航行，一艘拖船拉著兩艘駁船，戰艦繫泊在浮標上，船頭對著海峽，這是漲潮的明顯標誌。里卡多．雷伊斯踩著潮溼的碎石小路，腳下是柔軟的泥土，觀景臺上，除了同坐一張長椅的兩個沉默老人以外，別無他人。他們大概相識太久了，已經沒有什麼好說的，也許他們在等著看誰會先死。里卡多．雷伊斯有點冷，翻起雨衣的領子，走近環繞第一個山坡的欄杆。想想看，他們從這條河起航，什麼船，什麼艦隊，什麼艦隊能找到這條路，哪條路，通向哪裡，我問自己。我說啊，雷伊斯，你在等人嗎。尖酸刻薄，是費爾南多．佩索亞的聲音。里卡多．雷伊斯轉向站在身邊的黑衣男人，他白皙的雙手抓著欄杆。我乘著海浪歸來時，心裡並沒有這樣的期盼，但是沒錯，我確實在等人。你的臉色不太好。我染了流感，很嚴重，不過來得快去得也快。這裡並不適合流感剛痊癒的人，你在這裡會吹到海風。不過是河上吹來的微風，不影響我。你在等女人嗎。對，女人。好極了，你顯然放棄了對理想女人的精神抽象概念，把你那空靈的麗迪雅換成了一個能擁入懷中的麗迪雅，我在旅館親眼看到了，而你現在在這裡等另一個女人，都這把年紀了，還扮演唐璜，短時間內有了兩個女人，恭喜，以這種速度，你很快就會有一千零三個。多謝了，我開始發現死人比老人更可惡，他們一開始說話就不懂得何時應該打住。你說得有道理，他們大概是遺憾還有時間時沒有說出口的那些話。我會警惕的。一個人不管說多少，我們大家不管說多少，警惕都是沒用的，我們總會遺漏什麼話。我不會問你是什麼話。非常明智，靠著迴避問題，我們可以繼續自欺，以為總有一天會知道答案。費爾南多，我不希望你見到我正在等待的人。不要發愁，最壞不過是她遠遠看到你在自言自語，誰會在意呢，戀愛中的人都是這樣的。我並沒有在戀愛。啊，很遺憾聽到你這麼說，我告訴你，唐璜至少是真誠的，任性但真誠，而你像沙漠，連一抹影子也沒有。沒有影子的是你。請見諒，我是有影子的，只要我願意，我不能的是從鏡子中看見自己。我現在想到了，你在狂歡節遊行中扮成死神；哦，雷伊斯，你能想像我假扮成死神四處走動，就像中世紀的寓言那樣，一個死掉的人不會蹦蹦跳跳，他痛恨完全露出他的骨架，因此他出現時會和我一樣穿上最稱頭的衣服，也就是下葬時身上的那一套，如果要出來嚇人，他會把自己用裹屍布裹住，不過，你得承認，我這麼一個講究禮貌重視名聲的人，絕對不會縱容自己做出這種低俗的惡作劇。我早就料到你會這麼回答，現在我得請你離開，我等的人走過來了。那位小姐；對；相當漂亮，就我來說，是太瘦了點；我還是頭一回聽到你評論女人，汝鬼祟的色徒；汝狡猾的無賴。再見了，親愛的雷伊斯，我們再次見面以前，我就讓你去追求你的小姐吧，你變成一個叫人失望的人，勾引女傭，追求處子，當你遠觀生活時，我對你的看法好多了。費爾南多，生活總在眼前。好吧，如果這就是生活，歡迎你加入。瑪森妲走到了已經無花的花壇中間，里卡多．雷伊斯上前迎接她。你在自言自語嗎，她問。多少算是，我在朗誦幾句朋友所寫的詩，他幾個月前過世了，你或許聽說過他。他叫什麼名字。費爾南多．佩索亞。名字聽起來耳熟，不過我不記得讀過他的詩。在我的存在和生活之間，在我的外表和真實之間，我睡在斜坡上，一個我不願離去的斜坡。你朗誦的就是這幾句；對；如果我理解正確的話，可能是為我寫的，它非常簡單。不過它需要這個人來寫，所有事情都一樣，無論好壞，總要有人去做，就拿《盧西塔尼亞人之歌》來說，你有沒有想過，如果不是賈梅士，我們就不會有《盧西塔尼亞人之歌》，你有沒有想過，如果不是他們，我們的葡萄牙會是什麼樣子呢。聽起來像文字遊戲，像謎語。如果我們認真考慮，沒有什麼比這件事更重要的了，但是我們來談談你的事吧，你近來可好，手有起色嗎。還是一樣，插在口袋裡，像死了的鳥兒一樣。你千萬別失去希望。我覺得我已經放棄了，總有一天我要去法蒂瑪朝聖，看看信仰是否會拯救我。你有信仰；我是天主教徒；會參加宗教活動嗎；會，我望彌撒，去懺悔，領聖餐，我做好每個好天主教徒應該做的事。你聽起來不是很虔誠；別在意我說的話。里卡多．雷伊斯沒有答話。話一出口，就像門一樣敞開了，我們十之八九會進去，但有時我們在外面等著，期待別的門打開，期待別的話說出來，例如這段話就不錯，我必須請你原諒我父親的行為，西班牙選舉的結果令他不安，他昨天一整天都在和逃出來的人說話。更糟糕的是，薩爾瓦多必須告訴他，雷伊斯醫生收到了警方的傳票。我們彼此幾乎不認識，你父親沒有做什麼需要我原諒的事，那事我猜並不要緊，星期一我就會弄明白，回答他們的問題，然後事情就落幕了。幸好你並沒有為此擔心。沒理由擔心，我和政治沒有任何瓜葛，我在巴西生活了那麼多年，沒有人煩擾過我，在這裡，更沒有理由有人要追迫我，說實話，我甚至不再認為自己是葡萄牙人。上帝保佑，但願一切順利。我們都說上帝保佑，可是這句話沒有意義，因為沒有人能夠解讀上帝的心思，或是猜到祂的旨意，請原諒我的魯莽，我哪有資格說這種話，只是我們出生在這世上，我們看著旁人生活，接著我們自己也開始生活，模仿他人，重複上帝保佑這種陳腔濫調，不知道為什麼或有什麼目的。你這話讓我感到很難過。請原諒我，我今天幫不上你，我忘了身為醫生的義務，我應該感謝你到這裡為你父親的行為道歉。我來，是因為我想見你，想和你談談，明天我們就回孔布拉了，我擔心可能再也沒有機會了。風開始刮得更厲害了，你穿暖和點。別為我擔心，恐怕我選錯見面地點，我應該要記住你還在養病。只是流感，也許根本不是流感，受了風寒而已。我再到里斯本會是一個月以後的事了，我們無法知道星期一會發生什麼。我告訴過你，那不重要。即使這樣，我還是想知道；這很不容易辦到；你為何不寫信給我呢，我把我的地址留給你，不不，更理想的做法是，你把信寄到郵局候領，信送來時，我父親可能在家裡。披著祕密外衣從里斯本寄來的神祕信件，值得這麼麻煩嗎。別拿我開玩笑，等了整整一個月才有消息，我會很痛苦的，我要的不多，一個字就夠。好，如果你沒有收到信，那就表示我被關進了黑暗的地牢，或是鎖在王國最高的塔樓，你必須救出我。但願不會，不過現在我必須離開你了，我父親和我約好要去看專家。瑪森妲用右手從口袋裡抽出左手，然後毫無理由伸出兩隻手，只用右手就能和他握手，但現在她兩隻手都握在里卡多．雷伊斯的手中。幾個老人在一旁看著，看不明白。今晚我會在餐廳，不過我只會遠遠地向你父親點頭，不會讓他在從西班牙來的新朋友面前難堪。我正要請你這個忙；我不應該接近他；你應該在樓下吃飯，這樣我可以見到你；瑪森妲，你為什麼想見到我；為什麼，我不知道。她走開了，走上坡，在山頂停了下來，把左手放在口袋裡舒服一些，然後繼續往前走，沒有回頭。里卡多．雷伊斯注意到一艘即將駛入海峽的輪船，不是他有時間去熟悉的高地旅號。兩個老人閒聊。他都能做她父親了，其中一個說；他們肯定是有一腿，另一個回答，我不明白的是，那個穿黑衣的傢伙為什麼一直在這裡閒晃；什麼傢伙；靠在欄杆上的那個；我沒看見誰；你需要戴眼鏡了；你還醉了呢。這兩個老人老是這樣，他們聊天，爭吵，然後分開坐，接著忘了他們的爭吵，又坐在一塊。里卡多．雷伊斯離開了欄杆，繞過花圃，沿著來時路走下去。他往左邊一看，恰巧看見一棟房子，上層刻有銘文。一陣風吹動了棕櫚樹。老人站了起來。然後，聖卡塔琳娜嶺上沒有了人。

16 Sybarite，一座古希臘城邦的住民，以驕奢淫逸著名。

17 Adamastor，詩人賈梅士在《盧西塔尼亞人之歌》創造的神話人物，是好望角的化身，象徵葡萄牙人在大航海時代所戰勝的大自然力量。

說大自然對於人類的憂慮苦難漠不關心的人，對人類和大自然的認識非常少。遺憾，無論多麼短暫，頭痛，無論多麼輕微，都會立即擾亂星子的軌道，改變潮汐的漲落，干擾月亮的上昇，破壞大氣中的氣流和起伏的雲層。如果到了最後一刻，結帳的錢還少了一分，風勢會猛烈起來，天空也變得沉重，整個大自然都同情這個苦惱的欠債人。懷疑論者以懷疑一切為己任，不管有沒有證據，他們會說這個理論沒有根據，胡說八道，但是持續數月、甚至數年之久的惡劣天氣還能有什麼其他解釋呢，因為總是有大風暴雨洪水降臨，關於我國人民的情況已經說得夠多了，從他們的不幸遭遇，我們找出了難以控制大自然力量的充分理由。我們是否需要提醒你，阿倫德如的居民憤慨不平，萊布桑和法特拉爆發了天花，或是瓦爾邦出現傷寒病例，而住在波多市米拉加亞區一棟三層建築的那兩百人呢，沒有電，在原始的條件下生活，每早醒來大喊大叫，婦女排隊倒夜壺，其餘的我們就留給您自己去想像，想像力應該多加利用。因此，也難怪天氣發動了這場颶風，樹木連根拔起，屋頂掀開，電線杆倒地。里卡多·雷伊斯正在前往警察總局的路上，他心焦如火，緊抓帽子，以免讓風給吹走了。要是雨勢將與風勢強度成正比，那就求上帝幫助我們吧。風打南方吹來，在我們走在迷迭香街時，吹著我們的背部，這是比聖人祝福更好的祝福，因為聖人只能在我們下坡時幫助我們。我們差不多擬好了路程，在化身教堂轉彎，六十步後到下一個拐角，不可能走錯。風又吹來了，這一次從前頭吹來，大概就是他放緩腳步的原因，除非是因為他的腳拒絕走上那條路。但是他有約在身，而且這個男人非常守時，還不到十點鐘，人已經在門口。他拿出他們送來的文件，請你到場，於是他來了，把帽子拿在手上，雖然聽起來有些荒謬，他因為避開了風而舒了一口氣。他們要他上二樓，他往樓上走，把傳票像一盞燈似地拿在前頭，少了它，他不知道該把腳擱在什麼地方。這張文件是一句無法解讀的宣判，他是被送到劊子手面前的文盲，帶著一條信息，砍掉我的頭。文盲也可以唱歌，因為榮耀的曙光已經顯現了。大自然也是不識字的。當斧頭將他的頭顱和軀幹分開時，星星將會墜落，太遲了。里卡多・雷伊斯坐到長板凳上，他被告知在此等待，他感到失落，因為他們拿走傳票。他和其他人坐在一塊等著。如果這裡是診所，他們一邊等待，會一邊閒聊，我的肺不好；我的肝出了問題，或者可能是我的腎臟，但是沒人知道這些人究竟是什麼病痛，他們靜靜坐著。如果他們開口，他們會說，我突然感覺好多了，我現在可以走了嗎。蠢問題，因為我們都曉得，治療牙痛最好的方法是在牙醫叫你的時候走進門。半個鐘頭過去了，里卡多・雷伊斯還在等著叫到他。門開開關關，聽得到電話鈴聲，兩個男人待在附近，其中一個大笑，說那人不知道自己會發生什麼事，然後他們消失在一張簾子後頭。他們說的是我嗎，里卡多・雷伊斯問自己，心揪緊了。至少我們應該弄清楚指控什麼。他伸手從背心口袋掏出錶，想看看他等了多久，不過這個動作停在半空中，他絕對不能露出不耐煩的樣子。終於，一個男人輕輕掀起簾子，向他點頭示意，里卡多．雷伊斯衝上去，然後停下腳步，尊嚴的本能將他拉住了，如果尊嚴和本能有關係的話。不要急，這是他唯一可以表現出拒絕的方式，儘管只是佯裝拒絕。他跟在發出洋蔥味的人後頭，穿過一條長廊，兩側的門都緊閉著。到了盡頭，帶路人輕輕敲了敲一扇門，把門打開。坐在桌旁的男人告訴帶路人，在這裡等著，可能用得到你，然後轉向里卡多．雷伊斯，指著一把椅子說，坐。里卡多．雷伊斯照著話做了，心中非常惱怒，也十分沮喪，他們這樣做只是為了嚇唬我，他心想。桌子後方的人接過傳票，慢慢讀了起來，像是從未見過這樣的文件，接著小心地將它放在綠色吸墨紙上，緊緊地瞧著他，一副為了避免出錯而做最後檢查的模樣。煩請出示你的身分證件，他的開場白，煩請二字減少了里卡多．雷伊斯的緊張。果然，人只要有禮就能大有作為。千真萬確。里卡多．雷伊斯從錢包掏出身分證，在椅子上微微起身遞過去，結果帽子掉在地上，他覺得自己可笑，又緊張了起來。那人一行一行讀著身分證，把照片和面前男人的長相比較了一下，做了些筆記，然後同樣一絲不苟把證件放在傳票旁的文件夾。瘋子，里卡多．雷伊斯心中暗忖，可是嘴上說，我是一個醫生，兩個月前從里約熱內盧來。你一直住在布拉干薩旅館，那人問。對，長官。你搭哪條船來的。英國皇家郵政航運的高地旅號，十二月二十九日在里斯本上岸。你是一個人來的呢，還是有旅伴；一個人；你結婚了嗎；沒有，先生，我沒結婚，我想知道為什麼把我叫到這裡來，為什麼警察要盤問我，我萬萬沒有想到。你在巴西居住了多少年。我是一九一九年去的，為什麼這麼問。你只管回答我的問題，其餘的交給我，這樣我們就能相處得很好。好，長官。你移民到巴西有什麼特殊的原因嗎；我決定移民，就這樣；醫師通常不會移民；我就移民了；為什麼，你在這裡找不到病人嗎；我病人很多，但我想去巴西，到那裡工作，就這樣。而現在你回來了；對，回來了。如果你不是回來行醫，是回來做什麼。你怎麼知道我沒有行醫。我知道。目前我還沒有開業，但我正在打算開個診所，再一次扎根，畢竟，這裡是我的祖國。換句話說，離開十六年之後，你突然想念祖國了。的確是這樣，不過我實在不明白這樣盤問的目的。這不是盤問，你的陳述，你看，根本沒有記錄下來。那我為什麼在這裡。有一位葡萄牙醫生，他在巴西過著不錯的生活，十六年後他回來了，在一家旅館住了兩個月，沒有工作，我很想見見他這人。我說了，我打算繼續當醫生；哪裡；我還沒有開始找地方，這是一個重要的決定。我還想問一下，你在里約熱內盧或巴西其他地方認識很多人嗎。我不大出遠門，朋友都住在里約熱內盧；什麼朋友；我的私人生活是我自己的事，我沒有義務回答這些問題，否則我要堅持我的律師在場。你有律師；沒有，但是沒有什麼能阻止我聘請一位。律師不許進入這裡，除此之外，醫師，你並沒有被指控犯下任何罪行，我們只是聊幾句。但這不是我的選擇，而且這些隨意向我提出的問題顯示這不是一次友好的交談。回到我的問題上，你的這些朋友是誰。我拒絕回答。雷伊斯醫生，如果我是你，我會更加配合，你最好回答這個問題，以免出現不必要的麻煩。葡萄牙人，巴西人，來問診結果變成朋友的人，你不認識他們，我告訴你名字沒有意義。你這就錯了，我知道許多名字；我不會告訴你名字；那麼好吧，如果有必要的話，我還有別的辦法可以查出來；隨你的便。你的那些朋友中有軍人或政客嗎；我沒有在這樣的圈子裡走動。沒有人隸屬軍隊或從事政治。我不能保證這些人沒有找我看診過。但是你沒有和這些人交朋友。確實沒有；一個也沒有；沒錯。上次革命發生的時候，你在里約熱內盧；對。一場革命陰謀曝光後，你就立刻返回葡萄牙，你不覺得這很巧嗎。就像西班牙大選後，發現我住的旅館滿滿都是難民一樣巧。哦，所以你想說你是從巴西逃出來的；我不是那個意思；你拿自己的情況與來到葡萄牙的西班牙人相比；只是為了說明巧合沒有任何意義，我跟你說了，我渴望再次看到我的祖國。你不是因為恐懼所以回來。恐懼什麼。例如，被那裡的當局追捕。革命前後都沒有人追捕我。這種事有時需要時間，我們也是等到你回來兩個月後才傳喚你。我還是想知道原因。告訴我另一件事，如果叛軍成功了，你會留在巴西嗎。我已經告訴過你，我回來的原因與政治或革命無關，而且那不是我在巴西期間唯一的一場革命。回答得好，但是革命一場接一場，原因未必相同。我是一個醫生，我不知道也不想知道革命的任何事情，我感興趣的只有照顧病人。顯然近來沒那麼感興趣了。我很快就會再次行醫。當你住在巴西的時候，你是不是和當局之間有了麻煩；我是一個性情平和的人。而在葡萄牙，你回來以後，重新連絡了什麼朋友嗎。十六年的時間足以忘記和被忘記。你還沒回答我的問題；我在這裡沒有朋友。你有沒有考慮成為巴西公民；從來沒有。你覺得葡萄牙和你當年離開時相比變化很大嗎；我無法回答這個問題，我沒離開過里斯本一步。那里斯本呢，你覺得變了嗎；十六年帶來很多變化。你沒有發現街上變得平靜了；我注意到了。國家獨裁讓國家運轉起來；我不懷疑這一點；還有愛國主義，為共同利益而奮鬥的意願，為了國家利益，犧牲再大也不為過。葡萄牙人很幸運。你很幸運，你也是我們的一分子。我不會拒絕我應得的福利，我知道有替窮人組織的施食處。醫師，你肯定不窮；說不定有一天我窮了；但願不會；謝謝你的關心，但若真如此，我會回巴西。葡萄牙幾乎不可能發生革命，上一次發生在兩年前，參與的人下場慘烈。我不知道你在說什麼，我都告訴你了，沒有什麼好補充的了。沒其他問題了。我能走了嗎；可以，你的身分證；嘿，維克多，請你送醫生到門口好嗎。維克多走過來說，跟我來，他的口氣散發著洋蔥味。里卡多．雷伊斯暗忖，難以置信，一大早就這麼難聞，這人是吃洋蔥當早餐嗎。到了走廊，維克多告訴他，我看得出來你惹到我們的副局長，幸虧他心情很好；惹到他，什麼意思；你拒絕回答他的問題，拐彎抹角，這是很嚴重的錯誤，幸好我們副局長對醫生這一行很尊重。我還是不明白為什麼要我來這裡。你不用明白，快朝天空舉起你的雙手，感謝上蒼，一切結束了。但願就此結束。這事誰也不知道，好了，到了，嘿，安圖內斯，這位好醫師可以走了，再見，醫生，如果你還需要什麼，你知道在哪裡可以找到我，我叫維克多。里卡多．雷伊斯用指尖碰碰這位嚮導伸出的手，擔心會聞到洋蔥的味道，他聞了會噁心。但是他沒有聞到，風迎面打在臉龐，吹得他渾身發抖，驅散了噁心感，他發現自己站在大街上，不知道是怎麼走到這裡，而身後的門已經關上了。里卡多．雷伊斯走到化身街的拐轉前會下起傾盆大雨。明天的報紙將報導下了大雨，輕描淡寫如洪不止的降雨。行人全躲在門廊下，如淋溼的狗一樣打哆嗦。在聖路易斯戲院旁邊的人行道上只有一個人，顯然是約會遲到了，和里卡多·雷伊斯一樣面帶憂慮，這解釋了頭頂上這場雨的原因。大自然也許會用其他方式來表示她與人類休戚與共，好比說，發動一場地震，把維克多和副局長埋在廢墟中。讓他們腐爛，直到洋蔥味消散，直到他們只剩下乾乾淨淨的骨頭。

里卡多·雷伊斯走進旅館，帽子像簷槽滴水一樣淌著水珠，雨衣溼透了，人看起來像滴水獸，怪人一個，有失醫生應有的尊嚴，面對薩爾瓦多和皮門塔時，他也失去了詩人的尊嚴，因為下雨時，天公無私，雨水落在每一個人的身上。他到櫃檯拿鑰匙。怎麼，醫生，你全身溼透了，經理叫道，但是可疑的語氣透露出了他的想法，你究竟是什麼情況，警察怎麼對付你的。或者是更為誇張的念頭，我沒料到你能這麼快就回來了。如果我們用不正式的你來直呼上帝，即使是用大寫的你，那麼有什麼能阻止我們對一個被懷疑過去和未來從事顛覆活動的旅館客人這般放肆呢。里卡多·雷伊斯只是嘀咕了一句，好一場大雨，就衝上樓去，水滴在樓梯地毯上。麗迪雅能夠一個腳印一個腳印跟隨著他的足跡，斷枝，踏過的草叢，不過我們是在做白日夢，說得好像身在某座森林中，這裡其實是通往二〇一號房的旅館走廊。那麼，怎麼樣呢，她會問，他們虐待您嗎。當然沒有，里卡多·雷伊斯會回答說，怎麼會這麼想，沒事，警察很文明，很有禮貌，他們還請你坐下。但是他們為什麼要您去呢。看樣子在國外待了幾年後回國就有這樣的例行檢查，好確保一切正常，看看這人是否需要幫助。您在開玩笑吧，我弟弟不是這麼跟我說的。沒錯，我在開玩笑，不過別擔心，沒事，他們只是想知道我為什麼從巴西回來，我在那裡做什麼，我打算在這裡做什麼。他們有權利問這些事嗎。我的印象是他們可以問任何他們想問的問題，你走吧，午餐前我必須換身衣服。到了餐廳，領班阿方索——他的名字是阿方索——把他領到餐桌前，與他保持比傳統和禮儀要求還多半步的距離，不過拉蒙近幾日也始終保持著距離，匆匆跑去侍候傳染力較弱的客人，慢條斯理舀湯，醫師，這湯真香，死人都能喚醒。他是對的，見識過那股洋蔥味後，所有東西聞起來都是香噴噴的。里卡多．雷伊斯心中尋思，應該要有一項研究，研究我們在特定時刻以及會為了誰散發出什麼氣味，薩爾瓦多覺得我的氣味難聞，拉蒙現在覺得還可以忍受，至於麗迪雅，她那糟糕的嗅覺讓她以為我身上擦了玫瑰。走進餐廳時，他與羅倫佐先生、阿隆索先生互相問候過了，也與卡米洛先生打過招呼，卡米洛三天前才到，不過他保持著冷淡的禮貌。對於西班牙情況的瞭解，里卡多．雷伊斯都是在客人晚餐交談時無意中聽到的，不然就是從報紙上看來的。異見的溫床，共產主義者、無政府主義者和工會主義者發起的宣傳浪潮正滲透到工人階級，甚至動搖了陸軍和海軍。我們現在可以理解里卡多．雷伊斯何以被國家安全與國防警察局傳喚了。他嘗試回想問話的副局長的長相，卻只能想到左手小指戴著黑石戒指，隱約是一張蒼白的圓臉，像沒有烤熟的小圓麵包。眼睛他看不清，也許那人沒有眼睛，也許他是同一個瞎子說話。薩爾瓦多低調出現在門口，要確定一切井然有序，尤其旅館如今國際化了，在快速檢查過程中，他的眼睛與里卡多．雷伊斯的眼睛對上了。他從遠處微微一哂，這是一種外交姿態，他想知道在警局發生了什麼。羅倫佐先生為阿隆索先生朗讀巴黎發行的法語報《日報》，他讀的一篇報導將葡萄牙政府首腦奧利韋拉．薩拉查描述為一個精力充沛的謙謙君子，他的遠見和判斷力為他的國家帶來了繁榮和民族自豪。這正是我們在西班牙所需要的，卡米洛先生說道，舉起了他的紅酒，朝里卡多．雷伊斯的方向點了點頭，雷伊斯以同樣方式點頭表達感激，不過他很克制，銘記著馳名的安魯傑巴羅達之役，葡萄牙以寡擊眾，打敗西班牙軍隊。薩爾瓦多滿意了，心安了，走了，稍晚或者也許明天，里卡多．雷伊斯醫生會告訴他在安東尼奧瑪利亞卡多索大道上發生的事，他如果拒絕說出或刻意隱瞞某些事實，薩爾瓦多還有其他辦法，他有個熟人在那裡工作，他叫維克多。如果消息讓人放心，如果里卡多．雷伊斯無可疑之處，幸福將會再臨，薩爾瓦多只需要機智婉轉地警告他，他與麗迪雅往來需要謹慎，為了旅館的聲譽，醫生，至少要保護我們的好名聲，這是他要告訴他的。如果想到了二〇一號房空出來獲利更多，我們就會讚許薩爾瓦多的寬宏大量，因為那間房足以容納來自塞維亞的一大家子，一個西班牙貴族，比如阿爾巴公爵，一想到這裡，我就激動得發抖。午餐後，里卡多．雷伊斯對著仍在享用塞拉乳酪的移民點點頭，向薩爾瓦多揮揮手，回自己的房間去了，留下飽受期待折磨的薩爾瓦多，他的眼睛溼潤了，好像一頭乞求骨頭的狗。里卡多．雷伊斯急於寫張短箋，寄去孔布拉讓瑪森妲到郵局領件。

外頭下著雨，雨聲震耳欲聾，彷彿全世界都在下雨，當地球轉動時，雨水在空中發出低沉的聲響，就像在一顆旋轉陀螺上。雨聲瀟瀟颯颯，充斥我心，我的靈魂是無形的曲線，被無情吹過的風牽動，奔放的馬兒在自由中歡欣鼓舞，馬蹄噠噠穿過門窗，裡面的紗簾輕輕搖擺。在高大家具的包圍下，一個人寫著信，將荒謬寫成了邏輯，把語無倫次寫成了清晰可讀，將軟弱變成力量，屈辱變成尊嚴，畏懼變成勇敢，因為我們想成為的人和我們已經成為的人同樣都有價值。啊，我們在被要求解釋時如果能展現勇氣就好了。知道了這一點，等於走完了一半的路，知道了這一點，我們會在正確時刻找到勇氣走完另一半。里卡多．雷伊斯猶豫了，不知該採用什麼稱呼。寫信是最危險的事，文字不容寡斷，親疏都會強化信函所表達的語氣，而你最終得到的是一段虛構的關係。許多不幸的愛慕正是以這種方式開始的。里卡多．雷伊斯壓根不考慮以賢慧的女士或可敬的小姐來稱呼瑪森妲，他沒那麼注重禮節，只是他排除了這些由於傳統而顯得淡漠的稱呼方式之後，他只剩下瀕於親密的詞彙。比如說，我的親愛的瑪森妲。為什麼是他的，為什麼是親愛的。的確，他也可以寫瑪森妲小姐，但是寫小姐很荒唐。他撕了好幾張紙後，發現稱呼她的名字就好，這是我們應該用來稱呼每個人的方法，就是因為如此我們才有名字。瑪森妲，我依諾寫信告知你我的消息。他停筆思考，然後又繼續，構詞造句，填補空白，如果他沒有說真話，或者不全是真話，他也是說了一個事實，重要的是，這封信會讓寫信人和收信人幸福，雙方在信中都發現了自己的理想形象。在警察總局沒有正式的審訊，沒有什麼能在法庭上指控他的東西，一如副局長好心地澄清，他只是被叫去隨便聊聊。的確，維克多目睹了一切，但是他已經不記得細節了，明天記得的會更少，維克多心裡還有其他更重要的事。這件事沒其他證人了，只有里卡多．雷伊斯所寫的這封信，而這封信可能很快就沒了，這絕對是有可能的，因為某些文件不該保存。或許有其他消息曝光，但是那些消息會受到懷疑，即使逼真，也是杜撰的，在沒有任何確鑿證據的情況下，我們發現自己只得虛構一個事實，一場對話，一個維克多，一個副局長，一個潮溼颳風的早晨，一個富有同情心的大自然，全是假的，同時卻又是真的。最後，里卡多．雷伊斯禮貌地問候她，祝她身體健康，一句可以原諒的陳詞濫調，猶豫半晌後，他在信末又附了一筆，告訴她，她下回來里斯本時可能找不到他了，因為他開始覺得旅館生活單調無趣，叫人生厭。他必須有個自己的地方，開一家診所，是時候看看我的新根能扎得多深，所有的根。他打算在最後幾字下面劃線，不過最後決定讓它們保持原樣，又明晰又曖昧。當我得以離開旅館時，我會寫信給你，寄到孔布拉的同一地址。他把信又讀了一遍，摺起信紙，封妥信封，藏在他的書中。他明日寄出，今天，在這場風暴中，有屋頂的人是有福的，就算只是布拉干薩旅館的屋頂。里卡多．雷伊斯走到窗前，拉開窗簾，可是雨水一大片一大片傾瀉，看不清什麼，之後根本什麼都看不見了，他的氣息模糊了玻璃。在百葉窗的保護下，他推開窗戶。索德雷碼頭淹水了，賣菸草烈酒的售貨亭成了島嶼，世界從它的碼頭脫離，漂流遠去。對街酒館的門洞躲著兩個抽菸的男人。他們喝了酒，現在慢吞吞地捲著菸，同時討論著某個形而上的問題，甚至是討論讓他們無法繼續生活的雨。他們隨即消失在酒館的黑暗中，如果就是得耗著，不如利用這個機會再喝一杯吧。一個光頭黑衣男子走到門口，凝視著天空，也消失了。里卡多．雷伊斯關了窗，也關了燈，疲憊地躺在沙發上，在膝上鋪了條毯子。他像蛹裡的蠶聆聽雨的悲鳴。他無法入睡，睜大眼睛躺著，你獨處，無人知曉，保持沉默假裝吧，他喃喃唸著以前寫的句子，他看不起這段話，因為它沒有表達出孤獨，只是說了出來。沉默和假裝，也不是它們說的，我的朋友啊，獨處，遠遠不是一個詞或一個聲音能說出來的事。

那日下午晚些時候，他下樓到一樓，給薩爾瓦多一個渴望多時的機會，他遲早會被迫提起這一話題，所以不如由他來選擇時間地點，不不，薩爾瓦多先生，一切都非常順利，他們彬彬有禮。那個問題提出時，措辭非常婉轉，那麼，醫生，告訴我，你今天早上怎麼樣，他們給你帶來麻煩嗎。不不，薩爾瓦多先生，一切都非常順利，他們彬彬有禮，他們要的只是關於葡萄牙駐里約熱內盧領事館的一些資料，我應該從那裡收到一份簽了字的文件，純粹的官僚作風，沒有別的。薩爾瓦多似乎滿意了，只是仍然心存疑慮，對於一個閱歷豐富的人，尤其在旅館工作的人，這是意料之中的事。明日他要把這件事弄個水落石出，問一問他的熟人維克多，我該清楚住在我旅館的人，而維克多會警告他，薩爾瓦多，我的朋友，留心那個傢伙，審訊結束後，副局長說，這個雷伊斯醫生不是表面那個樣子，我們必須監視他，沒有，我們目前還沒有明確的懷疑，就是一種印象。看著他，他收到任何信件就通知我們；到目前為止，一封信也沒有；這也很奇怪，我們得去一趟郵局，看看有沒有什麼給他的信件，還有熟人，他有熟人嗎；在旅館沒有；如果你發現什麼可疑的，就告訴我。這段私密談話之後，旅館的氣氛將再次緊張起來，每個員工都將隨著薩爾瓦多的步槍目標調整他或她的準星，這種持續的警惕也可以叫做監視。連性情溫和的拉蒙也冷淡了，菲利佩嘀嘀咕咕，當然有個例外，大家都知道，就是麗迪雅，可憐的東西。她愁眉苦臉走來走去，而且皮門塔今天還猛然大笑說，我們還沒有見到這個故事的結局呢，這也合情合理，那個惡毒的傢伙。請告訴我發生了什麼事，她說，我一個字也不告訴任何人。里卡多・雷伊斯告訴她，只是一堆無聊的廢話，揑造的人除了插手別人事務之外無事可做。或許是一堆無聊的廢話，但是它可能將一個人的生活變成一場噩夢。別擔心，我離開旅館後，閒話就會立刻打住。您要走了嗎，您沒有告訴我。我遲早要走的，我從來沒有打算在這裡度過我的餘生。那我就再也見不到您了，麗迪雅把頭靠在他肩上，掉下了一滴淚，他感覺到了。好了，別哭，人生就是這樣，有相逢，有分別，總有一天你會結婚的。呸，結婚，我都過了那個歲數了，但是您呢，您去哪裡。我要找個地方，我會找到合適的。如果您願意的話；如果我願意什麼；我休假時過去陪您，我的生活也沒別的了。麗迪雅，你為什麼喜歡我。我不知道，大概就是因為我說的，我的生活也沒別的了。你有母親，你有弟弟，在這之前你一定和男人好過，毫無疑問會再遇到其他的男人，你長得漂亮，總有一天會結婚，組織一個家庭。也許吧，可是現在您是我的一切。你是一個可愛的女孩；您還沒有回答我的問題；什麼問題；有了自己的住處後，您要我休假時過去陪您嗎；你願意嗎；我當然願意；那麼你一定要來，除非到時。除非到時您找到一個和你地位相同的人。我不是想說這個。發生這種事時，您只要對我說，麗迪雅，我不想你再來了。有時我覺得我真的不瞭解你。我是一個旅館女傭。但是你的名字是麗迪雅，你說的話令人費解。當一個人開始說心裡話時，就像我現在把頭靠在你的肩上一樣，說的話就不同了。我希望你有一天能給自己找到一個好丈夫。這樣很好，只是當我聽到其他女人說她們有好丈夫時，我就覺得很奇怪。你認為他們不是好丈夫；對我來說不是；在你看來，什麼才是好丈夫；我不知道；你很難討好。不是這樣的，在這裡沒有未來可言，我很滿意現在的生活。我永遠是你的朋友。我們不知道明天會發生什麼。你永遠是我的朋友。誰，我嗎，那是另一回事。你解釋一下；我不能，如果我能，我就能解釋所有的事；你能解釋的比你想像的要多；別傻了，我沒受過教育；你能讀能寫；可是不是很拿手，我認得的字沒有幾個，寫字肯定會寫錯。里卡多．雷伊斯把她拉到身邊，她抱住他，談話逐漸把他們帶到一種近乎於痛苦的莫名情感，因此他們接下來做的事做得極其謹慎輕柔，我們都知是什麼事。

接下來幾天，里卡多．雷伊斯著手尋找住處。他每天一早就出門，入夜才回來，中餐和晚餐都在外頭吃。《新聞日報》的分類廣告是他的袖珍指南，不過他沒有走得太遠，郊區的住宅區不符合他的需要，也不迎合他的喜好。例如，他討厭住在莫拉蘇亞雷伊斯的奎昂加英雄街附近，那裡一套公寓有五六個房間，房租低廉，一個月從一百六十五到二百四十埃斯庫多，但是離龐巴爾下城區太遠，而且沒有河景。他要找附家具的房子，否則還得去挑選家具、床單、碗碟，身邊又沒有女人給他出主意，因為誰也無法想像麗迪雅——那可憐的女孩——跟著里卡多．雷伊斯醫生進進出出百貨公司，告訴他要買什麼。至於瑪森妲，即使她在這裡，她的父親也允許，這種講求實際經驗的事，她又懂什麼呢，她唯一熟悉的房子是她的房子，其實也不是她的，因為嚴格來說，我的指的是我自己和為我自己創造的東西。里卡多·雷伊斯只認識這兩個女人，沒別人了。費爾南多·佩索亞叫他唐璜，有點誇張。要離開這家旅館到底是不容易的。每個生命都建立了自己的關係，每個生命皆有自己的惰性，任何一個從外觀察的人都無法理解，被觀察的那個人也同樣理解不了。總之，且讓我們滿足於自己對他人的丁點瞭解，他們會感激，甚至開口表達感謝。但是薩爾瓦多並不滿足。這位旅館客人長時間外出，與他先前的作息規律不同，他可緊張了。薩爾瓦多甚至考慮和維克多談一談，不過某種不安讓他在最後一刻改變了主意，如果他捲入了某個情況，如果處理不當，他可能會受到牽連，或更糟。他對里卡多·雷伊斯益發殷勤起來，這態度讓旅館員工不安，他們不再清楚該如何表現。請原諒這些平淡的細節，但是它們也有其重要性。

這就是生活的矛盾。就在最近，報導說路易·卡洛斯·普列斯特斯被逮捕了。但願警方不要來詢問里卡多·雷伊斯他在巴西時是否認識普列斯特斯，或者普列斯特斯是否曾為他的患者。就在最近，德國公然違反《洛迦諾公約》，在無止盡的威脅之後，終究是占領了萊茵蘭。就在最近，聖克拉拉有座泉源正式啟用，當地居民興奮不已，他們以前只能從消防泵取得用水，儀式非常可愛，兩個天真的孩子，一男一女，在熱烈的掌聲和歡呼中，裝滿了兩大罐水。就在最近，里斯本出現一個大名鼎鼎的羅馬尼亞人，他叫馬諾伊萊斯奇，他到達時宣布，目前在葡萄牙傳播的新教義吸引我越過邊界，我以一個恭敬的門徒、以一個歡喜的信徒身分而來。就在最近，邱吉爾發表了演講，說德國是當今歐洲唯一不懼戰爭的國家。就在最近，西班牙的法西斯派長槍黨遭到了取締，頭號人物何塞·安東尼奧·普里莫·德里維拉入獄。就在最近，齊克果的《人類的絕望》出版了。就在最近，電影《柏桑波》在蒂沃利戲院首映，描繪白人為了消滅原始種族激烈好戰精神所做的崇高努力。而里卡多·雷伊斯日復一日尋找住處，其他什麼也沒做。他心灰意冷，近乎絕望，他快速瀏覽報紙，報紙什麼都告訴了他，就是沒有把他想知道的告訴他，報紙告訴他，韋尼澤洛斯過世了，奧丁斯·貝登古說，國際主義者不可能是一名士兵，更不用說是一名葡萄牙人了，昨日下雨，紅衫軍在西班牙有增無減，他用七點五埃斯庫多可以買到《一個葡萄牙修女的來信》，報紙不能告訴他，他在哪裡能夠找到他急需的房子。雖然薩爾瓦多關懷備至，他仍舊急於逃離布拉干薩旅館叫人窒息的氣氛，尤其是他現在知道他不會因為離去而失去麗迪雅。她做了承諾，保證我們非常熟悉的欲望得到滿足。里卡多·雷伊斯似乎已經忘記了費爾南多·佩索亞，詩人的形象已褪色了，如同暴曬在日光下的照片，或者失去顏色的塑膠葬禮花圈。詩人親口警告過他，九個月，也許連九個月都不到，他不再出現，或許他心情不好，或許生氣了，或許他現在真的死了，他無法逃避他的情況的義務。我們只能推測，畢竟我們對死後的人生毫無所知，里卡多·雷伊斯有機會時忘了問他，而活著的人就是這樣自私無情。日子一天天過去，單調而晦暗。有消息指稱，里巴特茹又有暴風雨來襲，洪水捲走牲畜，民舍塌陷到泥裡，玉米田淹沒。在河濱沼澤的廣闊水面上，只見如峰巒疊嶂的垂柳，七歪八扭的楞木白楊殘幹，高高的枝條殘繞著漂浮的灌木與連根拔起的春草。當水終於退去，人們會說，看，水漲到了這裡，但是沒人會信了。里卡多．雷伊斯既非這些災難的受災戶，也不是見證人，他閱讀報紙報導，細看照片。標題寫道，悲劇場面，他思索命運持續不斷的殘酷，它能用許多方式把我們從這個世界上帶走，卻反常地偏好選擇鐵、火與無盡的洪水。我們發現里卡多．雷伊斯靠在旅館交誼廳的沙發上，享受煤油暖爐的溫暖和舒適的氣氛。如果不是我們擁有看透人心的天賦，永遠不會知道襲擊他的沉痛念頭，他那在五十多公里、八十公里外的同胞正在受苦受難。我在這裡，沉思命運的殘酷和諸神的冷漠，因為這是同一件事，同時聽到薩爾瓦多叫皮門塔去小亭子買份西班牙報紙，還有確定無疑是麗迪雅爬上二樓的腳步聲。我心煩意亂，又拿起了分類廣告，我目前念茲在茲的事，吉屋出租，我小心翼翼用食指順著列表往下看，非常緊張，不想讓薩爾瓦多撞見。我突然停了下來；吉屋出租，附帶家具，聖卡塔琳娜街，需押金。我眼前看到了那棟樓，和洪災照片一樣清清楚楚，樓上刻著銘文，就是我和瑪森妲見面那日下午注意到的樓房，我怎麼忘得了，我現在就過去，但是我必須冷靜，別流露出興奮，舉止保持自然。《新聞日報》讀完了，我現在小心把它摺起來，放回它原本的位置，不像有人到處亂丟報紙。我站起身，對薩爾瓦多說，我去散散步，雨停了，如果被追問，我還能怎麼解釋呢。里卡多．雷伊斯猛然發現，他與旅館的關係，或者說與薩爾瓦多的關係，是一種從屬關係。他看著鏡中的自己，又一次看到一個耶穌會學生，一個為了紀律而反抗紀律的人。但是現在更糟，因為他根本無法鼓起勇氣說，薩爾瓦多，我要出門去看間公寓，如果我覺得那裡合適，我就要搬出旅館，我受夠了你和皮門塔，受夠了你們所有的人，當然，除了麗迪雅，她在這裡委屈了。他沒有這樣說，只說了一句待會見，幾乎像是在請求准許離開。怯懦不只在戰場上或著面對一把刀尖指著內臟的小刀時才會表現。有些人的勇氣像果凍一樣容易動搖，並非他們的錯，他們生來如此。

幾分鐘的時間，里卡多．雷伊斯就到了聖卡塔琳娜嶺。那兩個老人又坐在同一張長椅凝視著河。聽到腳步聲，他們轉過身來，一個對另一個說，是三個星期以前來過這裡的那個人。另一個人說，你是指帶了個小姐來的那人，因為雖然有許多男女到過這裡，有的是路過，有的是停下來看看風景，老人非常清楚他們是在說誰。以為人會隨著年齡增長而記憶變差，以為老年人只會保留遙遠的記憶，當高漲的洪水退去時，記憶就像淹沒的樹葉逐漸浮出水面——這都是錯誤的想法。有一種可怕的記憶是伴隨著年老而來，是對最後日子的記憶，是對世界、對生命的最後影像。到了那一邊的人說，我走時就是那樣的情景，誰知道它是否會永遠那樣呢，這兩個老人也會這麼說，不過今天的情景不是他們最後見到的情象。里卡多．雷伊斯見到一張通知釘在建築大門，看房請洽仲介。地址在龐巴爾下城區，還有時間。他一路跑到卡利亞里什街，攔了計程車，然後在一個胖紳士的陪伴下回來，沒錯，先生，我就是仲介，他帶了鑰匙來。他們上樓，就是那間公寓了，非常寬敞，可以住一大家子，深色桃花心木家具，大床，高櫃，配備齊全的餐廳，邊櫃，餐具櫃，收納銀器或瓷器都好，看您用的是什麼，伸縮桌，書房鑲著楓木板，桌面鋪著綠色的粗呢，好像撞球桌，一個角磨損了，廚房，浴室，雖然簡陋，但也足夠了。每件家具都光禿禿空蕩蕩，沒有任何器皿、盤碟或裝飾，沒有床單和毛巾，前任房客是一個守寡的老太太，搬去和孩子住，帶走所有的東西，附帶出租的家具就只有眼前看到的。里卡多．雷伊斯走到一扇窗戶前，沒有窗簾，看得到廣場上的棕櫚、阿達瑪斯托雕像、坐在長椅上的老人，更遠的地方，在泥土污染的河上，軍艦船頭轉向了陸地。看著它們，無法判斷是漲潮還是退潮。如果我們在這裡多待片刻，我們就會知道了。租金多少，家具押金多少，慎重交涉了至多半個鐘頭，他們就達成了協議。仲介確信他是在與一位有身分的紳士打交道，先生，如果你明天願意到我辦公室的話，我們就能簽訂合約，這是你的鑰匙，醫師，公寓是你的了。里卡多．雷伊斯謝謝了他，堅持付超過尋常比例的押金。仲介當場開立收據，坐到桌前，拿出有著精緻枝葉圖案的鋼筆。房間闃寂無聲，只聽到筆尖刮擦紙張的聲音和仲介的呼吸，他喘著粗氣，顯然有氣喘，好了，請收下，不，不，請別費心，我自己搭計程車，我想你會想待一會，感受一下你的新家，我完全理解，人對自己的家會產生依戀，先前住在這裡的女人，那個可憐的老太太，離開的那一天淚流滿面，傷心極了，不過我們常常迫於環境、病痛、喪偶、必須要做的事，我們無能為力，那麼，我明天在辦公室等候你。如今，只剩里卡多．雷伊斯一人了，他拿著鑰匙，又巡了一遍房間，什麼也沒想，只是看看，然後走到窗口。船頭轉向上游，代表要退潮了。老人仍舊坐在長椅上。

當天晚上，里卡多．雷伊斯告訴麗迪雅他租下了一間公寓。她哭了幾聲，埋怨不能再時時刻刻看著他，這是她激動之下說的誇張之語，因為她本來就不能時時刻刻都看著他，他們一塊過夜時，怕有人偷窺，燈是關著的，白天，麗迪雅閃著他，或者客客氣氣和他說話，伺機等待報復的惡意目擊者津津有味看著這一幕。他安慰她，別哭，你休假日我們就能見面，不會有人打擾，如果你願意來的話，一個不需要回答的問題。我當然願意去，我跟您說過了，您打算什麼時候搬去公寓。一準備好就去，已經有幾樣家具了，就是少了寢具、廚房用品，一開始不需要太多東西，幾條毛巾、床單、毯子，其餘的慢慢再補。那個地方如果有陣子沒人住，那就需要打掃，我去掃吧。這是個什麼主意，我可以在附近請個女人。我不允許，您可以信賴我，又何必去找別人。你是個好女孩；呸，我就是我。這是一種不容答覆的說法。我們每個人都應該知道自己是誰，自希臘人和羅馬人的時代以來，認識你自己這件事情自然不乏忠告，因此我們欽佩這位麗迪雅，她似乎沒有絲毫的懷疑。

次日，里卡多．雷伊斯出門買了兩套床單和大大小小的毛巾。很幸運，瓦斯水電沒有被各自的公司切斷，可用前房客的名義保留帳戶，仲介也這麼建議，他同意了。他還買了一些搪瓷或鋁製的鍋壺，一只咖啡壺，杯碟，餐巾，還有咖啡、茶和糖，早餐可能需要的東西都買了。午餐和晚餐他會出去吃。他很享受這趟小小的購物之旅，他想起在里約熱內盧的第一天，在沒有任何幫助的情況下，他也做了同樣的事。在往返商店之間的空閒時間，他給瑪森妲寫了一封短函，把新地址告訴了她，說來巧極了，就在他們會面地點附近。這個浩瀚的世界就是這樣，人如動物，有自己的領地，每個人有自己的院子或雞舍，自己的蜘蛛網，這個比喻堪稱一絕。一隻蜘蛛結了一張遠至波多的網，另一張網遠至里約熱內盧，不過這些只是支撐架、參考點和繫泊柱，蜘蛛蒼蠅是在網中央上演牠們的命運。下午晚些時候，里卡多．雷伊斯坐上計程車，到各個商店取貨，然後買了一些糕點和蜜漬水果，零零總總的餅乾、茶葉、消化餅乾和竹芋粉。他回聖卡塔琳娜街，到達時，兩個老人正往下走，準備返回附近的家。里卡多．雷伊斯把計程車上的包裹拎上樓，來回走了三趟，老人駐足看著，見三樓的公寓燈亮起了，他們說，瞧，露易莎夫人以前的公寓有人住了。直到新房客出現在窗口看到他們時，他們才走開。他們懷著又緊張又興奮的心情走遠了，這種情況時而發生，倒也不錯，打破單調的生活，令人感到愉快。我們以為到了路的盡頭，但是這不過是通往新的地平線和新的奇景的彎道。從沒有窗簾的窗戶，里卡多．雷伊斯望著開闊的河。為了看得更清楚，他關了燈。灰濛濛的光像花粉一樣從天而降，愈降愈黯然。往返卡西利亞的渡船已經點了燈，在汙水上沿著軍艦和拋錨的駁船穿梭。最後一艘巡防艦快藏在屋頂輪廓的後方，就要靠岸了。這幅景象讓人想起了孩童的畫。夜如此淒涼，一種想哭的願望從靈魂深處湧起。他將頭靠在玻璃上，他對著光滑冰冷的表面呼吸，一團凝結的雲霧使他與世隔絕了，他看著阿達瑪斯托扭曲強硬的輪廓漸漸消失。里卡多·雷伊斯出門時天已黑了。他到皮帶商街用餐，餐廳的夾層天花板很低，在一群孤零零的人之間孤零零。他們是誰，他們過著怎樣的生活，什麼把他們帶到這個地方來，嚼鱈魚、烤狗鱈、牛排和馬鈴薯，幾乎人人都喝紅酒。他們的餐桌禮儀不如外表來得合乎常規，他們用餐刀敲杯呼喚侍者，一顆牙一顆牙地剔著，像用鉗子一樣以拇指食指摳出一些頑固的纖維，暢快極了。他們打起飽嗝，鬆開腰帶，解開背心，從肩膀拉下褲子背帶。里卡多·雷伊斯在肚裡尋思，從現在起，我的每一餐就是這樣了，餐具噹啷噹啷作響，侍者對著廚房大喊，來一碗湯，用餐者低沉的聲音，昏暗的燈光，冰冷的盤子上凝固的油脂，旁邊的桌子還沒有清理乾淨，桌布上有酒漬、麵包屑與還在燃燒的菸屁股。啊，在布拉干薩旅館的生活是多麼不同，即使它不是第一流的。里卡多·雷伊斯突然覺得，少了拉蒙有種失落感，不過他明天會再見到他，今天才星期四，他星期六搬離旅館。但是他知道這種牽記的時刻往往一閃即過，全是習慣問題，你失去一個習慣，又養出另一個習慣。他到里斯本還不到三個月，里約熱內盧已經像是迢遠的記憶了，說不定是另一個人生的記憶，不是他的，是無數人生中的一個記憶。沒錯，此時此刻，另一個里卡多·雷伊斯可能正在波多用晚餐，或在里約熱內盧吃午餐，如果不是在更遠的地方的話。這一整日沒下過雨，所以他能夠平靜地採買東西。現在，他在返回旅館的路上，回去後他要通知薩爾瓦多他星期六就要離開了，就這麼說吧，我星期六要走了，可是他覺得自己好像父親不給家裡鑰匙的青少年，未經許可，就擅自拿走了鑰匙，相信行動一旦付諸實踐就會有了力量。

薩爾瓦多還在櫃檯，不過他告訴皮門塔，最後一位客人離開餐廳後，他就可以回家了，他的妻子得了流感，臥病在床。得了時令水果，[18]皮門塔用放肆的語調打趣道，因為他們認識多年了。薩爾瓦多吼著回答，我不可能生病，這是一句占語，可以有幾種解釋。可能是一個身體健康者的抱怨，也可能是對於邪惡力量的警告，要是經理病倒了，這間旅館的損失可就大了。里卡多·雷伊斯回來了，道了聲晚上好，想了一下是否應該把薩爾瓦多叫到一邊，然後判斷這麼神神祕祕非常可笑，比方，低語說，薩爾瓦多先生，我也是不願意的，但是你也知道這種事，情況變了，生活仍舊繼續，重點是我決定離開你的好旅館，我找到了屬於我自己的地方，請勿生氣，我希望我們能繼續當朋友。突然，他察覺自己滿頭大汗，好像又回到了跪在懺悔室裡的耶穌會學生。我撒謊，我嫉妒，我有不潔的想法，我自瀆。薩爾瓦多在櫃檯回應他的問候，轉身從鉤子取下鑰匙。在薩爾瓦多讓他亂了陣腳或說錯話以前，里卡多·雷伊斯必須馬上說出這段獲得自由的話。薩爾瓦多先生，能幫我準備一下帳單嗎，我星期六要退房。他用一本正經的語氣說話，一說完便懊悔了，因為薩爾瓦多拿著鑰匙站在那裡，一副又受傷又吃驚的模樣，如同遭到了背叛。不該如此對待一個證明自己是忠心耿耿的朋友的旅館經理。我們應當把他叫到一邊說，薩爾瓦多，我也是不願意的，但是我們並沒有這麼做，有的房客忘恩負義，這個房客尤甚，他到這裡尋求庇護，縱使與一個女傭發生了關係，還是受到良好的關照，換作其他經理，早要他們兩個滾蛋或報警了。我應當聽從維克多的警告，可是我讓情感控制了理性，人人都利用我的善良，不過我發誓，這是最後一次了。如果和時鐘的標記一樣，每分每秒都是相等的，我們未必有時間解釋其中發生了什麼以及它們所包含的物質，不過很幸運，對我們來說，最重大的事件往往發生在拉長的幾秒鐘與拖延的幾分鐘，如此一來，我們得以詳盡討論細節，不會過度違反戲劇三一律中最微妙的準則，也就是時間本身。薩爾瓦多躊躇地把鑰匙遞給他，擺出莊嚴的表情，以嚴肅如父的語氣對他說，醫生，希望你在這裡期間對一切都很滿意。這句謙虛話措辭專業，潛在的嘲諷意味十足，可能被誤解為暗指麗迪雅，不過事實並非如此，薩爾瓦多此刻只是想要表達他的失望和受傷的感情。樣樣都很滿意，薩爾瓦多先生，里卡多．雷伊斯熱情地向他保證，只是我找到了公寓，我決定在里斯本定居下來，男人需要一個屬於他自己的地方。噢，那好，如果公寓在里斯本，一定是吧，或許我可以讓皮門塔幫你搬行李。沒錯，在里斯本，不過我自己能夠處理，非常謝謝，我會雇腳夫。由於經理慷慨提供服務，皮門塔對雷伊斯醫生要搬去哪裡感到好奇，也察覺了老闆的興趣，自告奮勇堅持說，醫生，我能幫您提箱子，何必雇腳夫呢。謝謝你的好意，皮門塔，不過找腳夫很簡單，為了避免他們堅持下去，里卡多．雷伊斯提前發表了簡要的告別演說，薩爾瓦多先生，我向你保證，我會帶走在你的旅館中最快樂的記憶，你們服務一流，我感覺像在家一樣舒服，得到最好的關懷和照顧，我想向全體員工表達我深深的感謝，謝謝你們在我回到祖國葡萄牙後給予我的熱情和愛護，我現在打算要住下了，我向你們所有人表示衷心的感謝。不是所有員工都在場，可是這不重要。里卡多・雷伊斯說話時非常難為情，他發現自己的話肯定會招引聽眾的諷刺，他們一聽到關懷和照顧，就會想到了麗迪雅。為什麼話語經常利用我們，我們看見它們赫然逼近，彷彿抗拒不了的萬丈深淵，但是避不了，最後說出口的恰好就是不願說的那句話。薩爾瓦多回答了幾句，其實沒有必要，他只需要說招待里卡多・雷伊斯醫師是他們莫大的光榮，我們只是在履行職責，我代表全體員工說我們將會想念你的，是不是這樣，皮門塔。這個出乎意料的問題打破了當時的嚴肅氣氛，他似乎在請求別人附和，效果卻恰恰相反，一個眨眼，一絲惡意的表情，你明白我的意思，里卡多・雷伊斯明白，他向他們道了聲晚安，就上樓回自己房間去，同時確信他們正在背後議論他，而且已經提到了麗迪雅的名字。他沒有料到談話是這樣繼續下去，你必須查出他雇用的腳夫的名字，我要知道他搬到哪裡去。

時鐘有一些時間是如此的空洞，指針宛然朝著無限延伸，上晝拖拖拉拉，下午永無止境，而夜猶如永恆。里卡多・雷伊斯就是如此度過了在旅館的最後一日。在某種無意識顧慮的促動下，他決定隨時讓人看見他。他或許是不想顯得忘恩負義或冷漠無情。拉蒙把湯舀到他的盤子時，表示知道他要走了，那麼說來，醫生，您要離開我們了，唯獨謙卑僕人才懂得傳遞話語中深切的悲傷。而麗迪雅的名字從未離開薩爾瓦多的嘴唇，他有事叫她，沒事也叫她，吩咐她做一件事，接著吩咐她做相反的事，他盯著她的每一個動作表情眼神，尋找難過的跡象，在一個即將被拋棄也自知要被拋棄的女人身上，眼淚是十分自然的。可是他從來沒有見過她這樣平靜安詳的樣子，讓人以為並沒有罪過壓迫她的良心，她沒有肉體上的弱點，也沒有恣意賣淫。薩爾瓦多怪自己，沒有在他懷疑這種悖德行為的那一刻，或是謠言從廚房和儲藏室開始傳出，後來成為眾所皆知之事時，就施以懲罰。如今太遲了，房客要走了，再來毀謗沒有意義，特別是當他的良心告訴他，他自己也並非完全沒有過錯的時候，他知道發生了什麼事，卻什麼也沒說，他是同謀。我只是為他感到難過，他從巴西來，來自荒野，沒有任何家人等待他，所以我待他如同親人。薩爾瓦多用這種想法安慰了自己三四次，然後大聲說，二〇一號房空出來後，給我徹底打掃乾淨，房間要留給一個格拉納達來的名門望族。麗迪雅收到吩咐後走開了，他盯著她的臀部曲線。直到今天為止，他都是一個模範的經理，正直，從不將工作和享樂混為一談，但是現在他有一筆帳要算，要麼她同意，要麼她就流落街頭去。我們相信這種憤怒到此為止，大多數人會在最後一刻失去勇氣。

星期六午餐後，里卡多．雷伊斯去了西亞多區，在那裡雇了兩名年輕的腳夫，他不想讓他們如儀仗隊尾隨他走在迷迭香街上，所以吩咐他們某某時候再到旅館來。他在自己的房裡等著，有種偏離了航向的感覺，看到繫泊纜繩從高地旅號降到里約熱內盧的碼頭時，他也有過同樣的感受。他獨自坐在沙發上，麗迪雅不露面，他們已經說好了。走廊傳來一陣沉重的腳步聲，宣告腳夫到了，皮門塔也來了。這回皮門塔無須出力，頂多做出他第一次提起這個大行李箱時里卡多．雷伊斯和薩爾瓦多的姿勢，一隻手在下面幫忙，下樓時提醒要小心，一句忠告，對搬運行李的行家來說，這都是不必要的。里卡多．雷伊斯跟薩爾瓦多道別，留給員工一筆豐厚的小費，你看怎樣滴合就怎麼分吧。經理感謝他。一些碰巧在場的客人對在旅館搭建起的美好友誼露出贊許的微笑，西班牙人見了這樣的善意也深受感動。這也難怪他們會想到自己分裂的國土，這些都是半島的矛盾。下樓到了街上，皮門塔已經問了腳夫要把行李搬到哪裡去，但那位先生什麼也沒說，一個認為不會太遠，另一個人不太肯定。但是不必擔心，皮門塔認識這兩個人，其中一人甚至在旅館做過事，經常能看到他們在西亞多區附近閒逛。他想弄清祕密真相時，不會有太多的麻煩。里卡多・雷伊斯告訴他，我給你留了一點表示感謝的小禮物，皮門塔回答說，真是太感謝了，醫生，無論何時需要幫助，都包在我身上。空話虛語，一個法國人說過，人被賦予語言，以掩藏內心思想，這句話說得很對，但是我們不應草率做出判斷，能夠肯定的是，語言是我們在試圖表達我們稱之為思想的過程中所能期待的最佳工具，只是我們時常感到挫折。兩個腳夫現在知道必須把箱子送到哪裡，皮門塔一離開，里卡多・雷伊斯就告訴了他們，他們沿著街道動身了。他們走人行道，人行道坑坑窪窪較少。對於習於用槓桿繩索搬運鋼琴和其他大怪物的人來說，這個擔子並不沉重。里卡多・雷伊斯走在最前頭，離得很遠，不會給人覺得他是這支探險隊的領隊，但也不至於讓兩個腳夫感到沒有人陪伴。不同階級之間的接觸是最微妙的事了。社會和諧是一個涉及機智、手腕和心理的難題，這三點是否與個人情感完全一致，是我們已放棄設法解決的問題。走到半路，一列電車沿路駛來，車上擠滿了金髮粉紅膚色的人，是德國遊客，德國勞工陣線的工人，腳夫只得挪到一側，也趁此機會放下擔子喘一口氣。他們幾乎都穿著巴伐利亞服裝，齊膝短褲，襯衫，肩帶，窄邊小帽。幾節電車是開放的，好像有輪子的籠，雨水可以隨意滴落進去，條紋帆布篷提供不了保護。這些雅利安工人會怎麼談論我們的葡萄牙文明，這些特權民族的子孫對現在停步看著他們經過的鄉下人會作何感想呢。看看那個穿淺色雨衣的黑髮紳士，還有那兩個沒刮鬍子、穿得像流浪漢的人，把東西扛回肩上，又開始往上走了。最後一節電車過去了，如果有人有耐心數一數，總共是二十三節，開往貝倫塔和熱羅尼莫斯修道院，還有里斯本的其他地標，比如阿爾熱什、達芬多和克魯斯克布拉達。

無疑是因為扛著重擔，腳夫低著頭，穿過了矗立著史詩詩人雕像的廣場。里卡多．雷伊斯現在跟在後頭，雙手插在口袋，為自己的輕裝出行感到難為情。他竟然沒有從巴西帶隻黃鸚鵡來，這或許也好，因為他沒有勇氣讓這樣愚蠢的東西站在樹枝上，帶牠走過這些街道，路人嘲笑說，黃鸚鵡，把爪子給我吧，也許他們發揮了葡萄牙人的典型機智，指的是乘電車路過的金髮德國人。在這條路的盡頭，可以看到聖卡塔琳娜嶺的棕櫚在對面海岸群山中間。厚重的雲層如同窗口的豐腴女人，這一比喻會讓認為雲幾乎不存在的詩人里卡多．雷伊斯不屑地聳聳肩。蓬鬆的雲，疾馳的雲，那麼潔白常見，下雨了，那就是阿波羅藏起了他的臉。我公寓的大門在這裡，鑰匙拿去，樓梯在那邊，三樓二號就是我要住的地方。我們走到時，沒有一扇窗戶打開，沒有一道門半開半掩，似乎里斯本最沒有好奇心的居民都住在這棟樓，還是他們正從窺視孔窺探著，瞳孔閃閃爍爍。現在我們進去了，兩個小箱子進去了，大箱子進去了，付了談妥的工錢、預期的小費。一股刺鼻的汗味。老闆，你不管什麼時候需要幫助，我們都隨時待命。他們總是說得情真意摯，里卡多·雷伊斯相信他們，可是沒有應話。人讀過了書，就學會了懷疑，尤其因為諸神是如此反覆無常。唯一可以肯定的是——他們是靠知識判斷，而我們是由經驗得知——一切都將結束，而且結束總是來得最快。腳夫走了，里卡多·雷伊斯關上通向樓梯的門。然後，他沒開燈，繞了公寓一圈，腳步在空蕩蕩的地板發出迴響。家具是空的，散發著老舊防蠹丸的氣味，幾個抽屜裡還鋪著磨損的紙巾，角落堆積著毛絮，靠近廚房浴室的水管傳出強烈的氣味，因為貯水箱幾乎沒水了。里卡多·雷伊斯轉開水龍頭，沖了幾次馬桶。公寓充滿了聲響，水流聲，水管振動聲，水錶輕敲似的聲音，接著又漸漸恢復了寂靜。房子後方有個院子，晾著洗好的衣物，幾小畦灰沉沉的菜地，水槽，大水泥缸，狗屋，兔棚，雞舍。里卡多·雷伊斯看著，思考著一個語言型態的難題，兔有棚，雞有舍，而不是兔有舍，雞有棚。他回到公寓前頭，透過髒兮兮的臥室窗戶，望向空蕩蕩的街道。阿達瑪斯托站立在那裡，在陰沉的雲層映襯下顯得面色鐵青，一個在寂靜中怒吼的巨人。有些人在看船，不時抬起頭來，像是期待下雨，那兩個老人又坐在同一條長椅聊得忘我。里卡多·雷伊斯微微一笑，很好，他們非常專心，完全沒有注意到有人搬行李來了。他向來不愛開玩笑，卻覺得有趣，好像對他們兩人開了一個無害的玩笑，一個善意的遊戲。他仍然穿著雨衣，彷彿只是順道過來看看——如同一句諷刺的諺語，來看醫師——快速查看他可能有一天會居住的地方，他終於大聲地說，像說出一個絕不能忘記的口信，我住在這裡，這是我住的地方，這是我的家，我沒有其他的家，突然，他感到恐懼，那恐懼就像是發現自己在一個極深的洞穴裡，推開一扇門，門卻通向更深的黑洞，或者通向空白、虛無、泡影，一條通往不存在的道路。他脫了雨衣和外套，發現公寓很冷。他打開箱子，像做著另一個人生做過的動作一樣，有條不紊將衣鞋、文件、書籍和所有小物品拿出來，所有這些小物品，無論重要與否，我們都帶著它們從一個住所到另一個住所，如同交織出蠶繭的蠶絲。他找到睡袍穿上。好了，他是一個在自己家裡的男人了。他打開從天花板垂下的燈，缺一個燈罩，鬱金香型的，球形的，錐形的，哪種都行，只要能夠消除刺眼的強光就好。他全神貫注收拾東西，起初沒有注意到開始下雨了，但是一陣狂風吹得雨水敲打著窗玻璃。這麼壞的天氣。他走到窗前。老人像是光吸引來的暗色昆蟲，站在對街的人行道上，一高一矮，各自撐著傘，仰著頭像螳螂一樣。這一次，他們沒有讓出現的那張臉給嚇倒。直到雨變大了，他們才繼續沿著街道前進。他們回到家後，如果他們有妻子，妻子會責罵他們，全溼透了，瞧瞧你，會染上肺炎的，然後我還得費事照顧你，老人會告訴她們，有人住進了露易莎夫人的公寓了，一個看來是獨居的男人，除了他，沒看到其他人影；想想看，這麼大一間屋子給單身漢住，浪費了這麼好的空間。你可能會問，這些好女人是怎麼知道公寓很大的。誰知道呢，也許露易莎夫人住在那裡時，她們去那裡打掃過。這個階層的女人，如果丈夫掙的工資很低，或把一部分錢拿去喝酒嫖妓，那麼女人就要抓住機會掙錢。可憐的做妻子的只好去刷樓梯洗衣服，有的甚至專攻這兩項，就刷樓梯或洗衣服而已，因此成了行家。她們有她們的妙招，為自己洗出的潔白床單、用石碳酸皂擦淨的樓梯而得意洋洋，那床單做祭壇桌布都行，潑到門階上的果醬，你可以放一百二十顆心去舔。不過這個題外話扯遠了。此刻，天空烏雲沉沉，黑夜即將降臨。老人站在人行道朝上頭望的時候，好像沐浴在日光之下，不過那只是因為他們八天沒刮鬍，白鬍子蓄長了。即使今天是星期天，他們也不會坐上理髮師的椅子，或者使用自己的剃刀，可是到了明天，倘若天氣轉晴，他們會把臉刮得乾乾淨淨，皮膚全是皺紋和明礬。我們說他們的頭髮白了，指的只有下面，因為上面除了耳朵上幾撮不像樣的頭髮，什麼也沒有。言歸正傳吧。他們站在人行道上時，雖然光線迅速減弱，天還沒黑呢，倒是雨勢越來越大，所以觀察了三樓的房客後，他們就開始走下山坡，一路走著，天色也漸漸暗了，走到街角時，夜幕已經到來。好在街燈都亮了，往窗玻璃投下珍珠色的光。不得不說，這些街燈完全不像未來的街燈，當電力仙女帶著魔法棒來到聖卡塔琳娜嶺一帶時，所有街燈是同時燦爛亮起。今日，我們得等人來點燈，一盞點完再點一盞。點燈人用引柴的尖端打開燈室門，以鉤子轉動煤氣閥門，聖艾爾摩之子就這樣一路往前走，在城市街道留下走過的痕跡。一個攜帶光明的男人，他是留下星光璀璨軌跡的哈雷彗星，這也就是諸神從高處俯瞰普羅米修斯時的景象。而這隻特殊的螢火蟲被命名為安東尼奧。里卡多·雷伊斯看著窗外的雨，貼在玻璃上的額頭感到一陣寒意。點燈人出現了，每盞燈於是都有了光芒與光環。蒼白的光輝籠罩阿達瑪斯托的肩膀，他碩大的背肌閃閃發光，也許是天上落下的水，也許是痛苦的汗水，因為忒提斯嘲笑他說，山水之中哪有仙女能夠給予滿足得了一個巨人的愛呢。現在他知道那些許諾的財富的值多少錢了。里斯本不過是微吟的淵默。

里卡多．雷伊斯回到家務瑣事上，一件件收拾好西裝襯衫手帕襪子，像運用一組難以處理的詩韻，絞盡腦汁寫著薩福詩。他剛吊起的領帶需要一套顏色相襯的西裝，他得去買。原屬於露易莎夫人的床墊，當然不是很多年前她失去童貞的地方，卻是她流血生下最後一個孩子的地方，也是她親愛的丈夫——一個高等法院的法官——受苦離世的地方，在這張床墊上，里卡多．雷伊斯鋪上仍舊有新味的床單，兩條羊毛毯，一個灰白的床罩。他把枕頭和羊毛靠枕塞進枕頭套，盡了全力，也跟所有男人同樣笨拙。麗迪雅終究會出現，也許就在明天，用她那雙有魔法的手——有魔法，因為那是一雙女人的手——收拾這場混亂，收拾這亂七八糟的無奈悲傷。里卡多．雷伊斯把行李箱搬到廚房，將毛巾掛在冰冷的浴室，盥洗用品收到小壁櫃，櫃子有一股明顯的黴味。我們已經知道了，他是一個注重外表的人，這是一個關於個人自尊的問題。現在剩下要做的，是把他的書擺到書房裡那些變形的黑色架上，文件收到搖搖晃晃的黑色寫字檯的抽屜裡。好了，他感覺在家一樣了，他找到自己的方位，羅盤方位圖，北，南，東，西，除非有什麼磁暴來擾亂羅盤。

七點半，雨還不停。里卡多．雷伊斯坐在高高的床沿，看著沉悶的房間。窗戶沒裝窗簾或薄紗。他突然想到對街鄰居可能暗中窺探，竊竊私語說，你可以看到裡面所有發生的事。他們急巴巴看到比這更有挑逗性的畫面，勝過一個男人獨自坐在古床的邊緣，臉上愁雲慘霧。里卡多．雷伊斯起身，關上內側的百葉窗。現在，這房間成了牢房，四壁無窗，而這扇門，如果他打開了，會通向另一扇門，或者是一個打呵欠般的黑洞，那個意象我們已經用過了，不宜再說。不久，在布拉干薩旅館，領班阿方索會在那可笑的鑼上敲三下，葡萄牙和西班牙的客人——*nuestros hermanos, los hermanos suyos*——會來到樓下的餐廳。薩爾瓦多一一對著他們微笑，豐塞卡先生，帕斯卡博士，博士夫人，卡米洛先生，羅倫佐先生，以及二〇一號房的新房客，當然是阿爾巴公爵或梅迪納塞利公爵，拖著他那把利劍，往麗迪雅伸出的手中塞一枚金幣。她行了個僕人該行的屈膝禮，含笑忍耐伯爵在她胳臂上的一掐。拉蒙端來了湯，本日的湯很特別，他不是開玩笑，加蓋湯盤飄出雞肉香氣，一張張淺盤也傳來令人陶醉的香味。里卡多．雷伊斯感覺胃咕嚕咕嚕叫，我們不必訝異，的確到了晚餐時間。不過即使百葉窗關著，也是能聽到水從屋簷濺到人行道上。誰有膽子在這樣天氣冒險出門呢，除非有緊急的責任，比如說，將自己的父親從絞架上救下來，如果父親還一息尚存的話。布拉干薩旅館的餐廳是一座失樂園，與任何一座失樂園一樣，里卡多．雷伊斯思念得要命，他想回去，可是不想留下。他拿來了包裹，用糕點蜜餞充饑。能喝的只有自來水，嘗起來有石碳酸味道。亞當和夏娃被逐出伊甸園後的第一個晚上，肯定也有同樣貧寒的感受，那晚顯然也大雨滂沱。他們站在門口，夏娃問亞當，想吃餅乾嗎，她只有一塊餅乾，她掰成了兩半，給了他較大的那一塊。亞當慢慢咀嚼，看著夏娃小口啃著她那一小塊，歪著頭，像隻好奇的鳥。在那扇永遠對他們關閉的門的另一邊，她沒有任何惡意，也不是因為蛇的鼓勵，而給了他一顆蘋果。據說，亞當直到咬下一口蘋果，才注意到她是赤裸的，而來不及穿上衣服的夏娃仍舊像田野的百合，不紡紗，也不織布。在離伊甸園的門檻不遠處，他們吃了一塊餅乾當晚餐，舒舒服服過了一夜，在另一邊，上帝聽到了，感到很難過，因為祂被拒於一場他沒有提供也沒有預知的盛宴之外。總有一天會有另一條箴言創造出來，男人和女人在哪裡結合，上帝就在哪裡，因為天堂根本不在傳說中的地方，它就在人間，上帝每一次要享受時，就得來這裡。祂需要享受。不過肯定不是在這間房子裡。里卡多·雷伊斯孤孤單單，梨子蜜餞的甜膩令他一陣噁心，是梨子，不是蘋果，確實沒錯，誘惑不再是過往的誘惑。他走進浴室清洗黏糊糊的手、嘴、牙齒，他忍受不了這種dolceia，這個字不是葡萄牙語，也不是西班牙語，而是從義大利語來的，是此刻似乎唯一合適的字眼。孤獨如黑夜壓在身上，黑夜像誘餌吞噬著他。在天花板投射下來的綠光中穿過長長的狹廊，他是一隻行動遲緩的海洋動物，一隻無殼又無助的龜。他到桌前翻找他的詩稿，他稱它們為頌詩，因此它們仍是頌詩，因為所有東西都要一個名字。他胡亂閱讀，自問是否是它們的作者，因為他在文字中，在這個超然冷靜順從的人中，認不出自己，那人幾乎像神，因為神就是如此，協助死者時從容自若。他迷迷糊糊想著，他必須規劃自己的生活和時間，決定好上午、下午和晚上做什麼，早睡早起，找一或兩家供應健康便餐的館子，他必須重讀修改他的詩歌，因為他日後打算結集成冊，他必須找個適合開診所的地方，結交一些人，做國內旅遊，去波多、孔布拉，拜訪桑帕伊奧博士，在那個城市的白楊林和瑪森妲不期而遇。接著，他不再想著計畫目標，而是同情起那個病人，然後同情自己，同情又轉為了自憐。坐在那裡，他開始寫起詩，驀地想起曾寫過，我站在我創作之詩文的基礎上屹立不搖。寫過這種自白的人，如今是說不出相反的話。

里卡多．雷伊斯不到十點鐘就上床了。雨兀自下著。他帶了一本書到床上，他挑了兩本，但是後來決定放下《迷宮之神》。讀了十頁長的四旬齋第一個主日訓誡後，沒戴手套的手凍僵了，這些熱烈的言詞還是不足以溫暖他的手，在你屋子中找一找，找出一無是處的東西，你會發現那就是你自己的靈魂。他把書放在床頭櫃，陡然打了個寒噤，人縮成一團，他把被單褶層拉到嘴邊，閉上眼。他知道該關燈，可是關了燈，他會覺得必須睡著，而他還未準備好要睡。這種冷冽的寒夜，麗迪雅會在被褥中放一個熱水瓶，她現在會為梅迪納塞利公爵這樣做嗎，冷靜點，嫉妒的心，公爵自有公爵夫人陪伴，順道捏了麗迪雅胳膊一把的貴族是另一個公爵，阿爾巴公爵。梅迪納塞利公爵年老體弱，帶著一把錫劍，發誓說那是屬於西班牙民族英雄熙德的柯拉達寶劍，在阿爾巴王朝時，由父親傳給了兒子。連西班牙貴族也會說謊。里卡多．雷伊斯睡著了，醒來時才發現自己睡了，他是給一陣敲門聲驚醒的。會不會是麗迪雅，她偷溜出旅館，冒著這麼大的雨來陪我過夜，傻姑娘。他接著又想，我在做夢。其後的幾秒鐘，他什麼也沒聽到，於是冒出了這樣的念頭，這間公寓說不定鬧鬼，也許這就是他們租不出去的原因，它位在市中心，又那麼寬敞。但是敲門聲又響起，叩叩叩，敲得很小心，生怕吵醒鄰人。里卡多．雷伊斯下床，穿上拖鞋，裹起睡袍，拖拉著腳步，穿過房間來到走廊，一路哆哆嗦嗦，他看著門，好像門在威脅他，是誰。他的聲音聽起來沙啞猶豫。他清了清嗓子，又問了一遍。回答是一聲低語，是我。不是鬼，是費爾南多．佩索亞，他絕對會選擇不是時候的時候出現。里卡多．雷伊斯打開門，就是他，穿著他的黑色西裝，沒有大衣，也沒有帽子，他從街上走來，身上卻是一滴水也沒有。我能進去嗎，他問，你以前從不徵求我的同意，怎麼突然有了顧忌。情況不同了，你現在是在自己的家中，借用我讀書時學到的一句英語，一個人的家就是他的城堡。進來吧，我本來已經上床了；你睡著了嗎；我想我打了盹兒；不用跟我拘禮，回去睡吧，我只是順路來一下。里卡多·雷伊斯身手敏捷鑽進了被窩，牙齒格格打顫，因為冷，也因為殘餘的恐懼。他沒有脫下睡袍。費爾南多·佩索亞坐在椅子上翹起了腿，十指交叉放在膝上，用挑剔的目光看了看四下。所以，你要住在這裡了。看來是的。我覺得有點沉悶。空了一段時間的地方總是給人這樣的印象。你打算一個人住在這裡嗎。顯然不是，我今天才搬進來，已經有客人上門。我不重要，我不能陪伴任何人。對我很重要，這麼冷的天氣，我還起床開門，我很快會給你一副鑰匙。我不知道怎麼用鑰匙，如果我會穿牆走壁，就不用給你添麻煩。別再想了，你千萬別誤會我的話，說實話，見到你我很高興，第一個晚上不好熬。你是嚇到了嗎。聽到敲門聲，我是有點緊張，忘了可能是你，但是不是害怕，就是孤獨而已。得了吧，你離知道什麼叫孤獨還很遠。我向來都一個人住。我也是，可是孤獨不等於一個人，孤獨是無法將某人或某事留在身邊，它不是平原中央的一棵樹，而是樹液與樹皮之間、樹葉與樹根之間的距離。你胡言亂語，你提到的東西都有聯繫，和孤獨無關。那我們就不說樹了，來看看你的內心吧。另一位詩人說得好，人群中踽踽獨行。在不是孤獨一人的地方孤獨更可憐。你今天情緒不佳。有時，不過我說的不是這種孤獨，而是另一種，和我們同行的那一種，陪伴我們並能夠忍受的孤獨。你不得不承認，即使是那種孤獨，也是有難忍的時候，我們渴望一個身影、一個聲音。有時，那個身影和那個聲音反而令孤獨更難以忍受。可能嗎。當然可能，那天我們在觀景臺見面，你還記得嗎，你在等你的情人。我告訴過你她不是我的情人。好好，不必發脾氣，不過她可能成為你的情人，你不知道明天會發生什麼。我的年齡都能做她的父親了。那又如何。換個話題吧，接著你剛才的話說下去。你得了流感，恰好讓我想起自己生病時的一件小事，就是不久前那一場絕症。反反覆覆，你的風格嚴重惡化了。死也是反反覆覆，它其實就是最反反覆覆的事。繼續說吧。有個醫生來家裡，我躺在臥室，我妹妹打開了門。你是說你同母異父的妹妹吧，人生到處都是父母相異的兄弟姐妹。你想說什麼。沒什麼，繼續。她說，請進，醫生，裝病的人就在這裡，她說的裝病的人就是我，你看，孤獨沒有界限，無處不在。你是否曾覺得自己實在沒用。很難說，我不記得曾經感覺自己實在有用。我相信這是第一種孤獨，感覺自己無用。費爾南多．佩索亞站起身，微微打開百葉窗，向外望去。這是一個不可原諒的疏忽，他說，我的《使命》中沒有寫到阿達瑪斯托，這麼受歡迎的巨人，他的象徵意義這麼清晰。你從那裡看得到他嗎。看得到，可憐人，賈梅士利用他來表白可能在自己靈魂深處的愛情，做了一個不太明確的預言。向公海上航行的人預測海難不需要特殊的占卜天賦。預言災難從來都是孤獨的表現，如果忒提斯回報巨人的愛，他的話就會大不相同了。費爾南多．佩索亞又坐下，還是那個姿勢。你準備待很久嗎，里卡多．雷伊斯問他。為什麼這麼問。我累了。不要擔心我，你睡你的吧，除非你覺得我在這裡煩擾了你。讓我煩擾的是看到你在寒冷中坐在這裡。我不怕冷，我可以只穿襯衫坐在這裡，但是你不應該穿著睡袍躺在床上；我立刻就脫。費爾南多．佩索亞把睡袍鋪在最上層的被單上，拉起毯子，慈愛地拉平被單的褶層，快睡吧。我說費爾南多，幫我個忙，把燈關了，我相信你不會介意坐在黑暗中。費爾南多．佩索亞找到了開關，房間陷入了黑暗。然後，街燈的光線悠悠慢慢從百葉窗的縫隙中射進來，一條光燦燦的帶子，一團飄渺不定的花粉聚集在牆上。里卡多．雷伊斯閉上眼，喃喃地說，晚安，費爾南多，似乎過了很長一段時間才聽到他回答，晚安，里卡多。他想已經數到了一百時，艱難地睜開眼睛。費爾南多．佩索亞坐在老位置上，十指交叉放在膝上，一副孤獨至極的樣子。也許是因為他沒有戴眼鏡的關係吧，里卡多．雷伊斯想，迷迷糊糊之中，他覺得這是最可怕的不幸。他半夜醒來。雨停了，世界在寂靜的空間中遨遊。費爾南多．佩索亞沒有改變姿勢，望著床的方向，臉上毫無表情，如一尊眼神空洞的雕像。過了良久，門砰一聲關上，里卡多．雷伊斯又醒來。費爾南多．佩索亞已經不在了，他隨著第一縷的晨光離開了。

18 流感（seasonal flu）與當季水果（seasonal fruit）音近。

正如我們在其他時間和地方所察覺的，生活是有煩惱的。里卡多·雷伊斯次日早上很晚才醒來，感覺房間裡有東西。也許不是孤獨，而是沉默，它同父異母的兄弟。有幾分鐘的時間，他看著自己的勇氣棄他而去，如同——一個過度使用卻不斷重複的比喻——看著沙子流過沙漏。有一天，當我們活了兩百年，我們自己成了沙漏，觀察著裡面的流沙，我們不需要隱喻，但是生命太過短暫，不能沉迷於這樣的想法，我們說的是煩惱。里卡多·雷伊斯走進廚房，準備點燃熱水器和爐灶，卻發現自己忘了買火柴，由於一次的健忘往往會伴隨著另一次，他發現自己也沒有咖啡濾杯。一個人單靠自己是沒用的，這是真的。最簡單且最直接的解決方法是去敲鄰居的門，不好意思，太太，我是三樓的新房客，昨天才搬來，我本想給自己煮個咖啡，洗澡，刮鬍子，結果我發現我沒有火柴，我也沒有咖啡濾杯，但那不重要，我有茶葉，至少我記得我有，主要問題是洗澡用的熱水，如果你能借我一根火柴，那就太感激你了，請原諒我打擾到你。既然人人是兄弟，或者同父異母的兄弟，再沒有比這更自然的了，他甚至不該走到外面冰冷的樓梯上，他們應該來問他，你需要什麼嗎，我昨天看到你搬進來，每個人都知道搬家是怎麼回事，不是少了火柴，就是忘了買鹽，如果發現了肥皂，那就是刷子不見了，鄰居是做什麼用的。但是里卡多．雷伊斯沒有去尋求幫助，也沒有人來問他是否需要什麼。他別無選擇，只能穿好衣服，穿上鞋子，拿了圍巾圍住脖子，掩飾沒有刮鬍子一事，把帽子拉下來遮住眼睛。他對自己的健忘感到惱火，更讓他惱火的是，天氣這麼壞，他還不得不出去找火柴。他先走到窗前看看氣候。天空多雲，沒有要下雨的跡象。阿達瑪斯托獨自站著，時候還早，老人還沒過來看船，這個時間他們在家裡用冷水刮鬍子，也許他們操勞過度的妻子正在加熱杯子裡的水，不過只是稍微加溫，不會燒成熱水，因為葡萄牙男人的男子氣概無人能及，受不了嬌生慣養。我們可別忘了，我們是盧西塔尼亞英雄們的直系後裔，他們在埃什特雷拉山脈的凍湖洗澡，一出來就讓某個盧西塔尼亞少女懷了孕。在附近靠山腳的地方，有間煤炭商開的小酒館，里卡多．雷伊斯向煤炭商買了六盒火柴，以免他發現早上的營業額不足。其實煤炭商不記得曾經一次賣出這麼多盒，這裡的居民還是習慣向鄰居借火。空氣冷冽，里卡多．雷伊斯感到精神抖擻，圍著圍巾很舒適，街上無人，他走過去欣賞對岸的大河與群山。從這裡望去，山峰顯得低低矮矮，太陽在水上的倒影隨著低雲掠過忽隱忽現。他繞著雕像走動，想找到雕刻家的大名。日期刻在那裡，一九二七年。里卡多．雷伊斯的腦袋是那種總會在混亂中尋找對稱的腦袋，我離鄉背井八年以後，這裡樹立起阿達瑪斯托雕像，等我回到祖先的土地上，阿達瑪斯托在這裡已經站了八年，啊，祖國，是你舊時崢嶸歲月的聲音召喚我。老人出現在人行道上，刮得乾乾淨淨的臉龐布滿皺紋和明襻，一隻手臂撐著傘。他們的披風沒扣上，也沒打領帶，可是襯衫一直扣到脖子，並非因為今天是星期天，一個值得尊重的日子，而是出於一種體面的感覺，不論他們的衣著多麼寒酸。老人對在雕像前徘徊的人起了疑心，他們與里卡多．雷伊斯面對面，確信這個傢伙有些古怪，他是誰，他在做什麼，他靠什麼吃飯。坐下前，他們在溼長椅上放了摺好的粗麻布，用謹慎的動作讓自己舒服一些，大聲清了清嗓子，好像不願讓人催促似的。胖老人從披風內側口袋拿出一份報紙，《世紀報》，也就是舉辦慈善活動的報紙。他們星期天總會買報，這星期胖老人買，下星期瘦老人買。里卡多．雷伊斯繞著阿達瑪斯托的雕像轉了第二圈、第三圈。他察覺老人不耐煩起來了，他躁動的存在使他們難以消化新聞，胖老人大聲朗讀幫助自己理解，也是唸給不識字且不會寫字的瘦老人聽。遇到難字，他頓了一下，但是這樣的字不多，因為記者永遠不會忘記他們是為大眾而寫。里卡多．雷伊斯走到欄杆邊，假裝無視兩個專心讀報的老人和他們的低語，一個朗讀，另一個邊聽邊評論，在路易．烏切達的錢包中發現一張薩拉查的彩色照片。這個國家有很多尚未偵破的犯罪案件。一個男人死在去辛特拉的路上，他們說他在被勒死前被人用乙醚迷倒，說他被劫持了，不給吃喝，說這是一個可惡的罪行，可惡這兩個字立刻表現出我們不贊成犯罪，現在我們知道遇害者帶著如父般睿智獨裁者的照片，這裡引用那位法國作家的話，他的名字——記下來讓後人知道——是查爾斯．奧蒙。日後調查會證實，路易．烏切達的確非常崇拜這位傑出政治家，上面提到的錢包的皮革浮雕進一步證明了烏切達的愛國主義，是一個共和國的標誌，上頭除了渾天儀，還有城堡和紋章盾牌，底下刻著，愛用葡萄牙貨。里卡多．雷伊斯低調地退開，不打擾這兩位老人。他們沉浸在這起謎案中，根本沒有注意到他已經走了。

那天早晨沒有發生什麼重大的事情。一個難用的加熱器有幾個星期沒有使用了，出了點小問題，他浪費了一根又一根火柴才讓火苗繼續燃燒。我們也不必去想他那頓憂鬱的早餐——一杯茶和三塊前一天晚飯剩下的小海綿蛋糕——更別評論他在有點髒的深浴缸裡洗澡，籠罩在一團蒸雲中。他一絲不苟刮了鬍子，一次，兩次，彷彿準備與某個女人祕密幽會，她的身分藏在高高的衣領和面紗中。他多麼想吸進她的香皂香氣，她那揮之不去的香水氣味，直到與更多辛辣和自然的氣味融合在一起，也就是難以抗拒的肉體氣味，顫抖的鼻孔吸進去，胸口便氣喘吁吁，彷彿經過一番激烈的追逐。詩人的心也是以這種世俗方式徘徊流連，撫摩著女人的身體，甚至是遠方的女人，這裡所描繪的是那一刻的事，是想像中的事，那個大權在握又慷慨大方的情婦。里卡多．雷伊斯準備出門了。沒人在等他，他也不會去參加十一點鐘的彌撒，向永恆的無名氏獻上聖水。應當在家待到午餐時間才對。他有稿子要整理，有書本等著讀，還要確定他想要什麼樣的未來，什麼樣的工作，從哪裡能找到生活和工作的動力，以及理由。他本來不打算今天早上出門，可是現在必須出門了，如果換下衣服，承認他沒有注意到自己在做什麼就換了衣服要出門，那就太荒謬了。這種事常發生，我們走出兩步路，因為我們做著白日夢或分心了，接著別無選擇只能跨出第三步，縱使我們知道那是錯誤的或可笑的。歸根結底，人是非理性的動物。里卡多．雷伊斯回到臥房，心想出門前或者該整理床鋪，萬萬不能讓自己變得散漫了，但是這麼做並不值得，他並沒有在等誰來訪，所以他在費爾南多·佩索亞過夜的椅子坐下，學著他看到佩索亞的樣子，交叉著雙腿，雙手放在膝蓋上，想像自己死了，用雕像似的無生氣的眼睛凝視著空床。然而，左太陽穴上有一條靜脈在跳動，左眼皮也在抽動。我活著，他喃喃地說，又用響亮聲音重複了一遍，我活著，既然沒有人反駁他，他也就信了。他戴上帽子出門了。老人加入了孩童玩起跳格子遊戲，在粉筆畫的格子之間跳來跳去，每個格子都有自己的數字。這遊戲有很多名字，有人叫它跳猴子，有人說是跳飛機、跳天堂地獄、跳輪盤，也有人說是跳榮耀，不過最貼切的名字應該是人的遊戲，因為這就像是一個人，站直的身體，伸長的手臂，上面的圓圈是頭或大腦。那人躺在鋪路石上看雲，孩子在他身上跳來跳去，不懂得自己的殘忍，等他們的時候到了，就會明白這代表了什麼。在場的還有一些來得太早的士兵，因為如果天氣好的話，下午三點左右女傭們會來這裡散步，不然女主人會說，瞧，瑪麗亞，雨下得這麼大，你今天還是待在屋裡吧，熨一下衣服，你休假日那天我會補你一個鐘頭的假，對於從來沒有親身經歷過這樣特權或對過去及其習俗一無所知的人，有一個細節值得補充，即休假日會是整整兩個星期以後的事。里卡多·雷伊斯倚在上方的欄杆。天空稍微放晴了一些，海峽那邊是一大片的藍。如果今天有從里約熱內盧的輪船到達，它會在理想的條件下入港。他相信了天氣會好轉的跡象，開始沿著卡利亞里什街走，一路走到了賈梅士街，忽然想到布拉干薩旅館看看，如同膽小的學生，畢業了，不用勉強再到他們經常生厭的學校，結果卻繼續去探望以前的老師和舊同學，直到大家都厭倦了這種像所有朝聖一樣無用的朝聖，學校也開始忽視他們。他到旅館做什麼呢，問候薩爾瓦多和皮門塔，原來您沒有忘記我們，醫生；和麗迪雅說句話吧。可憐的女孩，緊張兮兮，被故意叫到櫃檯，出於惡意，來，雷伊斯醫生有話跟你說。拜訪你們沒有什麼特別的原因，只是想感謝你們大家對我這麼好，感謝你們在小學和中學都給了我如此傑出的教育，如果我不過學到這些而已，就只能怪自己愚蠢。在殉教者教堂前方的人行道，里卡多．雷伊斯聞到空氣瀰漫著香脂味，是裡面祈禱的虔誠婦女所發出的珍貴氣息。彌撒剛剛為那些獲選的靈魂開始了，他們屬於一個更高的世界。如果你有敏銳的嗅覺，在這裡可以認出有價值和與眾不同的靈魂。從怡人的香氣，我們知道祭壇上方頂棚裝飾著灑了滑石粉的絨球和流蘇，蠟燭商在奢華蠟燭中加入大量的廣藿香。一旦加熱熔化了，燒出了大量的香，它的成分會讓靈魂沉迷，難以抵抗，它令感官陶醉，身體於是變得虛軟，臉龐一片空白，最後狂喜不禁，里卡多．雷伊斯不知道自己錯過了什麼，他只相信已經死亡的宗教，古希臘宗教和古羅馬宗教，因為他的詩歌向這兩種宗教祈求，求有眾神諸仙，而非只有一個上帝。他來到市中心，這是熟悉的行程，這一區如鄉間星期天那般寧靜。直到午餐過後，附近的人才會來參觀商店櫥窗。為了這一天，他們等待了一星期，全家人一起出動，孩子不是挽著胳膊，就是牽著手，到了晚上，筋疲力盡了，腳跟因為鞋子緊而起了水泡，然後他們討一個米鬆糕吃，如果他們的父親心情好，想要公然展示他的成就，全家老小最後會上牛奶吧，那裡賣的都是大杯的飲料，如此一來晚餐錢就可省下了。喝飽了捱餓不會有礙，況且明天總有得吃。時間到了，里卡多．雷伊斯去吃午餐，這次去了金鑰匙餐廳吃牛排，好消除噁心的糖味，離天黑還有好幾個鐘頭，他買了一張電影票，準備去看《伏爾加船夫》，皮埃爾．布蘭查德主演的法國電影，瞧瞧他們在法國能造出怎樣的伏爾加河。電影，如同詩歌，是幻覺的藝術，藉由調整鏡子，能將沼澤變成海洋。他離開戲院時，天看起來要下雨了，所以他決定搭計程車，幸好搭了車，因為他才走進公寓掛起帽子外套，就聽到前門鐵環發出兩聲敲門聲響。奇怪，費爾南多．佩索亞怎麼在大白天出現，還這樣吵吵鬧鬧，可能有鄰居會走到她的窗口問，誰在那裡，然後開始尖叫，救命啊，一個來自另一個世界的幽靈。如果她能夠這麼輕易認出它們，那麼也一定很熟悉它們。他打開窗戶往外看。是麗迪雅，第一滴雨落下時，她正準備打開傘，她怎麼來了呢。片刻以前，他都還認為沒有什麼比孤獨生活更悲慘的了，現在卻感到不悅，這個女人打擾了他，雖然他願意的話，大可利用這個機會，一場小小的情愛之戰可能穩定他的神經，讓思緒平靜下來。他走到樓梯去拉電線，結果看見麗迪雅已經上來了，她很著急，同時也提防著。這兩種心態如果存在矛盾，她已經化解了。他退到門口，由於始料未及，所以擺出一副沉著而冷淡的姿態。我沒想到你會來，近來好嗎，這是她入門時他所說的話，她順手帶上了門。有這樣的鄰居真是令人驚奇，現在我們不知道他們的名字，也不知道他們長什麼樣子。麗迪雅走上前接受他的擁抱，他答應了，只是為了順她的意，但是轉眼間卻把她緊緊摟在懷中，親吻她的脖子。他仍然覺得親吻她的嘴唇很是尷尬，好像她與他地位相當，除非在同床時最重要的一刻來臨了，他忘了一切，但是她盡量放大膽，允許他盡情地吻她，也允許其他的事。不過今天不行。我只是來看看您是否安頓好了，這是她在旅館工作學到的措辭，希望沒人察覺我溜出來了，而且我想看一看公寓。他想帶她到臥室，可是她掙脫了，我不可以，我不可以，她的聲音在發顫，但是心已經做了決定。換個方式說吧，她最希望的就是躺在那張床上歡迎這個男人，感覺他的頭靠在她的肩上，撫摸他的頭髮，但是在布拉干薩旅館的櫃檯後方，薩爾瓦多問，麗迪雅死哪去了。她彷彿聽到了他的聲音，因此匆匆穿過公寓，一雙經驗豐富的眼睛看出了欠缺的物品，沒有刷子、水桶、拖把或抹布，沒有大理石紋肥皂、家事皂、漂白劑、浮石，沒有掃帚或硬刷子，沒有衛生紙。男人像孩子一樣粗心大意，他們航行世界尋找前往印度的路，然後發現他們缺乏最基本的東西，會是什麼呢，我不知道，也許是生命本身的顏色。在這裡只能看到灰塵、毛絮、線頭，有時還有一代接著一代脫落的白髮。等到視力衰退，老人就不會再注意到這些。連蜘蛛網也老了，被灰塵沉沉壓著。有一天，蜘蛛死了，懸在空中墳墓上，身體乾枯了，螯爪也萎縮了，蒼蠅的殘骸化為烏有。沒有生物可以逃脫其命運，沒有生物能夠持久播下種子，這是一個莊嚴的真理。麗迪雅告訴他，她星期五會來打掃，也會帶需要的東西來，她星期五休假。但你不是要去探望你媽媽。我會給她捎個口信，看看有什麼辦法，我給附近的商店打個電話。你需要錢買東西。我用我自己的錢，你再還就好。什麼主意，這些拿去，應該夠了。天啊，一百埃斯庫多不是小數目。那我星期五就等你來了，可是不好意思讓你來打掃。這地方現在這樣不能住人。之後我送你個小禮物；我不想要什麼禮物，就當我是打雜的女工吧。

每個人都應該得到公平的報償；好好對我就是我的報償。這句話絕對值得一吻，里卡多．雷伊斯給了她一個吻，這次吻在唇上。他的手已經在門把上了，看來沒有什麼可說了，合約簽了字，封了印，結果麗迪雅卻冷不防脫口而出，宛如無法壓抑自己的情緒，瑪森妲小姐明天要來，他們從孔布拉打了電話，要不要我把您的新地址告訴她呢。里卡多．雷伊斯同樣用急忙的語氣回答，好像排練過了，不用了，假裝你不知道我住在哪裡。麗迪雅很開心成了唯一被託付祕密的人，她離開了，徹底蒙在鼓裡。她快步走下樓梯，注意到二樓有扇門半開著，因為這棟樓其他房客遲早得要滿足他們的好奇心，她大聲呼喚讓所有人都聽見，醫生，我星期五來打掃，到時見，好像是在對鄰居說，聽仔細了，親愛的，我是新房客的打雜女工，所以你別胡思亂想了，她彬彬有禮地向那個女人打招呼，晚安，夫人。但是這個女人沒有回答，只是給了她一個不信任的眼神。打雜女工通常不會這樣活潑開朗，往往性情乖戾，拖著風溼病或靜脈曲張而僵硬的腿。鄰居帶著酸溜溜的敵意看著麗迪雅，這個小婦人是誰，在樓上的平臺，里卡多．雷伊斯發現了自己的口是心非，早把門關上，心中翻來覆去想著這件事。如果他是一個忠誠且誠實的人，就會對麗迪雅說，我已經在一封信裡把地址告訴了瑪森妲，為了防止她父親起疑心，信寄到郵局候領。而且，他還會坦白補充說，從現在起，我要留在屋裡，只為了三餐才出門，吃完就直接回來，只要瑪森妲在里斯本，我會隨時看著時鐘。明天星期一，她一定不會來，火車很晚才到站，可是她可能在星期二、星期三、星期四或星期五來。星期五不行，麗迪雅要來打掃。但是那又有什麼關係，女傭和好人家的小姐，各在其位，碰上了也沒有危險，況且瑪森妲從來不會在里斯本長住，她只是來找專家看診，當然，還有她父親的那檔事。好吧，可是如果她來你的公寓，你期待發生什麼呢。我沒有期望，只希望她會來。你真的相信瑪森妲這樣的年輕女人，受嚴格的教育長大，遵守她父親——一個從事法律職業的男人——奉行的嚴格道德準則，會獨自去一個單身漢的家裡拜訪他嗎，你認為這種事在現實生活中會發生嗎。有一天我問她為什麼想見我，她說她不知道，我覺得這是最有希望的回答。一個不知道，另一個辯稱無知。如此看來，就像伊甸園裡的亞當和夏娃，並不說她是夏娃，我是亞當。正如你們所知，亞當只比夏娃大一點，相差幾個鐘頭或幾天，我記不清了。亞當是所有的男人，夏娃是所有的女人，是平等的，是不同的，是基本的，我們每個人都是第一個男人和第一個女人。幸好，要是我沒有弄錯，比起男人是亞當，女人更像是夏娃。你是根據自己的經驗得出這個結論嗎。不，我這麼說，因為我們所有人都應該如此。費爾南多，你想要的是回到開始。我不叫費爾南多。啊。

里卡多．雷伊斯沒有外出用餐。他在客廳的大桌上放了茶和蛋糕，桌子周圍有七把空椅子。在一個有七根分枝和兩顆燈泡的枝形吊燈下，他吃了三塊小海綿蛋糕，留下一個在盤子上。他又數了一遍，發現少了數字四和六。他很快就找到了四，長方形房間的四個牆角，可是必須站起來四處找六，結果找到的是八，現在是八張空椅。最後，他決定他自己就是六了，如果他真的是多個的話，那麼他可以是任何數字。他帶著既諷刺又悲哀的微笑，搖著頭走進臥室，喃喃自語說，我想我要瘋了。下方街道傳來連綿不斷的潺潺雨聲，雨水順著排水溝流向地勢低窪的博維斯塔區和伯爵區。他在一堆待整理的書中翻了半天，找出《迷宮之神》，坐到費爾南多·佩索亞坐過的椅子，從床上拿了條毯子蓋在膝上，重讀第一頁。第一個下棋的人發現的屍體，占據了國王、皇后和他們兩個隨從的棋格，手臂向敵營方向伸展。他繼續讀，但還沒有讀到上次停下的地方，就開始感到昏昏欲睡。他躺下來，費力地又讀了兩頁，在第三十七和三十八步棋的時候睡著了，這時第二個下棋的人正在思考主教的命運。他不記得關了燈，不過半夜醒來時燈已經關了，他一定起床把燈關了。這是我們會自動做的事，身體自行行動，盡量避免不便，因此我們會在戰爭或處決的前夕睡覺，也因此當我們終究不能再忍受生存的強光時就會死去。

由於他忘了關上百葉窗，晦暗早晨灰濛濛的光線瀰漫整個房間。還有漫長的一天要過，漫長的一星期要過，而他最想要做的是窩在床上，蓋著暖和的毯子，任由鬍鬚長成青苔，直到有人來敲門，是誰；是我，瑪森妲；馬上來；他會興奮地大叫，幾秒鐘內就打扮好可見人，鬍子刮了，頭髮梳了，澡也洗了，換上潔淨的衣服，準備迎接期待中的客人，進來吧，真是個驚喜。他們來敲他的門不止一次，而是兩次，首先是送牛奶的，想知道這位先生是否希望每天早上送牛奶，然後是麵包師傅，想知道他是否每天都要麵包。好，他回答他們兩個。這樣的話，先生，每天晚上把牛奶罐放在門口的墊子上；這樣的話，先生，前一天晚上把麵包袋掛在門把上。誰告訴你我搬進來了；二樓的女人；原來如此，你想怎麼收款呢；每星期結或每個月結都行；那就每星期結好了；好，醫生。里卡多·雷伊斯沒有問他們怎麼知道他是醫生，問也沒有用，不過我們聽到麗迪雅離去時稱他為醫生，樓下女人在那裡也聽到了。有了牛奶、茶和新鮮麵包，里卡多．雷伊斯享受了一頓健康的早餐。他沒有奶油或果醬，不過這種麵包單吃最是美味。如果瑪麗．安東尼皇后也吃這種麵包，就不用靠布里歐奶油麵包維生了。現在缺的只有報紙，不過報紙很快也會送來。里卡多．雷伊斯在臥房聽到賣報人的喊聲，來買《世紀報》哦。他衝去打開窗戶，報紙從半空中飛了過來，摺得像一封密函，由於天氣不允許，油墨乾不了，報紙夾帶著溼氣。油膩的黑漬髒了他的指頭。現在每天早上這隻信鴿都會來敲窗戶玻璃，直到窗戶從裡面打開。賣報人的喊聲在街尾就能聽到，如果窗戶打開慢了——這事十天有九天會發生——報紙會被扔到空中，像鐵餅一樣旋轉，打中了窗戶，飛了回去，再被扔出第二次。里卡多．雷伊斯已經敞開窗戶，把為他帶來世界新聞的生翅信使接到懷中。他俯在窗臺上說，謝謝你，曼紐先生。報販回答說，明天見了，醫生。不過這是達成協議才有的事，這個的付款是按月支付，如同往常與可靠的客戶來往一樣，可以省去一個人每天收三分錢的精力，一個微不足道的數目。

現在就是等待了。第一天，他可以閱讀報紙打發時間，晚報也行，他可以重讀、分析、思考然後創作他的頌歌，或者繼續閱讀迷宮和它的神，從窗口凝視天空，聽聽二樓的女人和四樓的女人在樓梯上閒聊。他意識到他會經常聽到那些扎耳的聲音。他睡覺，打了瞌睡又醒來，離開公寓只為了吃午餐，在卡利亞里什街附近小吃店匆匆用餐後，又重讀已經讀過了的報紙，回到不冷不熱的頌歌，回到關於第四十九步棋結果的六個假設上，走過鏡子，又轉回來瞧瞧經過的人是否還在。他將會覺得如果沒有音樂，這種寂靜無法忍受，找天他要買架留聲機。為了看看哪一型號最適合他，他瀏覽特定品牌的廣告，貝爾蒙特、飛利浦、RCA、飛歌、百樂、斯圖爾特華納。他做筆記，記下超外差收音機，不過只懂其中超字的意思，甚至也沒有什麼把握。可憐的獨夫，一則廣告讓他看到驚呆了，保證女性能在三至五星期的時間內擁有完美胸型，採用巴黎的豐媚技術，滿足三項基本需求，美胸、豐胸和減胸。這段夾雜外來語的法語，在米羅梅尼街的赫蓮娜．杜羅伊夫人的監督下，轉化為具體的成果，那條街自然是位於巴黎，迷人的女性在那裡讓胸部逐漸堅挺、長大、縮小，或者是同時進行。里卡多．雷伊斯研究了其他令人吃驚的廣告，巴拿可滋補液，一種富含營養成分的酒，喬維特汽車，帕爾格漱口水，一種叫銀色之夜的肥皂，伊美葡萄酒，布拉斯科．伊巴涅斯的著作，特克牙刷，凡拉蒙止痛劑，諾伊娃染髮劑，腋窩專用的香體粉，然後他嘆了一口氣，重讀已經知曉的新聞，亞歷山大．葛拉祖諾夫——《斯金卡．拉辛》的作曲家——逝世了，薩拉查這位父親般的獨裁者在國家基金會設立食堂，工人開心極了，德國誓言不從萊茵蘭撤軍，最近的狂風暴雨在里巴特茹造成嚴重破壞，巴西宣布進入戰爭狀態，數百人被捕，以下是希特勒的話，我們戰勝命運，否則就只能滅亡，軍隊被派往巴達霍斯省，成千上萬的工人侵入那裡的鄉間莊園。下議院幾位發言人宣布帝國必須享有平等權利，烏切達一案出現了有趣的新發展，《五月革命》開始拍攝了，故事描述一個難民到葡萄牙煽動叛亂——不是讀報的這位，是另一位難民——他匿名住在寄宿公寓，被房東女兒說服後，投身於民族主義的理想事業。最後一則里卡多．雷伊斯讀了一遍，兩遍，三遍，竭力擺脫在記憶深處嗡嗡作響的微弱回聲，不過這三遍記憶都讓他失望了，只有繼續讀另一則新聞——拉科魯尼亞的大罷工——這個飄渺的思緒才變得清晰明確。不是什麼遙遠的事，是《謀反》，那本書，那個瑪里麗亞，那個改變信仰轉而支持民族主義與其理想的故事，女性顯然是這類故事的最佳宣傳員，成績斐然，因此文學和第七藝術都向這些犧牲自我的貞潔天使致敬，她們會尋覓即使沒有迷途卻也任性的男人的靈魂。當她們將一隻搭在你的肩上，或著噙著眼淚投來貞潔的一瞥時，沒有人能抗拒她們。她們不用發傳票做盤問，不用像副警察局長那樣高深莫測，或是像維克多那樣虎視眈眈地徘徊。這種女性的影響力超過了上述的豐挺、放大和縮小的技術，不過更正確的說法可能是，這種影響力開始時是來自這三種技術，從文學意義和生物學意義來說都是一樣的，因為它包括激情的迸發、誇張的隱喻和瘋狂的思想聯想。聖潔的女人，仁慈的天使，葡萄牙的修女，瑪麗的女兒，虔誠的姐妹，她們在修道院也好，在妓院也好，在宮殿也好，在茅舍也好，不管是寄宿公寓女房東的女兒或是參議員之女，她們之間互通著某種星象和心靈感應的訊息，所以在截然不同的環境和條件下也產生了如出一轍的效果，不外是對一個瀕臨失去靈魂的人的救贖。這些女人對他獻上姐妹般的友誼當成最高獎勵，有時獻上她們的愛情，甚至她們的肉體和所有佳偶良伴能提供的所有好處，支撐著一個男人對未來幸福的希望，如果確實能夠得到幸福的話，會是在善良天使從高高的聖壇上下來以後，因為且讓我們承認吧，這終究不過是聖母瑪麗亞崇拜的次要表現形式。瑪里麗亞和女房東的女兒都是最聖潔聖母的化身，她們投下憐憫的目光，將療傷之手放在身體和道德的傷口上，創造出轉變健康和政治立場的奇蹟。當這種女性開始統治時，人類會向前邁出一大步。想到這些可悲的不敬，里卡多．雷伊斯啞然失笑。看到一個人對著自己微笑，尤其是對著鏡子微笑，是一件不愉快的事，幸好他和世界之間有一道緊閉的門。接著他問自己，那瑪森妲呢，瑪森妲是哪一種女人呢。這個問題離題太遠了，對於沒有談話對象的人來說，只是一個心理遊戲。首先，他必須看看她是否有勇氣來公寓拜訪他，接著，不管她多麼不情願，多麼辭不達意，她得向他解釋，為什麼來到這個封閉且孤獨的地方，這裡像一面巨大的蜘蛛網，蛛網中央潛伏著一隻受傷的狼蛛。

今天是沒有人同意的約定期限的最後一天。里卡多．雷伊斯看著時鐘，剛過四點。窗戶關著，天空飄著幾朵雲。如果瑪森妲不來，她也不能用近來經常耳聞的簡單藉口，我很想去，可是雨下得大了，不過我父親出門了，必然是去尋花問月，經理薩爾瓦多十之八九會問我，瑪森妲小姐，這種天氣，你肯定是不會出門了。里卡多．雷伊斯看了看錶，四點半了。瑪森妲還沒來，不會來了。室內的光線迅速消失，家具藏在顫晃的陰影後方，現在能夠體會阿達瑪斯托的痛苦了。懸念變得簡直無法忍受時，大門的門環驀地傳來兩聲敲門聲。這棟樓彷彿從上到下都在顫抖，像是地震撼動了地基。里卡多．雷伊斯沒有衝向窗口，所以他不知道他走到樓梯平臺拉電線時誰會出現。他聽到樓上女人開門說，哦，對不起，我以為是找我的，這是一代又一代愛管閒事的女人的口頭禪。是瑪森妲。里卡多．雷伊斯倚在欄杆上看見了她。走上第一段樓梯，她抬起頭來，急於確認她要找的人真住在這裡，她微微一笑，一個有著未來的微笑，不同於鏡裡的微笑，這就是差別。里卡多·雷伊斯背著門，瑪森妲爬上最後一段樓梯時，他才注意到樓梯的燈滅了，他幾乎在黑暗中迎接她的到來，換一個層次的思考，他驚奇地想，她的笑容怎麼會如此燦爛。她站在我的面前時，我該說些什麼呢，我不能問你好嗎，也不能用更普通的方式驚呼，真沒想到在這裡見到你，也不能浪漫地歎息，我都要放棄希望了，我望眼欲穿，你為什麼這麼久才來。她走了進來，我關上門，我們兩個都沒說話。里卡多·雷伊斯執起她的右手，只是為了引導她走入家中的迷宮。到臥室不合適，去餐廳則是荒謬，他們要並排或面對面坐在長桌周圍的哪把椅子上呢，那裡會坐多少人呢，他有很多很多，她也肯定不止一個，就進書房吧，瑪森妲坐沙發，我坐在另一張上。好，他們進去了，天花板的燈是亮著的，桌燈也亮著。瑪森妲看了看四周沉重的家具，兩個滿是書的書架，綠色吸墨紙，然後里卡多·雷伊斯告訴她，我要吻你了。她沉默不語。慢慢地，她用右手撐著左肘，這是抗議，是乞憐，還是投降呢。她將手臂橫在身體上，像屏障一樣。里卡多·雷伊斯向前邁了一步，可是她沒有動。就在他快碰著的時候，瑪森妲鬆開了手肘，讓右手落下，與另一隻手一樣死氣沉沉垂著，她看著這個男人靠近，無論她內心有什麼生命，都分成了跳動的心臟和顫抖的膝蓋兩部分。她感到喉頭哽咽了，他們的嘴唇相碰，這是一個吻嗎，她心想。不過這只是一個吻的開始。他的嘴緊貼著她的嘴，他的唇開啟她的唇，被開啟是身體的命運。里卡多·雷伊斯的手臂現在攬著她的腰和肩，她的胸脯頭一次和一個男人的胸部接觸。她意識到，這個吻還沒有結束，無法想像它會結束，也無法想像世界回到最初的純真，她也意識到自己必須做點什麼，而非杵在那裡垂著手臂。她的右手移到里卡多．雷伊斯的肩膀上，她的左手，無論是死了還是睡著了，做了夢，回想起曾經做過的動作，手指交纏勾在男人的脖子後面。她以吻報答里卡多．雷伊斯的吻，手放在他的手上，我決定來的時候就知道了，我離開旅館的時候就知道了，當我走上樓看到他俯身倚在欄杆上的時候，我就知道了，我知道他會吻我。她的右手離開了他的肩膀，滑落下來，累了，她的左手從來沒到過那裡。這一刻，當吻到了不能再滿足的地步時，身體退縮了，幾乎搖搖欲墜。在湧起的力量迫使我們走入下一階段以前，讓我們將他們分開吧，新一輪的吻突然展開，短暫的，急切的，嘴唇不再滿足於嘴唇，卻又不斷地回到嘴唇上。有經驗者都知道這個順序，不過瑪森妲並不知道，她生命中第一次讓男人親吻和擁抱，突然發現親吻的時間越長，再吻的需求就越強烈，這種需要的高潮似乎永無止境。她的出路在別處，在沒有膨脹也沒有獲得釋放的喉頭啜泣中，一個微弱的聲音懇求著，放開我，接著不知出於什麼顧忌，彷彿怕冒犯他人，又說，讓我坐下。里卡多．雷伊斯把她帶到沙發上，不知道下一步該做什麼，該說什麼，他應該向她表白，還是請求她的原諒就好，他應該跪在她腳前，還是保持沉默等待她開口呢。他覺得一切都是虛幻的，唯一真實的是他說我要吻你了，而且吻了。瑪森妲坐著，左手放在膝蓋上，一覽無遺，好像一個目擊者。里卡多．雷伊斯也坐著，他們望著對方，意識到自己的身體，好像每個人都是一個低語的巨貝。瑪森妲對他說，也許我不該這麼說，但是我知道你會吻我。里卡多．雷伊斯靠過去，把她的右手舉到他的唇邊，最後說道，我不知道我吻你是出於愛還是出於絕望。她回答說，沒有人吻過我，所以我無法分辨愛和絕望。不過至少你必須知道自己的感受。我感覺到你的吻，如海感覺到浪，但願這句話有什麼意義。這些天我一直在等你，問自己如果你來了會發生什麼，我從沒想過事情會變成這樣，可是當你走進這裡時，我明白了吻你是我唯一能做的，我說我不知道我吻你是出於愛還是出於絕望，如果剛才我知道自己是什麼意思的話，現在我已經不知道了。所以你終究沒有感到絕望，也不會對我有愛。每個男人對他吻的女人都會有愛，即使那個吻是一個絕望的吻。你有什麼理由絕望。只有一個理由，這種空虛感。一個雙手都能用的男人怎麼會哀嘆呢。我不是哀嘆，我只是說，男人必須經歷絕望，才會對一個女人說出我要吻你，就像我剛才對你說的。你也許是出於愛才這麼說的。如果是愛的話，我不事先告訴你就吻你了。所以你並不愛我。我非常喜歡你。但是那不是我們親吻的原因；嗯，不是。發生了這些事後，我們要做什麼呢，我在一個男人的公寓，我這一生就和他交談過三次，我來這裡看你，和你說話，讓你吻了，我不願再想別的事了。也許有一天我們會不得不考慮那件事；也許有一天，但是不是今天。我給你倒杯茶，我有一些蛋糕。我來幫你吧，不過我一會兒就得走了，我父親可能會回旅館，問我在哪裡。別拘束，何不脫下外套。我這樣很好。

在廚房裡喝完茶後，里卡多．雷伊斯帶她參觀公寓，他們只看了一眼臥室，就回到了書房，瑪森妲問他，你開始看病人了嗎。還沒有，我可能會設法開業，就算一天只看幾個鐘頭也好，重點在於重新調整自己。這會是一個開始。警察又給你添麻煩了嗎；沒有，他們現在根本不知道我住在哪裡；他們想查也是查得出來的。那你的手臂呢；你用看就知道了，我不再希望治得好，我的父親他；你的父親怎麼；我的父親認為我應該去法蒂瑪，他說如果我有信仰，可能有奇蹟發生，就像別人出現奇蹟一樣。一個人開始相信奇蹟，就不再有希望。我懷疑他的戀情快結束了，他們已經交往了一段時間。告訴我，瑪森妲，你相信什麼；此時此刻嗎；對，此時此刻；我只相信你給我的吻。我們可以再來一次；不；為什麼不；因為我不確定我會有相同的感覺，現在我必須走了，我們明天一早就離開。在門口，她伸出手，給我寫信，我也會寫給你；下個月見；如果我父親仍然想再來；你不來，我就去孔布拉。放開我，里卡多，否則我會要求你再吻我。瑪森妲，請留下來；不行。她飛快走下樓梯，一次也沒有回頭。前門砰一聲關上了。里卡多・雷伊斯走進臥室時，聽到上頭有腳步聲，接著有扇窗戶打開。是四樓的鄰居，她想親眼瞧瞧什麼樣女人來拜訪新房客，看看她是否扭著屁股，不是我弄錯了，就是有什麼可疑事正在發生，我還以為這棟樓非常寧靜可敬呢。

對話與對話附帶的批評。昨天來了一個，今天又來了一個，四樓的鄰居說。我沒見著昨天那個，但是今天來的打掃他的公寓，二樓的鄰居說。我覺得她看起來不像打雜的；你說得對，要不是她拎著大包小包來，我還以為她是某個有錢人家的女傭呢，還帶著家事肥皂，我用聞就知道，還有刷子，她到的時候，我恰好在樓梯抖門墊。昨天來的是個年輕小姐，戴著一頂近來很流行的漂亮帽子，不過沒待多久。你有什麼看法；坦白說，我不知道該說什麼，他一星期前才搬進來，已經有兩個女人來過了。這一個來打掃，這很自然，一個獨居的男人需要有人來維持室內整潔。另一個可能是親戚，他一定有親戚吧。可是我覺得納悶，你有沒有注意到，這一整個星期，除了午餐時間，他從來沒有離開過公寓。你知道他是一個博士嗎；我馬上就知道了，打雜的女人星期天來時喊了他；你看他是一個醫學博士或法律博士；我不知道，不過別擔心，我去繳房租時會問清楚，仲介肯定知道。這棟樓有個博士總是好的，你永遠不知道我們什麼時候會需要他。只要他可靠就行。我得看看能不能逮住他這個打雜的，提醒她每星期要洗一次她那層的樓梯，這裡的樓梯一直保持得一塵不染；對，告訴她，別讓她以為她可以把我們兩個當狗對待。她最好知道她在跟誰打交道，四樓的鄰居說，如此這般結束了批評和對話。剩下要提的只有那無聲的一幕，她穿著針織拖鞋，緩緩爬回她的公寓。到了里卡多．雷伊斯的門口，她仔細地聽著，把耳朵貼在鎖眼上。她聽到了潺潺的水聲，還有打雜女工的低聲歌唱。

對麗迪雅來說，這是非常忙碌的一天。她穿上帶來的工作服，把頭髮紮起來用帕子包好，捲起袖子，開始熱情地工作，靈巧閃避了里卡多．雷伊斯認為當他們碰上時他該要表現的嘻笑打鬧，由於缺乏經驗和心理洞察力，他錯了，因為這個女人此刻除了除塵洗滌掃地以外，不求其他的樂趣。她習於做家務，根本不用什麼力氣，於是就開始哼起歌來，不過聲音很輕，以免鄰居認為這個打雜女工第一天幫醫生幹活就放肆了。一個上午的時間，里卡多．雷伊斯從臥室被趕到書房，從書房被趕到餐廳，從餐廳被趕到廚房，從廚房被趕到浴室，到了午餐時間，他從浴室出來，又反個方向被趕了一回，他在兩間空房稍稍喘了口氣，見麗迪雅絲毫沒有要中斷工作的意思，就難為情地說，你知道的，我家裡沒有吃的東西。他尷尬地表達了思想。不加以偽裝的話，這句話聽起來應該是這樣的，我要出門吃午餐了，不過我不能帶你上餐廳，那看起來不太好，你怎麼辦呢。她會完全照著她現在使用的語言來回答，至少是不能指責麗迪雅是雙面人，去吃午餐吧，我從旅館帶了一小碗湯和一些燉肉來，我把它們熱一熱，我這樣就行了，您也慢慢來，這樣我們就不會被對方絆倒了。她一邊說，一邊笑，用左手手背擦了擦臉上的汗，另一隻手整理溜下來的帕子。里卡多．雷伊斯碰碰她的肩膀，說道，那麼，待會兒見，然後走了。他下樓走到一半，忽然聽見二樓和四樓的門開了，鄰居齊聲來提醒麗迪雅，喂，親愛的，別忘了把你家主人的樓梯刷洗乾淨，不過一看到了醫生，她們又趕忙溜了回去。里卡多・雷伊斯一踏上人行道，四樓女人就會下樓去找二樓女人，兩人低聲耳語，我嚇了一大跳；你見過房客出門，把打雜女工獨自留在公寓嗎；我得說，他還真信任她，她大概在他以前的住處也替他打掃過；也許，太太，也許，我不否認，不過他們也可能私通上了，男人就是這種流氓，從不放過任何機會。別胡說，他是博士；博士也可能是流氓，男人就是壞；我家那口子沒那麼壞；我家那口子也是。等一下，太太，不要讓那個賤人給溜了；別擔心，不給她點命令，她是過不了我門口的。事實證明沒有必要。下午三點左右，麗迪雅拿著刷子、拖把和水桶走到樓梯平臺。四樓女人不出聲在樓上看著，木梯在刷子沉重的擊打下發出聲響。擦乾髒水，擰到水桶，水桶換了三次水，整棟樓漫著乾淨又濃烈的肥皂味。無法否認，這個打雜女工很知道自己的職責，二樓鄰居立刻就看出來，麗迪雅剛到了她那層的樓梯，她就藉口要拿走門前的鞋墊，特地出來跟她說話，我說老實話，姑娘，你樓梯刷得可真乾淨，知道我們三樓有這麼一位可靠的房客，真是太好了。醫生堅持每一樣東西都要乾淨整潔，他喜歡看到工作做得妥當，看起來賞心悅目。這是當然的。這句話不是麗迪雅說的，是四樓鄰居說的，她俯身靠在欄杆上。一想到剛刷洗過的樓梯，一聞到剛擦拭過的木頭的氣味，就有一種令人陶醉的感受，這是一個以家務為榮的姐妹會，彼此之間寬恕了，即使這種寬恕比玫瑰還要短命。麗迪雅祝她們有個愉快的下午，拿著水桶、刷子、抹布和肥皂回到樓上，反手緊緊把門上，心裡嘀咕著，勢利的老婊子，她們以為是在對誰發號施令。她打掃完畢，一切井然有序，里卡多．雷伊斯現在可以回來，用手指滑過家具表面，像是總想找出缺點的家庭主婦，檢查每一個角落和裂縫。忽然，一股巨大的悲傷襲上心頭，麗迪雅感覺到很寂寞，不是因為累了，而是因為她明白，雖然無法用言語表達，她完成了她的用途，現在要做的就只有等待主人到來，主人會感謝她，希望對她的勤勞和努力給予補償，她會帶著漠然的微笑傾聽，接受報酬或不接受報酬，然後返回旅館。今天，她甚至沒有去探望母親，問問是否有弟弟的消息，她不是懊悔，而是感覺好像自己什麼也沒有。現在她又換回了外衣和裙子，身上的汗涼了下來，她坐在廚房的長椅，雙手疊放在膝蓋上等待著。她聽到樓梯響起腳步聲，鑰匙插入了鎖裡，是里卡多．雷伊斯，他在過道裡打趣說，好像進入了天使的住所。麗迪雅站起來，聽到這樣諂媚的話笑了，頓時心滿意足，他伸出雙手，張開雙臂走過來，深深打動了她，哦，別碰我，我全身都是汗水，我剛好也要走了。先別走，時候還早，喝杯咖啡，我買了奶油蛋糕，你為什麼不先洗個澡，讓自己清爽一下。什麼主意，我在您的公寓洗澡，誰聽說過這種事。前所未聞，不過凡事總有第一次，按我說的做吧。縱使社會慣例另有規定，她不再反對了，不能反對了，因為這是她生命中最快樂的時刻，放熱水，脫衣服，慢慢坐進浴缸裡，感覺疲憊的四肢在舒適的溫水中放鬆，用海綿在身體、小腿、大腿、手臂、腹部、乳房塗上肥皂泡沫，知道門的另一邊有人等著她。我能想像他在做什麼，在想什麼，可是萬一他進來，可是萬一他看到我，看到我光著身子坐在這裡，那真是太丟臉了。令她心跳如此之快的，是羞愧還是恐懼呢。她走出浴缸。里卡多．雷伊斯開門時心想，人體閃閃發光走出水中時，總是美麗的畫面。麗迪雅一絲不掛，遮住胸部和胯部，懇求道，別看我。這是她第一次這樣面對他。請走開，讓我穿好衣服，她尷尬地低聲說，但是他面露微笑，笑中有溫柔、欲望、甚至淘氣，他告訴她，別穿衣服，擦乾身子就好。他拿了一條大毛巾裹住她，然後走進臥室，脫下自己的衣服。床才鋪好，床單有一股新味。麗迪雅走進來，沒有把毛巾當成透明面紗，而是緊緊拿著遮掩身體，不過靠近床邊時，她放下毛巾，終於鼓起了勇氣。今天不覺得冷，她的身體內外都在燃燒，現在顫抖的是里卡多．雷伊斯，孩子似地朝她伸出手來。期待多時，這是他們頭一次兩人都赤裸著身體。春天來得很慢，但是遲到總比不到好。樓下鄰居在廚房，爬到兩把疊起的高凳上，冒著摔下來肩膀要脫臼的風險，努力解讀穿透天花板的聲音的含意。她的臉龐由於好奇和興奮而變得緋紅，她的眼睛因為壓抑的邪惡而閃閃發光，這就是這些女人的生與死，你能相信醫師和那個蕩婦在做什麼嗎。但是誰知道呢，或許他們正在做的不過是翻起床墊敲打的光榮任務，只是這很難相信。半個鐘頭後，麗迪雅走了，二樓鄰居不敢開門，就是大膽也是有其極限，不過她還是滿足於從窺視孔望著一個敏捷的人影快步走過，她全身裹著男人的氣味，彷彿穿著一副盔甲。躺在床上的里卡多．雷伊斯閉上眼。既然肉體得到了滿足，他可以開始提高微妙且難以捉摸之孤獨的快樂。他滾到麗迪雅躺過的地方。好奇特的氣味，一種奇特動物的氣味，不過這種氣味是雙方的，不是一個人的，也不是另一個人的，而是兩個人的。夠了，我們別說話了，我們不屬於這裡。

一天從早晨開始，一星期從星期一開始。天一亮，里卡多．雷伊斯就開始苦思冥想，要給瑪森妲寫一封長信。對於我們吻過卻未曾表白我們的愛的女人，我們該給她寫些什麼好呢。請求她的原諒是冒犯，尤其她以熱情回吻後。另一方面，我們吻她時要是沒有說我愛你，那麼我們現在又何必冒著不被相信的風險編造這些話呢。羅馬人用拉丁語向我們保證行動勝於雄辯，所以就讓我們相信已經行動了，言語只是多餘，言語是一個磨損且脆弱嬌嫩的繭的第一層。我們應該使用不帶承諾的言語，無所求的言語，連暗示也沒有的言語，讓它們在我們怯懦退卻時保護我們，就像以下的片語隻辭，籠統，而且含糊，且讓我們細細品味那一刻，那轉瞬即逝的喜悅，嫩葉再現的綠。我覺得今日的我和昨日的我是不同的夢，歲月苦短，人生太過短暫，我們最好擁有的只是記憶，寧可少記，不可多記，讓我們實踐自己的目標，除此，我們什麼也沒有得到。這就是信的結尾。我們以為寫出來很不容易，沒料下筆流暢，關鍵就在於別太深刻感受自己所說的話，也不要過於思考自己所寫的東西，其餘的就看答信了。下午時，一如他的承諾，他開始尋找代班的工作，一星期工作三天，每天兩個鐘頭，一星期一天也行，預防功夫生疏了，就算在窗戶對著後院的辦公室工作也行。小小的問診室就行了，擺上老式的家具，屏風後方放張例行檢查用的簡單躺椅，一盞可以調整的檯燈，以更仔細檢查病人的臉色，給支氣管炎患者準備的痰盂，牆上有幾張畫、他的裱框文憑、告訴我們還能活多少天的日曆。他從稍遠的地方開始尋找，阿爾坎塔拉，潘普利亞，也許是因為他進入海峽時經過這些地方。他詢問是否有職缺，和那些他不認識、也不認識他的醫生交談，他稱呼他們為親愛的同事，他們用同樣方式對他說話，他卻感到很可笑，我們這裡有個職缺，不過是暫時的，有個同事正在休假，他下星期就會回來。他試了試伯爵區一帶，然後又找過了羅西烏廣場周邊，但是所有職缺都找到了人。不缺醫生，這倒是件好事，因為我們在葡萄牙有六十多萬個梅毒病例，嬰兒死亡率甚至更令人擔憂。每千名嬰兒就有一百五十個早夭。想一想，要是我們沒有這麼優秀的醫生，那會是多麼大的災難。一定是命運之手的操弄，因為在遠處千辛萬苦尋找後，里卡多・雷伊斯終於找到了，就在星期三那天，而且幾乎就在自家門前的避難所，賈梅士廣場，他太幸運了，他發現自己被安排在一間窗戶俯瞰廣場的辦公室裡。沒錯，他是只能從後頭看到達太安，但是溝通有保障，信息也絕對能夠收到，當一隻鴿子從陽臺飛到詩人頭上時，這一點是明明白白的了。牠可能在他耳邊低語，帶著鳩鴿的惡意，說他身後有一個對手，一個與他相似的精神，忠於繆斯，但是他的手只擅長使用注射器。里卡多・雷伊斯可以發誓，他看到賈梅士聳了聳肩。這個臨時工作是替一個擅長心肺疾病的同行代班，他自己的心臟也讓他失望了。病情並不嚴重，不過要三個月才能恢復。里卡多・雷伊斯不是這個領域的頂尖人物，我們也許還記得，他說過他沒有資格對瑪森妲的心臟病發表任何意見，但是命運不單推動了故事的發展，還懂得諷刺之道，因此我們的醫生發現自己不得不搜遍書店，找尋醫學教科書，一方面溫故知新，一方面認識醫療和預防醫學的最新技術。他去探望了養病的同行，向他保證，會盡個人之力，堅持過去是和未來仍舊是這個可敬領域最重要專家者的標準，我一定會孜孜不倦向你請益，利用你的知識和經驗。同行認為這番稱頌絲毫不誇張，承諾會全力配合。他們接著討論診所轉租的條款，診所的利潤分成，約聘護理師薪資，設備和營業支出，養病的心臟專家的定額抽成，不論他是還在生病或者恢復了健康。剩餘收入不太可能讓里卡多·雷伊斯變得富有，不過他仍有相當數量的巴西幣存款。如今，這座城市又多了一個行醫的醫生，由於他沒有其他更好的事可做，因此星期一、星期三和星期五總會準時上班。一開始，他等待著沒有出現的病人，接著患者上門了，就確保他們不會逃走，再接著這種新鮮感失去了刺激，他開始習慣了檢查衰竭的肺臟和壞死的心臟，在教科書中尋找不治之症的療法。他幾乎沒給同行打過電話，儘管他答應會定期拜訪他，和他商量。我們都要充分利用生命，為死亡做好準備，因此我們有許多工作要忙。況且，問這樣的問題多麼尷尬，同行，你的意見如何，我自己的感覺是病人的心臟危在旦夕，同行，除了通向另一個世界的明顯途徑以外，你能找到解決的方法嗎。無異在一個被判絞刑的人家中提到繩子。

瑪森妲迄今沒有回信。里卡多·雷伊斯又給她寄了一封，把他的新生活告訴她，他又開始行醫了，借用一個著名專科醫師的證照，我在路易·德·賈梅士廣場的診所看診，離我的公寓只有一箭之遙，離你的旅館也很近。有五顏六色房子的里斯本是一個非常小的城市。里卡多·雷伊斯覺得好像寫信給一個從未見過的人，如果這個人確實存在的話，她是住在一個未知地方的人，當他想到這個地方是有名字的，孔布拉，是他曾經親自走過的城市，這種念頭如同太陽打從西邊昇起一樣荒謬，因為我們就是死命地朝那個方向看，也只能看到太陽在那裡消失。他親吻的那個人，他仍然保留著的那個吻的記憶，都逐漸消散在時間迷霧中。在書店他找不到能使他回憶起來的文字。他發現的是心臟和肺部病變的信息，即使這樣，人們也常說，沒有病痛，只有病人。這是否代表沒有親吻，只有被親吻的人呢。的確，麗迪雅有空時幾乎都會來，從內外證據來看，麗迪雅是一個人，不過關於里卡多·雷伊斯的厭惡和偏見，我們已經說得夠多了。麗迪雅也許是一個人，但是她不是那個人。

天氣好轉了，世界卻是一天不如一天。按照日曆，春已經到了，可以看到樹木長出新芽嫩葉，不過冬仍舊不時侵入這些地方。驟雨傾盆而下，洪水沖走了樹葉嫩芽，直到太陽再度露臉，有太陽存在，我們就會忘記上季歉收，溺死的牛隻順流飄來，浮腫腐爛，小屋四壁坍塌，暴漲的大水將兩具男屍拖進了城市髒兮兮的下水道，裡頭滿是糞便和害蟲。死，該是一種簡單的退場，像配角低調退下一樣。他不再需要在場時，就被奪走了最後發言的特權。可是世界如此廣闊，包羅了更多戲劇化的事件，忽視我們咬牙切齒抱怨里斯本肉品短缺。這不是應該在國外散播或披露的新聞，這種事留給缺乏盧西塔尼亞人隱私意識的國家去做。看看最近在德國布倫瑞克舉行的選舉，動員起來的國家社會主義軍牽著一頭牛上街遊行，舉著一塊牌子，上頭寫著，這頭牛投反對票。如果是在葡萄牙，我們就帶牛去投票，然後吃了牠，牛里肌，牛腰肉，牛肚，牛尾則是燉湯。德國民族與我們的民族顯然很不相同。在這裡，群眾拍手叫好，爭相圍觀遊行，做出羅馬式的敬禮，夢想平民穿上戎裝，可卻在世界大舞臺上扮演著最卑微的角色。我們唯一的希望是被找去做臨時演員。這也就解釋了為什麼當我們站在街上向走過的年輕人表示敬意時，總是不知道該把腳放在哪裡，或者該用手做什麼。一個天真的嬰兒在母親的懷抱裡，不把我們的愛國熱情當一回事，扯著我們放在他面前的中指。有我們這樣的國家，人民是不可能自鳴得意又一本正經，或者把自己的生命獻在祖國的祭壇上，我們應當吸取教訓，看看上頭提到的德國人如何在威廉廣場擁立希特勒，聽他們怎樣熱切懇求，我們想見元首，我們懇求您，元首，我們想見您，元首，喊得嗓子都啞了，臉上都是汗水，白髮蒼蒼的小老太太流下溫柔的眼淚，腹部鼓脹乳房起伏的孕婦陣陣作痛，生來具有強壯肌肉和強大意志的男人全在歡呼鼓掌，元首終於走到了窗前，他們的歇斯底里於是沒有了界限，大家異口同聲喊著，萬歲。這才像話。但願我身為一個德國人。不過做人不必如此雄心勃勃。不拿他們和德國人比較，想想贏了戰爭的義大利人吧。就在幾天前，他們的飛機一路飛到哈拉爾，把一切都燒成了灰燼。如果義大利這種以塔朗特舞和小夜曲聞名的國家能夠冒這樣的風險，我們何必要被法朵哀歌和維拉舞所攔阻呢。我們的不幸是缺少機會。我們有一個帝國，最偉大的帝國，不只囊括整個歐洲，還有更多的土地，但是我們征服不了我們的近鄰，我們甚至無法收回奧利文薩。[19]然而，這樣一項大膽的舉措將把我們引向何方。但讓我們拭目以待，看看邊境的情況會如何發展，同時讓我們繼續在家中和旅館接待躲過了動盪的西班牙富人，這是葡萄牙人傳統的好客之道，如果有一天他們被宣布是西班牙的敵人，我們會把他們交給當局，當局將以他們認為合適的方法處置他們，法律就是為了執行而制定的。葡萄牙人有強烈的殉道欲望，渴望犧牲，急於克己，就在前幾天，我們的一位領導人還說過，凡生下兒子的母親，能夠引導兒子走上的最崇高宏偉的命運，就是為保衛祖國獻出生命。混蛋。我們可以看到他到產房，摸摸孕婦的腹部，詢問她們預計何時分娩，還告訴她們戰壕裡需要士兵，哪個戰壕，不用擔心，一定會有戰壕的。從這些預兆中我們看出，世間沒有多大的幸福。現在共和國總統阿爾卡拉．薩莫拉已經遭到罷免了，傳言說西班牙會發生軍事政變。如果發生這種情況，許多人會面臨悲慘的時刻。不過這不是民眾移民的原因。葡萄牙人不在乎他們是在祖國還是外面的世界生活，重要的是要找到一個能吃飽又能省點錢的地方，巴西也好，三月分有六百零六個葡萄牙人移民去了那裡，北美的美國也好，有五十九個葡萄牙人移民到那裡，或者阿根廷，有超過六十五人移民過去，但是到其他國家的移民全部加起來只有兩個。法國不適合葡萄牙鄉巴佬，在那裡你會發現另一種文明。

復活節到來了，政府在全國各地分發救濟品與糧食，將羅馬天主教紀念我們的主耶穌基督的受難和勝利活動，與暫且安撫抗議的胃的工作結合。未必守秩序的窮人在教區委員會和救濟院門口排起長長的隊伍，已經有傳言說，五月底，為了那些因里巴特茹洪災而無家可歸的人，賽馬會庭園要舉行一場盛大的宴會，這些不幸的人穿著褲襠溼透了的褲子好幾個月了。組織委員會已獲得葡萄牙上流社會幾個赫赫有名人士的支持，在道德財富和物質財富方面，他們一個比一個不簡單，梅耶．烏爾里希，佩雷伊斯特雷洛，拉夫拉迪烏，埃斯塔雷雅，達恩．伊．洛雷納，達．卡梅拉王子，阿爾托．梅亞林，莫西尼奧．德．阿爾伯克基，羅格·德·品烏，柯斯塔·瑪賽多，皮納，蓬巴爾，希布拉·伊·庫尼亞，里巴特茹居民非常幸運，如果他們夠忍受飢餓到五月的話。另一方面，即使和我們的政府一樣至高無上，在各個方面都是完美的，各地政府也表現出視力衰退的症狀，可能是因為做了太多書籍研究或壓力太大。其實，他們處在那麼高的位置，反而只能看得清遠處的東西，沒有注意到解決的辦法往往就在眼前，或者以這次的情況來說，就在報紙的廣告上。你沒有道理會錯過這則廣告，因為上頭居然有一幅畫著躺臥女子的素描，她穿著睡衣，讓人可以瞥見她宏偉的胸部，這大概要歸功於赫蓮娜·杜羅伊的治療。然而，這個可人兒顯得有些蒼白，不過還不到讓人以為她病入膏肓的地步，我們完全信任坐在她床邊的醫生，這位蓄山羊鬍子的禿頭醫生以溫和的責備口吻對她說，如果您吃了藥，臉色就不會如此蒼白了。他用一瓶保衛爾拯救她。政府早、中、晚都嚴格審查報紙，篩選提議，過濾意見，如果政府更加關注這些報紙，會發現解決饑荒問題太容易了。這就是解決辦法，保衛爾就是解決辦法，讓葡萄牙人手一瓶，大家庭配五公升大桶裝，推廣成全民飲食，一款萬用的營養品，一種萬能的治療法。如果我們從一開始就喝保衛爾，克萊奧蒂爾德太太，我們現在就不會皮包骨頭了。

里卡多·雷伊斯收集資訊，注意這些有用的良藥丹方。他不像政府，堅持找出段落中隱含之意，忽略了事實，沉湎於理論，毀了自己的眼睛。如果早晨天氣很好，他就出去看報紙，雖然有麗迪雅的關心和照顧，他還是有點悒鬱，他坐在陽光下，在阿達瑪斯托的保護眼神底下讀報。我們已經知道，怒容、虯髯和深陷的眼睛都是路易·德·賈梅士的誇大描述。

巨人不險惡也不邪惡，只是承受著單相思的痛苦，阿達瑪斯托對於葡萄牙船隻能否順利繞過好望角毫不關心。凝視著波光瀲灩的河流，里卡多．雷伊斯回憶起一首古老民謠的其中兩句話，從我房間的窗／看鯔魚飛躍。在波光中閃爍的是躍起的魚兒，躁動不安，陶醉於光中。的確，所有的身體或快或慢從水中浮現時，都是一幅美麗的畫面，如同前幾天麗迪雅在伸手可及之處淌著水一樣，或者如同這些離得太遠眼睛看不清的魚。兩位老人坐在另一條長椅上聊天，等著里卡多．雷伊斯讀完報，因為他通常會把報紙留在長椅上。老人天天都來，希望那位紳士會在公園出現。人生是一個取之不盡的驚喜礦藏，當我們到了某個年齡，除了從聖卡塔琳娜嶺觀看下方的船隻之外，就無事可做了，突然之間，我們得到一份報紙作為獎勵，有時是連續兩天，就看天氣好壞。有一回里卡多．雷伊斯真的看到一個老人緊張地小跑起來，一瘸一拐朝他坐的長椅靠近，於是他做了一件善事，親手將報紙遞給他，他說，報紙。當然，他們收下了，可是現在怨恨自己欠他一個人情。里卡多．雷伊斯交叉著雙腿坐在長椅上，舒舒服服，半閉著眼，感受陽光溫和的暖意，同時接收這個廣闊世界的消息。他得知墨索里尼已經誓言要立即殲滅衣索比亞軍隊，俄國除了提供建立獨立之伊比利亞蘇聯共和國聯盟的資金和資源以外，也向在西班牙的葡萄牙難民提供了武器，借用倫布拉萊斯的話，葡萄牙是上帝的創造，代代代代都是聖人英雄，預計有四千五百名工人會參加葡萄牙北部工會運動組織的遊行，其中有二千名裝卸工，一千六百五十名桶匠，二百名裝瓶工人，四百名來自聖佩德羅達科瓦的礦工，四百名來自馬托西紐什的罐頭工廠工人，以及五百名里斯本工會組織的準會員，他還得知阿方索・德・阿爾布克爾克號豪華汽船將前往萊克斯參加在那裡舉行的工人慶祝活動，時鐘將撥快一個鐘頭，馬德里發生大罷工，《犯罪報》今日販售，又有人見到尼斯湖水怪，在波多，政府員工負責分發食物給三千兩百個貧民，《羅馬噴泉》作曲家奧托里諾・雷伊斯畢基過世了。幸好，世界有適合每個人的東西。不是所有新聞里卡多・雷伊斯都讀得津津有味，但是他無法選擇，什麼新聞內容他都必須接受。他的情況迥異於一個每早收到他最喜愛的《紐約時報》的美國老人。這是一份特別版本的報紙，守護著九十七歲高齡的老讀者岌岌可危的健康，因為每天的報紙從頭版到最後一版都被篡改了，只有好消息和樂觀洋溢的文章，如此一來，可憐的老人家不會為了世上可能日走下坡的災難心煩。他私人版本的報紙解釋並證明經濟危機正在快速畫上句點，不再有失業問題，俄國共產主義正趨向美國主義，因為布爾什維克支持者被迫承認了美國生活方式的優點。早餐時，祕書將這些捷報讀給約翰・D・洛克斐勒聽，他打發祕書離開後，會用他疲倦的近視眼細細閱讀讓他安心愉快的段落。世界總算和平了，只在有利可圖的情況會打仗，股息穩定，利率有保障。他時日無多了，可是那一時刻到來時，他會幸福死去，成為唯一享有絕對個人且無法轉移之幸福的世人。其他人只能滿足於剩下的一切。里卡多・雷伊斯覺得剛剛讀到的東西非常有趣，把這份葡萄牙報紙放在腿上，想像老約翰・D用瘦骨嶙峋的雙手，顫巍巍翻開印刷著幸福的神奇報紙，不知道報紙在對他撒謊。這件事別人都知道，因為通訊社拍了電報，騙局從一個大陸傳到另一個大陸——《紐約時報》編輯部下令禁止在給約翰・D的特刊刊登任何壞消息——連家中戴綠帽子的人也不會最後才知道。這麼有錢有勢的人居然讓自己這麼被欺騙了。兩個老人假裝忙著閒談，沒有注意其他的事，但是一隻眼睛的餘光始終瞅著，等待著他們的版本的《紐約時報》。早餐通常只有麵包皮和一杯大麥咖啡，不過現在我們一定能收到壞消息，因為我們有個鄰居非常富有，把報紙留在公園長椅上也無所謂。里卡多．雷伊斯站起身來，向老人做了個手勢，老人喊道，噢，太謝謝您了，好心的先生。胖老人走上前，微笑拿起摺好的報紙，就像從銀盤拿起來似的，報紙完好如新，這是擁有醫師熟練雙手的好處，一雙纖纖巧手，胖老人回到長椅，在瘦老人旁邊坐下。他們不從頭版開始讀，首先，我們必須檢查是否有暴亂的相關報導，或者爆發了暴力、災難、死亡、犯罪事件，尤其要關注路易．烏切達的離奇死亡，哦，這讓人不寒而慄，還未破案呢，還有，奧拉里亞斯街八號一樓那個遇害的孩子，真可怖。

里卡多．雷伊斯回到公寓，發現門墊上有一只信封，淺紫色，上頭沒有顯示寄信人，也沒有必要顯示。經過了一番努力，辨識出弄汙的郵戳來自孔布拉，但是即使某種無法解釋的原因，郵戳的地名是維塞烏或布朗庫堡也沒關係，這封信真正寄來的那座城市叫瑪森妲。她來過他的公寓後，很快就要一個月過去了，如果我們相信她所言，那麼她是在這裡獻出了初吻。然而，她回到家，即使是這種深刻的震撼，這種徹底動搖了她的根基的震撼，也不足以敦促她寫幾行字，小心翼翼掩飾自己的感情，也許從兩個字洩露了，因為她顫抖的手無法把它們分開了。如今，她寫了信，想說什麼呢。里卡多．雷伊斯拿著未開封的信，放在床頭櫃上，就在《迷宮之神》的上面，照在柔和的燈光下。他想把信留在這裡，也許是因為他剛剛回來，聽了幾個小時的破風箱聲音後筋疲力盡，吃力地走在他如轉動水車的蒙眼騾子不斷漫遊的內城，患結核病的葡萄牙肺也疲憊不堪了，在某些時刻，他會感覺到時間所帶來的險惡暈眩、黏膩地面和軟綿碎石。可是如果現在不拆開，那這封信就永遠不會拆開了，要是有人問起，他會說信鐵定在從孔布拉到里斯本之間的長途旅行中迷了路，或者郵差騎馬穿過颳大風的平原，吹著他的喇叭，信從小背包中掉了。它裝在一個紫羅蘭色的信封，瑪森妲會告訴他，那種顏色的信封不常見。也許那時它落到花叢中，與花融為一體。但是可能有人發現了信，將它寄出，你還是能夠遇上老實人，他們不會留下不屬於他們的東西。除非有人打開看了，即使信不是寫給他的。信上寫的或許正是他巴望聽到的，或許人走到哪裡都把信放在口袋裡，不時讀一讀，尋求安慰。瑪森妲會回答說，這讓我覺得非常訝異，因為這封信沒有涉及這類的問題。我也是這麼想，因而花了這麼長時間才打開，里卡多·雷伊斯說。他在床緣坐下，開始讀信。親愛的朋友，很高興收到你的來信，尤其是第二封信，你在信上告訴我，你又開始看診了，我也很喜歡你的第一封信，不過你寫的一切我都不太明白，或者我有些害怕明白，相信我，我不願聽起來忘恩負義，因為你總是尊重我，體諒我，可是我不禁要問自己，這算什麼，又有什麼未來，我不是指我們，而是指我自己，我不知道你想要什麼，也不知道我想要什麼，如果人的一生可以由某些時刻構成就好了，並非我有很多經驗，不過我現在的這種經驗，瞬間的經驗，我多麼希望那就是我的人生，可是我的人生是我的左手臂，它沒了生氣，永遠都不會有生氣，我的人生也是分開我們的歲月，我們之中一個生得晚了，另一個生得早了，你不必費心遠從巴西來，距離沒有影響，讓我們分開的是時間，不過我並不想失去你的友誼，友誼本身是值得珍惜的，況且我要求再多也沒有什麼意義。里卡多‧雷伊斯抹了一下眼睛，繼續往下讀。有朝一日，我會如往常一樣去里斯本，我會去你的辦公室拜訪，我們可以聊一聊，我保證不會占用你太多的時間，也有可能我不去了，我父親已經灰心了，承認我可能治不好，我相信他說的是實情，畢竟他不需要這個藉口也可以隨時去里斯本，他最近提議我們在五月時到法蒂瑪朝聖，有信仰的人是他，不是我，不過也許他的信仰在上帝眼中就足夠了。信以友好的結語收尾，親愛的朋友，再會了，我到了就給你打電話。若是這封信遺失在花叢中，若是這封信讓風吹得宛如一片巨大的紫羅蘭花瓣，那麼里卡多‧雷伊斯現在便能自在地把頭靠在枕頭上，任由他的想像力馳騁，信上說了什麼，信上沒說什麼，他可以去遐想可能之中最為動聽的文字，這是人感到需求時會做的事。他閉上眼睛，心裡想，我想睡覺，他低聲堅持說，睡吧，彷彿催眠著自己，來，睡吧，睡吧，睡吧，不過他仍然用發軟的指頭拿著信。為了讓他那佯裝的輕蔑更具說服力，他把信扔了。現在，他靜靜地睡了，他的前額在抽搐，顯然他根本沒有睡著，他的眼皮在顫抖，他在浪費時間，這些都不是真的。他從地上撿起信紙，裝進信封，藏在兩本書中間。不過他也千萬別忘了找個更安全的地方藏好，麗迪雅早晚會來打掃，發現了這封信，然後會怎麼樣呢。不是說她有任何權利，她什麼權利也沒有，如果她來，那是因為她想來，不是因為我要求她，不過但願她不要不來了。里卡多・雷伊斯更想要的——這個忘恩負義的男人——是一個女人心甘情願和他上床，這樣他就不用冒著染上性病的風險四處尋覓。有些男人非常幸運，但是這個男人仍然不滿意，因為他沒有收到瑪森妲的情書。所有情書都是可笑的，在死神已經爬上樓梯的時候才寫情書是可笑的，更可笑的是，突然明白自己從來沒有收過情書。站在衣櫃的全身鏡前，里卡多・雷伊斯說，你是對的，我從來沒有收過情書，一封只說愛的信，我也沒有寫情書，在我寫字時，我心中無數的存在注視著我，然後我的手垂下來，一動也不動，最後我放棄了寫。他拿起裝著醫療器械的黑匣，走到寫字桌前，在接下來的半個鐘頭，寫了幾個新病人的病歷，然後去洗手。他對著鏡子端詳自己，慢慢擦乾了手，好像剛做完檢查，檢查過痰液檢體。我看上去累了，他想，就回到臥室，把木百葉窗打開一半。麗迪雅說下次來的時候要帶窗簾，非常需要窗簾，臥室完全暴露在外。黑暗正在逼近。幾分鐘後，里卡多・雷伊斯出去吃晚餐。

有一天，一些好奇的人可能會問里卡多・雷伊斯餐桌上的表現，他喝湯時是否發出聲音，使用刀叉時是否會換手，喝酒前擦嘴了嗎，還是在杯上留下汙跡，是否過度使用牙籤，是否在用餐完畢後解開背心，是否逐項核對帳單呢。出身加利西亞的葡萄牙侍者可能會說，他們從來沒有留意過。你很明白，先生，我們遇到各式各樣的人，過了一段時間後，我們不會再留心了，人按照他所受的教育進食，而醫生給人的印象是，他是一個文雅的人，一進門，就問候大家下午好或晚上好，然後馬上點他要的菜，接著就好像他人不在那裡似的。他總是獨自用餐嗎；都是獨自一人，不過他有一個奇怪的習慣；什麼習慣；每次我們要拿走桌子對面的餐具時，他總是會要求我們留著，他說兩個人坐的桌子看起來更有吸引力，有一次我為他服務時，發生了一件奇怪的小事。什麼事。我給他倒酒時犯了錯誤，把兩個杯子都倒滿了，他那杯和不在場的客人的那杯，如果你懂我的意思的話。哦，我懂，然後發生了什麼。他說這樣正好，從那時起，他總是堅持要給另一杯斟滿，在餐後，他會一口氣喝完，閉著眼睛喝。多麼奇怪。先生，您大概知道，我們做侍者的會看見一些奇怪的景象。他在他經常光顧的其他館子也這麼做嗎；啊，這我就不能告訴你了，你得去問一問。你能回憶起他是否遇見朋友或熟人，即使他們沒有同桌而坐。從來沒有，他總是給人一種剛從國外來的印象，就像我剛從克孫凱拉德亞恩維亞來這裡的時候，如果你懂我的意思。我完全懂你的意思，我們都有過這樣的經驗。先生，你還需要什麼嗎，我得去服務角落那個客人了；當然，去吧，非常謝謝你告訴我這些。里卡多．雷伊斯喝完了他任其冷掉的咖啡，要了帳單。等候時，他雙手捧起第二杯幾乎是滿的酒，像在向對坐的人敬酒，然後半閉著眼睛，慢慢地喝下了酒。他沒有核對帳單就付了款，留下小費，一個常客可能會給的小費，不吝嗇也不過分，然後向大家道了聲晚安就離開了。你看到了嗎，先生，他就是這樣。里卡多．雷伊斯在人行道邊上停了下來，似乎有些猶豫不決。天空陰沉，空氣潮溼，雲很低，卻似乎沒有下雨的徵兆。有那麼一個迴避不了的片刻，布拉干薩旅館的記憶困擾著他。他剛用完了晚餐，說了聲，拉蒙，明天見，走進交誼廳，在沙發坐下，背對著鏡子。現在薩爾瓦多會來問他要不要再來點咖啡，也許白蘭地，還是我們旅館很受歡迎的利口酒呢，醫生，他會說不，他很少喝烈酒。樓梯底的蜂鳴器響了，侍僮舉燈看是誰進來了，一定是瑪森妲，今天從北方來的火車很晚才到達。一輛電車駛來，發亮的目的地嵌板寫著埃斯特雷拉，車站恰好就在這裡，司機看到了站在人行道邊上的紳士。不錯，這位紳士並沒有示意電車停下來，但一位有經驗的司機可以看出他在等車。里卡多・雷伊斯上了車。這個時候電車幾乎空無一人，乒乓，售票員按了鈴。這段旅程需要一些時間，電車沿著自由大道行駛，經過亞歷山大・埃爾庫拉諾街，橫過巴西廣場，再沿著桑樹街開。到達山頂後，它沿著席爾瓦・卡爾瓦略街穿過奧里基區，來到費雷拉・博爾赫斯街，在多明哥斯・薩凱拉街的路口，里卡多・雷伊斯下了車。因為已經十點多了，周圍的人不多，高樓立面上也看不見幾盞燈。預料之事，居民大多時間都在建築的後側，婦女在廚房洗最後的碗盤，孩子上床了，男人對著報紙打哈欠，由於大氣干擾信號不好，也還是想辦法收聽塞維亞廣播電臺，沒有特別的理由，也許只是因為他們從來沒有機會去那裡。里卡多・雷伊斯沿著薩拉瓦・卡瓦略街向墓地方向走去，越走越近，遇到的人也越來越少，還剩下一段路要走時，路上已經沒有人了。他消失在兩根燈柱中間的黑暗，從琥珀色的燈光中再次現身。在前方的暗影，他聽到了當地守夜人的鑰匙聲，他開始巡邏了。里卡多・雷伊斯穿過廣場，朝上了鎖的大門走去。守夜人遠遠看著他，又繼續往前走，心裡暗想，有人要在夜裡哭泣排解悲傷，也許他失去了妻子或孩子，可憐人，或者失去了母親，大概是母親吧，母親總是會走的，一個虛弱嬌小的婦人，年事已高，沒有見到兒子一面就闔眼了，她暗忖，我不知道他在哪裡，然後去世了，人就是這麼分離的。也許就是因為這個守夜人所負責街道寧靜，他才會有這麼體貼的想法。他對自己的母親沒有任何記憶。我們不為自己，而是為他人難過，這事常發生。里卡多・雷伊斯走到柵欄前，碰了碰柵欄。裡面傳來一陣幾乎不可聞的低語，微風吹拂著柏樹枝頭，可憐的樹，葉子已經脫落光了。不過其實感官是被騙了，我們所聽到的聲音只是在那些高樓裡睡著的人的鼾聲，那些牆外矮屋裡睡著的人的鼾聲，音樂聲，嗡嗡的語聲，女人低語道，我好累，我要躺下。這就是里卡多・雷伊斯對自己說的話，我好累。他把手伸進柵欄，但是沒有另一隻手來握住他的手。這些人淪為屍體，連隻手都抬不起來。

---

19 Olivença，西班牙市鎮，一八〇一年前為葡萄牙領土。

費爾南多．佩索亞在兩個晚上後出現。里卡多．雷伊斯喝了湯，吃了一盤魚、麵包、水果和咖啡後，正在回家的路上。桌子有兩只玻璃杯。我們知道了，他每頓要喝上一杯酒，可是沒有一個侍者會說這位顧客有喝多的習慣，起身離開桌子時差點倒下。語言的魅力就在於這樣的矛盾，沒有人能同時起身又倒下，但是我們時常看到這種事，甚至自己可能也經歷過。但是不管費爾南多．佩索亞何時出現，里卡多．雷伊斯的腦袋永遠是清醒的，現在他看著詩人背對著他，坐在離阿達瑪斯托最近的長椅上，他的腦袋是清醒的。絕對是他，那細長的脖頸，還有頭頂稀疏的頭髮。此外，沒有幾個人出門會不戴帽子或不穿雨衣。天氣無疑變暖了，但是入夜還是會轉涼。里卡多．雷伊斯在費爾南多．佩索亞旁邊坐下。夜色凸顯了詩人灰白色的皮膚、純白色的襯衫，其餘的則是暗淡的，幾乎無法分辨什麼是他的黑色西裝，什麼是雕像投下的陰影。公園裡沒別的人。河另一邊的水面，可以看見一排霍霍眨眨的光，不過看起來像繁星，閃爍著，顫抖著，彷彿要滅了，可是照舊存在。我以為你再也不會來了，里卡多．雷伊斯說。我幾天前來看過你，但是在你家門口見到你忙著和麗迪雅在一起，所以就走了，我不喜歡活人畫，費爾南多．佩索亞回答道，可以看出他露出了那慘白的笑容。他的雙手在膝蓋上緊握，表情彷彿耐著性子等待被傳喚或被攆走的人，可是他也同時在說話，因為沉默會使人更加難以忍受。我從來沒有想到你會展現出這種戀愛的冒險精神，這位善變的詩人歌頌過三位繆斯，涅埃拉、克蘿伊、麗迪雅，竟然從三位繆斯中的一人得到了肉體的滿足，了不起的成就，告訴我，另外兩個是不是從來沒有出現過。這也不足為奇，這些名字現在很少聽到了。還有那個迷人的小姐呢，非常優雅手臂癱瘓的那個，你還沒告訴我她的名字吧。她的名字是瑪森妲。好美的名字，告訴我，你最近見過她嗎。上次她來里斯本時見到了，大概一個月前。你愛她嗎；我不知道；麗迪雅呢，你愛她嗎；那不一樣；但你到底愛不愛她。她沒有拒絕給我她的身體。這證明了什麼。沒有，起碼在愛情方面沒有，可別再問我的私事了，我更想知道你為什麼不再來。說白了，因為我煩了；對我煩了；也是對你煩了，不是因為你是你，而是因為你在那一邊；哪一邊；活著的那一邊，活著的人很難理解死去的人。我猜想，死去的人也同樣難以理解活著的人。死人擁有活著的優勢，他熟悉這個世界的事物，也熟悉另一個世界的事物，活著的人則學不到這個基本真理，從這個真理中受益。什麼真理；人必有一死。我們活著的人都知道我們會死。你不知道，沒有人知道，我活著的時候就不知道，我們毫無疑問知道的是，別人會死。以一個哲理來說，我覺得這是一個微不足道的哲理。當然微不足道，你不知道當你從死亡的這一邊看，每件事都變得非常微不足道。但是我在生命的這一邊。那麼你就應該知道那一邊哪些東西是重要的；活著是重要的。親愛的雷伊斯，講話要小心，你的麗迪雅是活著的，你的瑪森妲是活著的，但是你一點都不瞭解她們，即使她們有意告訴你，你也不能瞭解，隔開活人的牆，與隔開活人和死人的牆，一樣都是不透明。對於相信這一點的人來說，死亡終究會是一種安慰。未必，因為死亡是良心，是判官，會審判一切，包括自己和人生。親愛的費爾南多，講話要小心，你很有可能會貽笑大方。管他多麼可笑，如果我們不把所有的話都說出來，我們永遠也說不出重要的話。你呢，你現在知道重要的話了嗎。我只是開始變得可笑。可是你曾經寫過，新手，沒有死亡；我錯了；你現在這麼說是因為你死了嗎；不是，我這麼說是因為我曾經活著，但是我這麼說，最重要的是因為我再也不會活著了，要是你能想像那是什麼意思就好了，再也不會活著了。聽起來像是佩羅．格魯霍會說的話。我們從未遇到過比他更出色的哲學家。

里卡多．雷伊斯望著河的對岸。有的燈滅了，有的燈幾乎看不見，一層薄霧在水面上開始聚集，景色變得更加幽暗。你說你不再來的原因是覺得煩了；沒錯；覺得我煩；不是你讓我煩，讓我煩的，讓我疲憊的，是這樣來來去去，在拉拽的記憶和推拽的泯沒之間的拉鋸戰，一場無用的比賽，因為泯沒和遺忘最後總是獲勝。我沒有忘記你。讓我告訴你吧，在這個天平上，你並沒有什麼分量。那是什麼記憶繼續召喚你；我對這個世界的記憶；我以為你是被這個世界對你的記憶所召喚；真愚蠢的想法，親愛的雷伊斯，這個世界總是遺忘，我告訴過你，這個世界遺忘一切。你認為你已經被遺忘了嗎。這個世界非常健忘，甚至沒有注意到少了已經遺忘的東西。這句話中有很多虛榮的成分。當然，不大重要的詩人最是虛榮了。那麼，我一定比你更虛榮。容我說一句，我不是要奉承你，不過你不是一個糟糕的詩人；但是不如你好，我認為你是一個出色的詩人。在我們都死了之後，如果那時我們還被記得，或者只要我們還被記得，看看天平的指針指向誰的那一邊，這倒會很有趣。那時，我們一點也不關心輕重和天平了。新手，死亡存在嗎；存在。里卡多．雷伊斯拉緊雨衣，越來越冷了，如果你願意陪我回家，我們可以多聊一下。你今天沒有期待訪客吧。沒有，歡迎你留下來，就像上次一樣。你今夜是不是覺得寂寞。不是因為我渴望有人陪伴，只是因為我想到一個死去的人也許偶爾喜歡待在屋簷下，舒適坐在椅子上。我不記得你這麼愛開玩笑，里卡多。我不是在開玩笑。他站起來問，怎麼，你要來嗎。費爾南多．佩索亞跟隨，在第一根燈柱的地方趕上他。在大門口，他們碰到一個仰著臉的人。瞧他身體傾斜的模樣，人像是快失去平衡了，他似乎在檢查窗戶，也好像是辛苦爬上了那條陡峭的路後稍歇片刻。看到他的人都會對自己說，在里斯本這座城市，你會遇到很多晚上出來活動的人，不是人人都和小羊一塊睡覺。不過里卡多．雷伊斯走近時，一股濃烈的洋蔥味讓他受不了。他立刻認出了那個警方線人。氣味有成千上萬種，每一種都值得大書特書，氣味有好有壞，氣味就像全身畫，揭露了許多的事實，這個傢伙為何在這裡偷偷徘徊。大概不想在費爾南多．佩索亞面前丟臉，他主動先開口說話了，維克多先生，這麼晚了，你怎麼到這裡來呢。對方勉強回答，剛開始監視，他還沒有準備任何解釋應對，巧遇，親愛的醫生，純然是巧遇，我剛去探望一個住在伯爵街的親戚，可憐的女人，她染上了肺炎。維克多沒有徹底丟了臉，醫生，那麼你現在不住旅館了，這個笨拙的問題反而暴露了他的意圖。畢竟，投宿布拉干薩旅館，也可以夜裡來聖卡塔琳娜嶺散步啊。里卡多．雷伊斯假裝沒有注意到，或者他真的沒有注意到，對，我現在住在這裡，在三樓。噢。這一聲遺憾的呼喊雖然短暫，卻用一股難聞的惡臭污染了空氣，幸虧里卡多．雷伊斯背著風，老天對他真好。維克多說了再見，又噴出一股惡臭，祝你好運，醫生，如果有需要，記住，來找維克多談談，就在前幾天，我們的副局長還說，如果人人都像雷伊斯醫生那樣誠實又有禮，我們的工作將會是一種樂趣，我如果告訴他我們巧遇，他一定很高興的。晚安了，維克多先生，基於一般的禮儀，他必須回答幾句，況且他還要顧慮自己的名聲。里卡多．雷伊斯過了馬路，費爾南多．佩索亞跟在後頭，這時警方線人覺得地上有兩抹影子。是光線反射的關係，是錯覺，過了一定的年齡，眼睛就不能辨別可見的和不可見的。維克多繼續在人行道徘徊，等著三樓的燈亮起來，這是基本的簡單確認方法，他現在知道里卡多．雷伊斯住在那裡了。不用走動或詢問，在薩爾瓦多的幫助下，他找到了那幾個腳夫，在腳夫的幫助下，找到了這棟樓，人們說得對，只要腦子裡有舌頭的人，都去得了羅馬，從永恆之城到聖卡塔琳娜嶺，距離並不遙遠。

舒舒服服坐在書房的沙發上，費爾南多．佩索亞蹺起腿來，問道，你那個朋友是誰。他不是朋友。謝天謝地，他真臭，這五個月來我都穿著同一套西裝襯衫，連內衣褲也沒換，也沒有臭成那樣，但是如果不是你的朋友，那他是誰，還有那個對你評價似乎很高的副局長是誰。兩個都是警察，我前不久被叫去問話。我以為你奉公守法，不會觸犯當局；我是奉公守法；你必然是做了什麼，才會被叫去問話；就因為我是從巴西來的。我敢說麗迪雅一定是處女，她受了羞辱，痛苦不堪，所以提出了正式的控告。即便麗迪雅是處女，我羞辱了她，她要投訴，那也不是向國家安全和國防警察局投訴。是那個單位叫你去的；對；我現在認為是違反公共道德罪；我的道德沒有問題，絕對不會比我四周看到的更墮落。你從來沒提過與警方的這個小衝突；根本沒有機會，你也不來找我。他們有沒有傷害你，逮捕你，控告你；沒有，只問了我幾個問題，我在巴西有什麼朋友，我為什麼要回到這裡來，我回來葡萄牙後和誰聯絡。如果你把我的事告訴他們，那就真的太好笑了。我如果告訴他們我不時遇到費爾南多．佩索亞的鬼魂，我可以想像他們的表情。抱歉，親愛的雷伊斯，我不是鬼。那你是什麼；我不能告訴你，鬼來自另一個世界，而我是從逸樂墓園來的。那麼死去的費爾南多．佩索亞和曾經活著的費爾南多．佩索亞是一樣的嗎。從某種意義上說，是一樣的。總之，要向警察解釋我們的這些會面，太困難了。你知道我寫過一些抨擊薩拉查的詩嗎；他知道他是諷刺的對象嗎；我不認為他知道；告訴我，費爾南多，命運賜給我們的這個薩拉查是誰，是什麼樣的人。他是葡萄牙的獨裁者，保護者，如父親般的指導者，教授，溫和的統治者，四分之一的聖器守司，四分之一的先知，四分之一的塞巴斯蒂安，四分之一的西多尼奧[20]，考慮到我們民族的品格和性情，他是所有可能的領導人中最好的。這麼多P，這麼多S。巧合，我沒有想要壓頭韻。有人就有這種癖好，因為重複而喜孜孜，甚至相信這個方法會給世界的混亂帶來秩序。我們千萬不要嘲笑他們，他們個性一絲不苟，就像極端著迷於對稱的人。對於對稱的熱愛，親愛的費爾南多，來自於對於平衡的重大需求，它防止我們墜落；就像走鋼索的人手上拿的平衡棒；一點也沒錯，不過回到薩拉查，外國媒體大力讚揚他。呸，我聽說那些報導都是投稿人委託和付錢刊登的；不過這裡的新聞也情文並茂地讚揚他，你只需要拿起一份報紙，就會知道我們葡萄牙是世上最繁榮富足的國家，或者很快就會成為繁榮富足的國度，其他國家效法我們，也將繁榮起來。輿論是這樣的。我看得出你對報紙不太有信心；我以前常常看報紙；你說這話的語氣像是聽天由命；應該說是疲憊了，你明白我的意思，一番艱苦的體力勞動後，肌肉鬆弛下來，就想閉上眼睛睡覺了。你想睡了。我仍然感受得活著時經歷過的疲憊。死亡是一件奇怪的事；還有奇怪的事，當你從我立足的那一邊看到它時，你會頓時明白沒有兩種死亡是相同的，死亡對每個人來說都是不一樣的，有時一個人會帶上生活中所有的負擔。費爾南多．佩索亞閉上眼，躺在沙發上。里卡多．雷伊斯覺得他在睫毛間看到了淚水，不過它們可能就像是維克多看到的兩個影子，是光反射的結果，因為大家都知道死人是不會流眼淚的。那張露在外面的臉沒有戴眼鏡——留著稀疏的小鬍子，因為臉部和身體的毛髮壽命最長——流出出一種深深的哀愁，一種無法彌補的憂傷，如同童年的傷痛。接著費爾南多．佩索亞張開眼睛，微微一笑，我夢見我活著。好有趣的錯覺。有趣的不是一個死去的人會夢見自己還活著，畢竟他體驗過生命，他有可以夢想的東西，有趣的是一個活著的人夢見自己死了，因為他從來沒有體驗過死亡。很快你就會告訴我生和死是一樣的。一點也沒錯，親愛的雷伊斯。在一天之內，你闡明了三件完全不同的事情，死亡不存在，死亡存在，而現在又說生和死是相同的。沒有其他辦法能夠解決前兩種說法之間的矛盾。說這話時，費爾南多・佩索亞帶著心照不宣的微笑。

里卡多・雷伊斯站起來，我去熱點咖啡，馬上回來。聽我說，里卡多，既然我們都在討論媒體，我想聽一聽最近的新聞，這也是愉快度過今晚的一種方法。這五個月來，你和這個世界失去聯繫，很多事你會覺得難以理解。你也一樣，你離開十六年後回來，對某些變化必定也感到迷惑不解，毫無疑問，你不用跨越時間把線連起來，尋找某些沒有結的線和某些沒有線的結。報紙在臥室裡，我去拿，里卡多・雷伊斯說。他去了廚房，帶著白色搪瓷小咖啡壺、一個咖啡杯、小勺子和糖缽回來，放到沙發之間的矮桌上，又往外走，回來時拿來了咖啡，倒進杯子攪了一些糖。你顯然是喝不了了；如果我還剩下一個鐘頭的性命，此刻很可能就會用它來換一杯熱咖啡；你比英國國王亨利慷慨，他只用他的王國就換到了一匹馬；那是為了不失去他的王國，不過別管英格蘭的歷史了，告訴我活人世界正在發生什麼。里卡多・雷伊斯喝了半杯咖啡，翻開報紙，問道，你知道希特勒過生日嗎，他四十七歲。我不認為那是一條要聞。那是因為你不是德國人，你是的話，就不會那麼不屑了。還有什麼有趣的。這裡說希特勒在一種近乎神聖的崇敬氣氛中檢閱三萬三千名士兵遊行，原文是這樣寫的，你想有個概念，就聽一聽戈培爾的賀壽演講摘錄。讀給我聽。希特勒說話時，彷彿有一座廟堂拱頂在德國人民的頭頂昇起；很有詩意；不過這與巴爾杜爾・馮・席拉赫的話相比，就不算什麼了。誰是巴爾杜爾・馮・席拉赫，我不記得這個名字；他是第三帝國青年運動的領袖；他說了什麼。希特勒是上帝給德國的禮物，對我們元首的崇拜超越了所有信仰和忠誠的分歧。撒旦自己也想不出這種話來，對神的崇拜所造成的分裂，由於對一個凡人的崇拜而團結起來。馮・席拉赫還不止如此，他宣稱，如果德國青年發誓熱愛他們的神希特勒，如果德國青年忠心耿耿為他服務，那就是服從由永生之父那裡得到的誡律。了不起的邏輯，我們有一個神為自己的目的代表另一個神行事，聖子是聖父權威的仲裁者和審判者，這讓國家社會主義成為一門最神聖的事業。在葡萄牙，把神和人混為一談這一方面，我們做得還不錯，我們看樣子是要回到古代的神。回到你所選擇的。我只是借用了名字。繼續。好，米蒂林大主教莊嚴聲明，葡萄牙是基督，基督是葡萄牙。報上這麼寫的嗎；一字不差；葡萄牙是基督，基督是葡萄牙；沒錯。費爾南多・佩索亞想了一會兒，笑了起來，像咳嗽一樣乾巴巴輕聲笑著，實在不大好聽，可憐這片土地，可憐這群人民。可憐這片土地，他噙著真實的淚水重複說，仍舊輕聲發笑，我在《使命》中說葡萄牙是神聖時，覺得自己說得太誇張了，我是這麼寫的，神聖的葡萄牙，而今一位教會的王子來了，宣稱葡萄牙是基督。別忘了，還有基督是葡萄牙。如果是這樣，我們最好趕緊查明哪個童貞女生下了我們，是什麼魔鬼誘惑我們，是哪個猶大出賣了我們，是什麼釘子釘在我們身上，我們躺在什麼墳墓裡，我們會怎樣復活。你忘記了還有那些奇蹟。我們存在，我們繼續存在，還有什麼比這個簡單的事實更偉大的奇蹟呢，我當然不是在說我自己。照我們現在這樣下去，我不知道我們還能存在多久。但是你必須承認我們遠遠領先德國，在這裡，教會建立了我們的神性，沒有這個神賜的薩拉查，我們根本就辦不到，因為我們就是基督自己。很遺憾，你這麼年輕就死了，親愛的費爾南多，因為葡萄牙現在就要完成她的使命了。那麼讓我們和全世界都相信大主教的話吧。沒有人能否認我們是在盡最大努力追求幸福，現在你們想聽聽紅衣主教塞雷吉拉對神學院學生說了些什麼嗎。我不確定我是否能承受得住這個驚嚇。你又不是神學院的學生。所以我更有理由承受不了，但是我有什麼資格質疑上帝的旨意，來吧，讀給我聽。要有天使般的純潔，聖體般的狂熱，燃燒般的愛國心。他是那麼說的；沒錯；我只剩死路一條了；但是你已經死了；可憐的我，連那條路也沒有。里卡多．雷伊斯給自己又倒了杯咖啡。如果你咖啡一杯接著一杯，你會睡不著，費爾南多．佩索亞提醒他。沒關係，一夜不睡對人不會造成傷害，有時還有幫助呢。再給我讀些新聞。等一下，先告訴我，你不覺得葡萄牙和德國最近的新鮮事令人不安嗎，把上帝拿到政治上來利用。可能令人不安，不過絕非新鮮事，從希伯來人把上帝提拔為將軍以後，後人就依樣畫葫蘆，阿拉伯人把入侵歐洲說成上帝意志的吶喊，英國徵召上帝來保護他們的君王，法國還發誓上帝是法國人。我們的吉爾．維森特發誓上帝是葡萄牙人。如果基督是葡萄牙的話，那他一定是對的，不過我離開之前再給我讀幾則新聞吧。你不留下嗎。我必須遵守一定的規則，上次我連續犯規了三次。今晚也犯規吧。不成。那麼仔細聽了，我接下來會不間斷地讀，你有什麼評論的話，就留到最後吧，教宗庇護一世譴責幾齣電影不道德，馬克西米諾．科雷亞宣稱安哥拉比葡萄牙更像葡萄牙，因為自迪亞哥．康時代以來，安哥拉只承認過葡萄牙的統治權，在奧良，窮人在共和國衛隊兵營廣場上領麵包，有傳言說西班牙軍方已經組成祕密派系，在地理學會舉辦的殖民週慶祝招待會上，上層社會的貴婦和下層社會坐得很近，據《加利西亞地方報》報導，五萬名西班牙人在葡萄牙避難，在塔瓦雷伊斯，鮭魚每公斤要價三十六埃斯庫多；實在太貴了；你喜歡鮭魚嗎；我討厭鮭魚。都讀完了，除非你想聽到騷亂和暴力事件。幾點了；快午夜了；時間過得真快；你要走了嗎；要走了；你要我陪你走嗎；對你來說時間還早；一點也沒錯；你誤會了，我的意思是，你要陪我去我要去的地方，時間還太早。按天理來說，我只比你大一歲。什麼是天理。這是一種通俗的說法，按天理來說，我該先死。你可以發現並沒有什麼天理存在。費爾南多．佩索亞從沙發站起來，扣上外套扣子，調整了領帶結，按照天理，他應該做相反的事，那麼，我走了，改天見，謝謝你的耐心，世界比我走時還要糟糕，西班牙幾乎一定會打起內戰。你這麼認為嗎。如果最好的先知是已死的那些人，那麼我好歹擁有這個優勢。為了鄰居好，下樓時儘量不要發出任何聲響。我會像羽毛那樣下樓。別用力關上大門；別擔心，墓蓋是不會有回音的。晚安，費爾南多；好好睡吧，里卡多。

里卡多．雷伊斯沒有睡好覺，究竟是由於這段沉悶談話的影響，還是因為喝了太多咖啡呢。他醒來幾次，在睡夢中想像自己的心在枕頭內跳動。醒來時，他躺在床上，想停止那個聲音，結果又開始聽到那聲音在他的心頭，在他的胸腔，他想起他親眼見過的屍體解剖，他看到他的活體心臟痛苦地跳動，好像每一次收縮都是最後一次。又輾轉難眠了，黎明破曉時，他總算進入了沉睡。報僮來了，把報紙扔在窗戶上，他不想起來。在這種情況下，男孩會爬上樓，把報紙留在門前的擦鞋墊上，新的放在最上面，因為前幾天送來的報紙現在被用來擦拭鞋上的灰塵，*Sic transit notitia mundi*，祝福發明拉丁語的人。門口角落擺著大水罐，裝著每天的一夸脫牛奶，門把掛著一袋麵包。麗迪雅過了十一點鐘會來，因為她今天休假，到時她會把這些東西拿進來。她無法更早離開，薩爾瓦多在最後一刻還是一如往常的苛求和不講理，命令她再收拾三間房。她也不能久留，她必須去探望她獨自生活的母親，看看是否有弟弟的消息，她弟弟跟著阿方索・德・阿爾布克爾克號前往波多，現在回來了。聽見她進門的聲音，里卡多・雷伊斯用睏倦的聲音喊了一聲。她出現在門口，懷中仍然抱著鑰匙、麵包、牛奶和報紙，說聲，早安，醫生。他回答，早安，麗迪雅。他們相遇的第一天這麼打招呼，之後也繼續這樣問候彼此，她永遠無法鼓起勇氣說，早安，里卡多，即使他要她這麼說，而這是不可能的事，他鬍子沒刮，臉沒洗，髮未梳，口氣也不佳，用這種狀態歡迎她，太冒昧了。麗迪雅到廚房放下牛奶和麵包，拿著報紙回來，然後去準備早餐，里卡多・雷伊斯打開報紙，小心翼翼拿著邊緣，以免弄髒了手指，並且高高舉起，報紙才不會弄髒了被單的摺邊。這些都是一個為自己設限者刻意培養出來的挑剔小動作。打開報紙，他想起幾個鐘頭前做過一模一樣的事，又一次覺得費爾南多・佩索亞很久以前就在那兒，彷彿這段最近的記憶確實是來自費爾南多・佩索亞打破眼鏡後，問他，我說啊，雷伊斯，給我讀新聞，比較重要的消息。關於戰爭的報導，不，不值得操心，我明天再讀，況且這些報導千篇一律。那是一九一六年六月，就在幾天前，里卡多．雷伊斯寫了他最雄心勃勃的詩作，那首詩的開頭是，昔日波斯，我聽說過。廚房傳來誘人的烤麵包香味，陶器餐具低沉的聲響，然後是麗迪雅在走廊裡的腳步聲。這次她相當鎮定，端著托盤，按照相同的專業程序，只是不用敲門，門是開著的。她用不著擔心顯得太放肆，可以問問這位老客人，怎麼您今天早上還在床上。我昨晚沒睡好，很久才睡著；您在外面待到很晚嗎；我希望我是，不過我午夜前就上床了，根本沒有出門。不管麗迪雅是否信了他的話，我們知道他說的是真話。托盤擱在二〇一號房客人的腿上，女傭給他倒了咖啡和牛奶，將烤麵包和果醬放在他搆得著的地方，調整了餐巾的位置，然後告訴他，我今天不能留下來，我很快把這裡收拾一下就要走了，我想去看看我媽媽，她開始抱怨最近很少見到我，就是我去了，也一下子就走了，她甚至問我是不是找到了男人，打算要結婚了呢。里卡多．雷伊斯面露微笑，局促不安，不知如何反應。我們當然不指望他會說，你是有了一個男人，至於結婚，你提出這個話題那倒也無妨，我們是時候該談談我們的將來了。沒有，他只是笑了笑，突然以一種像為父般的表情看著她。如果麗迪雅原本期盼得到回應，她沒有得到任何回應就退回了廚房。她這些話是無意間脫口說的，她的母親從來沒有提起過男人或婚姻。里卡多．雷伊斯吃完後，把托盤推到床腳，向後一靠，讀起了報紙。統合主義組織舉辦的大遊行顯示，勞資雙方達成公平合理的協議並非不可能之事。他靜靜地繼續讀，不去關心爭論，他的內心無法決定他同意與否。統合主義將每個社會階層調整到最適合它的氛圍和環境，提供了現代社會最佳改造途徑。他用這個人間天堂的新處方結束了頭條新聞，改閱讀起國際新聞，法國議會選舉的第一輪投票明日舉行，巴多格里奧指揮的部隊準備繼續向阿迪斯阿貝巴推進。這個時候，麗迪雅捲著袖子出現在臥房門口，急著想知道，你昨天看見飛艇了嗎；什麼飛艇；齊柏林飛艇，它正好飛過旅館的上空；我沒有看見。不過他此時此刻看見了，就在報紙翻開的那一頁上，一艘像阿達瑪斯托的巨型飛船，上面寫著建造者的名字和頭銜，格拉夫·齊柏林，德國伯爵、將軍和航空飛行員。它飛過了里斯本，飛過了河川和房屋。民眾停在人行道上，走出商店，從電車的窗戶裡探出身子，跑到陽臺上，他們互相大喊大叫，分享這奇妙的景象，某個風趣的人說了那句必然的妙語，瞧瞧那根會飛的香腸。這裡有一張照片，里卡多·雷伊斯說，麗迪雅走到床邊，靠得那麼近，他不用沒事的手臂攬住她的腰似乎很可惜。她笑了，規矩點，然後說，真大，在報紙上看起來比真的還要大，後面還有個十字呢。這叫做萬字符號，也是納粹黨徽。好醜。我向你保證，很多人認為這是最好看的十字；它讓我想到了蜘蛛；在東方的宗教中，這個十字曾經代表幸福和救贖；真的嗎；真的，我不是在開玩笑。那為什麼要把納粹黨徽放在齊柏林飛艇的尾部。因為飛艇是德國的，納粹黨徽現在是德國的標誌了；納粹的標誌；你對納粹認識多少；只知道弟弟告訴我的；在海軍的那個弟弟；對，丹尼爾，我只有這一個弟弟。他從波多回來了嗎；我還沒見到他，不過已經回來了；你怎麼知道；他的船艦停在宮院前面，我在哪裡都認得出來。你不想上床來；我答應媽媽過去吃午餐；一會兒就好，然後你就可以走了。里卡多·雷伊斯垂下手，順著她腿部曲線撫摩，撩起她的裙子，將手伸到吊襪帶上方，撫摸著她裸露的皮膚。麗迪雅說，不，不要，可是她虛軟了，膝蓋開始顫抖。里卡多·雷伊斯這時發現，他的陰莖沒有反應，這是有生以來的第一次。他慌慌張張縮回了手，喃喃地說，給我放水，我要洗澡。她不明白，已經開始解開裙子的腰帶、上衣的鈕扣，這時他突然尖聲重複說，我要洗澡，給我放水。他把報紙扔到地板上，唐突鑽到被單下，把臉轉向牆壁，險些弄翻了早餐托盤。麗迪雅不解地看著他，心想，我做了什麼。他的手在她看不見的地方，試圖喚醒軟弱無力的陰莖，它們徒勞無功，一會兒暴怒，一會兒絕望。麗迪雅快快不樂拿著托盤走出去，她要去洗盤子，把盤子洗到像晨光一樣閃閃發光，不過她先點燃了熱水器，往浴缸放水，當水從水龍頭流出來時，她檢查了一下水溫，用溼漉漉的手指抹了抹溼潤的眼睛。我準備和他上床的時候，倒底是做了什麼讓他不高興呢。這類的誤解是避免不了的，他只需要對她說，我不能，我沒有心情，她是不會介意的。即使不可能交合，她也會跟他在一起，靜靜躺在他的身邊安慰他，直到他克服那一刻的恐慌，也許她會把手放在他的陰莖上，非常溫柔，沒有任何意圖，只是安撫他，別擔心，這不是世界末日。他們兩人都會安詳地睡了，她忘記了母親桌上擺著午餐，正等著她，母親最後對她那當水手的兒子說，我們吃午餐吧，你不能再相信你姐姐了，她這些天好像變了個人似的。這就是生活的矛盾和不公。

麗迪雅出現在臥室門口。一星期後見，說完話，她難過地走了，留下同樣難過的他。她不知道自己做了什麼壞事，他卻十分清楚自己遭遇了什麼壞事。自來水的聲音，蒸汽的氣味，漫布了整間公寓。里卡多．雷伊斯在床上又躺了幾分鐘，他知道浴缸很大，滿了就像地中海，他最後起身，把睡袍披在肩上，踩著拖鞋，拖著腳步走進浴室。幸好，在蒸汽籠罩的鏡子中他看不見自己，一定是鏡子在某些關鍵時刻所展現的同情。他接著思忖，又不是世界末日，這種事誰都可能發生，遲早輪到我。你看怎麼樣，醫生。別擔心，我給你開幾付新藥，應該可以解決這個小問題，重要的是別擔心，走門走走，散散心，看場電影，如果這真的是第一次發生，那麼你可以自認是一個幸運的人。里卡多．雷伊斯脫了衣服，往滾燙的大湖放了一點冷水，讓自己慢慢浸入水中，像要放棄這個空氣世界。他的四肢放鬆了，被推到水面上，浮在兩股水流之間，連他那枯萎的陰莖也顫動了，像是連根拔起的海草讓水帶動著，向他招著手。里卡多．雷伊斯惆悵地看著，好像那東西不屬於他，它是我的還是我屬於它呢，他不求答案，這個問題只會讓他痛苦難耐。

三天後，瑪森妲出現在辦公室。她告訴接待員她想要最後一個見醫師，因為她不是來看診的。等到其他病人都走了，你就告訴醫生，瑪森妲．桑帕伊奧來了，她把一張二十埃斯庫多鈔票塞進接待員的口袋。口信在適當的時刻傳達了，當時里卡多．雷伊斯已經脫了只有四分之三長袈裟似白袍，這解釋了他在這個衛生學教派中為什麼不是也永遠不是高級祭司，只是一個聖器守司，負責清空清洗祭壇底座，點燃熄滅蠟燭，不用說，還有負責開立死亡證明。偶爾，他心頭隱隱懊悔沒有專攻產科，不是因為這一科涉及女性最私密最珍貴的器官，而是因為這代表為這個世界帶來孩子，別人的孩子，當我們自己沒有孩子時，起碼不知道自己有孩子時，這些孩子給我們帶來安慰。當一個產科醫師，他在新的心臟來到這個世界時感受到它們的跳動，有時手裡捧著瘦巴巴黏糊糊的小東西，沾滿了血液和粘液、淚水和汗水，聽到沒有意義或意義超出我們理解的第一個哭聲。他穿回袍子，掙扎著尋找突然扭了起來的衣袖，思考應該在門口迎接瑪森妲，還是在桌子後方等她，一隻手專業地放在他的手冊上，所有醫學知識的源泉，悲痛的聖經。他走到望向廣場、榆樹、開花菩提、火槍手雕像的窗戶前，選擇了廣場作為歡迎瑪森妲的地方，如果他能在不顯得荒唐的情況下對她說，春天來了，你看，那隻鴿子棲息在賈梅士的頭上，另一隻停在他的肩上呢。建造雕像唯一真正理由，是為鴿子提供棲息的地方。然而，社會習俗占了上風，瑪森妲出現在他的門口，進去吧，接待員巴結地說，一個有敏銳洞察力的女人，在區別不同社會階層這門技藝上經驗豐富。里卡多·雷伊斯忘了榆樹菩提，鴿子也飛走了，一定是受到了什麼驚嚇。路易·德·賈梅士廣場全年禁止射擊。這個女人要是一隻鴿子的話，那隻受傷的翅膀不能飛了。你過得好嗎，瑪森妲，見到你真高興，還有你父親，他好嗎。他很好，謝謝你，醫生，他不能來，不過他向你問好。接待員聽從她的指示退了出去，將門帶上。里卡多·雷伊斯繼續握著瑪森妲的手，他們就這樣不發一語，直到他指了指椅子。她坐下來，左手仍舊放在口袋。就是什麼也沒錯過的接待員也會發誓說，問診室的那個小姐沒有絲毫身體虛弱的跡象，其實還挺漂亮的，也許偏瘦了些，不過這麼年輕，瘦倒是挺好看的。那麼，你最近身體好嗎，里卡多·雷伊斯問。瑪森妲回答說，和以前差不多，我懷疑我還會再去找那位專家，至少不會再找去里斯本這位專家。沒有好轉的跡象，沒有活動或要恢復感覺的跡象。沒有什麼能帶給我鼓舞了。你的心臟呢；很好，你要檢查一下嗎；我不是你的醫生。不過既然你是一位心臟專家，一定學到了一些知識，代表我可以向你問診了。諷刺挖苦不適合你，我盡我最大的努力，這是珍貴的一點，我在信中解釋了，我只是暫代一個同事。在你的其中一封信。假裝你從未收到另一封信，它寄丟了。你後悔寫了那封信嗎。這個世界上沒有比後悔更無意義的事情，表達後悔的人只是想要得到原諒，然後又會回到自己的弱點，因為我們每個人在內心深處繼續為自己的弱點感到驕傲。我不後悔去了你的公寓，即使現在也不後悔，如果許你吻我與吻你是錯誤的話，我仍然為這個錯誤感到驕傲。我們之間只有過一個吻，沒有什麼不可饒恕的罪過。那是我的初吻，也許這就是為什麼我毫不後悔的原因吧。以前沒人吻過你；那是我的初吻。診所就要關門了，你願意回公寓去嗎，我們可以在比較私密的環境談話。還是不要的好。我們可以分開進入公寓，中間隔一段時間，我不會讓你丟臉的。不，如果你能抽出時間的話，我想在這裡多待一會兒。相信我，我不會傷害你，我真的沒有惡意。那個微笑是什麼意思。沒有什麼，只是表示我天性溫和，如果你要我說出來，我會說此刻我與世界和平相處，水是寧靜的，這就是我的笑容的全部意思。我寧願不去你的公寓，我們就待在這裡說說話吧，假裝我也是你的病人。那麼，有什麼問題呢。這個笑容比另一個好多了。瑪森妲把左手從口袋裡拿出來，擱在她的大腿上，用另一隻手蓋住，像病人訴說病痛那樣說話，好像要說，你能相信嗎，醫生，命運給我一顆不規矩的心臟，不過她真正說的是，我們相距那麼遙遠，我們的年齡和命運也差了那麼多。這些你在信中說過了。事實是，我喜歡你，里卡多，只是我不能說喜歡到什麼程度。一個男人到了我這個年紀，表白會顯得很愚蠢。可是我喜歡讀表白，現在又喜歡聽表白。我不是在表白；可是你表白了。我們是互相問候，嫩枝上的花的確嬌美，我是說花，可是一旦剪了下來，很快就枯萎了，它們不知道，我們也裝作沒有注意。我把我的花放在水裡觀察，直到褪色。那你不用觀察太久。我現在是觀察你。我不是花。你是一個男人，我能分辨出其中的不同。一個安靜的男人，坐在河畔，看著水流流過，也許等著自己被沖走。此刻你正在觀察的是我，你的眼睛告訴我了；沒錯，我看見你如同一枝盛開的花枝被沖走，樹枝上有一隻小鳥在鳴囀；別讓我哭。里卡多．雷伊斯走到窗前，拉開窗簾。沒有鴿子停在雕像上，牠們在廣場上空快速盤旋，形成了漩渦。瑪森妲走到他的身邊，我來這裡的路上，看見一隻鴿子停在雕像的手臂上，靠近心臟的地方。那很常見，牠們喜歡有遮掩的地方；你從這裡看不到雕像，它面向另一個方向。窗簾又拉上了。他們離開窗前，瑪森妲說，我必須走了。里卡多．雷伊斯握著她的左手，把它放到唇邊，慢慢地撫摸，好像正在喚醒一隻凍僵了的鳥。下一秒鐘，他吻了瑪森妲的嘴唇，她回吻他，第二個吻，里卡多．雷伊斯感覺到他的血液往下墜，如雷霆萬鈞的瀑布沖入了深穴——一個海綿體的隱喻——換句話說，他勃起了，所以它並沒有死，當我告訴他不要擔心時，他不相信我。瑪森妲感覺到了，趕緊閃開，然後又再度擁抱他，去感覺它。如果有人問她，她會發誓說那不是真的，傻楞楞的處女，不過他們的唇沒有分開。她最後呻吟說，我必須走了。她渾身發軟掙脫開來，無力癱倒在椅子上。瑪森妲，嫁給我吧，里卡多．雷伊斯說。她看著他，臉色蒼白，說不，說得很緩慢，誰會相信一個人花了這麼長的時間才說出這麼短的一個字，接下來的話她倒沒用那麼長的時間，我們不會幸福的。他們沉默了好幾分鐘。瑪森妲第三次說道，我必須走了，這一次她站起來向門口走去。他跟在她後面，想要攔住她，可是她已經在走廊了，接待員出現在走廊的另一頭，這時里卡多．雷伊斯大聲說，我送你出去吧，他也就這樣做了。他們互相道別，握了手。他說，請代我問候你的父親。她開始說，有一天，可是沒有把話說完，別人會說完這句話，誰知道在什麼時候，為了什麼原因，但是現在就只有這一句，有一天。門關上了，接待員問，醫生還需要我做什麼嗎。不用了。那麼，請允許我離開，大家都走了，其他的醫生也走了。我多待幾分鐘，我得整理一下文件。晚安了，醫生；晚安，卡洛塔，因為那是她的名字。

里卡多．雷伊斯回到問診室，拉開窗簾。瑪森妲還沒有走到樓梯底。薄暮的陰影籠罩著廣場。鴿子停在榆樹最高的枝枒，像幽靈無聲無息，或者那只是鴿子的影子，在過去的歲月裡，牠們棲息在那些樹枝上，或者棲息在曾經矗立在這裡的廢墟上，在為了建造廣場和豎立雕像而夷為平地以前。此時，瑪森妲朝迷迭香街的方向穿過廣場，轉身去看那隻鴿子是否還棲息在賈梅士的手臂上，在椴樹花枝間，她瞥見了窗玻璃後方的白臉。如果有誰見到了這些動作，一定不懂其中的深意，就連卡洛塔也不懂，她躲在樓梯底下窺探，懷疑訪客會回到診所和醫生盡情交談。這個點子不差，可是瑪森妲根本沒這麼想過，里卡多．雷伊斯也完全沒抽空問過自己，這是否是他留下的原因。

20 指Sidónio Bernardino Cardoso da Silva Pais（1872-1918），葡萄牙第一共和國第四任總統。

幾天後，寄來了一封信，同樣的淺紫色，同樣的黑色郵戳，明顯無疑的筆跡因為另一隻手無法固定住紙張而稜角分明。里卡多．雷伊斯終於打開信封以前，也是同樣的遲疑，同樣疲憊的面容，同樣的話語，我真傻，居然跑去找你了，以後再也不會了，我們再也不會見面了，但是請相信我，我一輩子都不會忘了你，如果不是這樣，如果我年長幾歲，如果不是這個治不了的手，沒錯，專家終於承認治不了了，光照療法、電擊和按摩都只是浪費時間，我早懷疑了，我連眼淚也沒有流，我憐憫的不是自己，而是我的手，我撫育它，彷彿它是一個永遠不會離開搖籃的孩子，我撫摸它，彷彿它是一隻被遺棄在街上的流浪小動物，我可憐的手，沒有了我，會怎麼樣呢，所以，永別了，親愛的朋友，我父親始終堅持要我去法蒂瑪，我已經決定要去了，就為了討他開心，如果我去，他才能問心無愧，相信這是神意，因為我們不能做任何違背神意的事，也不應該去嘗試，那麼我就去吧，我不是要求你忘記我，我的朋友，恰好相反，我希望你日日想到我，可是別寫信了，我不會再去郵局領取信件，我就寫到這裡了，我要說的都已經說了。瑪森妲不是這麼寫的，她完全遵守了語法和標點規則，是里卡多・雷伊斯從一行跳到另一行，尋找重點，忽略了她的措辭結構。感嘆號是他的，陡然的停頓為雄辯添了彩，然而，儘管他把信讀了第二遍、第三遍，還是什麼都不知道，因為瑪森妲都說了，他也都讀過了。一個男人在他的船離港時收到密函，在大海上展開了信。四面只有天空、大海和他立足的甲板，信上說，從現在起，沒有其他港口讓他停靠，沒有其他未知的土地讓他發現，沒有目的地，他別無選擇，只能像飛翔的荷蘭人航行，揚帆起航，操縱水泵，修理和縫紉，刮去鐵銹，然後等待。他仍然拿著信，走到窗前，看見了阿達瑪斯托，兩個老人坐在巨人的影子中，他問自己這份失望之情是否真誠，不是演戲，他是否真的相信他愛上了瑪森妲，他的內心是否真的想娶她，還是一切只是孤獨的尋常結果，只是需要相信生活中有一些好東西，比如愛情，不幸福的人不斷討論的幸福，如果我們的里卡多・雷伊斯——或者費爾南多・佩索亞，倘若他沒死——可能得到幸福和愛情的話。瑪森妲無疑是存在的，這封信分明是她所寫的，但是瑪森妲啊，她是誰呢，在布拉干薩旅館餐廳第一次見到的那個小姐，而今人與名都充滿著里卡多・雷伊斯的思想、情感和言語的這個瑪森妲，兩者間有什麼共同之處。瑪森妲是一個停泊的地方。當時的她是什麼，現在的她又是什麼，是船走過後便從海面消失的尾波，還有一些的浪花，船舵攪動著，我穿過了浪花，什麼東西穿過了我呢。里卡多・雷伊斯又讀了一回信，她在最後一段寫道，別寫信了，他告訴自己，他當然要寫，誰知道會寫什麼，他到時再決定，如果她說到做到，那就讓信留在郵局候領吧，寫才是重點。不過他想到桑帕伊奧博士在孔布拉名氣很大，公證人在社會上總是顯赫人物，而大家都知道郵局有許多盡職盡責忠心耿耿的員工，所以密函很可能被送到了他的住所，或者更糟，送去他的辦公室引起憤慨。他不會寫信的。在這封信中，他寫下所有沒來得及說的話，不是希望改變事態的發展，而是為了表明，事情太多了，縱然把一切都說出來，也不會改變它們的發展。然而，他想讓瑪森妲起碼知道，雷伊斯醫生，吻了她並向她求婚的那個男人，是詩人，不僅是普通的內科醫生，暫代一個身體不適的心肺疾病專家，他是缺乏科學訓練，可也不是一個拙劣的代班醫生，因為沒有證據顯示死亡率在他入行以後提高了。想一想，要是他一開始就對她說，以一種不甚重視自己才能那種漫不經心的口氣說，你知道嗎，瑪森妲，我是個詩人，瑪森妲會多麼詫異。她自然明白他是自謙，他將她視作知己，她一定非常高興，帶著浪漫的柔情望著他，太好了，我是多麼的幸運，我現在能明白被一個詩人所愛是多麼的不同，我必須請他為我朗讀他的詩，我相信他會把幾首詩獻給我，這是詩人們的共同習慣，他們非常熱衷於題獻。里卡多·雷伊斯為了避免打翻醋罈子，會向解釋瑪森妲，在他的詩中發現的女人並非確有其人，只是抒情的抽象概念，是虛構人物，如果你能稱呼一個沒有聲音的人為對談者的話，是假想的對談對象。詩人不會要求他的繆斯說話，只要求她們存在，涅埃拉、麗迪雅、克蘿伊。你會覺得很巧，多年來，我一直給一個不知名的縹緲優雅的麗迪雅寫詩，現在卻遇到了一個就叫這個名字的女傭，只是同名，其他沒有一點相似處。里卡多·雷伊斯解釋後，又解釋了一遍，不是因為情況複雜，而是因為他擔心下一步，他要選哪一首詩，瑪森妲聽了之後會說什麼，臉上有什麼表情，她可能會要求親眼看看她聽到他所朗讀到的詩稿，然後自己低聲朗讀這首詩，在變化莫測的匯流中，波浪形成了河，所以思考你的日子，你若自認為他人，那便保持沉默吧。他讀了一遍，然後又是一遍，他從她的表情知道她明白了，也許有些記憶幫助了她，我們最後一次見面時，他在問診室說的那些話，說一個男人坐在河岸，看著河水流過，等著看自己隨水流流走。散文和詩歌顯然是有區別的，這就是為什麼我第一次懂了，現在卻發現難以理解。里卡多·雷伊斯問她，你喜歡嗎，她說，噢，非常喜歡。沒有比這更令人滿意的回答，可是詩人永遠不會滿意，這位詩人已經聽遍了一個詩人可能希望聽到的每一句話，上帝本人會很開心聽到祂所創造的世界得到這樣的讚揚，然而，里卡多·雷伊斯流露出憂鬱悲傷，如一個無法從大理石中掙脫的阿達瑪斯托，詭計和欺騙讓他困在大理石中，他的骨肉化成石頭，舌頭也是如此。你怎麼不說話了，瑪森妲問，但是他沒有回答。

如果說這些是私人的悵惘，葡萄牙整體而言也並非沒有歡樂。剛剛慶祝了兩個週年紀念日，第一個慶祝安東尼奧·奧利韋拉·薩拉查教授八年前走上公職生涯，宛如昨日一般，時間過得真快，他把他的國家和我們的國家從深淵中拯救出來，恢復了它的命運，提出新的政治理論，灌輸了信念、熱情與對未來的信心，就像報紙上說的那樣。另一個週年紀念日也與受人尊敬的教授有關，雖然這是他和我們個人的喜事，他過了四十七歲生日，他與希特勒同年出生，只相隔幾天，你覺得很巧吧。我們即將慶祝全國勞動節，巴塞盧什舉辦勞工遊行，數千名勞工做出羅馬式伸臂動作，這個手勢從布拉加被稱為布拉卡拉奧古斯塔的年代就有了，一百輛花車以鄉村生活場景為裝飾主題，一輛呈現葡萄酒豐收，另一輛描繪壓榨葡萄，還有鋤地、脫殼、脫粒，接著是製作泥雞和橫笛的窯爐，然後有繡娘帶著她的花邊線軸，漁夫提著他的魚網船槳，磨坊主領著驢子提了一袋麵粉，紡紗女工拿著紡錘和紡紗桿，這樣總共是十輛，另外還有九十輛花車。啊，葡萄牙人民多麼努力要成為善良勤勞的人，充實的娛樂是他們的回報，愛樂樂團音樂會，燈光秀，舞蹈表演，煙火，拋花大戰，宴會，連續不斷的漫長節慶。今日，面對如此高亢的歡樂氣氛，我們可能會說，我們其實有責任這麼做，要是他們在馬德里的街道上唱《國際歌》為革命喝彩，那麼各地的勞動節就失去了其傳統意義。這不是我們的錯，我們的國家不能容忍這樣過分的行為。感謝上帝，在這個和平綠洲避亂的五萬西班牙人齊聲喊。現在，左翼在法國贏了選舉，社會黨領袖布魯姆宣布，他準備組建人民陣線政府，我們可以期待另一批難民潮的湧入了。歐洲高貴的前額烏雲密布，騎在憤怒的西班牙公牛的臀上，雄雞靠著熱烈的啼聲贏得勝利，都不能讓他們滿足，可是當一切都說了也做了，第一顆玉米可以給麻雀，禾稼的精華則要留給應得的人。讓我們細聽貝當元帥的發言，儘管走過了八十個令人肅然起敬的冬天，他仍舊直言不諱。這位老人說，根據我的經驗，國際性的東西都是有害的，民族性的東西都是有益，成果豐饒。以這種方式說話的人，身後必定留下影響。

衣索比亞的戰爭結束了。墨索里尼從宮殿陽臺宣布消息，我特此向義大利人民和全世界宣布，戰爭結束了，羅馬、米蘭、那不勒斯和全義大利的民眾響應這個強而有力的呼聲，紛紛以領袖之名頌揚他。農民拋荒棄耕，工人離開工廠，滿懷愛國熱情在街道載歌載舞。貝尼托[21]曾說，義大利擁有一個帝國的靈魂，他這句話是實話。莊嚴的身影從古墓出現，奧古斯都、提比留、卡利古拉、尼祿、維斯巴辛、內爾瓦、塞提米烏斯·塞維魯斯、圖密善、卡拉卡拉等等羅馬帝國皇帝，經過多年的期待和希望，恢復了昔日的榮耀，他們列隊為新繼承人組成一支儀仗隊，迎接威風凜凜的維托里亞諾·艾曼紐三世，各種語言宣布他為義大利東非的皇帝，溫斯頓·邱吉爾獻上祝福說，以眼下的世界形勢來說，維持或擴大對義大利的制裁可能引發一場可恥的戰爭，對衣索比亞人民毫無益處。所以，讓我們保持冷靜。要是戰爭來臨，它還是戰爭，因為這就是它的名字，不過它不會是可恥的，既然攻打阿比西尼亞人的戰爭都不可恥了。

阿迪斯阿貝巴，多麼詩意的名字，多麼美麗的民族，意思是新鮮的花朵。阿迪斯阿貝巴一片火海，滿街屍首，巴多格里奧的軍隊逼近，盜匪破壞房舍，強姦打劫，斬首婦孺。衣索比亞皇帝逃去了法屬索馬利，他將從那裡搭乘一艘英國巡洋艦前往巴勒斯坦，本月底在日內瓦國際聯盟的莊嚴集會前，他將會問，我應該如何回應我的人民。可是他講話後，並沒有人回答他，他起身講話之前就遭到義大利記者的嘲笑。讓我們展現出寬容吧，眾所皆知，民族主義的狂熱很容易令人失去理智，所以誰沒過錯，誰就丟出第一塊石頭吧。阿迪斯阿貝巴一片火海，滿街屍首，巴多格里奧的軍隊逼近，盜匪破壞房舍，強姦打劫，斬首婦孺。墨索里尼斷言，這個非凡成就決定了衣索比亞的命運，聰明的馬可尼警告說，試圖抵抗義大利的人正在犯下最危險的愚行，安東尼·伊登認為，大環境建議取消制裁，《曼徹斯特衛報》代表英國政府說，有許多理由可以解釋殖民地何以應該移交給德國，戈培爾說，國際聯盟不錯，但是飛行中隊更好。阿迪斯阿貝巴一片火海，滿街屍首，巴多格里奧的軍隊逼近，盜匪破壞房舍，強姦打劫，斬首婦孺，阿迪斯阿貝巴一片火海，房屋被燒毀，城堡被洗劫，主教被剝去衣物，婦女被騎士強姦，她們的孩子卒子被劍刺穿，血流滿街。里卡多·雷伊斯的腦海中閃過陰影。怎麼回事，這些話哪裡來的，報紙上只說阿迪斯阿貝巴一片火海，巴多格里奧的軍隊逼近，盜匪破壞房舍，強姦打劫，斬首婦孺，《新聞日報》沒有提到騎士、主教和卒子，沒有理由認為阿迪斯阿貝巴西洋棋棋手正在下一場棋。里卡多·雷伊斯翻看床頭櫃上的《迷宮之神》。找到了，在扉頁上，被第一個下棋者發現的屍體張開雙臂，占據了國王、皇后和他們兩個卒子的棋格，頭朝向敵營，左手在白格，右手在黑格。他所讀過的部分只有這一具屍體，因此巴多格里奧的軍隊顯然不是沿著這條路線前進的。里卡多·雷伊斯把《迷宮之神》放回位置，他現在知道他在找什麼了。他拉開曾經屬於高等法院法官的桌子的抽屜，在過去的歲月裡，與民法典有關的手寫筆記保存在抽屜裡，他拿出一個用絲帶綁著的文件夾，裡面收著他的頌詩，他從未與瑪森妲討論過的祕密詩歌，還有稿紙，所有初稿、匆匆記下的文字，麗迪雅總有一天會在一個無法彌補的孤獨時刻發現了它們。第一頁上頭寫著，主人，寧靜是，其他頁寫著，諸神流亡，以玫瑰花為我加冕，而別人卻說，潘神未死，阿波羅駕著戰車遠去，又一次，麗迪雅，到河岸邊來坐在我身旁，這是火熱的六月，戰爭來了，遠處的山被白雪和陽光覆蓋，目光所及無非是花，蒼白的白晝染上了金色，空手而行，智者，滿足於世間萬象。一張一張的紙過去了，就像日子過去了，海面平坦，風聲暗湧，萬物皆有季節，所以，讓我們有更新的日子，讓我們把這濕潤的手指留在紙上，找到了，昔日波斯，我聽說過，這就是那首詩，沒有別的，這是棋盤，我們下棋，我是里卡多．雷伊斯，你，我的讀者。他們燒毀了房屋，洗劫了城堡，脫去了主教的衣服，但是當象牙國王處於危險之中，誰還會關心姐妹母親孩子的血肉骨頭，如果我的血肉骨頭變成了石頭，變成了一個下棋的人。阿迪斯阿貝巴的意思是新鮮的花朵，其餘的都說了。里卡多．雷伊斯收起他的詩，鎖上抽屜。城市陷落，人民受苦，自由和生命走到終點，但是你和我，讓我們模仿故事中的波斯人吧。如果我們像國際聯盟中善良義大利人那樣嘲笑衣索比亞皇帝，那麼現在我們離開家園時，就像善良的葡萄牙人那樣對著微風低吟吧。醫生的精神很好，四樓的鄰居說。你驚訝嗎，唯一從來不缺的就是病人，二樓的鄰居回嘴道。三樓醫生自言自語離開屋子時，有兩種意見。

里卡多．雷伊斯躺在床上，麗迪雅的頭枕在他的右臂上，他們汗流浹背的身體只蓋著一張被單。他一絲不掛，她的襯裙拉到腰部以上。兩人都忘了，或者不去想他有天早上不舉，她不知道自己做了什麼遭到拒絕的那件事。鄰居在公寓後陽臺上用概括的暗示和強調的手勢交流，頻頻點頭眨眼。他們又來了；世道沉淪了；誰會相信呢；他們毫不知羞。這些又酸又忌妒的女人是找不回她們的青春的，還是穿著短裙的小姑娘時，她們在花園唱著玫瑰花圈，啊，她們何等嬌俏。麗迪雅很幸福。一個心甘情願與男人上床的女人，對流言蜚語是充耳不聞的，走廊上和庭院裡的流言蜚語不會中傷她，樓梯遇到的那些貞潔偽君子充滿敵意的目光，也對她造成不了傷害。不久，她就得下床，清洗堆積如山的髒盤，燙床單和躺在身邊那人的襯衫。誰能想到我會成為他的，我該怎麼形容自己，情婦呢。不是情婦，因為沒有人提到這個麗迪雅會說，你知道她和里卡多·雷伊斯有曖昧關係嗎，或者，你知道麗迪雅嗎，里卡多·雷伊斯的情婦。如果有人提到她，他會說，里卡多·雷伊斯有一個很好的女傭，什麼事都做，他撿到便宜了。麗迪雅伸伸腿靠向他，這是寧靜幸福的最後一個動作。里卡多·雷伊斯說，好熱，她挪開一點，放開他的手臂，坐在床上找她的裙子，是時候開始做點活兒了。就在那一刻，他告訴她，明天我要去法蒂瑪。她以為她聽錯了，您要去哪裡。法蒂瑪。我還以為您不贊成這種事呢。我去是出於好奇。我從來沒有去過那裡，我的家人對宗教不大有興趣。這倒讓我覺得意外。里卡多·雷伊斯的意思是，通常相信這種奉獻行為的人是下層社會，可是麗迪雅沒有回答。她匆匆忙忙穿上衣服，沒聽見里卡多·雷伊斯加了一句，去走走對我有好處，我困在這裡太久了，因為她現在心裡想著其他的事。您要去很久嗎，她問，不，去了就回來；您睡哪裡，那裡人很多，只能露宿。到了那裡再說吧，在屋外過個夜死不了人。也許您會碰上瑪森妲小姐；誰；瑪森妲小姐，她告訴我，她希望這個月找個時間去法蒂瑪。哦。她還說，她不會再來里斯本找這邊的專家，他們告訴她沒有治癒方法，可憐的小姐。你好像知道瑪森妲小姐很多事。我不知道，只知道她要去法蒂瑪，她不會再來里斯本了。你難過嗎。她對我一向很好。我想，人山人海，我不可能遇上她。這種事有時就會發生，看看我人在你的公寓，誰會相信呢，畢竟你從巴西來了之後，也可能是去了另一間旅館。這就是人生的巧合。這是命運。你相信命運嗎；沒有什麼比命運更篤定的；死亡更篤定；死亡也是命運的一部分，但是我現在必須去燙你的襯衫和洗碗盤了，還有時間的話，我要去看看我媽媽，她老是抱怨最近很少見到我。

里卡多．雷伊斯靠在枕頭上，打開了一本書，不是赫伯特．奎恩的那本書，他已經開始懷疑自己讀不完那本書了，這本是卡洛斯．凱伊洛斯寫的《失蹤者》，如果命運註定難改，這位詩人可能是費爾南多．佩索亞的外甥。過了一分鐘，他才發現自己並沒有在讀書，他的眼睛盯著書頁，盯著一行字，那行字的意思突然變得晦澀難解。這個麗迪雅真是個特別的女孩，她總是說些再簡單不過的話，好像只是掠過了她不能或不願說的更深奧言語的表面。要是我沒有告訴她我要去法蒂瑪，誰知道她會不會提起瑪森妲，由於怨和妒——她在旅館裡洩漏過的情緒——隱瞞了她知情的事。而這兩個女人，房客和女傭，富家女和窮丫頭，她們有什麼好商量的事呢。要是她們討論了我，彼此也都不懷疑，那該怎麼辦，還是恰好相反，上演的是夏娃對抗夏娃的戲碼，刺探、密謀、閃避、影射、巧妙保持沉默。從另一個角度來說，以下的情節也並非難以想像，瑪森妲簡單地說，有天雷伊斯醫生吻了我，不過我們沒有進一步發展，而麗迪雅簡單地回答說，我跟他上床了，我在他沒有吻過我之前就和他上床了，她們接著討論這些差別的意義。他只在我們上床的時候吻我，在大家知道的那件事之前和期間，之後就不吻我了。他對我說，我要吻你了，而至於大家知道的那件事，男人對女人做什麼，我是一無所知，因為他們從來沒有這樣對待過我。別擔心，瑪森妲小姐，有一天你會嫁人，到時就知道是怎麼一回事了。你有經驗，告訴我，感覺好嗎。喜歡對方，感覺就好；你喜歡他嗎；喜歡。我也是，但是我不該再見他了。你可以嫁給他。如果我們結婚了，也許我就不再喜歡他了。我呢，我想我會永遠喜歡他。談話並沒有就此打住，但她們的聲音壓到了耳語，也許正在互相傾訴私密的感情，女人的弱點，現在真的是夏娃間的對談了。走開，亞當，這裡不需要你。里卡多．雷伊斯讀著完全沒讀進去的書，讀到一個潑婦，大寫的潑婦，潑婦啊，過去吧，我懇求你過去吧，民族之花。主不要饒恕他們，因為他們知道他們所做的。舅甥之間的詩意討論一定激烈。你無可救藥的，佩索亞，你也是，凱伊洛斯，我滿足於諸神以祂們的智慧給予我的東西，即對人事有明晰且嚴肅的認識。他站起來，穿上睡袍拖鞋去找麗迪雅。她在廚房燙衣物，想涼快一點，所以脫下了襯衫。見到她這模樣，白皙的皮膚由於勞累泛起紅暈，里卡多．雷伊斯覺得欠她一個吻。他輕輕抓住她裸露的肩膀，把她拉到自己身邊，不假思索慢慢地吻了她，給了他們的唇、他們的舌和他們的牙齒時間與空間。麗迪雅屏住了呼吸，他從來沒有這麼親吻過她，現在如果再見到瑪森妲，她就可以說，他沒有說我要吻你，他直接吻了我。

翌日一大清早，早到他認為應該調鬧鐘的地步，里卡多．雷伊斯就出發前往法蒂瑪。火車將於五點五十五分從羅西烏車站出發，可是火車尚未到站的前半個鐘頭，月臺已擠滿乘客，什麼年齡層的人都有，帶著籃子、麻袋、毛毯、藤罩細頸玻璃瓶，高聲聊天，互相呼喚。里卡多・雷伊斯採取了預防措施，買了頭等艙的票，也預訂了座位，警衛逢迎色笑，對他畢恭畢敬。他沒有什麼行李，只帶了一隻簡單的手提箱，無視麗迪雅的警告——在法蒂瑪大家露宿在外——他到了再做打算，那裡一定有給有一定社會地位的遊客和朝聖者的住處。里卡多・雷伊斯舒服地坐在窗邊，凝視著景色，太加斯河雄偉壯麗，到處都還是氾濫的沼澤，牛群隨意吃草，波光粼粼的水面上，巡防艦朝上游方向行駛。經歷十六年的闊別，他已忘了這番情景，如今記憶所恢復的畫面旁邊印上了新意象，彷彿昨日才走過這一行程。沿途停靠車站和信號站時，又有更多人上車。火車根本就是牲口車，從離開羅西烏車站以後，在三等車廂就找不到座位了，乘客多到過道也擠了人。二等車廂無疑已經遭到入侵，他們很快會開始侵入這裡，但是抱怨也沒有用，求和平安靜的人應該開車去。過了聖塔倫，是通往菲蓋拉谷的漫長爬坡路，火車滾滾向前，忽然噴出一陣蒸汽，由於沉重負載頻頻喘息，走得極為緩慢，你都可以輕易走下車，到堤上摘幾朵花，然後跨三大步跳回踏板上。里卡多・雷伊斯聽著聽著，知道在這個車廂的乘客只有兩人不會在法蒂瑪下車。朝聖者談論著他們的誓言，爭論著誰朝聖次數最多。一個人聲稱，過去的五年來，他沒有錯過任何一次朝聖，也許是實話，也許是謊話，另一個人說，算上這一次，他就去了八次。到目前為止，還沒有人吹噓自己認識路濟亞修女。[22]聽到這些交流，里卡多・雷伊斯想起在他候診室的談話，人體孔竅的祕密令人沮喪，在那些部位，每一種樂趣都會體驗，每一種厄運都會侵襲。在馬托・

德．米蘭達車站，沒有乘客上車，火車卻仍然耽擱了。遠處傳來引擎聲響，但是在這裡，在這個彎道上，在橄欖樹叢中，卻是浪靜風恬。里卡多．雷伊斯拉下窗往外瞧看。一位上了年紀的婦女，光著腳，穿深色衣服，抱著一個十三歲左右的瘦削小男孩，嘴裡喊著小寶貝。兩人等著火車啟動，他們才能穿越軌道。這兩人不是要去法蒂瑪，老婦人是來看看住在里斯本的孫子。最後，站長吹響了哨子，火車頭嘶嘶作響，噗通噗通地緩緩加速了。接下來的路如線筆直，你簡直要以為這是一列快車。清晨的空氣讓里卡多．雷伊斯有了食欲，離吃午餐的時間還很早，人們卻開始解開一捆捆的食物。他閉上眼打起了瞌睡，在歪斜不定的車廂中晃著，猶如置身於搖籃中。他做了生動的夢，醒來時卻記不起這些夢。他想到沒有機會告訴費爾南多．佩索亞他要去法蒂瑪。如果他到公寓找不到我，會怎麼想呢，可能以為我回巴西了，一句告別的話也沒有，我最後的告別。然後他想像了一個以瑪森妲為中心人物的場景，他看到她跪在地上，右手的手指與左手的手指交疊，在半空中支撐著她沉甸甸的的枯萎手臂。我們的聖母的聖像經過了，過去了，但是沒有奇蹟發生，不奇怪，因為瑪森妲缺乏信仰。她認命地站起來。里卡多．雷伊斯看著自己靠近她，撫摸她，中指食指併攏，放在胸前，靠近她的心臟，這樣就夠了。奇蹟，奇蹟，朝聖者呼喊著，頓時忘了己身的痛苦，只祈求別人出現奇蹟。他們蜂擁而至，或由人潮捲來，或拖著自己，殘缺的，癱瘓的，患病的，精神錯亂的，失明的，一群人圍在里卡多．雷伊斯周圍，祈求再一次大發慈悲。在哀嚎的朝聖人叢後方，瑪森妲揮揮手，雙臂高舉，然後消失在視線之外。忘恩負義的傢伙，她痊癒了，走了。里卡多・雷伊斯睜開眼睛，不知道自己是否睡著了，問身旁的乘客，還要多久。快到了。所以他是睡著了，睡了好久好久。

到了法蒂瑪車站，火車上的人都下車了。空氣中瀰漫著聖潔的氣氛，朝聖民眾推推搡搡，有的家庭走散，人群中出現了驚慌和混亂。廣闊的開放空間如同一個備戰的軍事營地。大多數朝聖者將徒步走到二十公里之遠的伊利亞山谷，不過也有一些人趕忙加入搭乘巴士的隊伍，這些朝聖者的腿力不足，毅力也不夠，稍用點力氣就疲累。天空晴朗，陽光明亮溫和。里卡多・雷伊斯去找地方吃東西。街上攤販林立，賣煎餅、乳酪蛋糕、卡爾達斯餅乾、無花果乾、水罐、時令水果、松果花環、花生、果仁和羽扇豆種子，可是沒有一個地方配得上餐館這個名稱。為數不多的幾個用餐地方都滿了，酒館的人也多到擠到門口，他需要很大的耐心，才能等到自己坐在刀叉和一盤食物面前。然而，他由於這個地方無所不在的基督教精神受惠了，因為他們看到他穿著城市的衣服如此瀟灑出現，幾個排隊的顧客如同善良的鄉下人讓他插隊，里卡多・雷伊斯於是比他所希望的更早吃到了午餐，一條小煎魚，配上油醋調味的水煮馬鈴薯，然後再來幾個炒雞蛋。他喝了嘗起來像聖壇酒的酒，吃了美味的鄉村麵包——微帶溼氣又沉甸甸的——謝過老闆後，他去找交通工具。廣場沒有那麼擁擠，準備好迎接又一列從南或北來的火車，但是徒步的朝聖者從偏遠地區絡繹不絕走來。一輛巴士發出尖銳的喇叭聲，招攬乘客把剩下的空位坐滿。里卡多・雷伊斯快步跑了起來，跨過籃子、一捆捆的墊子毯子，好不容易搶到一個位置，對一個正在努力消化食物，又讓酷熱折磨得筋疲力盡的人來說，這是一場艱鉅的挑戰。在嘎吱嘎吱的巨響中，巴士開了，粗糙路面揚起滾滾的塵土，髒兮兮的車窗讓人幾乎看不見起伏的旱土。司機不停鳴按喇叭，把成群結隊的朝聖者趕到路邊溝渠，又急速轉彎避開坑窪，每隔幾分鐘就往敞開的窗外大聲吐痰。路上擠滿數不清的徒步朝聖者，但是也有馬車牛車，每一輛都以自己的速度前進。不時一輛昂貴的豪華轎車駛過，上頭坐著穿制服的司機，按著喇叭，載著穿黑色或灰色或深藍色的老婦人，以及西裝革履的肥滿紳士，他們表情非常謹慎，好像剛剛數完了錢，卻發現錢已經成倍增加了。豪華轎車被迫減速時，就可以看見車上的人，因為有一大批朝聖者在教區牧師的帶領下前進，牧師既是精神嚮導，也是遊覽嚮導，他和他的羊群一樣，用蹄子踩著土地，做了同樣的犧牲，值得我們稱讚。大多數信徒赤腳走路。有人打著傘，保護自己不受太陽的傷害，這種人的頭部很嬌嫩，不是下層社會，而且容易昏厥眩暈。他們唱的聖歌走調了。女人的尖銳聲音聽起來像無盡的哀歌，一場沒有眼淚的哭泣，男人幾乎老忘了詞，用持續的低音唱著押韻音節當作伴奏，別再要求他們了，他們繼續裝模作樣就好了。不時可以看到有人坐在樹籬旁的蔭下，為最後一段旅程積蓄力量，也趁著這段休息時間，吃了一塊麵包，一截香腸，一個油炸鱈魚餡餅，一條三天前在他們那個偏僻村莊炸的沙丁魚。然後，感覺恢復了體力，他們回到路上。婦女頭頂著裝著食物的籃子，有的甚至一邊走一邊哺乳，又一輛巴士駛過，塵土像雲朵落在她們的身上，不過她們什麼也感覺不到，也不去注意，由此可見習慣的力量。汗水從僧侶和朝聖者的額頭淌下，在灰塵中畫出一道道細小的水道，他們用手背擦臉，比他們想像的更糟，那不是塵土，是泥漿。熱浪曬黑了他們的臉龐，女人卻不把頭巾拿下，男人繼續穿著外衣，不解開襯衫，也不鬆開衣領。這個民族在不知不覺中保留了沙漠的風俗，認為能禦寒的東西也能禦熱，因此把自己裹得嚴嚴實實，像是要把自己隱藏起來。

在道路的拐彎處，一棵樹下聚集了一群人，有人大聲嚷嚷，女人扯著自己的頭髮，一個男人屍體攤在地上。巴士放慢速度，讓乘客觀看這一奇觀，但是里卡多．雷伊斯對司機說，或者說是對司機大喊，停車，讓我看看情況，我是醫生。抗議的咕噥不絕於耳，乘客急著要抵達奇蹟之土，不過他們很快也就安靜下來，就怕自己顯得冷酷無情了。里卡多．雷伊斯下車，擠過人群，跪在老人身邊的泥土上，探了探老人的頸動脈。他死了，他說。他其實無須為了宣布這個消息而中斷自己的行程。這個消息再次激起了眼淚，死者親戚眾多，但是他的遺孀——一個比現在已經沒有年紀的死者年紀還大的女人——用乾澀的眼睛看著屍體，站在那裡搓揉披肩的流蘇，只有嘴唇不停顫抖著。這群人中有兩名男人上了巴士，準備向法蒂瑪當局報告這起死亡，法蒂瑪當局會安排將屍體運走，葬在最近的公墓。里卡多．雷伊斯回到公車座位，這下子成了人人好奇的對象，真想不到，我們之中有一個醫生，沒有比這更令人安心的同伴，就算他在這種情況下什麼也沒做，只是確認了死亡。那兩個男人告知四周的人，他來到時已經病得很重，應該留在家裡才對，但是他堅持要來，他說如果我們留下他，他會在屋梁上上吊，結果他死在離家那麼遠的地方，沒有人能夠逃脫自己的命運。里卡多．雷伊斯點頭表示同意，不知道自己的頭在動。是的，先生，那是命運，但願有人在那棵樹下插一個十字架，未來的旅人可以為一個沒有懺悔、沒有接受教堂最後儀式就死去的靈魂祈禱，儘管他在離開家的那一刻就已經前往天堂了。如果這個老者名叫拉撒路，在前往伊利亞山見證奇蹟的途中，耶穌基督出現在彎道，祂有過這樣的經歷，會立刻明白發生了什麼事，祂會擠過目瞪口呆的旁觀者，如果有人試圖阻止祂，耶穌基督會訓斥他說，你不知道你在跟誰說話嗎。祂走到哭不出來的老嫗面前說，交給我吧，然後向前走兩步，畫出一個十字架，祂的預知能力真強，因為我們知道祂還沒有被釘在十字架上，祂會喊道，拉撒路，起來行走，拉撒路就站起來了，又是一樁奇蹟。拉撒路擁抱他的妻子，他的妻子現在哭得出來了，一切如舊，當馬車載著抬擔架的人和官員要來移走屍體時，一定有人要問，你為什麼要在活人中找一個死人，他不在這裡，他復活了。然而，在伊利亞山谷，凡人再怎麼努力，也從來沒有實現過這樣的奇蹟。

到了。巴士發出最後幾聲的排氣聲，停了下來，散熱器熱得有如地獄大鍋，乘客下車後，司機用破布護著雙手轉開蓋子。天氣這般酷熱，機械的芬芳熏香蒸汽升騰到空氣中，難怪我們要神志不清。里卡多．雷伊斯加入朝聖者的行列。他試著想像從天上所見的情景，一大群螞蟻如同一顆巨星，從每一個基本方位和第二基本方位聚集起來。這個想法——或者是引擎聲響——讓他舉目仰望高處和虛無縹緲的幻影。頭頂上，有架飛機繞著一個大圈空投傳單，也許是齊聲吟詠的祈禱文，也許是通往天堂之門的地圖，或者可能是來自我們的主的口信嗎，抱歉今天沒有與我們同在，祂派了祂神聖的兒子來代替祂的位置，聖子已經在彎道創造了一個奇蹟，而且是一個好奇蹟。傳單緩緩飄落，沒有一絲的風。朝聖者仰著臉，急切地伸手去抓，白色的，黃色的，綠色的，藍色的。不識字的人占了這場精神聚會的大多數，他們拿著傳單，不知如何是好。一個莊稼漢打扮的男人判斷里卡多·雷伊斯像個識字的人，問道，先生，上頭寫的是什麼。里卡多·雷伊斯告訴他，是保衛爾的廣告。那人狐疑地看著他，盤算要不要讓他解釋一下什麼是保衛爾，然後將紙摺成四折，放進他的坎肩口袋。永遠留下無用的東西，早晚你會發現它的用處。

人山人海。凹面大廣場周圍搭起數百張帆布帳篷，數不清的人在底下紮營，明火上放著炒鍋，狗看守著糧食，孩童哭泣，蒼蠅無處不飛。里卡多·雷伊斯在帳篷之間隨意走著，這座奇蹟之庭的規模猶如城市，激起了他的興趣。一個吉普賽人營地，到處都是馬車騾子，讓馬蠅高興的是驢子身上長滿了瘡。他帶著行李，不知要往哪裡去，沒有預訂住處，連張帳篷也沒有，現在他明白了，附近並沒有寄宿的房子，更別說旅館了。如果有朝聖者收容所隱蔽在某處，也不太可能還有多的草墊，天知道它們多久以前就被訂走了。願上帝旨意得以實現。烈日炎炎，夜晚還很遙遠，看樣子天氣也不會變得涼爽。里卡多·雷伊斯來法蒂瑪前，只希望能見到瑪森妲，沒有想到身體的舒適。他的行李很輕，裡面只有剃鬚刀、肥皂、剃鬚刷、換洗內衣、襪子和一雙鞋底加固的耐穿鞋子，他必須換上，否則會弄壞他腳上的那雙漆皮鞋。如果瑪森妲來了，她不會坐在帳篷裡，孔布拉公證人的女兒值得更好的環境，但她會去哪裡找這樣的地方呢。里卡多·雷伊斯去了醫院，一個很好的起點。他靠著他的醫師資格獲准進入，擠過亂糟糟的人群。他環顧四周，病房和走廊一片混亂，病人躺在擔架上或置於地上的床墊，他們親人製造的噪音比他們大得多，他們不停低聲祈禱，單調的喃喃聲不時讓深深的歎息、尖銳的哭聲和向聖母的懇求打斷。醫務室的病床不到三十張，病人卻大約有三百人。有空間的地方就有人躺著，你只能從他們身上跨過去，幸虧我們已經不再相信魔眼，你對我下了魔咒，現在解除魔咒，習俗是反過來重複這個動作，但願所有的不幸都能這麼容易消失。瑪森妲不在這裡，里卡多·雷伊斯不意外，畢竟她完全可以靠自己的兩隻腳走路，只有一隻手臂殘廢了，只要她不把手從口袋裡拿出來，根本沒有人會注意到。外頭暑氣更盛，不過他感到一陣欣慰，因為太陽沒有散發出難聞的氣味。

如果這樣事情是可能的，那麼人群正在增長，彷彿靠著裂變自我複製。好像一大群黑壓壓的蜜蜂在追尋神聖的蜂蜜，發出低沉的嗡嗡聲，唧唧喳喳，唧唧喳喳，在緩緩的波浪中移動，由於自身的龐大規模而平靜下來。在這個大鍋中不可能找到誰，它不是佩羅·博特霍的大鍋，但是仍舊燃燒著。里卡多·雷伊斯放棄了，能否找到瑪森妲現在似乎不太要緊了。縱使我們試圖互相躲藏，若是命運要我們相遇，我們一定就會相遇。用這句話來表達想法，他真是愚蠢，瑪森妲如果來了，她並不知道我在這裡，也就不會試圖躲藏起來，這麼一來，我們見面的機會更大了。飛機持續在上空盤旋，彩色傳單在半空飛舞，只是現在沒有人注意了，只有乍到的人才會第一次看到它們。很可惜，傳單少了報紙廣告更具說服力的插畫，也就是畫有山羊鬍醫生和病弱睡衣少女的那張圖。她吃了保衛爾，就不會這樣病懨懨了。在法蒂瑪，許多人的健康更糟，一定會認為這罐神奇的東西是上帝的恩賜。里卡多．雷伊斯漲紅了臉，脫下外衣，捲起袖子，拿著帽子搧著自己。他的雙腿突然疲憊不堪，沉重起來，他想找個陰涼的地方。有的朝聖者正在午睡，長途跋涉，加上一路祈禱，他們早已精疲力竭，在聖母像抬出來以前，在蠟燭隊伍開始行進以前，在篝火旁油燈下的漫長守夜以前，得要恢復體力才行。他也打了個盹，背靠著一棵橄欖樹的樹幹，頸後貼著柔軟的苔蘚。他睜開眼睛，見枝枒間有一小片一小片的藍天，憶起了車站那個瘦巴巴的男孩，他的祖母——應該是他的祖母——喊他小寶貝。這孩子此刻正在做什麼呢，應該已經脫了鞋吧，那是他到達村莊後做的第一件事，第二件事是往河裡走去。祖母可能提醒他，先不要去，太陽太熱了，但是他不聽，而她也不希望別人聽到。這個年紀的男孩喜歡自由自在，不想緊抓著母親的裙子不放，他們對青蛙扔石子，以為造成不了傷害，不過總有一天他們會後悔的。來不及了，青蛙和其他微小的生物不會復活。里卡多．雷伊斯覺得這一切真是荒謬，他一路打從里斯本來，像在追求海市蜃樓，自始至終都明白，只是海市蜃樓而已，他坐在橄欖樹的蔭下，在不認識的人中間，什麼也不期待，就想著不過是在偏鄉車站瞥過一眼的男孩，突然很想像他一樣，用右臂抹鼻子，在水坑裡玩耍，摘花，賞花，忘了花，到果園偷水果，被狗追，哭著跑掉，或者追女孩子，撩起她們的裙子，因為她們不喜歡，或者其實喜歡，可是假裝不喜歡，因為這給了他一種祕密的樂趣。我確實感受過生活嗎，里卡多．雷伊斯自言自語。躺在他身邊的朝聖者以為這句呢喃是沒聽過的祈禱文，一段有待考驗的祈禱文。

太陽下山了，暑氣卻沒有緩和下來。宏偉的廣場空間好像連插入一根大頭針的空間也沒有，人群卻仍在外圍徘徊不去，人流源源而來，這一頭的人還在想辦法卡到更好的位置，那一邊的人必定也在做相同的事。里卡多・雷伊斯在附近漫步，陡然發現另一場朝聖，乞丐的朝聖。他看到了真乞丐，也看到了假乞丐，兩者之間差異很重要，真乞丐只是一個乞討的窮人，假乞丐則把乞討變成了職業，靠著這種手段發財並非新鮮事。兩者使用相同的技巧，哀號，伸出一隻手乞求，有時兩手同時伸出，一場難以抗拒的精彩演出，為了您死去親人的靈魂做做善事吧，上帝會報答您；憐憫一個可憐的瞎子吧，憐憫一個可憐的瞎子吧，有人露出一條潰爛的腿，有人露出一隻截短的胳膊，但是那不是我們在尋找的東西。地獄之門彷彿開啟了，因為只有地獄才有這種恐怖。現在輪到彩券販了，他們大喊中獎號碼時引發一陣騷動，吸引了在飛往天堂途中的祈禱民眾。一個男人中斷了主禱文，因為突然預感數字會是三六九四。他心亂如麻抓著念珠，撫弄著彩券，彷彿掂量著它的潛力，然後從手帕抖出必要數量的埃斯庫多，又從中斷處繼續祈禱，求祢賜給我們今日的食糧，祈禱的朗誦語氣中如今有了更多的希望。好了，賣毛毯的、賣繩線的、賣帕子的、賣籃子的，都發起了攻擊，戴著臂章賣聖像的失業者也一樣。他們其實不是賣，他們先得到了施捨，才把照片交出來，這是維護尊嚴的方式。這個可憐蟲不是真乞丐，也不是假乞丐，只是因為丟了飯碗才乞求施捨。那麼，有一個好主意，讓所有失業的人都戴上臂章，黑布條上寫著醒目的白字，失業，讓全世界的人都看到，這不就更容易清點人數嗎，也確保我們不會忘了他們。不過最討厭的是成群的小販，他們擾亂我們心靈平靜，攪亂聖地的安寧。讓里卡多．雷伊斯避開吧，否則他們會立刻撲向他，如惡魔似地叫喊，看，便宜貨，看，這個被祝福過的，畫在托盤和雕像上的聖母像，一串串念珠，數十個十字架，小勳章，耶穌聖潔的心，瑪麗熾熱的心，三個小牧童雙手合十跪地祈禱。一個牧羊人是男孩，但是在聖諭或宣福禮中都沒有證據說他撩過小女孩的裙子。整支商幫的成員像著了魔似地大叫，賣主猶大要倒楣了，他想用狡詐的甜言蜜語偷取同行的客戶，殿裡的幔子從上到下裂為兩半，[23]詛咒辱罵如雨般落在這奸詐惡徒的頭上。即使是在巴西，里卡多．雷伊斯也未聽過如此憤慨的言辭，這一門演講術顯然大大進步了。

天主教這顆珍貴的寶石，由於切面浩繁，因而耀眼奪目，除了年年重返以外別無希望之磨難的切面，相信這個聖地是崇高而富饒的切面，公益慈善的切面，保衛爾的切面，買賣修道士肩衣之類物品的切面，廉價飾品、小玩意、相片、編織、飲食、失物招領、尋覓和覓得的切面。里卡多．雷伊斯繼續尋覓，他會覓得嗎。他去了醫院，他尋了帳篷，他找了露天市場，現在他走入熙熙攘攘的廣場，鑽入人群中，看到了他們的精神操練，他們的虔誠行為，他們的可憐祈禱，他們用流血的膝蓋匍匐完成的誓言，他見到一個懺悔的女人，痛到快要暈厥過去，有人托住她的腋下，還有從醫院抬來的病患，他們的擔架排成一列。在成排的擔架之間，童貞聖母雕像將被放在白花裝飾的轎子抬出來。里卡多．雷伊斯讓目光從一張臉移到另一張臉，眼神搜尋，但是沒有結果，好像他在一個沒有意義的夢中，比方說，夢到一條無路可走的道路，夢到沒有陰影的物體，夢到空氣發出又是否認的一個字。讚美詩簡單純樸，重複著Sol與Do，唱詩班聲音顫悠尖銳，不停中斷又開始。五月十三日，伊利亞山谷倏地一片寂靜，雕像要從顯聖教堂出行了。一陣戰慄從人群中盪漾開來，超自然的力量來了，吹拂過二十多萬人的頭，一定會發生什麼事。病人被神祕的激情吸引，拿出手帕、念珠、勛章，牧師接過去，碰了碰雕像，然後還給祈求的民眾，窮苦民眾發出乞求，法蒂瑪聖母，賜予我生命；法蒂瑪聖母，給予我行走的奇蹟；法蒂瑪聖母，讓我能看見；法蒂瑪聖母，讓我能聽見；法蒂瑪聖母，把健康還給我；法蒂瑪聖母，法蒂瑪聖母；法蒂瑪聖母。啞巴不會懇求，他們只是看著，如果他們還有眼睛可以看。不管里卡多・雷伊斯怎麼拉長耳朵，都聽不見這麼一句，法蒂瑪聖母，看看我這隻左手臂，能治好我就治好我吧。不可試探你的神或祂的聖潔母親，仔細思考，你就會明白，人不應該要求任何東西，聽天由命才是謙卑，因為只有上帝知道什麼對我們有好處。

雕像抬出來了，在遊行隊伍中來來去去，然後消失了。盲人仍然看不見，啞巴仍然不說話，癱瘓的依舊癱瘓，失去的肢體不能再長，受苦的人沒有減輕痛苦。他們流下苦澀的眼淚，指責自己，怪自己，我信仰不足，*mea culpa, mea culpa, mea maxima culpa*。聖母離開教堂，準備施予若干奇蹟，但發現虔誠的人在動搖，這裡沒有燃燒的荊棘，沒有不滅的油燈，這不行，讓他們明年再來吧。黃昏的陰影隨著暮色的臨近而拉長，也是以一種行進的步伐。漸漸地，天空失去日間的湛藍，變成了珍珠色，但在那裡，太陽躲在遠處山上的樹木後方，猝然噴出了緋色、橙色、紅色，不像太陽，更像是火山，一切竟然在沉默中發生，難以置信。夜幕即將降臨，營火燃起，小販停止叫喊，乞丐數著錢幣，樹下的身體正在得到滋養，背包打開了，人津津有味地嚼著不新鮮的麵包，把酒桶或酒囊舉到乾巴巴的嘴唇上，大家都在吃，吃什麼則根據財力而不同。

里卡多・雷伊斯找到了棲身的地方，與一群朝聖者共用帳篷。沒有討論，他們見他一臉徬徨站在那裡，拎著一個行李箱，胳膊下捲著他買的毯子。反過來，他也發現，只要夜晚不太冷，帳篷對他就很舒服了。他們對他說，不用客氣，自己來。他開口說，不，還是謝謝你們，不過他們堅持說，聽我說，我們的幫忙是發自內心的，他明白是真的，便加入來自阿布蘭特什的這群人。在伊利亞山谷四處都能聽到一種抽鼻子的聲音，有的來自祈禱，有的來自咀嚼，有人在為受苦的靈魂尋求安慰的同時，有人在消除饑餓的痛苦，或者兩者交替。在營火餘光中，里卡多・雷伊斯沒有找到瑪森妲，沒有在稍後的燭光行進中看見她，也沒有在夢中見到，在睡夢中，他疲憊不堪，心如死灰，盼望從地球表面消失。他把自己看成兩個人，一個是尊貴的里卡多・雷伊斯，每天洗臉刮鬍子，另一個是里卡多・雷伊斯，一臉鬍碴的流浪漢，外衣皺了，襯衫有了摺痕，帽子汗濕了，鞋子布滿了灰。第一個人請第二個人解釋一下，他為什麼來法蒂瑪，不抱沒有任何信仰，只懷著一個瘋狂的夢想，如果你真的見到了瑪森妲，會對她說什麼，如果她此時出現在你面前，站在她父親身邊，或者更壞的情況，單獨一人，你能想像你會顯得多麼可笑嗎，好好看看你自己，你真的相信一個女孩，就算只有一隻手臂，會瘋狂愛上一個可笑的中年醫生嗎。里卡多・雷伊斯謙卑接受了批評，為自己的衣衫襤褸骯髒不堪深感羞愧，他拉過毯子蓋在頭上，繼續睡覺。不遠處，有個人無所牽掛地打著呼嚕，那棵茁壯的橄欖樹後面傳來不可能被誤認是祈禱的呢喃細語，不像天使唱詩班的笑聲，也不是精神狂喜所激起的歎息。天亮了，早起的人伸伸手臂，起來撥弄營火，新的一日展開了，給尋求天堂果實的人帶來了新考驗。

里卡多．雷伊斯決定中午前離開，他沒有等待向聖母致敬的告別儀式，他已經告別了。另一方面，飛機越過兩回，繼續投下保衛爾的廣告傳單。果不其然，返程巴士上沒有多少乘客，大批離去的遊客更晚才會湧現。在彎道，有個木十字架立在地上。根本沒有奇蹟。

21 即墨索里尼（Benito Amilcare Andrea Mussolini）。
22 一九一七年在法蒂瑪看見聖母顯現的三位牧童之一。
23 語出《馬太福音》第二十七章，猶大賣主之後後悔自盡，耶穌被釘上十字架致死，幔子便裂開了。

從阿方索．恩里克斯時代到大戰期間，始終相信上帝和我們的聖母。里卡多．雷伊斯從法蒂瑪回來後，這句話就一直縈繞在心頭。他不記得是在報紙還是書本上讀到的，是在布道還是演講中聽來的，說不定是從保衛爾廣告中看到的。這句話叫他著迷，措辭動人，激發了熱情，也點燃了精神，因為它證明我們是被選中的民族。過去有別的民族，將來也有別的民族，但是沒有一個民族能像他們這樣，八百年來忠貞不渝，始終與天上力量保持著親密無間的關係。誠然，我們建立第五帝國的速度遲緩，墨索里尼在我們的前方全速前進，不過第六帝國不會離我們而去，第七帝國也不會，我們所需要的只是耐心，而耐心是我們的天性。我們已經走在正確的道路上，這是共和國總統閣下安東尼奧．奧斯卡．德．弗拉戈索．卡莫納將軍的公開聲明，該次演說應當成為我國日後所有最高法官的表率。以他的話來說，葡萄牙如今在全世界受到尊重，我們應該以身為葡萄牙人而自豪，這種情操與過去的情操一樣高尚，兩者都非常值得引用。我們可以為這來自全世界的尊重自豪，我們這些在公海上航行的人，即使只是以最赤誠盟友的身分，什麼身分並不重要，重要的是赤誠，沒有赤誠，我們怎麼能活下去。里卡多・雷伊斯從法蒂瑪回來後，疲憊不堪，皮膚曬黑了，沒有見證奇蹟，也沒有遇見瑪森妲，回來後，他三天沒有走出公寓，然後經由可敬總統發表愛國演說的那扇大門，重新走入外面的世界。他帶著報紙在阿達瑪斯托的陰影下坐下。老人也在，茫然看著前來訪問這片其他國家熱切談論之樂土的船隻，許多船裝飾著旗幟，鳴著歡鬧的汽笛，船員在甲板列隊敬禮。當里卡多・雷伊斯遞給他們報紙時，這兩個哨兵的頭腦終於亮起了光，里卡多・雷伊斯已經消化和記住了報紙，是的，等了八個世紀才為身為葡萄牙人而感到自豪。偉大的海洋，從聖卡塔琳娜嶺，八個世紀向你致敬。老人們，不管是瘦的還是胖的，都擦去了悄悄落下的眼淚，難過不能永遠待在觀景臺看船的到來，這樣的幸福比他們短暫的生命更難忍受。里卡多・雷伊斯坐在長椅上，見到了一名士兵和一名女傭在打情罵俏，士兵肆意妄為，女傭用挑釁的小耳光將他趕走。這是適合高歌哈利路亞的日子，這是那些非希臘人的呼喚，花壇正盛開，這些能讓人快樂，除非他被貪得無厭的野心所吞噬。里卡多・雷伊斯思索了一下自己的野心，認為自己什麼都不想要，望著河流和來往的船隻，望著群山和那裡的寧靜，他就滿足了，然而他的內心卻感覺不到幸福，只有沒完沒了如蟲嚙蠹囓的沉悶。是天氣的緣故，他喃喃地說，然後問自己，如果他在法蒂瑪遇見了瑪森妲，他現在會是什麼感受呢，如果，如人們常說的那樣，如果他們投入彼此的懷抱中，我們永遠不再分離了，我直到以為我失去了你的時候，才明白到我有多愛你。她會說類似的話，然後他們不知道還能說什麼，即使他們可以自由地跑到一棵橄欖樹後面，重複他人的耳語、笑聲和歎息。里卡多・雷伊斯再一次懷疑，再一次感到蟲子在啃他的骨頭。人不能抗拒時間，我們就在時間裡頭，伴隨時間，僅此而已。讀完報紙，老人擲硬幣決定誰能把報紙帶回家，即使目不識丁，他們也渴望得到這份獎品，因為沒有什麼比報紙更適合鋪在抽屜裡了。

那天下午他到辦公室時，接待員卡洛塔告訴他，醫生，有一封您的信，我放在您的桌子上了。里卡多・雷伊斯覺得他的心或肚子挨了重重的一拳。在這種時刻，我們完全失去冷靜，也不能確定受到重擊的位置，因為心和肚子的距離太短了，中間有著隔膜，心悸和肚子攣縮對隔膜有著相同的影響。上帝這麼多年來也學了不少，今日祂如果要創造人類的身體，會讓人類的身體變得簡單許多。信是瑪森妲寫來的，一定是，她寫信告訴他，她到底是去不了法蒂瑪了，或者她去了，遠遠看著了他，甚至用完好的那隻手揮了揮手，接著絕望了，一是因為他沒有看見她，二是因為聖母沒有治好她，現在，我的愛人，你要是還愛我，我在淚珠莊園等候你的到來。顯然就是瑪森妲的來信，放在長方形綠色吸墨紙的中央，信封是淡紫色的。不對，從門口看去，是白色的，一種視覺錯覺，學校教過我們，藍色加黃色變成綠色，綠色加紫色變成白色，白色加焦慮讓我們變得面無血色。信封不是淡紫色的，也不是從孔布拉寄來的。里卡多・雷伊斯小心翼翼拆開，發現一張小紙片，上頭是我們認為一個醫生會有的字跡，潦草不堪，寫著，親愛的同事，特以此函告知，我順利康復，期盼能在下個月初恢復看診工作，藉此機會對您願意在我不適期間代替我表達深深的感謝，也祝您早日順利覓得新職，充分發揮您的特長和經驗。下面還有幾行，幾乎是人人遵循的寫信慣例。里卡多．雷伊斯把這些陳詞濫調讀了又讀，讚賞同行的圓滑，把他對里卡多．雷伊斯的幫助，寫成了里卡多．雷伊斯對他的幫助，里卡多．雷伊斯因而能夠昂首離去。這麼一來，他求職時就有了介紹信，不只是一封推薦函，而是一張醫術精湛服務熱誠的書面證明，就像麗迪雅決定另覓工作或嫁人時，布拉干薩旅館也會給她的證明。他披上白袍，請第一個病人進來。候診室裡另有五個病人要看診，他現在沒時間治癒他們了，幸好他們的病情也沒有那麼嚴重，反正，在接下來的十二天，也就是這個月結束以前，他們不會死在他的手上。

麗迪雅不見蹤影。今天確實不是她的休假日，不過她曉得他去了法蒂瑪就會直接回來，也知道他可能遇見了瑪森妲，起碼要來看看是否有她的友人、姐妹的消息，問問瑪森妲是否安好，手臂治癒了否。麗迪雅來回聖卡塔琳娜嶺只要三十分鐘，不然也能去他的辦公室，那裡更近，更快可以走到。但是她沒有來，她沒有問。他沒有帶她上床就吻了她，這是錯誤，如果出身卑微的人有這種想法，她也許會以為他是用那個吻收買了她。里卡多．雷伊斯獨自留在公寓，只有工作和用餐時才出門，他從窗口看到河川，遠方蒙蒂茹的山坡，阿達瑪斯托的巨岩，守時的老人，還有棕櫚。他偶爾到公園，讀幾頁書。他早早上床，想著去世的費爾南多．佩索亞，想著人們寄予厚望而壯年時便失蹤的阿爾貝托．卡埃羅，想著阿爾瓦羅．德．坎普斯，他去了格拉斯哥，起碼他在電報中那麼說，他可能在那裡定居，建造船隻，直到生命結束，或者直到退休。里卡多．雷伊斯偶爾去看電影，金．維多執導的《農為邦本》，或者羅伯特．多納特和馬德琳．卡羅爾主演的《國防大機密》，他忍不住去聖路易斯電影院看了3D電影《聲音望遠鏡》。他把看電影必須戴上的賽璐珞眼鏡帶回家當紀念，眼鏡一邊是綠色，一邊是紅色，很具詩意的工具，可以看見正常視力看不見的東西。

他們說時間不等人，說歲月如流，都是老生常談，但是有些人對於時間的緩慢感到惱火。二十四小時是一日，在一日結束的時候，你發現它不值，第二天同樣再來一遍，但願我們能跳過所有沒用的星期，活出一個充實的鐘頭，瞬間的輝煌，如果輝煌能夠持續那麼久。里卡多．雷伊斯開始有了回巴西的念頭。費爾南多．佩索亞的死亡在表面上是一個好原因，離開十六年後，橫越大西洋，回葡萄牙繼續行醫，偶爾寫寫詩，慢慢老去，勉強代替死去的詩人，即使無人注意到這個替換。但是他現在納悶了。如果這裡可以是任何人的國家，也不是他的國家。葡萄牙只屬於上帝和我們的聖母，它是一幅沉悶的二次方素描，看不到任何寬慰，甚至用《聲音望遠鏡》的特殊眼鏡也看不到。費爾南多．佩索亞，無論是影子還是鬼魂，時不時出現，說幾句諷刺的話，親切地笑一笑，然後就消失了。里卡多．雷伊斯不需特地回來。瑪森妲已經不存在了，她住在孔布拉一條不知名的街道，她的日子一天天過去，沒有治癒的良方。她可能把他的信藏在閣樓的某個角落裡，在椅墊裡，或者她母親以前用過的祕密抽屜裡，或者更巧妙，藏一個不識字但值得信賴的女傭的大衣箱，或許瑪森妲讀了一遍又一遍，像背誦著夢想，免得忘記了，這是徒勞之舉，因為我們的夢想和我們所記得的終究毫無共同之處。麗迪雅明天會來，因為她總是在休假日來，但是麗迪雅是安娜．卡列尼娜的育嬰保母，她有助於維持房子清潔，至於其他方面的需求，她無法用她所能提供的那一丁點，來填補里卡多．雷伊斯的空虛，如果我們接受他對自己的形象，就是整個宇宙也不足以滿足他。從六月一日起，他就失業了，他必須再次外出尋找職缺，臨時的職位，讓日子過得更快。幸好，他還有一大疊英鎊沒碰，還有錢存在某個巴西銀行，用這幾筆錢，租個辦公室，自己開個一般內科診所，那是綽綽有餘，多數患者需要看的是一般內科。他甚至能雇用麗迪雅來照顧病人，麗迪雅聰明隨和，學得又快，只要稍微指導一下，就可以提高拼寫能力，脫離單調的女傭生活。然而，這只是一個人用無聊念頭消磨時間的白日夢。里卡多．雷伊斯是不會去找工作的，不會的，他最好的選擇是，下次高地旅號出航時，搭那艘船回巴西。他會小心翼翼把《迷宮之神》還給原主，奧布萊恩絕對不會發現不見的書怎麼突然又出現了。

麗迪雅來了，說了聲午安，但是似乎有點冷淡怕羞，什麼也不問，他只好先開口，我去了法蒂瑪。她問，你喜歡那裡嗎。里卡多．雷伊斯應該如何回答，身為一個沒有信仰的人，他不可能經歷精神狂喜，另一方面，他去並非純粹出於好奇，因此他只是大略說，人好多，到處都是塵土，就像你警告我的，我只能露宿，幸好晚間很溫暖。醫師，您不是受得了朝聖苦頭的那種人。我去瞧瞧是怎樣的情景。麗迪雅待在廚房，正在用熱水洗碗，她沒有多說，顯然今天不會有肉欲的樂趣。造成這一禁令的原因，會是大家熟悉的月經問題，還是一些揮之不去的怨恨，還是血淚兩股無法逾越的河流匯成無法逾越的渾濁大海呢。他坐在廚房的長椅，看著她工作，這不是他習慣的事，這是一個善意的姿態，一面白旗在防禦工事上飄揚，試探敵方將軍的心情。我到底是沒有遇到桑帕伊奧博士和他的女兒，人這麼多，意料中的事，這幾句話隨口說出，盤旋在空中，等候有人關注。但什麼樣的關注呢，他可能在說真話，他可能在說謊話，這就是語言的不完全，語言固有的表裡不一。一句話是謊言，一句話是真話，我們不是我們所說的那樣，只有別人相信我們，我們才是真的。麗迪雅的看法不得而知，因為她只是問道，有沒有什麼奇蹟發生。如果有，我並沒有看到，報紙沒有報導奇蹟。可憐的瑪森妲小姐，如果她去那裡是為了治好病，那該有多麼失望啊。她並不報什麼希望；您怎麼知道。麗迪雅猶如驚弓之鳥，目光快速盯著里卡多．雷伊斯。想逮到我啊，他一面回答，一面暗忖，我還住在旅館時，瑪森妲和她的父親已經計畫去法蒂瑪了。哦，真的啊。就是這些小決鬥叫人疲倦，讓人老去。最好轉移話題吧，這就是報紙派上用場的地方，它把事實存在人的記憶中，推動談話繼續下去，無論是對聖卡塔琳娜嶺上的老人，還是對里卡多．雷伊斯和麗迪雅來說，都是有用的，因為有些沉默不如言詞。你弟弟有什麼消息，這只是一個開場白。我弟弟很好，為什麼這樣問。我想起他，因為我讀到一篇報紙文章，是一個叫諾布爾．格德斯的工程師的演講。報紙我還留著。我從未聽說過這位紳士。有鑑於他對水手的看法，我想你弟弟不會稱他為紳士。他說了什麼。等等，我去拿報紙。里卡多．雷伊斯走出廚房，去了書房，帶著《世紀報》回來，演講正文幾乎占滿了一整個版面，這是諾布爾．格德斯在國家電臺譴責共產主義的演講，他一度提到了水手。他有沒有提到我弟弟。他沒有提到你弟弟的名字，但是給你舉個例子，他是這樣說的，有一張叫〈赤色水手〉的可憎傳單在流通。可憎是什麼意思。可憎是惡劣的意思，非常可惡，非常糟糕。意思是你想要咒罵它。一點也沒錯，可憎就是想要咒罵。叫做〈赤色水手〉。我讀過〈赤色水手〉，可是我不會想咒罵它。你弟弟給你看的嗎。丹尼爾給我看的。那麼你弟弟就是共產黨了。我不確定，不過他肯定支持共產主義。有什麼不同嗎。在我眼中，他和其他人沒有什麼不同。你認為如果他是共產黨，他看起來會不一樣嗎。我不知道，我解釋不了。喏，這個工程師格德斯還說，葡萄牙的水手不是赤色的、白色的或藍色的，他們是葡萄牙人。什麼，他認為葡萄牙是一種顏色。真俏皮，見到你的人都會以為你不可能氣到摔盤子，但是你卻不時推倒一整櫃的盤子。我的手很穩，我沒有打破盤子的習慣，你看，我正在給您洗盤子，沒有東西從我手中滑落。你是個了不起的女孩。這個了不起的女孩只是旅館的女傭，不過，告訴我，這個叫格德斯的傢伙還說了水手什麼。關於水手嗎，沒了。我現在想起來了，丹尼爾確實提過一個水手，也姓格德斯，不過他的名字是曼紐，曼紐．格德斯，他正在等待判決，一共有四十個人受審。姓格德斯的人很多。嗯，這一個叫曼紐。碗碟洗好後就晾著，麗迪雅還有別的家務要做，她必須換床單，鋪床，打開窗戶讓房間通風，打掃浴室，擺好乾淨的毛巾。做完這些，她回到廚房，正在擦乾碗盤時，里卡多．雷伊斯冷不防從後面走過來摟住她的腰。她試圖躲開他，不過他吻了她的脖子，盤子便從她手中滑落，在地上摔成了碎片。你終於打碎了一個盤子，這是遲早會發生的事，沒人能逃脫他的命運，他笑著說，將她轉過來，緊緊吻著她的嘴唇。她不再抗拒，只簡單說，我們今天逃脫不了。現在我們知道問題是生理上的，其他障礙已經克服了。沒關係，他回答說，可以留到下次，接著繼續吻她。之後，她還得把廚房裡落了一地的陶器碎片清掃乾淨。

接著拜訪里卡多・雷伊斯的是費爾南多・佩索亞。幾天後，他在午夜前出現了，鄰居都已就寢。他踮著腳尖上樓，這樣事前防範，是因為他始終不敢確定自己是隱形的。有時人們的目光完全穿透了他，他知道，因為他們臉上沒有表情，但偶爾也會盯著，彷彿他身上有什麼奇怪的東西，但是又說不出是什麼。要有人告訴他們，這個黑衣人是一個鬼魂，他們不會相信，我們非常熟悉白色裹屍布和虛無縹緲的靈氣，但是一個鬼魂，如果他不小心，可能是世界上最堅實的東西。因此，費爾南多・佩索亞緩步上樓，用約好的信號敲門，生怕引起了騷亂，如果乒乒乓乓上樓，會讓一個睡眼惺忪的鄰居走到樓梯口，扯著嗓子尖叫，救命，有小偷。可憐的費爾南多・佩索亞成了小偷，而他自己早被奪個精光了，包括生命。里卡多・雷伊斯在書房構思詩句，剛剛寫下了看不見毀滅我們的命運，我們忘記了它們存在，叩叩叩，輕柔的聲音打破整棟樓的寂靜。他立刻知道是誰，急忙去開門。真想不到，你究竟哪兒去了。語言是很微妙的，里卡多・雷伊斯使用的這些語言暗示了一種品味最為差勁的黑色幽默，因為他和我們一樣清楚，費爾南多・佩索亞來自地球，但是他不在地球上，他來自逸樂墓園的質樸墓地，他甚至不得安息，因為他凶惡的祖母迪奧尼西亞也埋葬在那裡，要求他詳細敘述他的來來往往。我去散步了，她的孫子酸溜溜地回答，就像他現在回答里卡多・雷伊斯一樣，只是少了惱怒。最好的話語是什麼都不透露的話語。費爾南多・佩索亞沉沉坐到沙發上，擺出一副無比疲憊的姿態，抬起一隻手放在額頭上，像要減緩疼痛或者驅走烏雲，手指接著順著臉龐往下走，不確定地揉了揉眼睛，按了按嘴角，順了順鬍子，又撫摸著尖下巴。手指好像想要改造他的五官，恢復原先的設計，但是藝術家拿起的是橡皮擦，不是鉛筆，所經之處都擦去了，一側的臉失去輪廓，這在意料之中，因為費爾南多．佩索亞死了快六個月了。這些日子越來越少見到你，里卡多．雷伊斯抱怨。我在第一天就警告過你，隨著時間的流逝，我會變得越來越健忘，就是剛才在卡利亞里什街上，都還得絞盡腦汁回想到你公寓的路。你找到阿達瑪斯托雕像就可以了。如果我想起阿達瑪斯托，我會更加困惑，我會開始相信我回到德班，回到八歲，那樣我就迷路了兩次，一次在時間上，一次在空間上。想辦法常到這裡來，這樣可以刷新記憶。我今天被一股揮之不去的洋蔥味引導；洋蔥味；沒錯，洋蔥，看樣子你的朋友還沒有放棄監視你。太荒謬了，警察肯定是沒有什麼事好做，居然能把時間浪費在沒有犯罪意圖而且是清白的人身上。你永遠無法知道警察心裡在想什麼，也許你給人留下好印象，也許維克多想贏得你的友誼，只是察覺你活在選民的世界，他活在苦鬼的世界，所以他像一個熱戀的人，凝望著你的窗戶，查看是否有燈光，以消磨夜晚。來吧，就用你不入流的玩笑來消遣我吧。你不能想像開這種玩笑有多悲哀。可是持續這樣監視完全沒有道理可言。我不認為完全沒有道理，對於一個被另一個世界的人拜訪的人來說，這很正常。但是沒人能夠看見你。那得看情況，親愛的雷伊斯，那得看情況，死人有時沒有耐心保持隱形，有時缺乏精力，這還沒有考慮到活人中有些人的眼睛看得見隱形人。維克多一定看不見。也許吧，不過你必須承認，很難想像一個警察能夠有比這更有用的能力，這麼一比，千眼巨人亞戈斯倒像可憐的近視蟲。里卡多．雷伊斯拿起他寫的那張紙，我這裡寫了幾行，不知道結果會怎樣。讀給我聽。只是一個開始，可能以不同的方式開始。讀吧。看不見毀滅我們的命運，我們忘記了它們存在。我喜歡，不過我記得你寫了很多相同的東西，你去巴西以前，用一千種不同的方式寫了一千遍，熱帶好像沒有豐富你的詩歌天賦。我沒什麼好說的，我又不像你。別擔心，你會變得和我一樣的。我的靈感可以說是來自內心。靈感只是一個詞。我是一個有九百九十隻眼的亞戈斯，全瞎了。很好的比喻，也暗示你當不了一個好警察。順便問一下，費爾南多，你有沒有遇過一個叫安東尼奧．費羅的人，他是國家宣傳部長。認識，我們是朋友，我因為《使命》獲得了五千雷亞爾的獎金，這件事還得謝謝他，你問這個幹什麼。一會兒你就知道了，我這裡有一則新聞，你知道嗎，那個部門在幾天前頒發文學獎。我怎麼會知道。請原諒我，我老是忘記你不能讀了。今年的得主是誰；卡洛斯．凱伊洛斯；哦，卡洛斯；你認識他；卡洛斯．凱伊洛斯是一個叫奧菲林雅的女人的侄子，名字的拼法是ph，不是f，我有一段時間很喜歡她，我們在同一間辦公室工作。我無法想像你會戀愛。我們的一生中至少會戀愛一次，我是這樣。我很好奇你寫出什麼樣的情書。在我的記憶中，不像大多數情書那樣俗氣。是什麼時候的事；你去巴西時就開始了；持續很久嗎；久到我能像貢扎加紅衣主教一樣說，我也懂得愛。我覺得好難相信；你認為我在說謊；當然不是，你怎麼可能說這種話，我們彼此之間從不說謊，在需要的時候，我們只限於使用說謊的語言。那麼，你覺得什麼事難以相信呢。你會墜入愛河，根據我對你的觀察和瞭解，你根本就是不懂得愛的人。跟唐璜一樣；沒錯，就跟唐璜一樣，只是原因不同；解釋一下；唐璜身上有過剩的欲望，這種欲望必須分散在他想要的女人身上，而你的情況，據我所知，正好相反。那你呢。我在中間，我很普通，一般，不多也不少。換句話說，很平衡的戀人；不能說很平衡，這不是一個幾何或力學的問題。你是在告訴我，你的愛情生活也不完美；愛情很複雜，親愛的費爾南多；你不能抱怨，你有你的麗迪雅；麗迪雅是打掃客房的女傭。而奧菲林雅是打字員。我們好像不是在討論女性，而是在討論她們的職業。還有與你在公園見面的那個小姐，她叫什麼名字；瑪森妲；對，就是這個名字；瑪森妲對我來說什麼都不是。你這麼粗暴想跟她撇除關係，聽起來是怨恨。我有限的經驗告訴我，怨恨是男人對女人的普遍態度。親愛的里卡多，我們應該多花點時間相處。帝國卻是另有規定。

費爾南多・佩索亞站起來，在書房裡踱來踱去，拿起一張紙，上頭是里卡多・雷伊斯剛才朗讀過的那幾行字；你是怎麼表達的，看不見毀滅我們的命運，我們忘記了它們存在，只有失明的人才看不見命運如何日復一日毀滅我們，就像諺語說的，視而不見者最為盲目。費爾南多・佩索亞放下紙，你剛才跟我說費羅的事，我們繼續說那件事吧。在頒獎典禮上，安東尼奧・費羅說，在高壓政權下抱怨的作家，即使是抱怨純粹的思想壓制，比如薩拉查的壓制，也忘記了在法律和秩序統治時期，創意產出總是在增長。這種認為思想壓制有益的觀點，認為葡萄牙人在維克多的監視下變得更有創造力，真荒謬。那麼你就是不同意了。歷史本身否定了費羅的說法，你只要想想你自己年輕的時候，想想《奧菲》，告訴我那是不是法律和秩序的統治，雖然你的詩，親愛的雷伊斯，如果你仔細看，可以視為法律和秩序的讚歌。我從來沒有那樣想過。不過事實就是如此，人類的不安是白費力氣的，神明智，而且冷漠，在祂們之上，還有命運，連諸神都要服從的最高秩序。那人呢，人的作用是什麼。挑戰秩序，改變命運。變得更好。變好變壞沒有差別，關鍵是別讓命運成為命運。你講話好像麗迪雅，她總是在談論命運。幸好是談到命運，想說什麼就說什麼。我們是在談費羅。費羅是個傻瓜，他相信薩拉查是葡萄牙的命運。救世主。應該說是教區牧師，為我們命名受洗證婚，在我們死後將我們的靈魂交給上帝。以秩序的名義。完全正確，以秩序的名義。我記得你活著時思想沒那麼顛覆。一個人死後，看待事物的角度就不同了，我就用這句反駁不了的話向你告別吧，你活著，所以你不能反駁。你為什麼不願意留下來過夜呢。死人不可養成與活人同住的習慣，正如活人不可把死人留在身邊。人類包括了活著的和死去的。這是真的，不過不完全是真的，否則你這裡不會只有我，還有高等法院法官和他所有已故的家庭成員。你怎麼知道有個高等法院的法官住過這裡，我不記得告訴過你。維克多告訴我的。哪個維克多，我這個維克多。不，是一個死了的維克多，不過他也有多管閒事的傾向，連死亡也沒有治好他的心態。他身上有洋蔥味嗎。有，不過還能忍受，時間久了，味道會逐漸淡去。再見了，費爾南多。再見了，里卡多。

跡象顯示，薩拉查的思想壓制未如主要推手的期望有效地傳播開來。最近，太加斯河岸邊發生了一件事，顯示其影響力正在減弱，事發當下，二等艇里斯本若昂號正在我們可敬國家元首的面前準備隆重下水。船在船臺上，結了花綵，一切都是簇新的，軌道上了油，楔子調整妥當，船員在後側甲板列隊，共和國總統安東尼奧·奧斯卡·德·弗拉戈索·卡爾莫納將軍——就是宣布葡萄牙今日受到全世界的尊重，我們應該以身為葡萄牙人自豪的人——在隨扈陪同下抵達，其中有文官也有武軍，後者穿著制服，前者穿燕尾服，戴禮帽，配上條紋長褲。總統驕傲撫摸著他英俊的白鬍子，小心翼翼地說話，或許是為了避免重複他獲邀替畫展開幕時在這類場合的老調，非常別緻，非常別緻，非常令人愉快。他們走上了平臺臺階，他們是這塊土地的最高要員，沒有他們的出席，任何船隻都不能下水，還有一位教會代表，當然是天主教教會，希望從他們那裡得到有利的祝福，願全能上帝保佑這艘船殺敵多自損少。出席的諸君都為能夠參加此一盛會感到自負，這裡聚集了名流、看熱鬧的人、船廠工人、攝影師和記者。一瓶來自百拉達產區的氣泡酒，等待著噴發的榮耀時刻，奇怪，你瞧，里斯本若昂號開始滑下滑道，但是並沒有人碰到它啊。一陣騷動，總統的白鬍鬚顫顫巍巍，不解的大禮帽起起伏伏，船就這麼滑了下來。船一下水，船員照例發出了嘻嘻哈哈的歡呼，其他船隻響起警笛，與迴盪里斯本河濱的轟笑一塊驚嚇了海鷗，海鷗振翅高飛。船廠工人是格外討厭的一幫人，分明必須對這個羞辱負起責任，維克多已經著手調查此事。潮水退去，艙門現在甚至發出了有毒的洋蔥味，總統氣沖沖走了，隨從也在羞愧與憤慨中散去，總統要求，立刻查出是誰應該負起責任，居然對我們水手的尊嚴犯下這種不可饒恕之惡行，更不用說祖國的最高長官了。遵命，共和黨總統先生，維克多的老大阿戈斯蒂尼奧．洛倫索隊長說。他們擺脫不了公眾的嘲笑，太有趣了，里斯本全城都議論紛紛，布拉干薩旅館的西班牙人也談論這件事，只是有些許的緊張，*Cuidense ustedes, eso son artes del diablo rojo*，不過這是盧西塔尼亞的政治問題，所以他們不加以評論。阿爾巴公爵和梅迪納塞利公爵安排了到競技場戲院的行程，觀賞可怕又精彩的摔跤比賽，這項活動僅開放男性參加，上場的有他們的同胞荷西．龐斯，波蘭貴族卡羅爾．諾維那伯爵，猶太摔跤手阿布卡普蘭，白俄羅斯人奇科夫，捷克的斯特拉納克，義大利的尼隆，比利時的德弗姆，法蘭德斯人李克德格魯特，英國人雷克斯．蓋博，還有一個國籍尚不清楚的斯特勞克，所有冠軍都是人類奇觀的傑出代表，他們掌握了拳擊、腳踢、頭撞和剪刀腳壓制、全尼爾森壓制和橋式固定等優雅藝術。如果戈培爾必須進入摔跤場，他會謹慎行事，派遣德國空軍先行。

現在首都討論的正是飛機和航空問題。至於某些海軍成員的嚴重違紀行為，我們應該順便提一下，因為我們不會再談這件事，維克多調查了，可惜沒有找到罪魁禍首，因為沒有人相信里斯本若昂號事件可能是一個單純的填縫工或鉚工造成的。大家都清楚，戰雲正在歐洲上空積聚，葡萄牙政府因此決定，透過例子——這是最好的一課——教導公民遭遇空襲時如何自保。敵人的名字沒有提到，不過人人都認為就是傳統的敵人，也就是現在赤化了的卡斯提爾人。現代飛機射程仍然相當有限，所以我們不太可能遭遇法國人的攻擊，更不可能受到碰巧是我們盟友的英國人的進攻。至於義大利人和德國人，他們已經拿出如此多的友誼證明，我們國家因共同理想相繫，因此我們相信，他們總有一天會幫助我們，不會企圖殲滅我們。所以，政府透過報紙和電臺宣布，本月二十七日，國民革命十週年前夕，里斯本將見證一場史無前例的奇觀，龐巴爾下城區要舉辦一場空襲演習，嚴格來說是一場空襲演示，目標是摧毀羅西烏車站，在該地區噴灑大量的催淚瓦斯，封鎖通往火車站的所有通道。首先，一架偵察機飛過羅西烏車站，用煙霧信號標記目標。有人批評說，如果飛機沒有發出任何警告就投擲炸彈，襲擊更加有效，多麼扭曲的評論，完全無視騎士精神的原則。煙霧在空中升起的那一刻，防衛炮兵開火，相應的警報響起，不可能會有人沒聽見。警察、共和國衛隊、紅十字和消防隊立即採取行動，居民冒著最大風險從街道上撤離，急救小組迅速提供援助，消防車的水管準備就緒，前往最可能發生火災的地區。另一方面，救援隊集合，其中包括著名舞臺和大銀幕演員安東尼奧·席爾瓦，他率領一隊來自阿尤達的義消。敵軍的轟炸機中隊——一支雙翼機隊——這時終於可以進攻了，他們只能低空飛行，因為敞開的駕駛艙暴露在風雨中，接著抗敵的機關槍和高射炮開始行動，由於只是空襲演習，所以沒有擊落飛機，飛機猛撲而下，發動攻擊，不怕遭到報復，甚至不需假裝投下炸彈，炸彈就在光復廣場自動爆炸了，如果這是一次真正的空襲，愛國的名字也救不了廣場。往羅西烏車站移動的步兵師也沒救了，全軍覆沒，我們無法想像，在一個敵人基於人道警告我們會遭到猛烈轟炸的地方，他們希望完成什麼任務。且讓我們希望這個可悲的插曲是我軍名譽的可恥污點，不會遭到封鎖掩飾，總參謀部被移交戰爭委員會，由行刑隊行使即決處決。急救單位開始感到壓力，擔架員、護理師和醫生無私地在火線上奮鬥，搬運屍體，拯救傷員，給後者塗上紅藥水和碘酒，裹上繃帶，之後有真正傷口需要處理時——即使要再等三十年——繃帶也將清洗後重複使用。儘管如此英勇的防禦，敵人的飛機還是發動新一波的攻擊，燃燒彈落在羅西烏車站，車站遭到火焰吞噬，成了一堆瓦礫，不過我們取得最後勝利的希望尚未完全破滅，因為塞巴斯蒂安國王雕像仍舊屹立在基座，露出腦袋，但是奇蹟似地毫髮無損。在其他地方，轟炸引起大混亂，新廢墟覆蓋了卡莫修道院的舊廢墟，國家大戲院竄出滾滾濃煙，傷亡人數增加，四周房舍都失火了，母親為孩子尖叫，孩子為母親哭泣，丈夫和父親被遺忘了，戰爭即地獄。在頭頂的天空，邪惡的飛行員喝了幾杯芬德多白蘭地，為任務成功乾杯，也暖暖凍僵的四肢，因為戰鬥的熱度正在消退。他們為他們的任務做筆記畫草圖拍照片，然後嘲笑似地垂下機翼，往巴達霍斯方向飛去。我們猜他們是從開亞河對岸來，我們果然猜對了。整座城市成了一片火海，成千上萬的人失去生命，我們又遭遇一場地震。然後，高射炮射出最後一發，警報再度嗚嗚響起，演習結束了。民眾走出避難所，回到自己的家，沒有死傷，建築仍然矗立，一切是一個大笑話。無論如何，這就是今天的奇觀節目。

里卡多·雷伊斯曾經目睹烏爾卡和紅灘的轟炸，不過距離遙遠，要不是第二天報紙報導了真實的死亡事件，很可能被誤認以為進行了相仿的演習。他決定去聖胡斯塔人行橋去看看現場和演員，他會與戰鬥中心保持足夠的距離，好保持對現實的幻想。不過別人比他更早想到，里卡多·雷伊斯到達時，橋上已經沒有位置了，所以他沿著卡莫街往下走，發現自己正在參加一場朝聖。如果路面碎裂塵土飛揚，他會以為自己是在前往法蒂瑪的路上，因為這些——飛機、飛艇和幻象——都是屬於靈的事物。不知為何，他想起了飛行器，神父巴赫托羅繆爾．德．古斯茂設計的那具巨鳥，也許是出於某種概念聯想，從今天的模擬演習，聯想起烏爾卡和紅灘的轟炸，又從烏爾卡和紅灘的轟炸——因為那是在巴西——聯想到飛行的神父和讓他名垂青史的帕莎羅拉飛行器，儘管巴赫托羅繆爾神父本人從未駕駛過它，不管人們說了什麼或會說什麼相反的話。在通往十二月一日街的兩段樓梯的梯頂，里卡多．雷伊斯見到一群人聚集在羅西烏廣場。他很驚訝，民眾居然可以這麼靠近炸彈，雖然如此，他還是讓自己隨著潮水般的熱情觀眾湧向戰場。進入廣場後，他發現人潮比剛才見到得更多，擠得水泄不通。然而，他有時間得以精通在這些地方可以練就的詭計，他邊走邊說，不好意思，借過，我是醫生。多虧這個計謀——一個謊言，但也是事實——他成功抵達前線，看得到一切了。迄今還沒有見到飛機的影子，不過警察緊張不安，在戲院和車站前方空地上，指揮人員發布命令，一輛政府的公家車通過了，上頭坐著內政部長和他的家人，包括女眷。其他隨行人員搭車尾隨。他們將從艾薇達宮殿酒店的窗口觀看演習。突然間，一聲示警的槍聲，刺耳的警笛也嗚嗚響起，羅西烏廣場的鴿子拍拍翅膀，哄地飛上了天。計畫出了岔錯，也許是沒經驗，操之過急，敵機應該先發出煙霧信號，警笛才開始響起，接著是高射炮開火。這又有什麼關係呢，總有一天炸彈會從一萬公里之外落下，我們就會明確知道我們的未來了。飛機總算出現了，人群搖搖晃晃，舉高了手臂，來了，來了。一個餘音綿延的巨響，一聲爆炸，一團濃煙直沖雲霄，群眾興奮極了，焦急地嗓音都嘶啞了，醫生戴上聽診器，護士準備好注射器，擔架員急不可耐，把擔架拖到了地上。現在遠遠聽到轟炸機引擎嗡嗡作響，眼見這一刻就要來臨了，較膽怯的觀眾開始懷疑這該不會是認真的吧，有人倉皇撤退，擠在門洞，避免被彈片擊中，可是多數人留在原地不動，等到確認炸彈不會造成傷害，人群馬上增加了一倍。炮彈爆炸了，士兵戴上防毒面具，面具不夠，不是人人都有，不過重要的是創造出真槍實戰的感覺，我們立刻知道誰會戰亡，誰會從化學武器的攻擊中獲救，因為還沒有到全軍覆滅的時刻。濃煙四起，觀眾又咳嗽又打噴嚏，國家大戲院後方竄起一座洶湧的黑火山，戲院彷彿著火了。不過很難認真看待一切。警察將前頭的人往後驅趕，他們擋到了救援隊，在擔架上的傷員忘了分配到的戲劇角色，傻呼呼地笑著，或許他們吸到的氣體是笑氣。連擔架員也不得不停下來抹去笑出來的眼淚。更糟糕的是，就在這場想像出來的危難進入高潮時，一個市府清道夫推著手推車和掃帚來到現場，掃起排水溝四周的紙屑。他鏟起垃圾倒入垃圾桶，然後繼續往前走。他沒有留意周圍的喧囂，也沒有注意人群往四面八方跑開，他走入煙霧中，然後毫髮無傷再現身，他甚至沒有抬頭去瞧瞧西班牙的飛機。通常一次足矣，兩次就過頭了，不過歷史不在乎文學作品的微妙要領，這解釋了歷史何以此刻會讓一個郵差揹著郵袋出現，一派鎮定地穿過廣場。有多少人心焦等待他的到來呢，今天說不定有一封來自孔布拉的信，信上說，明日我將投入你的懷抱。這個郵差很明白自己的責任，不是會浪費時間在街上看熱鬧的那種人。里卡多·耶斯是人群中唯一有學問的人，只有他看到里斯本的清道夫和郵差，會想起那個著名的巴黎年輕人，當憤慨的暴民衝入巴士底監獄時，他在街上繼續賣他的蛋糕。我們葡萄牙人和文明世界沒有什麼差別，我們也有我們疏離社會的英雄，只顧自己的詩人，勤勞打掃街道的清道夫，還有穿過廣場卻沒想到孔布拉拉寄來的信該交給那邊那位先生的郵差。不過，他說，沒有從孔布拉寄來的信，清道夫掃著地，糕餅小販大聲吆喝，來買辛特拉產的乳酪蛋糕喲。

幾天後，里卡多．雷伊斯描述所看到的一切，飛機、煙霧、震耳欲聾的高射炮聲、機槍掃射，麗迪雅聚精聚神地聽著，遺憾錯過了這場樂事。她笑了，噢，真有意思，那個清道夫，她接著突然想到她也有話要說，您知道誰逃走了嗎。她沒等里卡多．雷伊斯回答，而是繼續往下說，曼紐．格德斯，我那天提到的水手，您還記得嗎。我記得，我記得，但是他逃去哪裡了呢。被送到法庭的路上逃走了，麗迪雅開心得大笑。里卡多．雷伊斯只是微微一笑。這個國家正在走向衰敗，新船自己提早下水，囚犯越獄，還有道路清潔工，但是我們對道路清潔工能有什麼期待呢。麗迪雅卻非常高興曼紐．格德斯成功逃脫了。

聖卡塔琳娜嶺上，看不見的知了在棕櫚上歌唱。牠們刺耳的合唱把阿達瑪斯托的耳朵給震聾了，一點也配不上音樂這個甜美的名字，不過音樂的好壞很大程度取決於誰是聽眾。神魂顛倒的巨人在岸邊踱來踱去，等待老鴇朵莉絲安排這回渴望已久的邂逅時，他是不會聽見的，因為大海在歌唱，忒提斯可愛的聲音在水面上環繞，也就是人們常說的上帝之靈。然而，會歌唱的知了是雄知了，牠激烈摩擦翅膀，發出這種魔音穿腦般沒完沒了的聲音，好像刀具敲打大理石內部更加堅硬紋理時發出的尖銳聲。天氣熱得令人窒息。在法蒂瑪，太陽像燃燒的餘燼，但是接著一連好幾天陰陰沉沉，甚至飄起了毛毛雨。低窪地方的洪水終於退了，那片遼闊內海只剩下一小窪太陽漸漸曬乾的污水。在空氣仍然新鮮的早晨，老人帶了雨傘出門，現在熱得要透過不氣來，雨傘就成了陽傘，於是我們得出這樣的結論，一件物品的用途遠比我們給它的名字重要，不過在最後的分析中，不管你喜歡與否，我們總是回到文字上頭來。船隻進進出出，旗幟飄揚，煙囪林立，水手如蟻一般，汽笛聲震耳欲聾。海上暴風雨中，水手經常聽到這種嘈雜聲音，最後學會了與深海之神平等說話。兩個老人沒去過大海，不過聽到宏大的吼聲時——儘管距離遙遠，聲音變得模糊，吼聲仍舊雄偉——他們的血液不會冷卻，他們在更深的地方打哆嗦，好似有船隻在他們血管的溝壑中航行，消失在他們身體的黑暗中，消失在世界龐大的骨骼裡。天氣變得悶熱時，兩位老人便折回原路，午餐的時間到了，他們在自家蔭涼處午睡的時間也到了。熱氣消了之後，他們回到嶺上，坐在同一張長椅，不過撐開了傘，因為我們知道樹木的保護是不可靠的，太陽只要稍微沉下，棕櫚的樹蔭就會消失。老人到死也不會知道棕櫚不是樹，真難相信人能夠無知至此。然而，如同雨傘和陽傘，棕櫚是不是樹並不重要，重要的是它所提供的蔭，如果我們問一問那位紳士，也就是每天下午都來這裡的醫師，棕櫚究竟是不是樹，他還得回家查閱他的植物學百科全書，除非他把它留在巴西了。最有可能的是，他對植物世界的全部瞭解，只是用來點綴詩歌的粗略意象，一般的花，幾種月桂，因為它們源於神話時代，還有一些無名的樹，就是樹而已，藤蔓和向日葵，急流中顫抖的燈心草，默默無聞的常春藤，百合與玫瑰。老人和里卡多·雷伊斯暢談，但是他離開公寓時，沒有想過要問他們，你們知道棕櫚不是樹嗎。他們對自以為知道的事非常有把握，所以也從來沒有想過問他，醫生，棕櫚是樹嗎。有一天，他們會各走各的路，無論棕櫚因為像樹而是樹，還是我們投射在地上稍縱即逝的影子因為像生命而是生命，根本的問題仍舊無解。

里卡多·雷伊斯養成了晏起的習慣。他學會抑制早晨的食欲。在布拉干薩旅館時，麗迪雅經常送到房間的豐盛托盤，如今似乎屬於另一個人的過去。他睡得很晚，醒來後又繼續睡，他研究自己的睡眠，經過數次努力後，成功將心思集中在一個夢上，總是相同的夢，夢見一個人夢見他不願用另一個夢將一個夢隱藏起來，就像抹去洩密的腳印，很簡單，你只要身後拖著樹枝，這樣只會留下散落的樹葉和小樹枝，它們很快就會枯萎化成灰。他起床時已經該吃午餐了。盥洗、剃鬚、穿衣，全是大腦幾乎不參與的機械行為。布滿肥皂泡的這張臉，是適合任何一個人的面具，當剃刀一點一點揭露下方的東西，里卡多・雷伊斯被眼前的景象迷住了，他惴惴不安，彷彿害怕惡靈會出現。他仔細對著鏡子審視自己，把這張臉和他從前那張陌生不同的臉比較。他告訴自己，只要他每天刮鬍子，每天看到眼睛、嘴巴、鼻子、下巴、蒼白的臉頰，還有叫做耳朵的那個皺巴巴的可笑附屬物，就不可能出現這樣的變化，不過他確信自己在沒有鏡子的某處待了很多年，因為他今天照鏡子時認不出自己了。他出去吃午餐時，常常遇到沿街走來的老人，他們向他打招呼，午安，醫生，他雖然不知道他們的名字，也回答說，午安，他們與樹或棕櫚沒什麼差別。有興趣時，他去看電影，不過通常午餐後就回公寓。在耀眼的陽光下，公園空無一人，河流閃爍的光芒令人目眩，卡在岩石中的阿達瑪斯托正要發出一聲響亮的吼叫，他不滿意雕塑家給他的這張臉，憤憤不平的原因我們從賈梅士的史詩就已知道。和老人一樣，里卡多・雷伊斯躲在陰涼的住所，從前的黴味漸漸回來了。麗迪雅來的時候，會把窗子通通打開，不過沒有什麼用處，氣味似乎是從家具牆壁散發出來的，顯然是一場不公平的競爭，而麗迪雅最近來的次數也少了。傍晚，伴著第一縷微風，里卡多・雷伊斯走到公園的長椅坐下，離老人不近，也不太遠。把讀完的早報給他們，是他唯一的善舉。他沒有給他們食物，他們沒有要求任何東西，雖然說他們也沒有要求這些印刷的新聞，如果兩樣都給了，你就可以判斷哪一個行為更慷慨。如果我們問里卡多·雷伊斯，他獨自在家時都做些什麼，他只會聳聳肩，他大概忘了他讀了點東西，寫了幾句詩，在走廊漫步，花了一些時間在屋後瞧著下方的院子，晾衣繩，白床單，毛巾，雞棚，睡在牆上涼蔭處的貓。這裡沒有狗，不過話說回來，也沒有需要顧著的財產。然後，他又回去閱讀、寫詩、重寫，如果詩不值得保留的話，那就撕了。然後，他等著暑氣減弱，等著日暮後的第一縷微風。當他下樓時，二樓的鄰居出現在樓梯口。時間緩和了惡意的流言蜚語，興頭也過了，整棟樓恢復了和諧友好的共存。你丈夫身體好些了嗎，他問道，鄰居回答說，謝謝你，醫師，你的援手是天意，是奇蹟。這是大家都在尋求的，天意和奇蹟，如果隔壁住著一位醫師，當我們肚子疼時，他來幫助我們，這難道不是奇蹟嗎。他排便了嗎。全排出來了，謝天謝地，醫生。這就是人生，開瀉藥處方的手也寫出了清雅或至少差強人意的詩句，如果有太陽就有太陽，如果有花就有花，如果幸運微笑了，就有好運了。

老人讀報。我們已知其中一人不識字，所以更樂於發表意見，他的意見是一種制衡之道。如果一個人知道，另一個人就解釋。我說啊，怪人六百這個故事實在很有趣；我知道他這個人很多年了，他開電車時候我就知道他，他老是撞上推車貨車，他喜歡這麼做，他們把他關進監獄三十八次，最後叫他走路，他無可救藥，小貨車司機也有部分責任，他們慢慢吞吞，從不快一點，怪人六百用靴後跟踩鈴，口吐白沫，最後忍無可忍才撞了上去，有一次他們打架，警察來了，把每個人都關起來，不過怪人六百現在也開小貨車了，他和電車司機打架，也就是他的老同事，因為他們對他，就跟他以前對貨車司機一樣，老話說得好，不是不報，時候未到。不識字的老人最後說了一句格言，這句格言對他的話有種靈藥般的約束力。里卡多・雷伊斯坐在同一張長椅上，這種情況少見，但是今天其他長椅都有人了。他知道老人的獨白是說給他聽的，便問，怪人六百，怎麼有這個綽號的。不識字老人回答說，六百是他在電車公司工作的編號，由於他的行為，大家就叫他怪人。兩位老人又開始讀報，里卡多・雷伊斯也開始胡思亂想，我該取個什麼綽號好呢，或許叫吟遊醫師吧，巴西歸人，唯心論大師，頌歌專家，西洋棋手，旅館女傭的情人。突然，讀報的老人說道，命運孤兒——一個小偷的外號——扒竊時當場被逮捕了。不如就叫里卡多・雷伊斯命運孤兒，把里卡多・雷伊斯這個名字給扒手吧，雷伊斯當扒手，罪犯可以用他的名字，名字不能選擇命運啊。老人喜歡讀多采多姿的日常故事，詐騙案件，行為不檢，出於暴力或絕望的行為，黑夜中的不軌行徑，情殺，遺棄的死嬰，車禍，生下來有兩個頭的小牛，給貓餵奶的母狗，至少這隻母狗不像烏戈利諾會吃自己的孩子。現在他們的話題轉向了米卡斯・沙羅亞，他的本名是瑪里亞・孔塞桑，由於盜竊，被判一百六十次的監禁，數度流放到非洲。然後是朱迪特・梅列卡斯，冒充梅里奧堡的伯爵夫人，騙了一名共和國衛隊中尉兩康多五十雷亞爾，五十年後這筆錢只是小錢，可是時勢艱難，目前簡直是一大筆財富，貝納文特的婦人可以證明，她們為一萬雷亞爾從早工作到晚。剩下的就沒那麼有趣了。如同先前宣布，賽馬會舉行了盛大的慶祝活動，數千名嘉賓蒞臨，這麼多人參加我們也不需驚訝，我們曉得葡萄牙人極為熱愛慶祝活動，尤其以里巴特茹洪水災民名義所組織的慶祝活動，貝納文特的米卡斯達．波達．阿奎雅也去了，她將從所募集到的四萬五千七百五十三點五十五埃斯庫多中分得一份，不過還要做一些會計工作，因為還有一些非小數目的未付發票和稅單。不過，都是值得的，節目活動水準高又有深度，共和國衛隊樂隊舉行了音樂會，隸屬同一護衛隊的兩支騎兵隊伍上演旋轉木馬和衝鋒陷陣，還有牛仔技藝表演，驅攏和拋擲里巴特茹來的小公牛，我們的西班牙兄弟們有代表出席，塞維亞和巴達霍斯的趕牛郎特地來參加慶祝活動。為了和他們聊一聊，聽聽西班牙的最新消息，住在布拉干薩旅館的阿爾巴公爵和梅迪納塞利公爵走進賽馬場，就他們來說，這是一個半島團結的好例子，沒有什麼比得上在葡萄牙做一個西班牙大人物。

來自世界其他地方的消息沒有太大變化，法國的罷工仍在持續，目前約有五十萬名工人在罷工，艾伯特．薩羅領導的內閣預計將會總辭，由萊昂．布魯姆組建的新內閣接任，這樣會產生示威者感到滿意的印象，至少是暫時的。至於西班牙，來自塞維亞和巴達霍斯趕牛的和公爵交談，我們在這裡比葡萄牙的大人物更受尊敬；那麼就留在這裡和我們一起趕牛吧。在西班牙，正如我們所說的，罷工者如雨後春筍般湧現，拉戈．卡瓦列羅警告說，在工人階級得到法律保護以前，預料將會爆發暴力事件，他是支持工人階級的，如果他都這樣說了，那一定真的會發生，所以我們必須做好最壞的準備。另一方面，晚做總比不做好，馬都跑了，才關馬廄門沒用的，看看英國人吧，他們讓衣索比亞人聽命於命運，現在卻為他們的皇帝鼓掌，如果你問我，親愛的朋友，這只不過是一場大騙局。雖然醫生回公寓了，聖卡塔琳娜嶺的老人愉快地聊天，他們談論動物，談論跑到里約達德斯——聖若昂達佩什凱拉那一帶——的白狼，當地人稱牠鵬博，在競技場戲院，母獅娜迪亞在觀眾眾目睽睽下咬傷了托缽僧布拉卡曼的腿，證明馬戲團藝人確實冒著生命危險。如果里卡多．雷伊斯沒有那麼早走，他可以藉此機會告訴他們母狗烏戈利諾的故事，湊出野獸三巨頭，仍在逃亡的野狼，藥量必須提高的母獅，吃子的母狗，鵬博，娜迪亞，烏戈利諾，動物和人同樣有綽號。

一天清晨，里卡多．雷伊斯躺著打盹兒，相較於他近日怠惰，的確起得很早，他聽到太加斯河傳來戰艦的隆隆炮聲，每隔一段時間就有二十一下莊嚴的轟鳴，震得窗戶玻璃格格作響。他以為又爆發戰爭了，然後想起前一天讀到的，這一日是六月十日，葡萄牙的國定假日，紀念我們的祖先暨肯定我們對未來勛績的奉獻精神。他半睡半醒，不知道是否有力氣從髒床單上跳起來，把窗戶敞開，讓發出回音的雄赳赳禮砲聲長驅直入，驅走公寓的陰影、黴菌和難聞的黴臭味。而他在心中反復思考和自我辯論之際，最後一聲的共鳴消逝了。聖卡塔琳娜嶺又一次陷入寂靜，不過里卡多．雷伊斯沒有注意到，他閉上眼又睡了。這是一種管理不妥的生活，我們在應該警惕的時候睡覺，我們在應該抵達的時候出發，我們在應該開著窗戶的時候讓窗戶關著。午後，吃了午餐回來，他看到賈梅士雕像腳下有一束束的花，愛國者聯盟對史詩詩人、對吟頌我們民族英勇的詩人致敬，讓大家知道我們擺脫了十六世紀那種令人衰弱又使人墮落的怫鬱。相信我，今日，我們是一個非常幸福的民族。夜幕一降臨，我們會打開廣場的泛光燈，照亮賈梅士先生，我要表達的意思是，耀眼的光芒會完全改變他。的確，他的右眼瞎了，但是左眼還能看見，要是他覺得光線過於強烈，讓他大聲說出來，我們輕易就能調暗光線，調到我們今日習以為常的幽暗。如果里卡多．雷伊斯今晚出門，他會在路易．德．賈梅士廣場遇見費爾南多．佩索亞，他坐在長椅上，宛如享受著微風。不管是攜家帶眷，還是形單影隻，大家都是來尋找同樣的慰藉，這裡光線充足，幾乎像白天，張張臉龐容光煥發，無不欣喜若狂，你可以明白這一日為什麼被稱為國家的盛宴。為了紀念這個日子，費爾南多．佩索亞想在腦中背誦《使命》中獻給賈梅士的詩，費了一番工夫，才想到根本沒有這樣的一首詩。可能嗎。他得查一查才能確定。從尤里西斯到塞巴斯蒂安，他沒有忽略任何一個英雄，就是先知班達爾拉和維埃拉也沒有躲掉，可是他分明沒有提到這位獨眼吟遊詩人。這個疏忽讓費爾南多．佩索亞的手開始發顫，他的意識問道，為什麼，他的無意識提供不出解釋，然後路易．德．賈梅士笑了，他青銅製作的嘴露出死去多時者的會意表情，親愛的佩索亞，是因為嫉妒，但是別放在心上，別這樣折磨自己，這件事不要緊，總有一天他們會否認你一百次，總有一天你會一百次希望自己被否認。此時此刻，在位於聖卡塔琳娜街的三樓公寓，里卡多．雷伊斯想為瑪森妲寫一首詩，這麼一來，後人就不會說她白白過了。已企盼著夏的來臨，我亦為它的花哭泣，知道它們必將凋謝。這是頌歌的第一段，到目前為止，不會有人猜到他說的是瑪森妲，但是詩人往往從地平線開始，因為那是通往心靈的最短路徑。半個鐘頭後，或一個鐘頭後，或者更久——因為寫詩的時間不是過得很慢，就是一下就過去了——中間已經構思出來了，不是最初看起來的悲歎，而是對於無可救藥之事的認命，跨過了每年必然，我開始看到眼前無花的山谷，轟鳴的深淵。黎明時分，整座城在沉睡，沒有觀眾，賈梅士雕像的泛光燈沒有了作用，因此熄滅了。費爾南多．佩索亞回到家說，我回來了，奶奶，就在那一刻，詩完成了，很不容易，勉強插入一個分號，里卡多．雷伊斯一直抗拒著，不想使用，但它贏了，而我採下玫瑰，是因為命運採了瑪森妲，珍惜它，讓它在我的胸前枯萎，而不是在地球那廣闊的晝間彎曲的胸懷裡。里卡多．雷伊斯和衣躺在床上，左手放在那張紙上，如果他現在從睡眠過度到死亡，人會誤以為那是他的遺囑，一封告別信，即使讀了，也不知道上頭寫的是什麼，因為誰聽說過一個叫瑪森妲的女人呢。這樣的名字來自另一個星球，博麗姆達也是一個例子，一個神祕的名字，等待一個不知名的女人使用。起碼找得到一個叫瑪森妲的女人，不過她住得很遠。

在這同一張床上，當感覺到大地在移動的時候，在他旁邊的是麗迪雅。地震一下就過去，不過結束前整座樓從上到下都在搖晃，鄰居歇斯底里跑到樓梯間，枝形吊燈也如鐘擺那樣擺盪。充滿恐懼的聲音聽起來很是刺耳。整座城或許還保留著他次地震的可怕記憶，在地震過後難以忍受的沉默中焦心等待時，你不能思考，只能問自己，地震會再來嗎，我會死嗎。里卡多．雷伊斯和麗迪雅留在床上。他們赤身裸體，像雕像一樣仰躺，連床單也沒有蓋上。死神要是來了，會發現他們很順從，很滿足，還在大口大口地呼吸，汗水和私密的分泌物濡溼了身體，一顆心怦怦跳動，因為他們的身體在幾分鐘前才分開，充滿了生命力。突然間，床架顫抖，家具晃動，地板和天花板嘎吱作響，這不是令人眩暈的高潮的最後一刻，是大地從深處發出的咆哮。我們快死了，麗迪雅說，但是她並沒有像人們所期望的緊抓住身邊的男人。女人通常如此，害怕地說話的是男人，沒什麼，冷靜，已經過去了，這些話是安慰自己，不是安慰別人。里卡多．雷伊斯嚇得發抖，也說了這句話，他說得沒錯，地震過去了，鄰居在樓梯上大喊大叫的聲音漸漸平息，不過仍舊繼續討論，其中一個走到街上，另一個走到她的窗前，兩人看著騷動的情景。逐漸恢復平靜後，麗迪雅轉向里卡多．雷伊斯，他也轉向她，兩人的手臂搭在彼此的身上，他又說了一次，沒什麼，她笑了，但是她的笑有不同的含意，她分明不是在想著剛才的地震。他們躺在那裡，彼此互望，但是彼此是那麼的遙遠，思想是那麼的不同，就像我們現在看到的，她突然吐露說，我想我懷孕了，我晚了十天。學醫的學生被傳授了人體的奧祕，知道精子在女性體內如何逆遊，直到抵達生命之源，他從書本學到這些知識，在實踐中看到知識得到佐證，然而，瞧瞧他多麼震驚啊，就像無知的亞當一樣震驚，夏娃再怎麼解釋，他也無法理解一切是怎麼發生的。他想爭取時間，你說什麼。我晚了十天，我想我懷孕了。兩人之中，她再一次比較鎮定。這一個星期來，每一天，每一秒，她都沒有想到其他的事，就在她說我們快死了時，也許她也是想到了這件事。我們不禁要問，里卡多．雷伊斯是否包括在這個複數中。他期待她提出問題，比如說，我該怎麼辦呢，但是她依然保持沉默，用微彎的膝蓋遮掩自己的陰部。沒有明顯的懷孕跡象，除非我們能解讀她盯著某個人地平線的眼睛在說什麼，如果眼睛擁有這樣的東西。里卡多．雷伊斯尋找適當的詞語，但是在內心深處找到的只有冷漠，好像明白自己有義務幫助解決這個問題，但是不認為自己與問題起因有所牽連。他反而把自己看成一個醫生，病人對他脫口說出她那罪惡的祕密，啊，醫生，我怎麼辦呢，我懷孕了，這是最不該懷孕的時候。醫生沒有告訴她，墮胎，別傻了。相反，他擺出一副嚴肅的樣子，如果你和你丈夫沒有採取任何預防措施，你很可能懷孕了，但是我們再等幾天吧，你可能只是晚了，這種情況有時會發生。但是里卡多．雷伊斯不能這麼中立地說話，他是父親，因為沒有證據顯示，在過去的幾個月裡，除了他以外，麗迪雅和別的男人上過床，雖然如此，這個父親不知該說什麼好。最後，他小心翼翼地斟酌，權衡著每一句話，他推卸責任，我們太粗心，早晚會發生這種事。但是麗迪雅沒有問，我該怎麼小心。他從來沒有在關鍵時刻抽身，也從來沒有使用過那些橡膠套，不過她不擔心，只是說，我懷孕了。畢竟，幾乎每個女人都會懷孕，懷孕不是地震。里卡多．雷伊斯做好決定，他得知道她的打算，迴避這個問題沒有意義，你想要這個孩子嗎。幸好無人偷聽，否則里卡多．雷伊斯會被指控建議墮胎，不過在聽取證人證詞和法官宣判之前，麗迪雅就走上前宣布，我要生下這個孩子。里卡多．雷伊斯頭一次覺得有根手指碰了他的心。他感受到的不是痛苦，不是抽搐，也不是寒顫，而是一種獨一無二的感覺，像是兩個不同星球的人第一次握手，兩個都是完全陌生的人。十天大的胚胎是怎樣，里卡多．雷伊斯問自己，卻找不到答案。在行醫的日子，他用顯微鏡看過細胞繁殖，他在書本見過詳盡的插圖，但是他現在什麼也沒看到，只見到這個沉靜憂鬱的未婚女子，工作是旅館女傭，麗迪雅的乳房和肚子都坦露出來，只有陰部害臊地藏著，如同守著一個祕密。他把她拉到自己身邊，她像一個終於逃離了這個世界的人屈服了，頓時羞紅了臉，喜出望外，好像怯生生的新娘子，哀求說，您沒有生我的氣吧。什麼念頭，我為什麼要生氣呢。不是真心話，因為里卡多·雷伊斯內心燃起一把怒火，我把自己搞得一團糟，他暗忖，要是她不墮胎，我最後會有一個孩子，我必須承認孩子是我的，我有道義上的責任，真是一團糟，我沒想過這種事會發生在我的身上。麗迪雅湊近一點，想讓他抱緊她，因為緊緊相擁的感覺真美好，她不經意說出了一句難以置信的話，如果您不想承認這個孩子，我不會介意，這個孩子是私生子也沒關係，我也是私生子。里卡多·雷伊斯感到眼睛充滿了淚水，有的是羞愧的淚，有的是憐憫的淚，能分辨出其中的區別就好了。最後，一個衝動下，他發自肺腑擁吻了她。不可思議，他給了她一個長吻，吻在唇上，擺脫了這個沉重的負擔。人生總有這樣的時刻，我們以為自己動情了，而那只不過是心頭湧起了感激。然而，感官享受極少注意這種微妙之處，幾秒鐘後麗迪雅和里卡多·雷伊斯開始交媾，發出呻吟歎息，他們現在不用擔心，孩子已經懷上了。

幾天的幸福時光。麗迪雅休假，不用在旅館工作，幾乎所有時間都和里卡多·雷伊斯在一起，但是回母親家過夜，這是出於禮節，也是為了避免鄰居的蜚短流長，醫生提供若干醫療建議以後，與鄰居建立良好關係，不過他們照樣繼續暗中評論主僕間不光彩的勾搭，這種關係無論如何精心掩飾，在我們這個里斯本也是司空見慣的事。有些道德標準更高的人可能會拐彎抹角說，通常在晚上做的事，白天也是能做的，不過另一個人可能回答，白天沒空，因為漫漫長冬過去後，每年復活節家家戶戶都要進行重要的春季大掃除，所以幫醫生打雜的女工才會幾乎每個早晨都來，直到天要黑了才走，她用抹布、毛刷、掃帚和雞毛撣子工作，讓所有人看到，也讓所有人聽到。有時窗戶關上，突然渺無聲息，然而，做家事時休息一下，解開頭巾，鬆開衣服，為了新的甜蜜體力工作發出呻吟，難道不是很自然的事嗎。公寓就靠著這個謙卑僕人的長處和勞動，慶祝了復活節星期六和復活節主日，她雙手摸過的地方一塵不染，熠熠生輝，即使在露易莎夫人和高等法院法官的時代，有著一大群女傭負責採買燒菜，這些牆壁家具也沒有現在光彩奪目，在女人之中，麗迪雅應當得到稱頌。如果瑪森妲以合法女主人身分住在這個家裡，縱然有一雙健全的手，也媲美不了她。幾天前，這個地方泛著黴味、灰塵和下水道堵塞的味道，如今，光線射到最偏僻的角落，所有玻璃都像水晶，每個平面都在發亮，當陽光打入窗戶時，天花板映滿了星光，宛如人間仙境，是鑽石中的鑽石，有卑微的家務勞動，才有這樣崇高的改變。這裡是人間仙境，也許因為麗迪雅和里卡多．雷伊斯頻繁做愛，這就是他們給予與接受的樂趣，我想不出這兩個人怎麼回事，為什麼會突然這麼難纏，這麼慷慨大方。難道是夏天加熱了他們的血液，難道是她的子宮醞釀的小東西，這個小東西在這個世界上還算不了什麼，但已經對世界已經有了影響。

不過麗迪雅的休假現在結束了，一切恢復常態，她會像以前一樣在每星期的休假日過來。如今，縱然太陽找到一扇開啟的窗，光也是不同的，減弱了，時間之篩再次開始灑出讓輪廓黯然特徵模糊的微妙塵埃。晚上里卡多．雷伊斯掀開床罩，幾乎看不見他要靠頭休息的枕頭，早上起床以前，他必須先用自己的雙手，逐一辨認自己還能找到自己的地方，就像被一個大傷疤抹去了一部分的指紋。有天晚上，在需要他的時候不見得會出現的費爾南多·佩索亞敲了他的門。里卡多·雷伊斯對他說，我開始以為我再也見不到你了。我最近很少出來，我像一個健忘的老太太很容易迷路，唯一能救我的是我對賈梅士雕像的印象，從那裡開始，我通常找得到方向。希望他們不要把他移走，最近掀起一陣移走東西的風潮，你應該去瞧瞧自由大道的情景，他們把那裡拆得精光。我沒再去那裡，完全不知道。他們拆了皮涅羅·查加斯的雕像，還沒拆也準備要拆了，還有一個叫喬瑟·路易·蒙泰羅的人的雕像，我從沒聽過這個人。我也沒有，不過他們拆掉皮涅羅·查加斯這件事做得好。安靜點，你不知道有什麼在等著你。他們永遠不會立一座雕像來紀念我，除非他們沒有羞恥心；我不喜歡雕像。我完全同意，雕像成了自己命運的一部分，沒有比這更令人沮喪的，就讓他們為軍事領袖和政客樹立雕像，他們愛這種事，我們只是騷人墨客，文章是不能鑲嵌在青銅石頭上，它們只是文章，看看賈梅士，他的文章在哪裡。所以他們把他塑造成宮廷紈褲子弟的模樣。一個達太安。什麼玩偶配了把劍都好看，我的雕像一定很可笑。別煩惱，你或許可以躲過這個詛咒，如果你像弄臣沒躲過，也可以期盼有一天他們把你的雕像拆除，就像拆了皮涅羅·查加斯的雕像，搬到一個安靜的地點，或者收到哪裡的倉庫，這種事天天發生，居然還有人要求拆除西亞多的雕像。西亞多的也要拆，他們對西亞多有什麼不滿。他們說他是一個下流的小丑，配不上他的雕像所在的高雅場所。正好相反，西亞多立在那裡再好不過了，我們無法想像賈梅士少了西亞多，況且他們是同一個世紀的人，如果有什麼需要改變，該改變的是他們放修士的位置，他應該轉身面對史詩詩人，伸出一隻手，不是乞討的手，而是奉獻給予的手。賈梅士不需要向西亞多要任何東西。賈梅士死了，所以我們不知道他需要什麼，不需要什麼。里卡多・雷伊斯到廚房拿咖啡，回到書房，坐在費爾南多・佩索亞的對面說，不能請你喝一杯咖啡，我總是感覺很奇怪。再倒一杯放在我面前，你喝的時候我會陪著你。我不習慣你不存在的想法。七個月過去了，這個時間足以創造一個生命，不過你那方面比我更清楚，你是醫生。最後那句話藏著什麼暗示嗎。我該暗示什麼呢。我不確定。你今天神經兮兮。也許是因為拆除雕像那件事，它證明了人類的忠誠反覆無常，擲鐵餅者是另一個例子。什麼擲鐵餅者。大道上的雕像；我想起來了，假裝是希臘人的那個赤裸青年；欸，他也被移走了。為什麼。他們說他看起來太過陰柔，還講到道德健康，說要保護市民的眼睛不被可恥的裸露傷害。如果這個年輕人的身體比例沒有誇張之處，又有什麼傷風敗俗的地方呢。所謂的比例，雖然既不誇張，也不過分，用來說明男性解剖學的某些細節，還綽綽有餘呢。不過我想他們是認為這個年輕人看起來太過陰柔，他們不是這麼說的嗎。他們是這麼說的。那麼，他當然有罪，因為別人發現了他的不足，而不是他過頭了。我只是盡力重述在這座城市流傳的謠言。親愛的雷伊斯，葡萄牙人是不是向他們的理智告別了呢。如果住在這裡的你問了這個問題，一個在國外住了這麼多年的人又怎麼可能回答呢。

里卡多・雷伊斯咖啡喝完了，此刻正在考慮是否讀一讀他獻給瑪森妲的那首詩，詩的開頭是，已企盼著夏的來臨。當他終於下定決心從沙發上要站起來時，費爾南多．佩索亞露出悲傷而茫然的微笑，懇求說，給我來點消遣的，你一定還有別的醜聞要告訴我。於是里卡多．雷伊斯不假思索，用七個字宣布最大的醜聞，我就要當爸爸了。費爾南多．佩索亞驚愕地看著他，然後噗哧笑了起來，他不敢相信，你在開玩笑吧。里卡多．雷伊斯略微生硬地說，我不是在開玩笑，我不明白你為什麼會覺得驚訝，如果一個男人經常和一個女人睡覺，她很有可能會懷孕，我就是這樣的情形。母親是誰，你的麗迪雅，還是你的瑪森妲，或者有第三個女人跟你在一起，但是沒有人知道。沒有第三個女人，我也沒有和瑪森妲結婚。哦，所以你只有娶了瑪森妲才會和她生孩子。這還用說嘛，你也知道傳統家庭所奉行的道德標準。女傭就沒有這種顧忌了。她們有時也會有的。沒錯，記得阿爾瓦羅．德．坎普斯告訴過我們，他被一個旅館女傭揶揄嗎。不是那種意思。那是什麼意思呢。旅館女傭也是女人。人死了才學到的東西。你不認識麗迪雅。親愛的雷伊斯，我永遠會以最大的敬意對待你有孩子這件事，不，是崇敬才對，不過我沒有當過父親，不知道如何把這種形而上的感受轉為繁瑣的日常生活現實。別再諷刺了。你突然要做爸爸了，這一定讓你的感官遲鈍了，否則你不會覺得我的話中有任何的諷刺。肯定有諷刺，儘管它可能偽裝成其他的東西。或者應該說，諷刺就是偽裝。偽裝什麼。或許是傷心。不要告訴我你因為無後而傷心。誰知道呢。你後悔嗎。最後悔莫及的人就是我，今天甚至沒有勇氣否認。你後悔你後悔了。我死後不得不放棄的習慣，在這一邊有些事是不允許的。費爾南多．佩索亞摸摸鬍鬚，問道，你還在考慮回巴西嗎。有時我好像已經回去了，有時我覺得自己根本就沒有去過那裡。也可以這麼說，你漂浮在海洋中央，不在這裡，也不在那裡。和其他葡萄牙人一樣。不過這給了你一個極佳的機會，你可以展開新人生，娶妻生子。我不打算和麗迪雅結婚，也還沒有決定要不要承認孩子是我的。如果你允許我發表意見的話，親愛的雷伊斯，你真是一個無賴。也許吧，但是阿爾瓦羅．德．坎普斯借錢從不還；他也是無賴；你和他始終合不來；我和你始終合不來；我們始終沒有互相瞭解；那是免不了的，因為我們每個人都是許多不同的人。我不懂的是你這種高尚的道德腔調，這種保守主義。一個死人當然走保守主義路線，他不能容忍任何破壞秩序的行為。你曾經公然違抗秩序。現在我代表秩序表達強烈抗議。如果你活著，面臨我的處境，有一個不想要的孩子，他的母親來自下層社會，你會像我一樣抱著疑心。一點也沒錯。無賴的疑心。沒錯，親愛的雷伊斯，無賴的疑心。我也許是個無賴，不過我沒要拋棄麗迪雅的意思。也許那是因為她給了你方便。的確，她告訴我不必承認孩子是我的。女人為什麼會這樣；不是所有女人都這樣；我同意，但是只有女人會這樣。聽你講話，還以為你在女人方面很有經驗。我唯一的經驗是一個旁觀者的經驗，一個觀察者的經驗。不，你必須和她們睡覺，讓她們懷孕，即使最終流產也好，你必須看到她們的悲傷和快樂，歡笑和哭泣，沉默和健談，你必須在她們不知道受到觀察的時候看到她們。一個有經驗的男人在這樣時刻會看到什麼呢。謎題，迷宮，字謎。我一向擅長猜字謎，但是一遇到了女人；但是遇到了女人，就是災難一場；親愛的雷伊斯，這樣說不大客氣；原諒我，我的神經就像狂風裡中電話線嗡嗡作響。我原諒你。我沒有工作，也沒有興趣去找工作，我成天坐在公寓，坐在某間館子，不然就是公園的長椅上，好像除了坐著等死沒別的事可做。把孩子生下來吧。不是我說了算，一個孩子解決不了問題，我覺得它不屬於我。你認為孩子的父親是別人。不是，我確定我是父親，問題不在這裡，問題在於只有母親的確存在，父親是一個意外。一個必要的意外。這是無疑的，可是一旦有了必要，就變得可有可無，如此可有可無，因此他馬上就會像螳螂一樣死去。你和我一樣害怕女人；也許我比你還害怕。你有沒有再聽到瑪森妲的消息；毫無音訊，但是幾天前我寫了一首詩給她；你是認真的嗎；嗯，其實只是一首出現了她的名字的詩，要我讀給你聽嗎。不用了。為什麼不用。你的詩我都背熟了，不管是寫好的，還是將會寫的，唯一新奇的地方就是瑪森妲這個名字。現在輪到你不客氣了。我也不能拿神經不好做理由請求原諒，那麼，就讀這首詩給我聽吧。已企盼著夏的來臨。第二行是，我亦為它的花哭泣。沒錯。你瞧，我們知道彼此的一切，起碼我知道你的一切；有沒有什麼是只屬於我的；大概沒有吧。費爾南多．佩索亞離去之後，里卡多．雷伊斯喝了杯中殘餘的咖啡，冷了，可是滋味很好。

幾天後，報紙報導說，二十五名來自漢堡的希特勒青年團學生以師範學院貴賓身分訪問本國，此行目的是學習與宣揚國家社會主義理想。大略參觀了紀念國民革命十週年特展後，他們在榮譽榜寫下一句話，我們誰也不是。值班的職員急忙解釋，解釋得很好，少了菁英、醍醐、奇葩和我們社會的選民，人的確誰都不是。注意，選一字源自挑選，也就是揀選的意思，因為如果我們的人民能夠選擇，我們就會讓少數的選民來指導我們，但是讓醒醐或奇葩領導是可笑——至少在葡萄牙語中是這樣——所以，我們在德語中找到更好的字眼以前，且讓我們就用法語的菁英。也許是鑑於這一點，葡萄牙青年運動奉令成立，活動於十月正式開始，將有二十萬年輕人——我們年輕人之中的醍醐或奇葩——加入運動，希望從中能夠出現菁英，在當前政權結束時，他們將統治我們。如果麗迪雅的孩子出生並活了下來，幾年後就能參加遊行，加入葡萄牙青年運動的少年隊，穿上綠色和卡其色制服，腰帶上有字母S，代表效命和薩拉查，或者效命薩拉查，所以是兩個S，他伸出右手，做出羅馬式敬禮。而有貴族背景的瑪森妲加入婦女國民教育組織，她也舉起右手，因為只有左手癱瘓了。為了展示我們的愛國青年是如何塑造而成的，葡萄牙青年運動代表將穿制服前往柏林，讓我們希望他們有機會重複那句名言，我們誰也不是。他們還將參加奧林匹克運動會，不用說，他們會給人留下燦爛的印象，這群自豪的可愛年輕人，他們是盧西塔尼亞民族的榮耀，是我們未來的鏡子，是一棵開花的樹，伸出枝條，做出了羅馬式敬禮。我的兒子，麗迪雅對里卡多．雷伊斯說，和這種鬧劇一點關係也沒有，因為這句話，我們可能展開一場長達十年的爭吵，如果我們活那麼久的話。

維克多緊張極了。這是一項責任重大的任務，與跟蹤罪嫌、賄賂旅館經理、訊問走漏消息的腳夫等日常工作，不可相提並論。他將右手放到臀部，摸到了手槍，心安了，然後慢慢用指尖從夾克內側口袋捏出薄荷糖。他小心翼翼拆開了，因為在寂靜的夜晚十步之外都能聽到沙沙作響的紙聲，這麼做很不明智，違反了安全規定，但是也許是由於他的緊張，洋蔥味變得非常濃烈，在關鍵時刻，位於他下風處的獵物可能會逃跑。維克多的爪牙，或是躲在樹幹後面，或是掩身在門洞裡，一面等候信號，一面目不轉睛地盯著窗戶，窗戶透出幾乎不可見的光，大熱天的，室內百葉窗竟然關上，根本顯示有陰謀。維克多的一個爪牙掂了掂他要用來撬門的鐵撬，另一個往左手套上了指節鐵套，這兩個經驗豐富的人會留下一連串截斷鉸鏈與打碎下顎的痕跡。對面人行道上站著另一個警察，貌似一個無辜的過路人，更像一個奉公守法的好市民，準備回到位於這棟樓裡的家，但是他並沒有敲門要妻子來開門，你為什麼這麼晚才回來。不到十五秒鐘，鐵撬果然撬開了門，第一個障礙克服。警察在樓梯等著，他的任務是傾聽，聽到什麼動靜，就發出警告讓維克多知道，因為維克多是此番行動的幕後主腦。門口出現了警察的影子，他點了根菸，代表一切順利，沒有引起他們所包圍的那層樓的懷疑。維克多吐掉了薄荷糖，怕要是肉搏，會在行動激烈時噎著，他用嘴呼吸，享受著清新的薄荷味，似乎不再是原本的維克多了。但是他還沒走出三步，那種洩密的惡臭又從肚裡竄出來，這種口臭有一大好處，爪牙會跟好帶頭的，不會走散。只有兩人留在後頭監視窗戶，注意是否有逃跑的企圖，如果有，他們受命不用叫喊即可開槍。在一片寂靜中，這六人如同螞蟻行軍，排成一路縱隊，氣氛益發緊張，空氣也變得緊繃，好像有電流通過似的。每個人都繃緊了神經，甚至沒有注意到他們頭子的臭味，現在簡直可以說所有的東西聞起來都一樣。到了樓梯口，他們開始懷疑這棟樓裡到底有沒有人，好像整個世界都沉睡了。如果維克多的情報沒有那麼可靠，他會命令所有人繼續如往常一樣窺探，跟蹤嫌犯，提出問題，用錢交換答案。公寓裡有人咳嗽。情報果然無誤。維克多拿起手電筒對準了門，鐵撬像一條聰明的眼鏡蛇靠過去，尖牙伸入門框和門板之間，然後等待著。現在，輪維克多上場了，他用指節鐵套在門上狠狠敲了四下，喊了一聲，警察，鐵撬第一次扳門，門框裂成碎片，門鎖發出刺耳的摩擦聲，屋內出現騷動，椅子翻倒了，急促的腳步聲，說話聲。誰也不許動，維克多用命令的語氣大喊，他不再緊張了，突然，樓梯平臺的燈全亮了。想看好戲的鄰居不敢進入舞臺，但是打亮了舞臺。一定有人打開窗戶，因為街上傳來三聲槍響。鐵撬換了位置，試了試下方鉸鏈的裂縫，門於是從上到下裂開來，裂出一個大縫，爪牙用力踢了兩腳，把門往地上踢。門先是砰地一聲撞上走廊的牆壁，然後往一旁塌下，灰泥上留下了一道大口子。公寓一片死寂，現在無處可逃了。維克多拿著手槍向前走，誰都不許動。在兩個爪牙的簇擁下，他走進了臨街的房間，窗戶開著，外面底下有幾個人顧著，而房裡站著四個人，他們舉著手，低著頭，一副灰心喪氣的模樣。維克多露出滿意的笑容，你們通通被捕了，你們通通被捕了。他把散落在桌面的文件收攏起來，命令開始搜查，把那個戴指節鐵套的警察叫來，那個警察看起來很洩氣，沒有人反抗，他因此沒有機會揮出一拳，維克多叫他去後頭看看有沒有人逃了。他們聽到他從廚房窗戶向看守其他出口的同仁大喊，有沒有看見有人逃跑，然後又從防火梯高聲詢問。他們回答，溜了一個人，在隔日的報告中，有人寫說看到他爬過院子的牆，有人寫說他從屋頂跳到另一個屋頂，不同版本有不同說法。指節鐵套警察回來了，一臉失望的模樣。他不用說維克多也知道，氣炸了，開始咆哮，一絲薄荷糖的氣息都不剩，你們真是一群白癡。他注意到，被捕的幾個雖然無精打采，仍舊忍不住露出得意的笑容，這才發現溜了的正是主謀，他於是口沫橫飛，惡言威脅，逼問著逃犯的名字，還有他的去向，說出來，否則你們全在找死。他的爪牙瞄準手槍，戴指節鐵套的舉起手臂，握緊拳頭，接著，導演喊cut。維克多氣得發狂，無法平靜下來，他覺得這不是鬧著玩的，抓五個人竟然需要動用到十個人，不過製片人好心出來調停，拍得很好，不用再拍一次，不要在意，不要為這件事煩惱，要是我們逮到了他，電影就結束了。但是親愛的羅佩．里貝羅先生，把警察演得像傻瓜，警隊名譽掃地了，派七個人去殺一隻蜘蛛，結果蜘蛛逃了，不對，應該說是蒼蠅，因為我們才是蜘蛛。就讓牠逃吧，世界到處都有蜘蛛網，有的你逃開了，有的是你的葬身之處。逃犯將用化名住進寄宿公寓，自認安全了，殊不知女房東的女兒就是他的蜘蛛，根據劇本，她是一個非常嚴肅的年輕女子，信奉民族主義，將會讓他的心靈和思想獲得新生。女人是一種強大的力量，是真正的聖人，製片人顯然是個聰明的男人。攝影師是一個剛從德國來的德國人，他走過來時，他們正在進行這番對話，製片人明白他的意思，因為這個人講的幾乎就是葡萄牙語，*A gross* plan of the *Polizei*。維克多也懂，他站好位置，攝影師助手拍了拍板，砰的一聲，五月革命第二回拍攝，或者其他類似的行話，維克多揮動著手槍，又出現在門口，露出帶有威脅和嘲笑的賊笑，你們通通被捕了，你們通通被捕了。要是說他這次喊得較為小力，那是怕被剛才為了淨化空氣放到嘴裡的薄荷糖給嗆到。攝影師說他很滿意，*Auf Wiedersehen, ich habe keine Zeit zu verlieren, es ist schon Zemlich spät*，再見了，我沒有時間了，已經不早了。他轉向製片人，*Es ist Punkt Mitternacht*，午夜十二點整了，羅佩．里貝羅回答說，*Machen Sie bitte das Licht aus*，請把燈關掉。提供翻譯，因為我們只會初級的德語。維克多已經帶著他的小隊下樓，把上了手銬的人犯帶走，非常清楚身為警察的職責，甚至把這場偽裝也當一回事，逮捕就是逮捕，即使只是假裝也一樣。

其他突襲行動正在計畫中。另一方面，葡萄牙人祈禱歌唱，因為正值歡慶和朝聖的時期，有許多神祕的讚美詩唱著，有煙火和美酒，有米紐的民俗舞蹈和露天音樂會，有雪白翅膀天使遊行和載著宗教人物的花車。一切發生在炙熱的天空下，這是上天對漫漫嚴冬的回應，不過上天也會持續降下陣雨和雷雨，因為它們也是這個季節的果實。在聖路易斯戲院，托馬斯・阿爾切德演唱《弄臣》、《曼儂》和《托斯卡》，國際聯盟決定全面解除對義大利的制裁，英國人反對齊柏林興登堡號飛越英國工廠和其他戰略位置上空，大家仍在說，德國就要吞併但澤自由市，不過我們不必擔心，因為只有敏銳的目光和經驗豐富的製圖師的手指，才能在地圖上找到那個小點和粗俗的名稱，世界絕對不會因而滅亡。該說的說了，該做的做了，干涉鄰國事務無助於我們自己溫馨家庭的和平安寧。他們自己創造了自己的生活，就讓他們毀掉自己的生活吧。比方說，一則謠言說，桑胡爾霍將軍計畫潛入西班牙，領導保皇運動，但是他告訴媒體他無意離開葡萄牙，他們全家住在埃什托里爾山的聖萊奧卡迪亞別墅，那裡可以看到大海，他問心無愧。我們中有些人可能會對他說，去拯救你的國家，另一些人可能會說，別管，不要捲入這些問題。因為我們不是都有義務做個好主人嗎，就像我們對待阿爾巴公爵和梅迪納塞利公爵，他們很快在布拉干薩旅館找到避風港，他們說打算在那裡住上一段時日。除非一切不過是又一次的劇本寫好、攝影師就位、人人等候導演喊Action的警方突襲行動。

里卡多・雷伊斯讀報。他獲悉的新聞沒有煩擾到他，或許是性格所致，或許是他相信一個流行的迷信說法，一個人越是喊著厄運，厄運就會越少降臨。如果這是真的，那麼人應該將悲觀視為通往幸福的最可靠道路，也許堅持對死亡抱持恐懼會讓他獲得永生。里卡多・雷伊斯不是約翰・D・洛克斐勒，他買的報紙和報僮背包裡或人行道上販售的報紙是一樣的。全民都照得到陽光，全民也都受到世界的威脅，但是里卡多・雷伊斯卻躲在自己的影子中，我不希望知道的事情不存在，唯一的問題是如何扮演皇后的騎士。但是他讀報，強迫自己稍微操心一下，歐洲正在騷動，也許會失去控制，也許沒有地方讓一個詩人得以小憩。另一方面，兩個老人興奮極了，甚至決定做出巨大的犧牲，每天都買報紙，一天這個買，隔天另一個買，他們再也等不到傍晚了。里卡多．雷伊斯出現在公園裡，履行他慣常的善行時，他們能用一個忘恩負義的乞丐的傲慢來回應，我們有報紙了。他們大聲翻開報紙，再次證明了人是不能信任他人。

麗迪雅休假結束後，里卡多．雷伊斯恢復睡到快要午餐時間的習慣，所以一定是里斯本最後一個得知西班牙發生軍事政變的人。他睡眼惺忪，拾起門墊上的早報，打著呵欠回到臥室。呵，拿生活單調做寧靜的藉口。西班牙本土發生軍事政變，目光落在標題上時，他感到一陣眩暈，好像在空中飛馳。他早該料到了。西班牙軍隊，民族美德與傳統的守護者，準備用軍事力量的聲音說話，商人將被逐出聖殿，祖國祭壇就要重建，而西班牙幾個墮落兒子使其走向衰退的不朽榮耀將會恢復。里卡多．雷伊斯在內頁讀到一封被截獲的電報，有人擔心馬德里會發生法西斯革命。這個形容詞令他心煩意亂。沒錯，電報是來自左翼政府所在地的西班牙首都，你可以料到他們使用這樣的語言，不過如果他們是說，例如，保皇派打擊了共和黨，那就更清楚了。那樣的話，里卡多．雷伊斯就知道界限在哪裡，因為他自己就是保皇派，我們可以回憶一下，或者應該提醒自己。但是桑胡爾霍將軍正式否認了在里斯本流傳的謠言——他計劃領導西班牙保皇運動——所以里卡多．雷伊斯不必選邊站，這場戰鬥，如果應該成為一場戰鬥，不是他的，是共和黨內部出現了分歧。今日報紙刊登了它所掌握的所有新聞，明天可能會告訴我們，革命失敗了，叛軍被擊敗，西班牙全境太平。里卡多．雷伊斯不知道這將給他帶來解脫還是痛苦。他出去吃午餐時，密切觀察民眾的臉，留心他們在說什麼，空氣中漫著緊張氣氛，不過這種緊張在控制之中，大概是因為仍然沒有什麼新聞，或者是因為民眾把感覺藏在內心。在公寓和餐廳之間的途中，他看到了一些得意的表情，一些鬱悶的表情，明白這不是共和黨和保皇派之間的小衝突所造成的問題。

我們現在更清楚了發生的事。起義始於西班牙統治的摩洛哥，領導人似乎是佛朗哥將軍。在里斯本這頭，桑胡爾霍將軍宣布站在戰友的這一邊，可是再度強調他不願扮演一個活躍的角色。任何一個孩子都能看出西班牙事態嚴重。四十八鐘頭之內，以卡薩雷伊斯．基羅加為首的政府倒臺，馬丁內斯．巴里奧授命組建政府，巴里奧也辭職了，於是我們有了由吉拉爾組成的內閣，我們來看看這個內閣能維持多久吧。軍隊吹噓革命成功了，情況以這種方式發展下去的話，左派統治西班牙的日子屈指可數了。即使上頭提到的孩子不識字，只要看一下標題的大小和字體的粗細，就會知道這句話的真實性，接下來的幾天，這句話會溢入社論的小字體中。接著，悲劇發生了。桑胡爾霍將軍前往革命軍事指揮部就任，在途中慘死。他的飛機，不是因為載客太多，就是因為引擎動力不足——如果兩者不等於同一件事——無法爬升，撞上了幾棵樹，又撞上一堵牆，整起事件在前來觀看飛機起飛的西班牙人的眼皮底下發生。在無情的陽光下，大火燒了飛機和將軍。幸運的飛行員名叫安薩爾多，只受了輕傷和燒傷。將軍曾經發誓說，他無意離開葡萄牙，不過我們必須明白，雖然上帝可能不贊成，欺騙是政治的本質。也許這是來自上天的懲罰，因為人人都知道，上帝不用棒棍石頭懲罰凡人，往往偏愛用火。現在，當奎波・德・里亞諾將軍宣布在西班牙實施軍事獨裁的同時，在埃什托里爾的聖安東尼教堂，舉辦了又名里夫侯爵的桑胡爾霍將軍的遺體的守靈儀式。我們說遺體，其實是殘骸，燒得焦黑的殘肢，一個生前如此富態的人，死後只剩下可悲的灰燼，他的小棺材當嬰兒棺木也行。在這個世界上，我們誰都不是，這句話多麼真實，然而，無論我們多麼頻繁重複這句話，即使每天都看到這句話得到證實，這句話永遠讓人難以接受。西班牙長槍黨成員為偉大軍閥組成一支仗儀隊，穿上全套制服，藍襯衫，黑褲子，皮帶上插著一把短劍。我問自己，這些人哪裡來的，他們絕對不是從摩洛哥匆匆趕來參加隆重葬禮的。不過，上面提到的那個不識字孩子，還有報導，都告訴了我們，葡萄牙有五萬個西班牙人。顯然，除了換洗內衣褲外，他們也打包了黑褲子、藍襯衫和短劍，做夢也沒有想到，他們會在哀哀欲絕的情況下穿著制服出現在公共場合。充滿陽剛之氣的悲傷臉龐也閃爍著勝利的光芒，因為死亡是永恆的新娘，她的臂膀歡迎英勇的男人，死亡是純潔無暇的處女，在所有的男人之中，她特別喜歡西班牙人，尤其他們是士兵的話。明日馬車運走桑胡爾霍將軍遺骸時，一則消息會像喜訊天使在頭頂上方盤旋，機動縱隊正在向馬德里挺進，縱隊順利圍攻馬德里，幾個鐘頭內將發動最後的進攻。大家說，首都沒有政府了，他們還說，首都的政府已經授權人民陣線成員拿取所需的武器彈藥，這與他們自己的說法矛盾。然而，這只是惡魔臨死前的喘鳴，聖柱聖母用她那純潔的腳踩扁毒蛇的那一天就要到了，新月將高昇至罪孽墳地的上空。成千上萬的摩洛哥軍隊已在西班牙南部登陸，在他們的幫助下，我們會在可憎的錘子和鐮刀的標誌上，重建十字架和玫瑰念珠的帝國。歐洲正在如火如荼地復興，先是義大利，然後是葡萄牙，然後是德國，現在是西班牙，這是一畝良田，這是最好的種子，明日我們必將豐收。德國學生寫得真好，我們誰也不是，奴隸在興建金字塔時也曾這樣喃喃自語，我們誰也不是，馬夫拉的泥瓦匠和牲畜販子說，我們誰也不是，阿倫德如被感染狂犬病的貓咬傷的民眾說，我們誰也不是，慈善組織和救濟機構發放救濟品的對象說，我們誰也不是，為了他們在賽馬會舉辦盛大活動的里巴特茹洪災災民說，我們誰也不是，五月時伸出雙臂遊行的全國工會說，我們誰也不是。也許，有一天，我們都將成為大人物，這不是一句誰說的話，只是一種感覺。

里卡多．雷伊斯對也誰都不是的麗迪雅說了鄰國的事。她告訴他，旅館的西班牙人舉行盛宴慶祝這個最新消息，連將軍的慘死也沒有澆熄他們的興致，現在沒有一天晚上不開法國香檳，薩爾瓦多開心極了，皮門塔好像生來就會講卡斯提爾語，拉蒙和菲利佩得知佛朗哥將軍是加利西亞人，在費羅爾土生土長，樂不可支。幾天前，有人想到一個點子，在旅館陽臺升起西班牙國旗，紀念西葡結盟。里卡多．雷伊斯問，那你呢，你怎麼看西班牙，怎麼看那裡發生的事情。我沒有受過教育，您才是應該知道的人，醫生，您讀了那麼多書才有今天的位置，人爬得越高，看得就越遠。所以說，月光灑在每一湖面上。醫生，您這句話說得太美了。西班牙局勢每況愈下，一片混亂，是時候有人來結束所有的爭吵，唯一的希望就是軍隊介入，就像這裡的情形，哪裡都是一樣的。我不懂這些事，但是我的弟弟說。我知道你弟弟說什麼。您怎麼知道，醫生，您和我弟弟是完全不同的人。那麼，他說了什麼呢。他說，軍隊不會贏，因為所有人都反對它。我向你保證，麗迪雅，絕對不會所有人都站在同一邊，但是我很好奇你說的人是指誰。我這樣的人，在旅館工作的女傭，有一個支持革命的弟弟，同一個反對革命的醫生上床。誰教你說這些話的。我張開嘴說話，那些話已經在那裡了，只要讓它們說出來就行了。一般來說，說話前會先思考。也許就我來說，就像懷了孩子，它在我們不注意的情況下成長，在時機成熟時出生。你最近身體好嗎。如果不是因為月經沒來，我是不會相信我懷孕了。那麼，你仍然決定要這個孩子；我的寶貝兒子；你的寶貝兒子；對，我應該是不會改變主意了；再仔細考慮吧；我想不用了。說了這句話，麗迪雅心滿意足地笑了笑，里卡多．雷伊斯沒有得到答覆。他把她拉到身邊，吻了吻她的額頭，吻了吻她的嘴角，又吻了吻她的脖子，床在近處，女傭和醫生很快都上了床。她再也沒有提起她的水手弟弟。西班牙在世界的另一端。

如法國人——一個非常微妙難解的民族——所說，美麗的心靈交會。里卡多．雷伊斯說過維持秩序是必要的，而法蘭西斯科．佛朗哥將軍接受葡萄牙報紙《世紀報》採訪時才宣布，我們期盼我們的國家有秩序。這一話促使報社以粗體字印刷標題如下，西班牙軍隊的救贖任務，顯示那些美麗的心靈是那樣的多——如果不是真的數不清的話。幾天後，報紙提出了一個問題，什麼時候才能組織一個第一國際秩序來對抗第三國際混亂。美麗的心靈給他們答覆，計畫已經展開，摩洛哥士兵持續登陸，在布爾戈斯成立了軍政府，還有一個傳聞說，在幾鐘頭內之間，軍隊和馬德里軍隊將展開決戰。至於巴達霍斯人拿起武器來抵抗軍事前進的這一事實，我們不應給予任何特別的重視，它只是為我們關於人民是或不是什麼的討論提供了一個有趣的註腳。男女老少用步槍、刀劍、棍棒、鐮刀、手槍、匕首、斧頭、任何手邊的東西來武裝自己，也許這就是人民武裝自己的方式，但是，如果你原諒我的冒昧的話，關於人民是什麼的這個哲學問題，仍然懸而未決。

波浪湧起，波浪堆積。在葡萄牙，志願者蜂擁加入葡萄牙青年運動，這些愛國青年決定不再等待不可避免的徵兵。在父親慈愛的注視下，他們滿懷希望，字跡工整，在信上了簽名，昂首闊步地走向郵局，或者帶著公民的自豪感，戰戰兢兢親自交給國民教育部的門衛。只有他們對宗教的尊重使他們不敢宣稱，我的身體拿去，我的血液拿去，但是人人都看明白了，他們渴望就義。里卡多．雷伊斯瀏覽了一下名單，試圖想像出面孔、姿勢、步態，這些可能會給抽象的專有名詞賦予實質意義，專有名詞是最空洞的字，除非我們把人放進去。在未來的幾年，二十年後，三十年後，五十年後，如果他們能活那麼久，這些成年人或老人會怎麼樣想他們熱情奔放的年輕時代呢，在年輕時，當他們聽到或讀到德國青年的動人話語，我們誰也不是，他們像英雄一樣團結起來複誦說，我們也一樣，我們也一樣，我們一樣誰也不是。他們會說這樣的話，比方說，青春的愚昧；天真時犯的錯誤；我找不到人尋求建議；

我閒下來時後悔了；我的父親命令我報名參軍；我真的相信那場運動；制服非常帥氣；我會再來一遍；這是我過日子的方法；第一個入伍者備受欽佩；年輕人很容易被說服，也很容易受騙。這些和類似的藉口都被提出了，但是現在有一個人站起來，舉起他的手，要求有人聽他的說法。里卡多．雷伊斯點點頭，迫不及待聽聽一個人談論他曾經是的另一個人，聽老年描述青年，這就是這個人的演講。你必須考慮個人動機，我們採取的這一步是出於無知還是惡意，是基於個人意願還是迫於無奈。當然，判決會因時代和法官的不同而有所差異。然而，無論我們是被赦免還是被定罪，如果可能的話，我們的人生必須用我們所行的善惡的天平來衡量，讓每一件事都被考慮進去，讓我們的良心做第一位審判者。雖然是為了另一個理由，也許我們應該再說一遍，我們誰也不是。在那個時候，我們某些人所愛戴尊敬的某一個人——我就把他的名字說出來吧，省得你還要猜——薩拉曼卡大學校長米蓋爾．德．烏納穆諾，不像我們只是十四十五歲的年輕人，而是七十多歲受人尊敬的紳士，寫過許多備受讚揚的作品，例如《生命的悲劇意識》、《基督教的苦難》、《論純潔之愛》、《人的尊嚴》等等，從戰爭初期就是意見領袖，聲明他支持統治布爾戈斯的軍政府，他呼籲，讓我們拯救西方文明，噢，西班牙之子，我在這裡聽候你們的差遣。這些西班牙之子就是來自摩洛哥的起義軍和摩爾人，他個人捐出了五千比塞塔，給當時被稱為西班牙民族主義軍隊的軍隊。因為我不記得當時的物價，也說不出五千比塞塔可以買多少子彈。烏納穆諾敦促阿薩尼亞總統自縊，幾個星期後，他又發表了同樣激烈的聲明，我最欽佩和最深切的敬意，獻給將共產主義暴徒拒於門外並長期阻止他們控制西班牙的西班牙婦女。在狂喜中，他稱她們為聖潔女人。我們葡萄牙人也有我們的聖潔女人，舉兩個例子就夠了，一個是《謀反》的優秀女英雄瑪里麗亞，一個是《五月革命》的無邪聖女。如果西班牙女人要感謝烏納穆諾給予她們聖徒身分，讓我們葡萄牙女人感謝托梅・維埃拉先生和羅佩・里貝羅先生，總有一天，我要下到地獄裡去，把我自己當作那裡的聖潔女人。但是現在沒有人談論我們所欽佩的米蓋爾・德・烏納穆諾了，他像一個想要藏起來的難堪傷口，只有他回應米揚・阿斯托雷——在薩拉曼卡大喊死亡萬歲的那個人——的那番話，保留給了後代，那番話幾乎也就是他的遺言。雷伊斯醫生永遠不會知道那些話是什麼，但是人生短暫，一個人不可能得知每一件事，他的人生亦是如此。因為有人說出了那些話，我們中一些人重新考慮了我們的決定。幸好烏納穆諾長命，終於看到了自己的錯誤，可是他只是看到了錯誤，因為他沒有做什麼去糾正它，因為來日無多，也許他也希望在最後的日子裡保持寧靜。因此，我只要求你等待我們的最後一句話，或者倒數第二句話，如果那一天我們的頭腦依然清楚，你的頭腦也依然清楚的話。我說完了。在場的一些人對這種救贖的希望大力鼓掌，可也有人提出抗議，對烏納穆諾的民族主義學說被惡意歪曲感到憤慨，因為烏納穆諾膽敢質疑愛國志士米揚・阿斯托雷將軍的偉大戰歌，只是出於年老，一隻腳已進了墳墓，或者出於憤怒或任性，米揚・阿斯托雷將軍他只有智慧可以傳授，沒有智慧可以領受。里卡多・雷伊斯不知道烏納穆諾對將軍說了什麼，他太害羞而不敢問，或者害怕穿透未來的面紗，悄然而過，沒有期待，多好，這是他曾經寫過的，這是他每天都在努力實現的。老兵離開時一邊討論烏納穆諾的話，一邊按照他們自己希望別人對他們的評價來評價那些話，因為大家都知道，在他的眼中，被告總是得到寬恕。

里卡多．雷伊斯又讀了已經讀過的新聞，薩拉曼卡大學校長烏納穆諾呼籲，讓我們拯救西方文明，噢，西班牙之子，我在這裡聽你們的差遣，他自掏腰包，替佛朗哥的軍隊付了五千比塞塔，還勸勉阿薩尼亞自行了斷，但是他還沒有講到聖潔的女人，我們也不需要等著聽聽他如何表達。就在前幾天，我們聽到一個頭腦簡單的葡萄牙電影製片人說，庇里牛斯山這側的女人都是聖人。里卡多．雷伊斯慢慢翻頁，用最新消息分散自己的注意力，新聞可能來自那裡，也可能來自這裡，可能來自這十年或其他任何十年，過去、現在和未來，例如婚禮與洗禮，出發和抵達。問題是我們不能像約翰．D．洛克斐勒選擇自己想讀的新聞。他掃視了一下分類廣告，公寓待租，他已經租了一間。但等等，高地旅號輪船即將離開里斯本，前往伯南布哥、里約熱內盧、桑托斯，夙夜匪懈的信使，她會從維哥帶來什麼消息呢。看來所有加利西亞人都支持佛朗哥將軍，他畢竟在該地區土生土長。這個讀者浮躁不安，翻過這一頁，再次遇到許久未見到的阿基里斯之盾。同樣的圖片，同樣的圖說，一個奇妙的曼荼羅，一個萬花筒般的宇宙，其中所有的運動暫停，供我們沉思。終於可以數一數上帝——更廣為人知的名字是雕刻大師弗雷勒——臉上的皺紋了，這是他戴著單片眼鏡的肖像，這是他用來勒死我們的領帶，儘管醫生說我們會死於某種疾病或槍傷。弗雷勒的作品如下所示，證明了其創作者的無限智慧，他一生清白，充滿光榮，獲得過三枚金牌，這是神所授予的最高榮譽，然而神卻沒有在《新聞日報》上登廣告。曾經，里卡多．雷伊斯把這則廣告看成是迷宮，現在他把它看成是一個沒有活路或出口的圓圈，就像沒有道路的無垠沙漠。他在雕刻大師弗雷勒的像上加了一小撮山羊鬍子，多加上一個鏡片，單眼眼鏡變成了雙眼眼鏡，但是這樣也不能讓弗雷勒看起來像米蓋爾．德．烏納穆諾，他也迷失在迷宮中，但設法從迷宮中走出來，如果我們相信這位起身在大會上發話的葡萄牙紳士的話——恰好在他死亡的前夕——那麼我們就會懷疑烏納穆諾是堅持幾乎是遺言的那番話，還是——如果不是同流合汙——重新回到他最初的自滿，掩飾著自己的憤怒，壓制著自己的反抗。烏納穆諾的是與非讓里卡多．雷伊斯不安，他分裂成二，一是他們兩人生命中共同的這個現在，兩人因新聞報導有了聯繫，一個軍人演說家的模糊預言，他知道未來，卻不能透露一切。可惜里卡多．雷伊斯沒有勇氣去問那個人，米蓋爾先生對將軍說了什麼，但後來他知道，他之所以保持沉默，是因為已經有了明確的暗示，在那個懺悔的日子，他已經不在這個世界上了，你永遠不會知道那些話是什麼，但是人生短暫，一個人不可能得知每一件事，你的人生亦是如此。里卡多．雷伊斯開始看到命運之輪轉動的方向。在布宜諾斯艾利斯的米揚．阿斯托雷，在前往西班牙的途中經過了里約熱內盧，人的道路並沒有太大的變化，現在他橫渡大西洋來到這裡，興奮得容光煥發，渴望戰鬥。沒幾天他就會在里斯本上岸——搭乘的是阿爾曼佐拉號——然後繼續前往塞維亞，從那裡再到得土安，在得土安取代佛朗哥。米揚．阿斯托雷接近薩拉曼卡和米蓋爾．德．烏納穆諾，他會大喊，死亡萬歲，然後帷幕落下。葡萄牙軍人演說家再次要求發言，他的嘴唇動著，未來的黑色太陽照耀著，但是這些話聽不清，我們甚至猜不出他在說什麼。

里卡多·雷伊斯急著想和費爾南多·佩索亞討論這些問題，費爾南多·佩索亞卻不出現。時間像一道拖沓的波浪，一顆熔融的玻璃球，表面無數的閃光吸引了你的目光，抓住了你的注意力，內部卻閃耀著叫人不安的緋紅核心。日夜在從天而降由地而升的熱浪中交替。直到黃昏，兩個老人才出現在聖卡塔琳娜嶺，他們無法忍受包圍稀疏棕櫚樹蔭的熾熱日照，河面的耀眼強光使他們疲憊的眼睛承受不住，閃閃爍爍的空氣令他們喘不過氣來。里斯本打開了她的水龍頭，但是沒有一滴水流出，她的居民成了籠中之鳥，張開了嘴，垂下了翅。當這座城市陷入萎靡時，有傳言說西班牙內戰將要結束了，如果我們記住，奎波·德·里亞諾的部隊帶著國民衛隊——他們的外籍兵團——已經到了巴達霍斯城門口，摩拳擦掌，只待動刀。抵抗這些士兵的人有苦頭吃了，他們殺人的欲望是如此強大。米蓋爾先生從家裡出發前往大學，利用沿途建築的涼蔭遮陽。太陽把薩拉曼卡的石頭烤焦了，但是這位耆老可以感覺到一股好戰的微風吹在臉上，在他滿足的靈魂中，他回報他的同胞的問候，回報司令部或大街上的士兵的問候，他們每個都是熙德的化身，熙德在他的時代也說過，讓我們拯救西方文明。里卡多·雷伊斯在太陽還沒變得太熱的清晨就離開了公寓，也站在蔭涼處等有計程車來載他，氣喘吁吁沿著星斗街一直走到逸樂墓園。來訪者不需要問路，他沒有忘記位置或號碼，四三七一號，那不是門牌號碼，所以沒有必要敲門或詢問，有人在家嗎。如果活著的人的存在本身還不足以驅除死者的祕密，那麼這些話就毫無用處了。里卡多．雷伊斯走到欄杆前，把手放在溫暖的石頭上，太陽雖然還不高，但是從黎明就開始照射這個地方。從近處的小徑上傳來了一陣掠過灌木的聲音，是一個寡婦在遙遠的路盡頭抄近路，她的臉龐藏在縐綢薄紗後面。沒有其他生命的跡象。里卡多．雷伊斯一直走到彎道，才停下腳步看河，這裡是海口，最合適不過的詞，因為大海就是在這裡緩解無法緩解的乾渴，吮吸的嘴唇緊貼著陸地。這樣的意象，這樣的比喻，在一首嚴肅的頌歌中並不合適，但在清晨我們會突然想到，當心靈屈服於感覺時。

里卡多．雷伊斯沒有回頭。他知道費爾南多．佩索亞就站在他身邊，這一次是看不見的，也許他不許在墓地的範圍內露面，否則這個地方會太擁擠，街道上擠滿了死人，這個想法讓人想發笑。費爾南多．佩索亞的聲音問道，親愛的雷伊斯，怎麼這麼早到這裡來，阿達瑪斯托所在的聖卡塔琳娜嶺的景色，對你來說不夠嗎。里卡多．雷伊斯答了像是沒答，從這裡，我們可以看到一名西班牙將軍啟航加入內戰，你知道西班牙爆發內戰了嗎。繼續說。他們告訴我，這位名字叫米揚．阿斯托雷的將軍有朝一日註定遇上米蓋爾．德．烏納穆諾，他必會高呼死亡萬歲，也定會得到回應。繼續。我想知道米蓋爾先生的回應。在他給出回應之前，我怎麼能告訴你呢。你或許有興趣知道薩拉曼卡大學校站在軍隊一邊，軍隊打算推翻政府和政權。我對這一點也不感興趣。我曾經認為，在繁榮的社會失去自由可能是自然的，是理所當然的，現在我不知道該怎麼想，我指望著你，你卻讓我失望了。我能做的就是提供一個假設。什麼假設。你的薩拉曼卡大學校長會回答說，在某些情況下，保持沉默即是撒謊，我聽到一聲病態的叫喊，死亡萬歲，野蠻又令人厭惡的悖論，米揚·阿斯托雷將軍殘廢了，無意冒犯，塞凡提斯也殘廢了，很不幸，在今日的西班牙，殘廢的人太多了，想到米揚·阿斯托雷將軍可能想開創一門流行的心理學，我就覺得痛苦，一個沒有塞凡提斯那種精神財富的瘸子，通常會從他給別人造成的傷害中得到安慰。你認為這是他給的回應。有無數的假設，這是一個。和那個葡萄牙軍人所說的確實相符。重要的是，事情相符，有意義。瑪森妲的左手能有什麼意義。那麼，你還是會想起她。時不時。你不用看那麼遠，我們都是殘廢。

里卡多·雷伊斯是一個人了。榆樹的矮枝上，蟬開始鳴噪了，是啞巴，但卻創造了自己的聲音。一艘黑色大船駛入海峽，卻消失在波光粼粼的倒影之中。宛若幻影。

里卡多・雷伊斯的公寓裡現在多了一個聲音。他買了一臺小型收音機，市面上最便宜的一款，這款百樂牌收音機頗受歡迎，電木外殼是象牙色。他選了這架收音機，因為它不占空間，而且很方便就能從臥室搬到書房，住在此處的夢遊者大部分時間在這兩個房間裡度過。如果在新居生活樂趣消失殆盡之前，他就決定買一臺的話，他現在擁有的會是一架有十二根真空管的超外差接收器，功率足以喚醒整個社區，吸引一大群人到他的窗戶下。所有家庭主婦都迫不及待想要聆聽音樂收聽廣播，兩位老人也在其中，由於最新的新奇玩意，再次表現出友好與禮貌。不過里卡多・雷伊斯只是想知道時事，不引人注意，也不受人打擾，所以收音機調到耳語的音量。他沒有向自己解釋也沒有試圖分析把他帶到收音機前的不安感，他沒有因為那暗淡眼眸裡隱藏的信息而感到驚奇，那迷你刻度盤上的光是垂死的獨眼巨人，它的表情沒有喜悅，沒有恐懼，也沒有憐憫。他說不出是西班牙革命軍的勝利讓他高興，還是支持政府的軍隊的大敗讓他歡喜。有些人會說這兩件事是同一回事，可是事實並非如此，先生，人的靈魂要比這複雜得多。為敵人被圍攻而高興，並不代表我為圍攻者喝彩。里卡多・

雷伊斯沒有探究自己內心的矛盾，他不理會自己的不安，如同一個沒有勇氣剝兔子皮的人，讓別人替他做這件事，自己卻站在一旁看著，氣自己的神經質。站得夠近，聞到了剝了皮的肉釋放出的溫暖，一種微妙的愉悅氣味，他心中懷揣著——或者任何懷揣出這樣東西的地方——懷揣著對能夠殘忍剝皮的人的憎恨。他怎麼可能和我屬於同種人類呢。也許這就是為什麼我們憎恨劊子手，不願吃替死鬼的肉。

麗迪雅看到收音機很開心，真漂亮，白天夜晚都能聽到音樂真是太好了。她說得有點誇張了，因為時間是一段要走完的長路。她是一個簡單的人，一點小事也能開心，除非這是一個掩飾哀傷的託辭，難過里卡多．雷伊斯變得如此懶散，不再關心自己的外貌，不再照顧自己。她告訴他，阿爾巴公爵和梅迪納塞利公爵決定要離開旅館，薩爾瓦多非常失望，他對他的客人很有感情，特別是他們有頭銜的話，不過這次的客人沒有頭銜，尊稱羅倫佐先生和阿隆索先生公爵，不過是里卡多．雷伊斯開的玩笑，是時候該停止了。他不驚訝。如今，勝利之日即將來臨，他們在甜蜜奢華的生活中度過最後一段流亡歲月，也是因為這樣，八卦專欄常稱西班牙名流僑民光顧的埃什托里爾地區旅館是西班牙殖民地，許多公爵伯爵在那裡度假。羅倫佐先生和阿隆索先生循著貴族的香氣而來，他們年老時可以告訴孫輩，想當年我和阿爾巴公爵一起被流放啊。為了這些西班牙人，葡萄牙廣播俱樂部近日聘請了一位西班牙播音員，這女人的嗓音有點像是輕歌劇中的風騷女傭。她用塞凡提斯的優美語言，誦讀民族主義發展的新聞。願上帝和葡萄牙廣播俱樂部原諒我們這種諷刺，這是出於一種想流淚的衝動，而非想發笑的欲望，這正是麗迪雅的感受，她為了里卡多．雷伊斯焦慮，此外，來自西班牙的可怕消息從她的角度來看是噩耗，而我們也知道了，她的弟弟丹尼爾的消息也是壞消息，可是她勇敢地努力表現出快樂和輕鬆。從收音機聽到巴達霍斯遭到轟炸消息後，她像抹大拉的馬利亞那樣哭了起來，這個行為相當奇怪，因為她從來沒去過巴達霍斯，在那裡沒有可能會在爆炸中受到傷害的家人或財產。你為什麼哭，麗迪雅，里卡多．雷伊斯問她，但她沒有回答，也許是因為丹尼爾告訴了她什麼，但誰告訴了他，他的消息來源是什麼呢。阿方索．德．阿爾布克爾克號的水手一邊擦洗甲板擦亮銅板，一邊互相傳遞著最新的消息，並非所有報紙和電臺要讓我們相信的消息。阿方索．德．阿爾布克爾克號上，水手對莫拉將軍的保證沒什麼信心，莫拉將軍是鬥牛士佛朗哥方陣舞的成員，承諾在月底以前會經由馬德里電臺聽到他向我們發表談話。另一個將軍奎波．德．里亞諾說，對馬德里來說，這是結束的開始，革命才剛剛開始三個星期，就快結束了。胡說，水手丹尼爾回答。但是里卡多．雷伊斯笨拙地安慰麗迪雅，擦乾她的眼淚，仍然希望說服她同意他的想法，所以重複著他讀到和聽到的消息，你在那裡因為巴達霍斯哭泣，難道你不知道，共產黨人割下了一百一十個地主的耳朵，然後玷污了他們的婦女，換句話說，強姦了那些可憐人嗎。你怎麼知道。我從報紙上看來的，還有托梅．維埃拉寫的一篇報導，他是記者，出過幾本書，文章說布爾什維克黨挖出了一位老牧師的眼睛，往他身上澆汽油，然後放火燒他。我不信。報紙上說的，白紙黑字。我弟弟說，我們不應該永遠相信報紙上說的。我不能親自去西班牙看看，只好相信他們說的是真相，報紙不會說謊，你想像不出比報紙說謊更嚴重的罪。醫生，您是讀過書的人，而我幾乎不識字不會寫字，可是我從生活學會了一件事，真相有很多，說出來的往往不一樣，在戰鬥開始以前，我們不知道誰在說謊。如果他們真的挖出牧師的眼睛，把汽油澆在他身上，活活燒死了他呢。那是一件可怕的事，但是我弟弟說，如果教會和窮人站在同一邊，幫助世上的窮人，那麼窮人會率先為教會獻出生命。如果他們割掉地主的耳朵，強暴他們的妻子呢。那是另一件可怕的事，但是我弟弟說，窮人在這個世上受苦，而富人不用到天國就已經在享受天堂了。你總是用你弟弟的話來回答。那您呢，醫生，總是用報紙上的話。的確如此。

豐沙爾和島上其他地方出現騷亂，群眾打劫公家辦公室和乳牛農場，有人被殺，有人負傷。情況肯定嚴重，因為已經派出了兩艘軍艦，一組飛機艦隊，幾隊帶機關槍的獵人小隊，這是一支能夠以葡萄牙風格發動內戰的軍事力量。里卡多·雷伊斯並不完全明白這一次起義的原因，我們和他都無須感到驚訝，因為他只有報紙能夠提供消息。他轉開他那架象牙色的百樂牌收音機。也許我們聽到的比我們讀到的更加可信，唯一的缺點是看不見播音員的臉，因為猶豫的一瞥，嘴角的抽動，會立刻揭穿謊言，也讓我們期盼著，有朝一日，人類的發明創造會讓我們坐在家中就能看到播音員的臉，我們起碼能分辨謊言和實話，正義的時代就真正展開了，讓我們說聲，阿門。轉盤箭頭指向葡萄牙廣播俱樂部，電子管溫度越來越高，里卡多·雷伊斯將疲倦的額頭靠在收音機上。裡面傳出一股暖洋洋的氣味，他有點頭暈，有種分心的感覺，然後注意到音量被關掉了。他轉開聲音，起初只聽到載波低沉的嗡嗡聲，一陣停頓後，突然響起了音樂，*Cara al sol con la camisa nueva*，這是長槍黨的黨歌，給埃什托里爾旅館和布拉干薩旅館的西班牙上流僑民帶來快樂和安慰。此時此刻，在賭場裡，他們正在為埃里高・布拉加主持的銀色之夜做彩排，在旅館的交誼廳，客人狐疑瞥著泛著綠色的鏡子。這時，廣播俱樂部播音員宣讀一封電報，那是經驗豐富的葡萄牙軍團成員發來的，他們曾在西班牙外籍軍團第五師服役，歡迎參與圍攻巴達霍斯的老同志，聽到了這樣的軍旅情操，基督教熱忱，手足之情，對昔日勝利的回憶，兩個伊比利亞祖國聯手為一個民族主義理想奮鬥的光明未來希望，我們的脊背直打顫。聽完最後一則新聞——三千名從摩洛哥出發的士兵抵達阿爾及爾——里卡多・雷伊斯關掉收音機，伸開四肢躺在床上，絕望地發現自己好孤獨。他並非想念著瑪森妲，占據了他的心思的是麗迪雅，有人會說，大概因為她就在附近吧，雖然公寓沒有電話，就算有，他也不能打電話去旅館說，晚安，薩爾瓦多先生，我是里卡多・雷伊斯醫生，記得我嗎，好久沒說話了，聽我說，我在你的旅館的那幾星期非常快樂，不，不是，我不需要房間，我只是想和麗迪雅說說話，你能請她到我的公寓來一下嗎，太好了，你真是太好了，願意讓她離開幾個鐘頭，我感到很孤獨，不，不是那個，我需要的只是簡單的陪伴。他從床上站起來，把地板上和床單上的報紙疊在一起，掃視了一下娛樂活動列表，可惜沒有什麼引起興趣。費爾南多・佩索亞說過，我們都是殘廢，他在一瞬間希望自己又瞎又聾又啞，三倍的殘廢，然後在來自西班牙的新聞中，他注意到一張剛才沒注意到的照片，印著耶穌聖心的坦克。如果這是他們使用的紋章，那麼這絕對會是一場毫不留情的戰爭。他想起麗迪雅懷孕了，麗迪雅常常告訴他，是男嬰，小男嬰長大後將去參加正在醞釀的戰爭。一場戰爭引發另一場戰爭，讓我們計算一下，嬰兒在明年三月出生，如果年輕人參加戰爭的平均年齡是二十三歲或二十四歲，那麼在一九六一年我們將進行什麼戰爭呢，在哪裡，為什麼，在哪一片荒原上呢。里卡多．雷伊斯用想像力的眼睛，看到了渾身彈孔的男孩，他像他的父親那樣黝黑，缺乏血色，不過他只是他母親的兒子，因為他的父親不會承認他。

巴達霍斯投降了。葡萄牙老兵振奮人心的電報鼓舞了西班牙外籍軍團，無論是遠距交戰還是短兵相接，他們都取得了奇蹟般的勝利，被授予殊榮的是新一代衝鋒陷陣的葡萄牙軍團成員，他們急於證明自己比得上前輩，應該補充一句，覺得自己的祖國離自己不遠總是有幫助的。巴達霍斯投降了。在持續的炮彈攻擊中淪為廢墟，長劍斷了，鐮刀鈍了，棍棒斧頭也碎了，城市投降。莫拉將軍宣布，算帳時刻到了，牛欄打開大門迎接被俘的民兵，然後關上大門，慶典開始進行，機關槍大聲喝采喊好，巴達霍斯牛欄響起震耳欲聾的聲音，穿著廉價棉布的牛頭怪人互相擠壓，互相輸血，鮮血相混。等怪物通通倒下以後，鬥牛士會用手槍解決只有受傷的人，如果有誰連這一劫也逃過了，就只能活埋了。關於這一起事件，里卡多．雷伊斯所知道的，全是從葡萄牙報紙讀來的，但是一家報紙的報導附上一張鬥牛場的照片，鬥牛場屍體橫陳，還有一輛看起來不該出現在那裡的馬車，不是運來公牛或人身牛頭怪物，就是運走他們。里卡多．雷伊斯從麗迪雅那裡知道其餘的事，她的弟弟告訴了她，不知道是誰告訴了她的弟弟，也許是來自當所有問題終於獲得解決的未來的消息。麗迪雅不再哭泣了，告訴他，兩千人喪命，她的嘴唇顫動，她的臉頰泛紅。里卡多．雷伊斯想安撫她，拉起她的手，但是她掙脫開來，不是因為怨恨，只是因為她今天無法忍受。後來，在廚房裡洗滌堆積起來的髒盤時，她又哭了起來，頭一次問自己，為什麼要到這間公寓來。她是醫生的女傭嗎，他的清潔工嗎，她自然不是他的情人，因為這個詞代表著平等，無論男性還是女性，他們就是不平等的。她不知道她是在為巴達霍斯的死者哭泣，還是為她自己的死亡——自己誰都不是的那種感覺——而哭泣。里卡多．雷伊斯坐在書房，不知道發生了什麼事。為了讓自己忘掉兩千人的死亡——如果麗迪雅說的是真的，確實是一個不可思議的數字——他又翻開《迷宮之神》，想從停下來的地方讀下去，可是讀不懂文字的意思。他知道自己已經忘記了故事，所以又回到了故事的開頭，第一個下棋的人發現的屍體張開雙臂，朝著敵人營地方向，占據了國王的棋格、皇后的棋格以及另外兩個棋格。讀到這裡，里卡多．雷伊斯又失去了思路，把棋盤想像成一片沙漠，橫躺的屍體是一個不再是年輕人的年輕人，他看見巨大的廣場畫出一個大圓，這個競技場到處是在自己的土地上被釘在十字架上的屍體，耶穌聖心檢查一具又一具的屍體，確保沒有倖存者。麗迪雅做完了家務，走進書房，里卡多．雷伊斯正坐著，書合起來放在腿上，他看上去像是睡著了，這樣出其不意被看見，看上去簡直是老了。她盯著他，好像他是個陌生人似的，然後一聲不響走了。她開始想，我不會再來了，但她也無法確定。

現在米揚·阿斯托雷將軍終於抵達了，特圖安又發出一則宣言，不留情面的戰爭，不休戰的戰爭，在遵守人道主義原則的前提下，對馬克思主義害蟲進行至死方休的戰爭。我還沒有占領馬德里，因為我不希望犧牲無辜的公民，從佛朗哥將軍的這番講話中可以看出，他是一個很體貼的人，絕不會像希律王那樣下令屠殺無辜的百姓，不會，與其讓自己的良心承受如此沉重的負擔，讓天堂裡到處都是天使，他會等到他們長大。難以想像的是，從西班牙吹來的這些順風不會在葡萄牙造成類似的事件。已經出了價，桌面的牌也發下來了，是時候知道誰是幫助我們的，誰是反對我們的，讓我們使敵人露臉吧，讓他自己的口蜜腹劍背叛他自己，讓我們把由於懦弱、貪婪或害怕失去僅有的一丁點財產而到我們國旗下尋求庇護的人看成自己人。因此，全國工會決定舉行反共產主義集會，這一消息一宣布，伴隨歷史上所有重大時刻的憤怒情緒就襲捲了整個社會。愛國組織團體在請願書上簽名，婦女個人或各個委員會的婦女都要求有代表權，為了讓他們的成員保持正確的心態，一些工會會舉行特別會議，比如店員工會，或者麵包師工會、旅館員工工會，從照片中可以看到，在場的人都僵硬地舉起手臂敬禮，人人排練著自己的角色，等待開幕儀式。在這些會議上，全國工會的宣言宣讀了，得到熱烈掌聲，從以下的隨機摘錄可以清楚地看出，宣言慷慨激昂地表達了他們的政治忠誠和對國家命運的信心，毋庸置疑，國家企業的工人都是葡萄牙人，而且是堅定的羅馬天主教徒；全國工會呼籲薩拉查採取嚴厲的措施來解決大問題；全國工會承認私營企業和個人獲得財產的權利是每一個社會、經濟和政治組織以及社會正義的唯一基礎。由於他們為同樣的理想奮鬥，與同樣的敵人戰鬥，西班牙長槍黨成員透過葡萄牙廣播俱樂部對全國人民講話，讚揚葡萄牙全心全意加入這場十字軍東征，從歷史角度而言，這句話其實不正確，因為每個人都知道，我們葡萄牙人為這場十字軍東征早已戰鬥多年。但這是西班牙人的典型表現，他們隨時準備接手，必須經常受到監視。

里卡多．雷伊斯一生從未參加過政治集會，不參加一定是因為他的性格，成長環境，對古典文學的熱愛，還有他個人的羞怯，熟悉他的詩作的人都不該感到奇怪。然而，這場全國的抗議，鄰國西班牙的內戰，或許還有示威者開始聚集在一個不尋常的地點——坎波佩科特的鬥牛場——在他心中點燃了好奇的小火苗。目睹成千上萬的人齊聚聽演講是什麼感受，他們會為了什麼言論鼓掌，為什麼，講者與聽者表現出多大的真誠，他們會有什麼表情，會用什麼手勢呢。對一個天性極度缺乏好奇心的人，這是一個很有趣的轉變。里卡多．雷伊斯為了確保有位置坐，很早就出門了，還搭計程車，到得更是早了。八月末，夜晚很溫暖。特別加開的電車從旁駛過，車廂人滿為患，乘客親切交談，少數徒步的人更有民族主義的熱情，他們高呼，新國家萬歲。工會會旗處處可見，一絲微風也沒有，旗手用力揮舞，展示他們的顏色和標誌，這一個是仍然受到共和傳統污染的紋章團體，那一個是行會，一個早年形容工匠協會的詞彙。里卡多．雷伊斯進入鬥牛場後，就被洶湧的人流挾捲，發現自己身在戴著藍色臂章的銀行員工中間，臂章上有十字架和ＳＮＢ字母縮寫。愛國主義的美德的確寬恕一切罪惡，調和一切矛盾，包括這一個，因為銀行從業員把基督的十字架當作他們的標誌，而基督在祂的時代從聖殿逐走了商人和貨幣兌換商，也就是這棵樹的第一根枝，這個果實的第一朵花。對他們來說，基督並不像寓言中的狼，因為狼不等小羊變成頑固的成羊，而是直接宰了溫馴的小羊。以前，一切都簡單得多，現在我們費工夫問自己，水是源頭渾濁呢，還是在途中遭到了污染。

場上幾乎座無虛席，不過里卡多．雷伊斯順利找到了一個照得到陽光的長椅位置，有沒有陽光在今天倒不重要，因為一切影影綽綽。他座位的優點是離講臺很近，可以看到發言者的臉，又不至於離得太近，看不清整個活動場所。旗幟和工會橫布條不斷湧入，工會橫布條有國旗，但是許多旗幟沒有，這可以理解，因為我們不需要誇大祖國的崇高象徵，就可以知道我們是葡萄牙人中的一員，而且可以毫不自誇說是最優秀的一員。各層都滿了，只剩下中間的空間，那裡是最看得清楚旗幟的地方，這也解釋了為何下方會有這麼多的旗幟。熟人互相打招呼，聚眾稱頌新國家體制，他們人數眾多，他們瘋狂伸出雙臂，每當有新旗幟被帶進來，他們就會跳起來，做出羅馬式敬禮。原諒他們和我們不停重複喊著，*O tempora, O mores*，維里阿修斯和塞多留塞爾浴血苦戰，把占領帝國的外敵趕出自己的國家，儘管兩位大英雄奮鬥不息，羅馬還是以她後代的形象重返，最簡單的統治顯然就是收買民眾，這些人有時賤價獻出自己，換取一塊布戴在臂上，或者有權用歪扭的十字架作為他們的徽章。銅管樂隊演奏流行樂曲，幫助等待的群眾打發時間。好不容易，官員總算在講臺就位，人群激動得發狂，空氣中迴盪著愛國的吶喊，葡萄牙葡萄牙葡萄牙，薩拉查薩拉查薩拉查。薩拉查沒有出席，他只在他方便的時候現身，但是葡萄牙在這裡，因為葡萄牙無處不在。讓本地居民懊惱的是，在講臺右側，原本空著的座位現在被義大利來的法西斯主義代表占據，他們身著黑色襯衫，佩戴飾品，左側則是站著德國來的納粹代表，他們穿著棕色襯衫，戴著印有卍字的臂章。他們都伸臂向群眾敬禮，群眾也紛紛回應了，急著效仿，只是沒那麼整齊劃一。這時，西班牙長槍黨成員穿著眼熟的藍色襯衫登場了，這些人的制服有三種不同的顏色，卻因為單一的理想而團結。為了一個男人，群眾站起來，歡呼聲用一種稱為咆哮的世界共通語言表達，迴盪在空氣中，通天巴別塔終於靠著手勢團結了。德國人不說葡萄牙語、卡斯提爾語或義大利語，西班牙人不說德語、義大利語或葡萄牙語，義大利人不說卡斯提爾語、葡萄牙語或德語，葡萄牙人卻非常會說卡斯提爾語，稱呼對方用*Usted*，買東西要問*quanto vale*，謝謝是*gracias*，但是當靈魂和諧相處時，所有的語言只要一個強而有力的呼喊就夠了，布爾什維克去死吧。一番努力後，恢復了寂靜，樂隊擊鼓三下，結束了軍隊進行曲，現在介紹今晚的第一位演講者，海軍兵工廠的造船工人，吉爾伯托．亞洛提亞，他們如何說服他的，這仍然是他與誘惑之間的祕密。接著是路易．平托．科埃略的第二場演講，他代表葡萄牙青年，人們開始明白這是怎麼回事了，因為他以非常明確的語言呼籲建立民族主義民兵組織。第三位發言者是費爾南多．奧門．克里斯托，第四位是阿貝爾．梅斯基塔，兩人都來自塞圖巴全國工會，第五位是安東尼奧．卡斯特羅．費爾南德斯，他將來會成為政府部門的部長，第六位是里卡多．杜朗奧，他堅定的信念符合了他的少校軍階。幾星期後，他會在埃沃拉重複他的演講，又是在鬥牛場，同樣的愛國理想團結我們，因此我們齊聚一堂，向我們國家的政府宣布與展現，我們忠心耿耿地承諾將繼承我們盧西塔尼亞祖先的傳統和成就，他們給世界帶來了新世界，傳播了信仰、擴展了帝國，讓我們在號角的吹奏聲中宣布，我們齊心協力支持薩拉查，這個將生命獻給了祖國的天才。最後，是排在第七位但政治影響力最大的，葡萄牙廣播俱樂部的豪爾赫．博特霍．莫尼茲上尉，他宣讀一項動議，敦促政府建立一支公民軍團，效法薩拉查，全心全意為祖國服務，因為只要我們棉薄之力允許，我們理應以他為榜樣。現在似乎是引用下面這則寓言的好時機，七根小樹枝分別開來很容易折斷，但是合在一起，就形成了一根牢不可破的束棒[24]。聽到軍團這個詞，人群再次站了起來，總是對著一個男人。說軍團就是說制服，說制服就是說襯衫，剩下要決定的只有顏色了，不過這不是我們在這裡能解決的問題。無論如何，寧可被指責行為像猴子，我們也不要選擇黑色或棕色或藍色，白色一下就髒了，黃色是絕望的顏色，至於紅色，上帝不允許，紫色讓人聯想到走在通往髑髏地路上的基督，唯一剩下的顏色就是綠色了，所以葡萄牙青年運動中英勇的年輕人一致認為綠色很好，在等待領到制服時，他們沒有別的夢想。集會接近尾聲，工會已經盡了責任。

一如我們對於葡萄牙人的期望，人群井然有序地離開了賽場，有些人仍然在歡呼，不過音調已經放低了。較為謹慎的旗手捲起他們的旗幟，插入保護套中。鬥牛場的主要泛光燈關了，只剩足以讓示威者找到出路的光。場外，電車擠滿了人，還有替要去較遠地方的人準備的貨車，民眾排著隊伍，等著坐上電車或貨車。在整個集會過程中，里卡多．雷伊斯都在戶外，卻感到需要新鮮空氣，因此對於計程車視而不見，而計程車其實也立刻被其他人坐走了。他步行穿過整個城市，走在沒有愛國運動痕跡的地方，電車走的其他路線，廣場上的計程車在打盹兒。從坎波佩科特到聖卡塔琳娜嶺，幾乎有五公里，對於這位平日久坐的醫生來說，是一段相當長的距離。他回到家時雙腳痠痛，筋疲力盡。他打開一扇窗清除房間裡的悶氣時，才發現在走回家的漫長路途中，他一次也沒有想過在鬥牛場的所見所聞。他連一個主意、一個意見、一個評論都記不起來，簡直像是被帶上了雲端，或者變成了一朵雲在半空盤旋。他現在想思考一下，把腦中的事物翻一遍，得出一個結論來，但是試了也是白費工夫，他所能看到的只有那些捍衛西方文明的黑衣、褐衣、藍衣，希臘人和羅馬人。如果米蓋爾．烏納穆諾先生受邀，他會發表什麼言論呢。也許他會在杜朗奧之後、莫尼茲之前上場面對群眾，我就站在你們的面前，葡萄牙的子民們，不呼喊死亡萬歲的自殺民族，我沒有什麼要對你說的，因為我自己又老又孱弱，需要人來保護我。里卡多．雷伊斯凝望著深沉的夜，能夠看見跡象和預兆的人都會說，有什麼正在醞釀。里卡多．雷伊斯關上窗時已經很晚了，最後他能想到的只有，我不可以再去參加政治集會。他開始刷外衣褲子，發現自己聞到了洋蔥味，太奇怪了，他發誓他根本沒有靠近維克多。其後幾天傳來一連串的消息，坎波佩科特的集會似乎在世界各地引發各種事件。一群北美金融家告訴佛朗哥將軍，他們準備支持西班牙民族主義革命，這個想法一定出自大有影響力的約翰．D．洛克斐勒，因為不該將他完全蒙在鼓裡，《紐約時報》報導了西班牙的軍事政變，採取一切的預防措施，不讓老人脆弱的心靈受傷，不過也有一些避不了的風險。在黑森林附近的教區，德國主教宣布，天主教會和德意志帝國會並肩對抗共同敵人。為了不讓自己在這場實力展示中落後，墨索里尼警告全世界，他有能力立即動員八百萬人，其中許多人仍舊因戰勝了西方文明的另一個敵人——衣索比亞——而滿面紅光。然而，回到我們的父親的巢穴吧。除了越來越多人志願加入青年運動以外，也有數千人加入後來被稱為葡萄牙軍團的組織，企業部副部長起草一份聲明，以動人無比的語言讚揚全國工會，他們舉行政治集會的愛國倡議，成為鍛造民族主義之心的熔爐，現在建設新國家的道路沒有任何障礙了。還有一個消息也宣布了，共和國總統正在視察軍事設施，參觀布拉索．德．普拉塔軍工廠，以後的視察、參觀或檢閱都將馬上宣告公布。

里卡多．雷伊斯從報紙上得悉，阿方索．德．阿爾布克爾克號開去阿利坎提接收難民。麗迪雅沒有告訴他，她的水手弟弟出海執行一項人道主義任務，不過他心中為了自己與這艘船的命運有所聯繫而難過。由於這件事，麗迪雅最近沒有來，髒衣物越堆越高，家具上的灰塵也越積越厚，事物逐漸失去輪廓，宛如厭倦了存在，這也可能是眼睛看膩了的結果。里卡多．雷伊斯從未感到這般的孤單。他幾乎成天都在睡覺，睡在沒有整理的床上或書房的沙發上。他甚至在馬桶上也會睡著，不過只有一次，因為他在可怕的驚嚇中醒來，夢見自己死在馬桶上，褲子掉下來，成了一具沒有自尊的屍體。他寫了一封長信給瑪森妲，一頁又一頁，把所有記憶當成考古挖掘，從旅館的第一個晚上開始，一段記憶接著一段記憶，文字流暢無阻，不過寫到了當下時，里卡多．雷伊斯找不到任何事可說，也找不出任何要求或提議。於是他把信紙收攏了，敲了敲對齊，撫平幾個摺角，然後一頁一頁地撕了，有條不紊，撕成了紙屑，一個字都看不懂。他沒有把碎紙屑扔到廢紙簍裡，而是等到凌晨大家都睡著了，把悲傷的紙屑撒到公園的欄杆上。黎明的清風把它們吹過了屋頂，一陣更強勁的風將會把它們吹到迢遠的地方，但是不會吹到孔布拉。兩天後，他把他的詩抄在紙上，已企盼著夏的來臨，他知道這句真話現在變成了謊言，因為他沒有企盼，只有一種無盡的厭倦。他把信封上寫著，孔布拉郵局候領，瑪森妲．桑帕伊奧收，六個月後她還不招領，信就會銷毀。還有我們之前提到那個勤懇又愛打聽他人私事的雇員，他就是把信送到桑帕伊奧博士辦公室，也不會有什麼害處。返家後，這個做父親的行使了父親的特權，擅自拆了信，然後對女兒說，看來你有一位不知名的仰慕者，瑪森妲讀了這首詩，暗自微笑。她根本沒有想到是里卡多．雷伊斯寄來的，因為他從來沒有告訴過她他是一個詩人，儘管筆跡有一些相似的地方。

24 束棒在古羅馬是權力的象徵，也是二十世紀上半葉義大利法西斯黨的標誌。

我不會再來了，麗迪雅這麼說過，可她卻在敲門。她口袋有公寓的鑰匙，但是她不使用，她有她的自尊，她說過她不會再來了，這裡絕對不是她的家，如果還有比絕對更加絕對的狀態，那麼今天這裡就更不是她的家，要是她像開自己家門那樣用了鑰匙，那就不好看了。里卡多．雷伊斯打開門，掩飾著驚訝。麗迪雅似乎猶豫著該去哪個房間，所以他走到書房，她願意的話，可以跟上來。她的眼睛又紅又腫，也許和懷孕的喜悅進行一番激烈的掙扎後，她終究決定要墮胎，因為她的表情似乎不是伊倫陷落或聖塞巴斯蒂安圍攻造成的。她說，請原諒我，醫生，我沒能過來。她還沒換口氣，卻立刻又糾正了自己，不是因為這樣我只是認為你不再需要我了。她又一次糾正自己，我厭倦了這種日子，說了這些，她站在那裡等著。她頭一次直視里卡多．雷伊斯，心想，他也許病了。我想你，他說，然後沉默了，沒有什麼能說的了。麗迪雅往前走了兩步，她會從臥室開始，先鋪床，然後到廚房洗碗，接著把他的衣服泡在洗衣盆，可是這不是她來的目的，縱然她之後可能會做這些家務。里卡多．雷伊斯問她，你怎麼不坐，然後說，告訴我出了什麼事，麗迪雅開始啜泣。是不是因為孩子，他問，她搖搖頭，甚至在眼淚中擠出一絲責備的目光，然後脫口而出，因為我弟弟。里卡多·雷伊斯想起阿方索·德·阿爾布克爾克號已經從仍由西班牙政府控制的阿利坎提港回來了，他算了一下二加二，答案是四。你弟弟開小差，留在西班牙嗎。沒有，他跟著船回來了。那麼是怎麼了。出事了，要出大事了。告訴我這是怎麼回事。水手他們，她停下來擦乾眼淚，擤擤鼻子，他們準備叛變，把船開出海。誰告訴你的。丹尼爾，他叫我保密，但是我必須和我可以信任的人談談，我來了，醫生，我沒有其他人可以求助，我媽媽還不知道。里卡多·雷伊斯驚訝地發現，自己是沒有感情的，也許這就是命運，我們知道會發生什麼，知道這是不可避免的，我們卻保持沉默作壁上觀，看著世間萬象，甚至在我們離開了這個世界後。你確定嗎，他問。她含淚點了點頭，等待著正確的問題，只能簡單回答是或否的問題，可是這樣提出問題需要超出凡人能耐的勇氣。由於缺乏更好的問題，我們只好將就一下，比如說，他們的計畫是什麼，他們絕對不可能以為出海就會讓政府垮臺。他們的想法是前往英雄港，釋放政治犯，占領島嶼，然後等待這裡發生暴動。如果什麼都沒發生呢。如果沒有發生暴動，他們就去西班牙和政府聯手。他們瘋了，他們連海峽都出不去。那是我弟弟說的，可是他們不聽。什麼時候進行。他沒有告訴我，不過就是這幾天。那麼船呢，哪些船參加。阿方索·德·阿爾布克爾克號，杜奧號，巴爾托洛梅烏·迪亞士號。他們瘋了，里卡多·雷伊斯重複說，不過他不再思考暴露出懵懵無知的這場陰謀，而是回憶起抵達里斯本的那一日，碼頭停著魚雷驅逐艦，船上的旗幟溼了，如同溼答答的破布，毫無生氣的船身漆成死灰色，杜奧號是離你最近的那一艘，腳夫告訴他，如今杜奧號準備抗命出海了。里卡多·雷伊斯深吸了一口氣，好像自己就在船頭，海風拂面，浪花刺骨。他重複道，他們瘋了。他的聲音裡有一絲的希望嗎，當然沒有，對我們來說這是一個荒謬的幻想，因為他並不抱持任何的希望。不過最後不會有事的，誰知道呢，他們說不定放棄了計畫，如果他們沒放棄計畫，誰知道呢，他們說不定去了安哥拉，我們再看看情況吧，但是你別哭了，眼淚沒有幫助，水手說不定會改變主意。不可能，醫師，您不瞭解他們，他們肯定不會改變心意，除非我不叫麗迪雅。說到自己的名字，她猛然想到她不應該在這裡，今天我不能為您打掃了，我必須馬上回旅館，我只是來發洩一下，希望沒有人注意到我不見了。我能幫你什麼忙嗎。是水手需要幫助，他們想開到海峽哪有那麼簡單，我以您的摯愛的靈魂懇求您，保守這個祕密，雖然我自己守不住這個祕密。別擔心，我會緊閉雙唇。可是他張開嘴唇，吻了一下，表示安慰，而麗迪雅由於難過發出了呻吟，但是你可以在呻吟聲中察覺另一種低沉的聲音，我們人類就是如此，在同一時刻可以百感交集。麗迪雅下樓時，里卡多·雷伊斯反常地走到樓梯口。她抬起頭，點了點頭，兩人微微一笑，人生有某些時刻似乎是完美無憾的，現在就是這樣一個時刻，彷彿寫過字而今又成了一張空白的紙。

里卡多·雷伊斯第二天外出吃午餐時，在公園裡逗留，凝睇宮院前的戰艦。大體來說，他對船隻認識很少，只知道派遣艦比魚雷驅逐艦大，不過遠遠看去，它們全都像得叫人惱火。他不能分辨哪一艘是阿方索·德·阿爾布克爾克號，哪一艘是巴爾托洛梅烏·迪亞士號，不過他認得杜奧號，因為腳夫跟他說過，離您最近的是杜奧號。麗迪雅一定是做夢，或者她弟弟開了個玩笑，說什麼謀反，什麼船艦要出海，不可思議的情節，把她給嚇壞了。三艘艦艇停在碼頭邊，像在徐風中那般平靜，巡防艦逆流而行，前往卡西利亞的渡船不停來來回回，海鷗在萬里無雲的碧空中飛翔，陽光燦爛照在期盼的河上。丹尼爾告訴他姐姐的事終究是真的，一個詩人感受得到這片水域中顫動的恐懼。他們什麼時候啟航，就這幾天，麗迪雅回答，里卡多．雷伊斯的喉嚨一緊，眼睛噙滿了淚水，阿達瑪斯托的大哭就是這樣開始的。他正要離開時，聽到有個聲音興奮喊著，那邊，那邊。是那兩位老人，其他人都在問，在哪裡，是什麼，玩跳蛙遊戲的孩子中斷了遊戲，叫道，看，有氣球，看，有氣球。里卡多．雷伊斯用手背擦了擦眼睛，見河的對岸有一艘巨大的飛艇騰空而起，一定是齊柏林伯爵號，或者興登堡號，從南美送信來了，船舵有白色、紅色和黑色的卍字，好像孩子放飛到空中的風箏，這個盤旋的象徵失去了原來的含意，不再是流星，而是威脅。人和符號之間的關聯很奇怪，只要想想阿西西的聖方濟各用血與基督的十字相連，再想想政治集會上的銀行員的臂章上的基督十字架，一個人沒有迷失在錯綜複雜的關聯之中，真是奇蹟。興登堡號的引擎轟轟作響，越過了河，朝城堡方向飛去，消失在幾棟房屋後面，轟隆聲逐漸消失。飛船即將在波特拉薩卡文投下郵件，也許高地旅號隨後會運送這些信件，因為這個世界上有許多重複的道路。老人回到了他們的長椅，孩子回到了他們的跳蛙遊戲，氣流恢復平靜，里卡多．雷伊斯仍舊不明白。午後越來越熱，船停在那裡，船首朝向大海，水手一定在吃午餐，今天和往常一樣，除非今天是他們的最後一天。在餐廳，里卡多・雷伊斯給自己的杯子斟滿了酒，又斟滿了他的隱形客人的杯子，他舉杯要喝第一口時打了一個手勢，像在敬酒。既然我們無法看透他的心思，知道他在為誰或為什麼敬酒，就讓我們以這家餐廳沒注意的侍者為榜樣，因為這位顧客或許有些古怪，可是絕不是最古怪的。

這個下午非常愉快。里卡多・雷伊斯去了西亞多區，走到新阿爾瑪達街，近距離觀察那些船艦。在碼頭上，當他穿越宮院時，想起這幾個月都沒有去馬蒂紐拱廊咖啡館。上一回，費爾南多・佩索亞覺得挑戰那些熟悉的牆壁的記憶是不明智的，不知怎的，他們再也沒有去過，誰也沒有再想這件事。里卡多・雷伊斯認為這也說得通，因為在國外待了這麼多年，上那裡的習慣——如果曾是習慣的話——已經打破了。他今天也不會去那裡。從廣場中央看去，浮在明亮水面上的船隻好像櫥窗陳列的玩具船，鏡子的反射創造出一種港灣艦隊的錯覺。不過走近一點，能看到的其實很少，只有甲板上來回走動的水手。隔著遙遠的距離，他們似乎不真實，他們就算在說話，我們也聽不到，他們在想什麼仍然是個祕密。里卡多・雷伊斯沉浸在幻想中，忘記了來這裡的原因，他只是凝視，沒有別的，突然間，他聽到身邊響起一個聲音，醫生，所以你是來看船的了。他認出了那個聲音，是維克多的聲音。他的第一反應是迷惑，那氣味哪裡去了呢，後來才明白，維克多在他的下風處。里卡多・雷伊斯感到心跳加快了，維克多起了疑心嗎，水手的叛變計畫曝光了嗎。看船和看河，他回答說，不過也可以提一提巡防艦和海鷗，也可以說他要搭渡輪去卡西利亞，只是為了享受渡海和看海豚跳躍的樂趣，不過他只是又重複說，看船和看河，然後就唐突地走了，他告訴自己，剛才的行為很愚蠢，他應該自然地說話，要是維克多知道有事將要發生，一定覺得看見醫生在那裡相當可疑。接著，里卡多·雷伊斯想到他應當去警告麗迪雅，他有義務這樣做。不過他馬上又改變了心意，我能告訴她什麼呢，說我在宮院廣場看到維克多，這可能是巧合，就是警察也喜歡欣賞河景，維克多可能下了班，只是屈服於所有葡萄牙人都會有的航海衝動，結果撞見醫生，看在往日的情份上，跟他打聲招呼，這似乎是再自然不過的事。里卡多·雷伊斯路過布拉干薩旅館的入口，沿著迷迭香街往上走，這條街的石階刻著一行西班牙語，*clínica de enfermedades de los ojos y quirúrgicas, A. Mascará, 1870*，我們無法得知這位馬斯卡羅是從醫學院畢業，還是只是開了診所，在那段日子，相關的文憑規定沒有那麼嚴苛，即使今天也不算嚴格，我們只需要回想一下，里卡多·雷伊斯沒有任何專科的資格證書就在治療心臟病患者。他沿著雕像的路線走，艾薩·德·凱伊洛斯、西亞多、達太安，可憐的阿達瑪斯托是從背後看到的。他假裝正在欣賞雕像，繞著每一尊像緩緩轉了三圈，感覺自己在玩官兵與強盜的遊戲，不過很快就冷靜下來，因為維克多並沒有跟蹤他。

下午過去，夜幕降臨。里斯本是一座寧靜的城，有一條寬闊的傳奇名川。里卡多·雷伊斯沒有外出用餐，他炒了兩顆雞蛋，包在圓麵包裡，用一杯酒配這樣貧乏的伙食，即使這樣，他也覺得難以下嚥。他焦躁不安，過了十一點，又到公園看一看那些船艦。他只能看到繫泊燈，現在根本分辨不出通報艇和魚雷驅逐艦。聖卡塔琳娜嶺上只有他一個人，我們再也不能把阿達瑪斯托算進去了，他已經完全嚇呆，那嘶吼的喉嚨也永遠啞然，臉看起來很是嚇人。里卡多·雷伊斯回家了，船不會在夜裡離開，會有擱淺的危險。他衣服換了一半，就躺到床上睡了，醒來又睡，第一道陽光從百葉窗縫隙透進來時，公寓闃寂無聲，他也平靜了下來。當他醒來時，什麼事也沒有發生，又一天展開，看來什麼事都不可能會發生。他吃驚地發現自己只脫了鞋、外衣和領帶，心裡覺得慚愧。我要洗個澡，他做了決定。正彎身在床底尋找拖鞋時，他聽到第一聲砲擊聲。也許他聽錯了，也許是樓下公寓有樣家具倒了，也許是女房東砰一聲暈過去，但是又一聲爆炸聲響起，窗戶搖搖晃晃，船正在對城市開火。他打開窗戶，街上的路人驚慌失措，一個女人喊道，上帝幫幫我們，鬧革命了，然後死命往公園跑去。里卡多·雷伊斯穿上鞋子，套上外衣，幸好他沒有脫下衣服，簡直像是他料到會發生什麼。鄰居裹著睡袍走到了樓梯間。他們看到醫生出現，一個醫生應該什麼都知道，他們非常焦慮地問，有人受傷了嗎，醫生。他匆匆忙忙趕著出門，一定有人叫他去處理緊急情況。她們遮著露出來的脖子，跟在他的後面，為了顧及端莊的形象，她們半隱半現留在門口。里卡多·雷伊斯走到公園時，已經聚了一大群人。這個社區的居民享有特權，在里斯本沒有比這裡更適合觀察船隻進出的位置。不是戰艦在向城市開火，而是阿爾瑪達要塞在向戰艦開火。向其中一艘開火。里卡多·雷伊斯問，那是哪艘船。很幸運，他問到一個知情的人，那一艘是阿方索·德·阿爾布克爾克號。這麼說來，就是麗迪雅的弟弟服役的船，水手丹尼爾，他從來沒有見過他。他試著想像他的臉，不過只看到麗迪雅的臉。此時此刻，她一定在布拉干薩旅館望著窗外，或者穿著女傭制服上街，朝索德雷碼頭跑去，此時正站在碼頭，摀著胸口，也許流著眼淚，也許眼睛乾澀，臉頰緋紅，冷不防放聲尖叫，因為一顆又一顆的炮彈擊中了阿方索·德·阿爾布克爾克號。聖卡塔琳娜嶺上，有個人鼓掌叫好，這時兩位老人出現了，他們的肺快要炸開了，他們住在山腳，哪能這麼快趕到這裡，不過他們寧死也不願錯過這個，想想他們費了這麼大的勁，絕對可能因為這一幕而丟了命。一切宛如夢。阿方索·德·阿爾布克爾克號緩緩漂移了，可能有什麼重要的部位被打中了，可能是鍋爐房，也可能是船舵。阿爾馬達要塞持續射擊，阿方索·德·阿爾布克爾克號似乎回應了，可是我們不能確定。城市這一側響起新一波的轟隆聲，聲音更響亮，沒那麼頻繁，是公爵峰堡壘，有人說，他們現在輪了，他們絕對逃不了了。就在那一刻，另一艘船出現，是一艘魚雷驅逐艦，應該就是杜奧號了，打算靠著船上煙囪的煙霧掩護，繞過南岸，閃躲阿爾馬達要塞的槍炮攻擊，可是即使躲過了阿爾馬達，也閃不開公爵峰。炮彈在海岸附近炸開，這是為了估計射程，下一波的炮彈將擊中船艦，沒錯，有一顆直接命中。杜奧號正在拉開一張白旗，可是槍砲仍舊繼續發射，船身開始傾斜了，接著白色床單、壽衣、裹屍布出現了，要結束了，巴爾托洛梅烏·迪亞士號甚至還來不及離開停泊的位置。

九點鐘。從戰鬥開始，過了一百分鐘，黎明薄霧散去了，晴空萬里，陽光普照。他們現在一定在找尋跳海的人。從觀景臺這裡已經沒有什麼看頭了。目睹了經過的人向遲來的幾個人說明發生了什麼事，里卡多·雷伊斯在一張長椅上坐下。兩個老人也坐了下來，急著想和他攀談，不過醫生什麼也沒說，低著頭坐著，好像他就是想揚帆出海卻讓漁網纏住的人。大人聊著聊著，激動的情緒逐漸平息，孩童玩起跳馬背，小女孩唱起了歌，我走進塞萊斯特的花園，你去那兒幹什麼，我去那兒找一朵玫瑰花。納札雷的民謠更應景，不要出海，東荷，你可能會淹死，東荷，啊，東荷，可憐的東荷，你真是個倒楣鬼。麗迪雅的弟弟不是東荷，但是走了一樣的背運。里卡多．雷伊斯站起來，這些老人憤慨地別過身去。他聽到一個女人憐憫說，好可憐，他得到了一些安慰，她說的是水手，但是里卡多．雷伊斯覺得這句話像是有人撫摸他，把手放在他的額頭上，或是輕摸他的頭髮。回到公寓，他撲到沒有整理的床上，用手臂摀住眼睛，盡情哭了起來，流下愚蠢的淚，因為這不是他的革命，智者，滿足於世間萬象，我必須把這句話重複一千遍，對一個不再關心誰勝誰負的人，一切又有什麼重要呢。里卡多．雷伊斯站起來，打上領帶，準備出門，可是手掠過臉龐時摸到了鬍茬，不用照鏡子他也知道，白鬚在黑鬚之間閃閃發光，這是年老的先兆。骰子擲出勝負已定，王牌既出誰與爭鋒，跑得再快，你也來不及救下絞刑架上的父親，都是幫助普通人承受命運打擊的俗語。里卡多．雷伊斯，一個普通人，開始刮臉洗漱，刮鬍子時，他不思考，而是集中精神讓剃刀刮過皮膚，這些天他得把刀片磨一磨。十一點半，他離開公寓，前往布拉干薩旅館，為什麼不呢，應該沒有人會驚訝見到一個住過近三個月的老客人吧，有個女傭盡心盡力侍候過她，女傭的弟弟參加了兵變，她親口告訴他的，醫生，我有一個弟弟在海上，在阿方索．德．阿爾布克爾克號上服役，沒有人會驚訝里卡多．雷伊斯前來詢問，看看他能否幫得上忙，可憐的女孩，她一定非常難過，有人生來就是如此不幸。

蜂鳴器聽起來更嘶啞，還是他的記憶開始誑騙了他呢。立在欄杆上的侍童雕像舉著滅了的球狀燈，連在法國也有這樣的侍童，可是他永遠不會明白這種侍童從哪裡來的，因為他沒有時間瞭解所有的事。皮門塔出現在樓梯上方，以為有個帶行李的客人來了，正要下樓，接著停下腳步，還沒認出來的人是誰。他可能忘了，在一個旅館腳夫的生活中，無數的面孔進進出出，我們也必須考慮到不良的照明。不過現在剛來的這個人近在眼前，就算他始終垂著頭，也絕對不會認錯。哎呀，這不是雷伊斯醫生嗎，您好嗎，醫生。你好，皮門塔，那個女傭，我忘了她叫什麼；麗迪雅；麗迪雅；她在嗎。噢，不在，醫生，她出去了還沒回來，我知道她弟弟參加了叛變。皮門塔話還沒說完，薩爾瓦多就出現在樓梯平臺，裝出驚訝的表情，哎呀，醫生，你回來了，我真是太高興了。皮門塔把已經知道的向他報告，醫生想找麗迪雅說話。啊，麗迪雅不在，有我幫得上忙的地方嗎。她告訴過我，她有一個弟弟在海軍服役，我身為一個醫師，只是來看看能不能提供協助。我明白，雷伊斯醫生，不過麗迪雅在攻擊開始以前就出去了，到現在還沒有回來。薩爾瓦多提供訊息時永遠保持笑容，他是一個優秀的經理，讓我們重複一次，最後一次重複，上次他有理由投訴這位老客人，他和一名女傭上床，也許他還是有理由投訴這個客人，他又跑來了，而且佯裝無辜，要是他以為他騙過了經理，那就大錯特錯了。你知道她可能去哪裡了嗎，里卡多．雷伊斯問。她一定在附近，可能去了海軍部，或是回她母親那裡，或者警察局，因為警察一定忙著處理這類的事，但是請不要擔心，醫生，我會告訴她雷伊斯醫生來過，她一定會去找你。薩爾瓦多再一次露出微笑，像設下了陷阱，而且看到了獵物的腿已經卡住了，不過里卡多・雷伊斯回答，好，務必叫她來見我，這是我的地址，他在一張紙上寫下無用的指示。薩爾瓦多對於這樣的回應很不開心，收起了笑容，不過里卡多・雷伊斯永遠不會知道他本來要說什麼，因為兩個西班牙人從二樓下來，正在熱烈地討論著。其中一個問，*Señor Salvador los ha. llevado el diablo a los marineros*。沒錯，卡米洛先生，惡魔攫住了他們。很好，是時候說*Arriba España, Viva Portugal, Arriba*。卡米洛先生喊道，皮門塔則代表祖國加了一句，*Viva*。里卡多・雷伊斯下樓時，蜂鳴器嗡嗡作響，這裡曾經有個門鈴，可是客人抱怨，說它好像墓園大門的鈴。

那天下午，麗迪雅並沒有來。里卡多・雷伊斯出門買一份最新的報紙。他瀏覽了一下頭版的大標題，翻到中間的跨頁。這一版下面印著，十二名水手喪命，後面是他們的名字和年齡，丹尼爾・馬丁斯，二十三歲。里卡多・雷伊斯停在街道中間翻開報紙，完全沉浸在寂靜中。這座城市停滯不動，或者踮起腳尖走路，食指按在緊閉的唇上，忽然之間，震耳欲聾的噪音響起，汽車的喇叭，兩個彩票販的爭吵，一個孩子哭了，因為他母親給了他一耳光，再吵，就等著我給你痛扁一頓。麗迪雅沒有等候他，也沒有任何跡象顯示她來過了。天就要暗下了。報紙報導說，被捕的人先帶到地方檢察官面前，然後押送到米特拉宮，死者屍體還在停屍房，其中一些人身分尚待確認。麗迪雅一定在找她的弟弟，不然就是在她母親那裡，兩個女人為這場不可挽回的大難流淚。

有人敲門。里卡多．雷伊斯跑去開門，張開雙臂，準備擁抱淚流滿面的麗迪雅，結果來的卻是費爾南多．佩索亞，噢，是你。你在等別人嗎。要是你知道發生了什麼事，應該就會知道我在等人，我想我告訴過你，麗迪雅有個弟弟在海軍服役。他死了；他死了。他們到臥室裡，費爾南多．佩索亞坐在床尾，里卡多．雷伊斯坐在椅子上，房裡一片漆黑。就這樣過了半個鐘頭，他們聽見樓上的鐘響起。好奇怪，里卡多．雷伊斯心想，我不記得聽過那座鐘，或許聽過一次，然後就忘得一乾二淨。費爾南多．佩索亞雙手擱在膝上，十指交握，低著頭，一動也不動地說，我是來告訴你，我們再也不會見面了。為什麼。我的時間到了，你還記得我告訴過你，我只有幾個月的時間嗎。記得。嗯，就是這個原因，那幾個月已經結束了。里卡多．雷伊斯拉緊了領帶結，起身穿上外套。他走到床頭櫃，拿起《迷宮之神》夾在腋下。我們走吧，他說；你要去哪裡；和你一起走。你應該留在這裡等麗迪雅。我知道我應該。她失去了弟弟，你應該安慰她。我不能為她做什麼。還有那本書，你拿它做什麼。我獲得一段時間，但是我從來沒有把它讀完；你不會有時間了；我會有我可能想要的全部時間。你在自欺，記住，閱讀是第一個喪失的能力。里卡多．雷伊斯翻開書，看到了毫無意義的記號，黑色的塗鴉，滿頁的汙點。我已經失去了這個能力，他說，不過沒有關係，我還是要帶走這本書。為什麼。讓世界少一個謎題。他們走出公寓時，費爾南多．佩索亞告訴他，你忘了帽子。你比我更清楚，我們要去的地方沒人戴帽子。在公園對面的人行道，他們望著河面閃爍的蒼白燈光，山巒不祥的陰晦暗影。那麼我們走吧，費爾南多．佩索亞說。走吧，里卡多．雷伊斯附和。阿達瑪斯托沒有回頭看，也許怕是看了，他可能最後會發出他那驚天動地的厲吼。在此，大海到了盡頭，大地等待。

導讀

不朽的詩人與城市：佩索亞與里斯本

文　張淑英

「大海到了盡頭，大地展開／等待」——這是小說《詩人里卡多逝世那一年》（*O ano da morte de Ricardo Reis*，一九八四）的開頭和結語；這是薩拉馬戈重組賈梅士（Luís Vaz de Camões，一五二四—一五八〇）的史詩《盧西塔尼亞人之歌》（*Os Lusíadas*）的詩句「大地到了盡頭，大海展開」所勾勒的盧西塔尼亞（葡萄牙），也是他向賈梅士之後，二十世紀葡語最傑出的詩人費爾南多·佩索亞（Fernando Pessoa，一八八八—一九三五）獻上最敬禮的扛鼎作；這也是佩索亞的愛國詩篇《使命》（*Mensagem*）詩集第二部裡所歌頌的葡萄牙海和葡萄牙子民。薩拉馬戈在《詩人里卡多逝世那一年》描繪了葡萄牙的地景，刻畫了里卡多·雷伊斯生命最後九個月的里斯本寄寓（際遇）逆旅，一起緬懷謳歌佩索亞，同時三人行，在生與死之間，展開的世紀對話與哲學思索。

《詩人里卡多逝世那一年》敘述一九三五年十一月三十日，四十七歲的佩索亞病逝，他生前創造的眾多「異名」（heterônimo）人物中最知名的醫師也是詩人里卡多．雷伊斯得知他逝去的消息後，從流亡十六年的異鄉（巴西）搭英國輪船「高地旅號」（Highland Brigade）回到里斯本。「異名」之意，和筆名、別號有所不同，佩索亞生前寫了將近五千首詩，創造了百餘個異名，估計較常使用且為讀者熟悉的有七十個，每個人各有其身分特色，有其生平，各有不同的專業和人生觀，儼然是另一個獨立的個體，但是全部都是佩索亞的化身。葡文的「佩索亞」（pessoa）就是「人」的意思，源於拉丁文的「persōna」，其意為「演員的面具」。佩索亞透過諸多不同人物展現他繁複的性格和多元志趣的嚮往，巴西詩人巴波沙（Frederico Barbosa）形容他是神祕學般難以探測的謎樣人物。

佩索亞這些異名當中，最具特色的有四位：阿爾瓦羅．德．坎普斯（Álvaro de Campos），阿爾貝托．卡埃羅（Alberto Caeiro）、貝爾納多．索亞雷斯（Bernardo Soares）和里卡多．雷伊斯。他在以這些異名發表的作品中，同時也完整交代了每一位的生時死辰，僅有貝爾納多．索亞雷斯（佩索亞的《惶然錄》（*El libro del desasosiego*）以他為作者）以及里卡多．雷伊斯沒有明確的辭世日，於是，讓薩拉馬戈有了靈感和憑藉，在《詩人里卡多逝世那一年》中讓里卡多的體和佩索亞的靈合一同行歸去。

佩索亞五歲失怙，母親再嫁，隨繼父的工作移居南非德班（Durban），接受英語教育和英美文學的薰陶，也先以英語創作。一九〇五年從德班返回里斯本定居，但經常居無定所，遷徙搬家多達十八次，在家鄉彷彿也像個漂泊的浪人。就讀的里斯本大學也因學生罷課而休學，但是他塑造了詩人阿爾瓦羅・德・坎普斯在蘇格蘭的格拉斯哥深造，一償留學求知的宿願。佩索亞畢生正式的工作是英文商業書信翻譯員，為自由業性質，其餘時間則全心投入自己熱愛的文學創作。頗令人好奇的是，逝世後的他，被發現他對占星術的著迷，留下三百封多以英文撰寫的書信，一萬筆左右的繪圖和手稿筆記，更加銘刻他人生的傳奇。

綜觀佩索亞的一生，居所與職業游移流動，思想也無以定型。多變的思維時而自相矛盾，既是追求靈性理想的斯多葛主義者，卻又標榜伊比鳩魯的物質享樂；他認為君主制最適合葡萄牙，卻堅信不可行；他是保守派中的自由主義者，傾向支持右派的守護人；心靈上，他期待像惠特曼所說的，像神一樣擁有眾多群眾追隨，卻又希冀離群索居的孤獨；他認為最好的旅行方式是「感覺」，因此，靜思感受是最佳的漫遊；他彷彿是一個不得志的憂鬱詩人，卻是天生的才子；佩索亞志在書寫，意在抒情，卻不在意出版，視名利為庸俗，生前作品零散發表各處，唯一出版的葡文作品僅有《使命》詩集。《使命》和《惶然錄》儼然兩個極端的性格，愛國的民族主義（塞巴斯蒂安主義）VS.個人的無為虛空，都是他內在的人格與心理的一部分。佩索亞在文壇的際遇恰似繪畫界的梵谷。

薩拉馬戈擬仿了佩索亞的異名手法，在《詩人里卡多逝世那一年》裡使用佩索亞另外兩個「他我」——里卡多・雷伊斯和阿爾瓦羅・德・坎普斯，猶如「三位一體」般，以詩性和靈性的昇華體現了佩索亞死後短暫的數月人生：里卡多・雷伊斯收到一通電報，上面寫著「費爾南多・佩索亞逝世，（逗號）我要前往格拉斯哥，（逗號）阿爾瓦羅・德・坎普斯。」里卡多・雷伊斯來到佩索亞長眠的逸樂墓園弔祭，說明他為何返國的原因。佩索亞告知里卡多・雷伊斯他的魂魄在人間有八到九個月的期限，他會來拜訪他。多麼耐人尋味的諷喻與靈異，人在逝世後開始發聲說話了，而且是跟自己對話。這個「超自然」敘事再現了經典作品——魯佛的《佩德羅・巴拉莫》和馬奎斯《百年孤寂》的靈異。於是，每每在里卡多不經意的時候，佩索亞便出現在他下榻的布拉干薩旅館的房間。這幾個月裡，第一次是里卡多到墓塚弔唁，其餘有十次是佩索亞來訪。在醫師和詩人的叨叨絮絮之間，薩拉馬戈悄悄地參與其中，展開了三個文人對世事和思想的辯證與反省。

佩索亞逝世後在人間魂遊的時間是一九三五年十二月至一九三六年八月，對話的場景是里斯本。一九三六年里斯本的景致是這模樣：總是灰濛濛，陰鬱的色調，霪雨霏霏的天候；一個背部的璀璨遠遠勝過胸前的光芒的城市；一個溫柔又驚恐，保守、尊崇道德的都會。彼時十四歲的薩拉馬戈的印象是瀰漫「悲傷、憂鬱和孤寂的城市」，即使今天物換星移，依然可以感受到里斯本另一種「憂鬱與孤寂」的美。

里卡多每天出入旅館，到城市的大街小巷晃悠，回憶每一條街道的名字，感受里斯本居民的悸動，看報章雜誌滿新聞（彼時最多人閱讀的《世紀報》），聽往來人群閒談時事，與旅館過客交遊，但是他彷彿是一個遠離社會責任和活動的絕緣體，生活在他方的歸人，對故鄉的一切無感又陌生：這是葡國獨裁者奧利韋拉・薩拉查（António de Oliveira Salazar）於一九三三年建立「新國家政體」（Estado Novo；葡萄牙第二共和國）後，鞏固獨裁統治到一九七四年起始的年代；此時鄰國西班牙陷於鬩牆之禍，一觸即發的內戰前哨，大批流亡人士逃難到里斯本尋求庇護；威權德國、義大利的法西斯主義環伺覬覦，希特勒和墨索里尼行將吞噬整個歐洲的野心；一九三五年，還有義大利武力侵略，強行併吞阿比西尼亞（今日的衣索比亞）的戰爭。此外，一九一九年的蘇聯革命，連結到一九三五年的巴西革命，從布爾什維克主義到共產主義勢力的延展披靡，這是一個弱肉強食、惡霸當道失序的世界，是威斯坦·休·奧登（Wystan Hugh Auden）形容的無法無天亂紀的時代，正如尤薩（Mario Vargas Llosa）的《城市與狗》（*Los cachorros*）筆下，將弱勢邊緣人和整個社會閹割的殘忍暴行，而《詩人里卡多逝世那一年》探討世界每個角落的視角更令人震懾。

詭譎多變的世局之外，三位文人（實際上是佩索亞和薩拉馬戈）的哲學對話錄更為深沉且形而上。薩拉馬戈援引佩索亞四位異名人物所寫的詩篇、散文、金句與座右銘穿插在人物的對話裡，藉以鋪陳烘托出薩拉馬戈、佩索亞和里卡多彼此的詰問，同時透過這些文字和話語，呈現佩索亞豐富的創作。他們談到時間觀（「人不能抗拒時間，我們就在時間裡頭，伴隨時間」），這和波赫士所說的「我們依附時間，任時間主宰；我們不是骨肉之軀，而是時間，是瞬間之物」的義理神似。他們談到命運（「沒有人能夠逃脫自己的命運」），命運賜給葡萄牙佩索亞，一個神奇天賦的詩人，也給葡萄牙一個長期統治的獨裁者，而「瞬間」死亡也是命運的一部分……。他們談到信仰與神學，薩拉馬戈是個無神論的知識人，佩索亞是神祕學的追隨者；里卡多表露同情右派的善意，佩索亞反共產、反社會主義，而薩拉馬戈則是極端的左派，然而他們的對話毫不扞格。他們談到了文學（「在葡萄牙沒有人能靠文學過活」，「歷史不在乎文學作品的微妙要領」），但是從賈梅士到佩索亞，書寫出葡萄牙的璀璨，留下永恆的文學史。他們也談到了生死議題，回歸到時間的思索：「生死唯一區別是，生者還有時間」。

是的，生者還有時間。薩拉馬戈在《詩人里卡多逝世那一年》裡讓生者里卡多體驗逝者佩索亞可能擁有而未竟的感情生活，這也是薩拉馬戈的作品裡永遠不可少的溫柔、知性、勇敢、堅毅的女性角色。首位為佩索亞作傳的葡萄牙作家喬奧・賈斯帕・希穆斯（João Gaspar Simões），在《佩索亞的人生與創作》（*Vida e Obra de Fernando Pessoa*）中提到佩索亞忠於文學，單身而終。三十一歲年紀時認識了十九歲的奧菲莉亞（Ofélia Queiroz），幾多情書親暱而純真，「寶貝」聲聲喚，然三十而立的男人與荳蔻年華的少女終究無言的結局。佩索亞對文學創作的執著甚於對兒女私情的牽掛，他真誠的告白吐露：「我的生命維繫於文學，必須接受這樣的我，若要求我跟凡夫俗子一樣的愛情，無異於要我擁有金髮藍眼一樣緣木求魚」。然而，佩索亞的詩集裡，感嘆生命與時光的流逝時，總以麗迪雅的女子為名，像紅粉知己，像深情戀人依偎身旁，歌頌抒情。

於是，薩拉馬戈創造了兩個女子陪他一段，里卡多扮演了分身，在佩索亞的餘命裡談了現實與理想兩段戀曲：一位是三十歲在旅館打掃的平凡女子麗迪雅，一位是二十三歲出身貴族，左手癱瘓的名門閨秀瑪森妲。一位是感性的肉體與情欲抒發，一位是柏拉圖式理性智識的交心；兩位女子都有傳統社會裡女人慣有的矜持和膽怯，然而麗迪雅勇於付出，甘於所愛；瑪森妲欲語還羞，深怕受傷。里卡多與麗迪雅幾乎日日相見，喜愛想望成日常；與瑪森妲一月僅見三日，益發相思。兩位女子溫柔婉約，里卡多各有所愛，然而兩女各有所卑：一位社會地位卑微，一位身體缺陷。麗迪雅終究懷了里卡多的孩子，而里卡多卻向瑪森妲求婚，這廂依舊男女授受不親，不敢逾越。看似多情的里卡多卻似無情，情愛的事恰如南柯一夢，雲淡風輕。回首向來蕭瑟處，歸去，也無風雨也無晴。

然而，里卡多對閱讀情有獨鍾，他從船上的圖書室帶回了枕邊書《迷宮之神》，最後也帶走了《迷宮之神》。《迷宮之神》何從來？一九四一年波赫士寫了〈赫伯特．奎因作品分析〉（*Examen de la obra de Herbert Quain*，收錄於《虛構集》〔*Ficciones*〕），裡面闡述了赫伯特．奎因作品的特色，特別提到一九三三年出版的第一本著作《迷宮之神》（*The God of the Labyrinth*，或譯《迷宮中的上帝》）偵探小說。波赫士以假亂真虛構了赫伯特．奎因這位作者，也虛構了《迷宮之神》這部作品，卻瞞天過海讓讀者信以為真。薩拉馬戈以波赫士之道在《詩人里卡多逝世那一年》利用了時間上的巧合，布局了框架小說結構和互文指涉，顯然也是向奇幻文學翹楚波赫士致敬，薩拉馬戈也想告訴讀者，波赫士的外祖父母都有葡萄牙血統，這部小說無疑將佩索亞和波赫士置放於天平的兩端。

在內容鋪陳和技巧上，薩拉馬戈秉持他慣常書寫的模式，長篇的敘述與對話，僅以標點符號分隔，或以句點和大寫另起故事，與談人只見話語，不見身分，消失在字裡行間，端賴閱讀的脈絡和故事因果的流動從薩拉馬戈的隱形術中去尋找說話的主人。耐人尋味的是，在小說的語法上，薩拉馬戈罕見地彰顯了現在式時態，彷彿傳遞「carpe diem」（把握當下）的時間觀／關，回應了聖奧古斯多的箴言「所謂的三個時間並不存在，只存在三個『現在』：過去的現在，現在的現在，未來的現在」。薩拉馬戈讓里卡多在九個月裡和自己的主人共度了三個「現在」，刻畫不朽的詩人和城市：佩索亞和里斯本。

＊本文作者為臺大外文系教授暨西班牙皇家學院外籍院士。

推薦跋

由陰翳完成的世界

文　曹馭博

「我來了，那隱形人，也許雇傭於／一個碩大的記憶，只為此刻存活。」

——托馬斯．特朗斯特羅默（Tomas Tranströmer）

〈一九七二年十二月晚上〉，曹馭博譯

也許如同伍德（James Wood）在《小說機杼》所言，小說人物的精彩像魔術師的戲法，因此，不存在什麼「小說人物」，有的只是千萬種類型，圓形與扁形，紮實與塗抹的人物。虛構的人物並不一定豐滿，但他們卻能刺激著讀者的神經。

我常常會想起納博科夫《普寧》中一位被敘事者揶揄的老教授，石黑一雄《長日將盡》中一位具有懺悔錄口吻且拐彎抹角的老管家史蒂文斯，以及博拉紐《護身符》中一位躲在廁所藉由月光與複述躲過政變屠殺的女清潔婦——我的神經渴望一部小說所帶來的真實，儘管我們一開始就有虛構的默契，但這份真實，也許躲藏在歷史悖論的隱喻，躲藏在後設小說之中虛構本質與創作過程的探索。

因為，閱讀這部小說所要思考的，並不是里卡多．雷伊斯（以下簡稱里卡多）這個被二度虛構的人物是否存在，而是「如果拒絕和任何人發生聯繫，我們是否還存在？」（詹姆斯．伍德語）。

什麼能讓我們成為真實，並且擁有人性？

佩索亞在四十七年的生命裡創造了多位「異名者」——不同的年齡、職業、愛好、教育水準、膚色、身高差異，甚至是完整的生卒年，讓他們進行風格迥異的寫作思辨。當中有三個主要的異名者，給予獨立完整的生活，分配每人的心理、美學和政治層面設定：阿爾貝托．卡埃羅、阿爾瓦羅．德．坎普斯、里卡多．雷伊斯。這三個主要的人物貫穿了佩索亞無窮的書寫宇宙，也提供了薩拉馬戈書寫的契機與設定上的延續——他看上佩索亞沒有寫下卒年，尚未完成的虛構人物里卡多，是否能藉由自己與佩索亞，一同完成？在薩拉馬戈反覆地平面化的敘述與議論暗示之下，「里卡多是佩索亞筆下的一個異名者」這個結論產生了兩個重大意涵：一是他看似掌握自己命運，卻是某種典型的流亡者，二則他是完全的虛構，但正是這份虛構，給了我們對真實的渴望。

里卡多是一位醫生，寫詩、冷漠、高雅。在佩索亞的設定之中，他是一個愛好思辨的小詩人，延續了第一位異名者卡埃羅良好的美德，開始學習如何寫詩與思考：卡埃羅是農村的牧羊人，他沒有受過良好的教育，但他喜歡寫詩，並乖張地認為自己是大自然中唯一的詩人——儘管別人批評他是個「唯物主義詩人」也沒關係，他真正關心的，是自然如何綻放，他心滿意足地認為，自己從山坡上，就能看見遙遠的宇宙——卡埃羅從不認真思考，但他看過萬物生長的痕跡，從另一個角度上來看，他何嘗不是用感官思考，而並非使用我們自己以為厲害的大腦？

這樣的一位牧羊人，面臨到一個巨大的問題：他該如何安放他的消亡？

「他只用眼睛看事物，而不是用頭腦看事物。一朵花不會讓任何想法生起……一塊石頭告訴他的唯一一件事就是它一無所有……這種看待石頭的方式可以說是完全沒有詩意的看待它的方式。」卡埃羅完全通過感官來理解現實——他不想被形而上、智性的、歷史的理論限制住，他只相信自己的存在。

那麼里卡多呢？在佩索亞的詩歌中，他是一位相信絕對命運，研究希臘和羅馬古典主義的詩人。在信奉天主教與基督教的歐洲，信仰希臘諸神，可視作一個現當代的異教徒。里卡多總結了自己的人生哲理：「從遠處看生活。永遠不要質疑它。它無法告訴你任何東西。」他用詩歌讚嘆卡埃羅，並從卡埃羅的教誨中，學習去熱愛萬物；但里卡多最終領悟的結論是對神的恐懼，認為好運、幸福與快樂就如同神使用牛軛將人們困住，並私心覺得卡埃羅並不是單單只有歌頌大自然這麼簡單。里卡多不斷提醒人們關於神的恐懼與命運，敦促人們要抓住每一天，平靜地接受命運：「不尋求的人是聰明的。尋求者會在事物中找到深淵，並在自己身上找到疑點。」

里卡多認為人類的精神生活是有限的，不可能獲得真正的幸福。再加上他相信命運是一切存在之物的驅動力，我們只是被推動的棋子罷了——人類何來自由？

於是，我們可以帶著以上眼光，去窺探薩拉馬戈筆下被完成的里卡多。尤其是在小說的後半部分有一個情節：里卡多前往宗教聖地法蒂瑪，尋找並祈求神蹟治療殘疾的瑪森妲，而在敘述者的口中，就連在巴西，里卡多都曾未聽聞如此恐怖的朝聖場景，在苦尋愛人的視野裡，從一張臉到另一張臉，都像一場沒有意義的碎夢，夢到無盡之路，夢到看似陽光完滿卻毫無陰翳的物體。

小說中多次提到陰影，例如里卡多從巴西回到里斯本之後，發現這座城市籠罩在陰影中——不僅是冬雨、建築石像、政治局勢，更是人物們的心境。我更傾向使用「陰翳」一詞來詮釋，里斯本灰色的天空是一種蔭蔽狀態，不但前途黑暗，也像待在一棵老繭裡，毫無被保護的可能。這種特殊的黑暗，就好像無數個瘀傷——這座城市，這個國家，這個世界，是由無盡的瘀傷與陰翳所組成。

此時葡萄牙是獨裁者薩拉查掌權，一個在鐵軌上散步的哲人，一個天主教的絕對信徒。他重視精神並且貶低物質性，卻因為經濟學者的身分當了財務部長，最後成為總理，修法讓任期永無止盡。薩拉查的「合作主義」與法西斯有一點不同，並非極端民族主義，而是以天主教宗教強權打出：「上帝、祖國、家庭」（Deus, Pátria e Família），像是一種復魅的中介。如此情況，里卡多被拋擲於諸神的賭桌上（佩索亞、薩拉馬戈、讀者們），他如同阿伽門農之子奧瑞斯提亞一般，在命運與神諭的牽引之下來到此地，並且面臨最後審判。但最終，他成為了自己的王。里卡多能決定的，並非愛情（深愛著他的女傭麗迪雅，也是佩索亞曾創造過的人物），而是自己的死亡。如同小說最後，麗迪雅的弟弟因革命失敗而死，當里卡多滿懷愧疚，準備開門迎接悲傷的麗迪雅時，迎來的卻是他的造物主佩索亞，以及佩索亞即將消逝的一份口諭。

佩索亞並未給予里卡多詳細的卒年，薩拉馬戈將他的餘生接引回祖國，進行了雙重的虛構：在這九個月之中，佩索亞逝世，既非鬼魂也非物質的他不斷與里卡多談話，而里卡多看盡一切普照與陰翳；西班牙佛朗哥崛起、納粹的齊柏林飛艇升空、墨索里尼蓄勢待發……自我，是一份宛如陰翳的存在，倘若陽光完滿，在頭頂上普照，那我們就如同隱形。

在里卡多逝世前的這九個月，他不斷思考自己是否存在——我曾經活過嗎？當瑪森妲將這句話撓進里卡多的皮膚之後，小說真正的高潮也隨之出現：瑪森妲離去，麗迪雅懷孕，里卡多猶疑。因為一個虛構之人竟能延續造物主、諸神、作者的未竟之愛，在這樣的背景之下初誕的生命，是朝向大規模死亡的孤獨——戰爭，作出預支。我們不禁思考，曼德爾施塔姆、卡夫卡、佩索亞等未曾涉入二戰的作家，他們在面臨這份人類前所未有的孤獨之前，是否巧合地延續著同一個預言？

麗迪雅流產的孩子可能是這個國家的新希望，相較之下，始終捧著殘疾的左手，心臟無可被撫慰的瑪森妲則是同代人的舊頹廢。在不久的將來，人們紛紛死去，儘管葡萄牙在二戰期間處於中立，但其餘靈魂，紛紛離開歐羅巴大地。里卡多的視野越發模糊：最初消失的是街道，然後是記憶，最後是存在。這長達九個月的消失之旅，就是一個胎兒待在子宮內的逆向分娩，他越縮越回去，回到母體的深處，但就如同小說中那位敘述者：「在我們出生以前，人們不能看見我們，卻每天都在想著我們。」

讀者如同小說開頭，那一位躲在鹽霧玻璃後面，凝視著毫無繁花，卻擁有珍珠灰的建築的孩子，在經歷過九個月左右空間與時間的交換，終於抵達了里卡多的死亡。

死亡是里卡多唯一能選擇的，他一生中的愛情、思辨、果敢，都在佩索亞的創造與薩拉馬戈的複述之中被完成了。里卡多這位原本熱愛思考的小詩人，擺盪在肉體與純粹精神的戀愛之中，同時繼承、懷揣、超脫了人性：對死亡無所畏懼。

世界完成了里卡多，所以，屬於里卡多的世界也結束了。

里卡多選擇死亡有兩個原因，一來是佩索亞的存在已盡，本來就意味著角色得跟著他的造物主一同終結；二是麗迪雅的弟弟死亡之後，名字印在報紙的跨頁，這證明了，唯有死亡才能成為真實。

禁錮在石像裡的阿達瑪斯托佇立於廣場，兩位老者在石像的陰翳下發呆聊天，在混亂之中冷眼旁觀；實際上，那也象徵著里卡多所身處的雙重深淵邊緣：死亡前的孤獨、死亡後的安寧。最終，薩拉馬戈與佩索亞終於一起完成了里卡多。懂得完成與埋葬，就是懂得死亡；

而懂得死亡，我們就能擁有人性，足以銘記他人的一生：告訴我你是怎麼死的，我就知道你是什麼人。里卡多跟隨佩索亞離去，時間如此橫征暴斂地透穿，如同小說結尾兩人的對話：「你不會有時間了；我會有我可能想要的全部時間。」

沒有過去，沒有未來，唯有現在。

小說中不斷提及里卡多所閱讀的赫伯特．奎因《迷宮之神》這本書出自於波赫士〈赫伯特．奎因作品分析〉：「所有的幸福之中，最高級的是創造。」這雙層虛構就如同里卡多行走於里斯本這個充滿了雨和灰黯的迷宮，我們不曉得的是，究竟是外在的迷宮使他荒涼，還是內心的迷宮給予他茫然的途徑，更人震顫的是，里卡多所害怕的幸福，居然就是創造本身，而他正是最高級的造物，是讀者的幸福——為什麼要虛構一個里卡多？除了佩索亞用立體的描寫來刺激讀者感官，薩拉馬戈也藉由里卡多懷疑自己的存在，證明自我的誕生並不是光明，而是來自陰翳；為什麼要雙重虛構，或者說一再虛構？如同麗迪雅這個腳色，源於古羅馬詩人賀拉斯筆下與自己破鏡重圓的女子，佩索亞接引了這份愛，延續他現實中戀慕的不可能；而小說中麗迪雅變成了不對等關係的女僕，並且懷上里卡多的孩子——這是佩索亞原先設定中所沒有的，薩拉馬戈除了想表現對未來的擔憂，更是想證明，滿足於過去的幻境是恐怖的；虛構是一代又一代的創作者意識到：過去不屬於我們，未來還沒抵達，唯有此刻才是真正的時間。

里卡多的離去告訴我們，創造一個世界就來自於書頁上文字的塗抹，毫無意義的記號，污點的暗影終將讓我們知曉：創造是殘酷的，神竟用陰翳，來完成世界。

＊本文作者曾榮獲林榮三文學獎新詩首獎，臺灣文學金典獎蓓蕾獎，《文訊》「二十一世紀上升星座：一九七〇後台灣作家作品評選」詩類二十之一。著有詩集《我害怕屋瓦》、《夜的大赦》。

大師名作坊199

詩人里卡多逝世那一年

作　者—喬賽．薩拉馬戈
譯　者—呂玉嬋
編　輯—張瑋庭
美術設計—廖韡
內頁排版—宸遠彩藝

總 編 輯—嘉世強
董 事 長—趙政岷
出 版 者—時報文化出版企業股份有限公司
108019台北市和平西路三段二四〇號三樓
發行專線—（〇二）二三〇六—六八四二
讀者服務專線—〇八〇〇—二三一—七〇五
（〇二）二三〇四—七一〇三
讀者服務傳真—（〇二）二三〇四—六八五八
郵撥—一九三四四七二四時報文化出版公司
信箱—（一〇八九九）臺北華江橋郵局第九九信箱

時報悅讀網—http://www.readingtimes.com.tw
電子郵件信箱—liter@readingtimes.com.tw
法律顧問—理律法律事務所　陳長文律師、李念祖律師
印刷—勁達印刷有限公司
初版一刷—二〇二三年五月二十六日
定價—新台幣五二〇元

時報文化出版公司成立於一九七五年，
並於一九九九年股票上櫃公開發行，於二〇〇八年脫離中時集團非屬旺中，
以「尊重智慧與創意的文化事業」為信念。

詩人里卡多逝世那一年／喬賽．薩拉馬戈著；呂玉嬋譯．-- 一版．-- 臺北市：時報文化，2023.5
面；　公分．--（大師名作坊；199）
譯自：O Ano Da Morte De Ricardo Reis
ISBN 978-626-353-870-2（平裝）

879.57　　　112007318

ISBN 978-626-353-870-2